ULLSTEIN

Das Buch

Williamstown, Australien, 1944: Der legendäre, aber von den Kämpfen des Zweiten Weltkriegs mitgenommene Kreuzer *Andromeda* soll von England an die australische Marine überstellt werden. Dem jungen, hochdekorierten Kommandanten Richard Blake fällt es schwer, sein Schiff an den Nachfolger zu übergeben. Da bekommt er noch eine Galgenfrist: Im Indischen Ozean treibt ein deutscher Handelsstörer sein Unwesen, vernichtet Frachter mit Ladung für die Alliierten und zersprengt ganze Konvois. Seine Waffen sind falsche neutrale Flaggen, mit denen er seine Opfer täuscht, fingierte Hilferufe und schließlich gut getarnte, großkalibrige Geschütze. Dieses Schiff soll sterben! Zwei britische Kreuzer machen in der unendlichen Weite des Ozeans Jagd auf den Handelsstörer: *Andromeda* unter Richard Blake und *Fremantle* unter Blakes Widersacher Commodore Stagg. Ihr Gegner aber scheint sich in Luft auflösen oder an zwei Stellen gleichzeitig zuschlagen zu können. Handelt es sich etwa um *zwei* baugleiche Schiffe? Als Blake die Antwort auf diese Frage erhält, steht er allein einem weit stärkeren Gegner gegenüber.

Der Autor

Alexander Kent kämpfte im Zweiten Weltkrieg als Marineoffizier im Atlantik und erwarb sich danach einen weltweiten Ruf als Verfasser spannender Seekriegsromane. Seine marinehistorischen Romanserien um Richard Bolitho und die Blackwood-Saga machten ihn zum meistgelesenen Autor dieses Genres neben C. S. Forester. Seit 1958 sein erstes Buch erschien *(Schnellbootpatrouille)*, hat er über 50 Titel veröffentlicht, von denen die meisten bei Ullstein vorliegen. Sie erreichten bisher eine Gesamtauflage von über 25 Millionen und wurden in 14 Sprachen übersetzt. Alexander Kent, dessen wirklicher Name Douglas Reeman lautet, ist Mitglied der Royal Navy Sailing Association und Governor der Fregatte *Foudroyant* in Portsmouth, des ältesten noch schwimmenden Kriegsschiffs.

Die deutschsprachigen Taschenbuchausgaben der Werke Alexander Kents sind exklusiv bei Ullstein versammelt.

Alexander Kent

Ein Schiff soll sterben

Roman

Aus dem Englischen von
Eckhard Kiehl

Ullstein

Ullstein Taschenbuchverlag
Der Ullstein Taschenbuchverlag ist ein Unternehmen der
Econ Ullstein List Verlag GmbH & Co. KG, München
1. Auflage 2001

Titel der englischen Originalausgabe:
A Ship Must Die (Hutchinson & Co. Publishers Ltd., London)
Übersetzung: Eckhard Kiehl
Umschlaggestaltung: Hansbernd Lindemann, Grafikdesign, Berlin
Titelabbildung: Chris Mayger
Gesetzt aus der Times
Satz: Pinkuin Satz und Datentechnik, Berlin
Druck und Bindearbeiten: Ebner Ulm
Printed in Germany
ISBN 3-548-25324-5

Inhalt

Für Winifred
in Dankbarkeit und Liebe

Der Autor dankt allen Offizieren und Männern der Royal Australian Navy und der Royal New Zealand Navy, die ihn bei der Arbeit an diesem Buch unterstützten.

Hilfe von oben

Das Jahr 1944 war gerade zwei Wochen alt, doch sah es schon so aus, als würde es eines der heißesten werden, die man jemals verzeichnet hatte. Die Sonne, die auf die Marinewerft Ihrer Majestät in Williamstown, Australien, niederbrannte, war so grell, daß sie den Himmel jeglicher Farbe beraubte, und die Luft über den vollbelegten Docks und Liegeplätzen waberte in der dauernd wechselnden Spiegelung.

Aber es war Sonntag, und die Arbeitstrupps auf dem Werftgelände waren auf ein Minimum reduziert, so daß die Schiffe sich selbst überlassen blieben – nebeneinanderliegende Kolosse in stumpfem Schlachtschiffgrau oder verwirrendem Tarnanstrich.

Am Hauptliegeplatz regte sich nichts, die Krangerüste standen reglos wie schlafende Störche, die Pier lag voller Rohre, Drahtleinen, Ankertrossen und Gerümpel – ein Dorado für Altwarenhändler.

Hier wurden Schiffe überholt, dort andere neu gebaut, um die nach vier Kriegsjahren immer wieder entstehenden Lücken zu füllen. Auch altgediente Kriegsschiffe lagen dort, von denen einige Spuren schneller Ausbesserungsarbeiten zeigten, während andere ihre Wunden noch offen zur Schau trugen: durchschlagene und verbogene Panzerplatten, wo einst Waffen und Männer gestanden und sich dem Feind gestellt hatten.

Ungefähr in der Mitte des Hauptliegeplatzes hatte ein Kreuzer festgemacht. Von seinem scharfgeschnittenen Bug bis zur bewegungslos herunterhängenden Heckflagge schien sich dieses Schiff von den anderen abzuheben. Trotz seiner siebentausend Tonnen hatte es die Eleganz eines Zerstörers, zumal seine Schornsteine in einem einzigen Aufbau untergebracht waren, wodurch der Eindruck von Kraft und Geschwindigkeit noch verstärkt wurde.

Vor der Gangway, wo ein Posten schläfrig auf einem schattigen Fleckchen vor sich hin döste, hing, für jeden lesbar, an einem kleinen lackierten Ständer ein Rettungsring mit dem Namen des Schiffes: *HMS Andromeda*. Unter allen Schiffen der Royal Navy war sie ein Veteran im wahrsten Sinne des Wortes. Auf ihren Fahrten von einem Kriegsschauplatz zum anderen hatte sie Tausende von Seemeilen hinter sich gebracht: Norwegen, Dünkirchen, der Atlantik und schließlich das Mittelmeer – kein Einsatz, bei dem sie nicht dabeigewesen wäre. Die *Andromeda* hatte sich einen Namen gemacht und war in der Marine zu einer jener Legenden geworden, die sich jeder logischen Erklärung entziehen.

Einige Schiffe waren glückliche Schiffe, andere brachten der Besatzung nur Unannehmlichkeiten oder sogar Unheil. Außenseiter spotteten über diese Vorstellung. Wie sollte denn ein Ding aus Stahl Schicksale beeinflussen? Diejenigen, die solche Schiffe kannten, behielten das Geheimnis jedoch gern für sich.

Nach zwei Jahren härtesten Einsatzes im Mittelmeer, bei dem die *Andromeda* nur selten keine Schlagzeilen in der heimatlichen Presse gemacht hatte, war sie auf Südkurs gegangen und lag nun in der Werft von Victoria, Australien.

Der Krieg im Pazifik weitete sich immer mehr aus, und obwohl die USA hier den weitaus größten Teil der Operation bestritten, brauchten die Australier dringend Schiffe, um ihre weit verstreute Flotte zu verstärken und Ausfälle zu ersetzen. So sollte die *Andromeda* nun bald außer Dienst gestellt und nach der Überholung Teil der australischen Marine werden; vielleicht sogar unter einem neuen Namen, der besser zu den Männern paßte, die dann ihre Decks füllen und ihre Gefechtsstationen besetzen würden.

Weihnachten war der Kreuzer noch auf See gewesen. Dieses Fest hatte bei der Besatzung gemischte Gefühle hervorgerufen und sich auch sehr von den gemeinsam begangenen vorherigen unterschieden.

Wenn die *Andromeda* etwas Besonderes war, dann galt das auch für ihre Besatzung. Einige waren jetzt schon von Bord gegangen und hatten Order, mit dem nächsten Konvoi nach Hause zurückzukehren; andere sollten ihre Passage auf einem wieder instand gesetzten und zunächst an anderer Stelle benötigten Schiff abarbeiten.

An diesem brütendheißen Sonntag waren alle dienstfreien Besatzungsmitglieder an Land gegangen: auch eine völlig neue Erfahrung für sie. Keine Luftangriffe, keine bitterkalten Nächte, nur Sonnenschein – und eine warmherzige Gastfreundschaft, die ihnen fast den Atem nahm.

Auf dem Schiff war kaum ein Laut zu hören, und nur das sanfte Murmeln der Ventilatoren und das gedämpfte Geräusch eines Generators tief unten im Innern zeigten an, daß Leben in ihm war.

Achtern in seiner Kajüte saß der Kommandant der

Andromeda allein am Schreibtisch, nippte an einem Glas eisgekühlten Gin und dachte über sich nach.

Captain Richard Blake war erst dreiunddreißig Jahre alt. Am Anfang des Krieges hatten derartig schnelle Beförderungen noch als etwas Besonderes gegolten, jetzt fand sie kaum jemand erwähnenswert. Bei Kriegsausbruch hatte Blake einen Zerstörer befehligt. Das war eine Welt, die er verstand und an der er trotz aller Gefahren großen Gefallen gefunden hatte.

Er hatte geglaubt, daß nichts seine Vorliebe für einen Zerstörer würde verdrängen können. Schon als kleiner Junge hatte er viel über sie gelesen: die »Windhunde des Meeres«, wie sie zuweilen von Schriftstellern genannt wurden, die offensichtlich nie auf einem davon gefahren waren.

Als der Krieg immer erbitterter wurde, sah Blake sein altes Weltbild zerbrechen. Der Feind, so schien es jedenfalls in den ersten Monaten und Jahren, war nicht aufzuhalten. Wertvolle Konvois hatten verheerende Verluste erlitten, und an Land waren die britischen Armeen immer wieder zum Rückzug gezwungen worden.

In der Heimat hatte die Zivilbevölkerung, verunsichert durch die Schnelligkeit, mit der die Katastrophe anscheinend über sie hereinbrach, rund um die Uhr mit Luftangriffen, Rationierung und Engpässen bei fast allen Versorgungsgütern fertig werden müssen, und nur die dünnen Kondensstreifen über London oder Kent erzählten die Geschichte der wenigen, die sich trotz der geringen Chancen – vielleicht auch gerade deswegen – siegreich schlugen.

Ein weiteres Mal war Blake befördert worden, war –

wie man es kommentierte – »schnell im Treibhaus hochgezogen« und als Erster Offizier auf die *Andromeda* abkommandiert worden. Dort war er bis jetzt geblieben, und als Captain Felles, ihr Kommandant, durch einen Bombensplitter getötet wurde, während sie einen Konvoi nach Alexandria geleiteten, hatte man Blake einstweilig das Kommando übertragen. Im Mittelmeer war die Lage inzwischen so prekär geworden, daß jede Veränderung der Bordroutine schlimme Folgen haben konnte. So hatte Blake das Kommando behalten: Malta, Nordafrika, insbesondere Tobruk und wieder zurück. Schnellboote, U-Boote, Stukas und schwere Kreuzer, alles hatten sie überlebt – viele, viele andere waren jedoch auf See geblieben.

Sie hatten sich Duelle mit Küstenbatterien geliefert, hatten Nachschub und Kraftstoff nach dem belagerten Malta geschleppt und die Flanken der Armeen bei jeder sich bietenden Gelegenheit geschützt. Dann hatte sich ganz plötzlich das Blatt gewendet. Nach der Schlacht von El Alamein begann die Armee, entlang der Küstenstraße vorzurücken. Dabei hatte sie die *Andromeda* auf See begleitet, bis die Alliierten letztes Jahr den ersten Stoß gegen das eigentliche Feindesgebiet richteten und die Invasion Siziliens begann.

Blake fiel es schwer, sich das alles jetzt vorzustellen, während er in seiner stillen Kammer saß: das Stakkato der leichten Flak, der von den Wölkchen der schweren Flak wie mit Pockennarben übersäte und von Leuchtspurgeschossen durchpflügte Himmel des Mittelmeeres; heranheulende Stukas, das wilde Schwanken der Brücke unter den harten Einschlägen ihrer Bomben.

Viel klarer als das eigentliche Kampfgeschehen standen Blake jedoch die Gesichter seiner Leute vor Augen; er meinte fast, die gellenden Rufe und das anfeuernde Brüllen, Fluchen und Schreien zu hören, während der feindliche Stahl gegen die Panzerung des Kreuzers hämmerte. Daneben sah er aber auch das anerkennende Grinsen in rauchgeschwärzten Gesichtern, als seine Beförderung durchgegeben wurde und sein Aufklarer den vierten Ärmelstreifen auf die verblichene Uniformjacke genäht hatte.

Das Deck begann ganz leicht zu zittern, und Blake erhob sich, trat an das Bullauge und folgte einem vorbeifahrenden Schlepper mit den Augen.

Drei Monate nach der Landung auf Sizilien kam dann die Invasion Italiens, und das Schicksal schickte ihm die Herausforderung, von der er im nachhinein glaubte, sie wäre eigens auf das Schiff und auf ihn selbst zugeschnitten gewesen. Als er die Ereignisse in seiner Vorstellung noch einmal durchlebte, fühlte er, wie sich sein Magen schmerzhaft zusammenzog.

Vor seinem geistigen Auge sah er die langgezogene Doppellinie der Landungsfahrzeuge, die sich wild schlingernd und nur mit Mühe Kurs haltend vorwärts bewegte, vollbeladen mit Soldaten, Panzern und Munition. Dann die zwei schon betagten Zerstörer, bestrebt, einigermaßen Ordnung zu halten, und ein noch älterer Flugzeugträger, der sich wie ein Relikt der Skagerrakschlacht ausnahm. Es war ein Sonntag gewesen wie heute auch, dachte er.

Im Nordosten waren drei Schiffe gesichtet worden, die sich schnell näherten. Eigentlich hätte von dort nichts kommen dürfen. Alle Seewege nach Italien und

Sizilien waren abgeriegelt und von massierten alliierten Kräften gesichert. Die Italiener hatten ihre deutschen Verbündeten im Stich gelassen und sich auf die Seite der Briten und Amerikaner geschlagen. Auch ihre Flotte befand sich in alliierter Hand, und ihre elegant geschnittenen Kreuzer stellten keine Bedrohung mehr dar.

Zumindest glaubte man das. Trotzdem handelte es sich bei den näherkommenden Schiffen um italienische Kreuzer, die mit Höchstfahrt nach Westen liefen, um durch die Straße von Gibraltar in die Biskaya durchzubrechen.

Die *Andromeda* war zwar schon oft mit italienischen Kriegsschiffen aneinandergeraten, doch falls sich diese Schiffe in deutscher Hand befanden, war die Situation völlig anders. Blake wußte nur, daß die langsam vorwärtsstampfenden Landungsboote der Gefahr nahezu hilflos gegenüberstanden, daß das hastig zusammengestellte Geleit den kampfstarken Kreuzern in keiner Weise gewachsen war.

Viele andere Kommandanten hatten in ähnlichen Situationen die gleiche Entscheidung getroffen wie Blake, doch nur wenige hatten sie überlebt. Während die Rohre der vier 15-cm-Türme auf volle Erhöhung gebracht wurden, hatte die *Andromeda* mit hoher Fahrt abgedreht, die Gefechtsflagge gehißt und sich dem Feind entgegengeworfen, um ihre Schützlinge zu retten. Was sich im folgenden wider alle Wahrscheinlichkeit ereignete, war jetzt schon ein Stück Seekriegsgeschichte. Kein einzelnes, noch dazu an Bewaffnung und Größe unterlegenes Schiff konnte es mit drei Kreuzern aufnehmen und überleben. Doch die *Andromeda* hatte es getan. Gegen Ende des Tages war ein feindlicher Kreuzer gesunken, ein weiterer lag manövrierunfähig und ohne Fahrt im Wasser, der dritte machte sich unter starker Rauchentwicklung davon und wurde am folgenden Tag von einem U-Boot versenkt.

Als sich die *Andromeda* schließlich in den Hafen von Gibraltar schleppte, war auf den anderen Schiffen kein einziger Hurraruf laut geworden, und auch die Sirenen hatten geschwiegen. Mit ihrem tief im Wasser liegenden Vorschiff, vom Bug bis zum Heck von Granaten durchlöchert, war die *Andromeda* kaum noch schwimmfähig. Sie bot einen so schrecklichen Anblick, daß alle aufkommenden Beifallsrufe im Keim erstickten.

1936 jedoch, als das Schiff vom Stapel gelassen wurde, hatte man solide gebaut. So waren binnen eines Monats die fürchterlichen Zeichen der Schlacht nicht mehr zu sehen, der Rumpf war ausgebessert; der geschwärzte Anstrich erneuert. Zwei Monate später konnte sie bereits das Dock verlassen und befand sich kurz danach auf dem Weg nach Australien.

Es klopfte, und Moon, der Kommandantensteward, kam nach einem prüfenden Blick zur Tür herein. Chief Petty Officer Moon war ein recht seltsam aussehender Mann. Hager und knochendürr wie eine Vogelscheuche und an Land etwas verwahrlost, erwies er sich bei der Erfüllung seiner Pflichten an Bord penibel wie ein Angehöriger der Garde. Hinter seiner traurigen Miene verbarg sich ein gut entwickelter Sinn für Humor, und er wußte sehr genau, was in einem bestimmten Moment zu tun war. Das hatte sich zum Beispiel damals gezeigt, als er den vierten Ärmelstreifen, den er irgendwo aufgetrieben hatte, an Blakes Jacke genäht hatte, weil er sich darüber klar war, daß dies die Moral der ganzen Besatzung heben würde; oder ein andermal, als er den jungen verwundeten Signalgast in die Arme genommen und ihm von seiner Fahrenszeit als Steward auf einem Trampdampfer vor dem Krieg erzählt hatte. Der Junge hatte seinem Bericht mit großen Augen gelauscht, während er langsam innerlich verblutete.

»Werden Sie heute an Land gehen, Sir?«

Blake schüttelte den Kopf. »Kaum. Muß morgen nach Melbourne und sehen, daß die Sache in Schwung kommt.«

Moon nickte bekümmert. »Es wird nicht mehr so sein wie früher, Sir.«

Blake wandte sich ab. Nicht mehr so sein wie früher? Ganz bestimmt nicht.

Zwei Jahre auf demselben Schiff – im Krieg entsprach das einer halben Ewigkeit. Er betrachtete das Wandbild gegenüber. Es zeigte die als Opfer für das Seeungeheuer an einen Felsen gekettete *Andromeda,* Tochter des Kepheus, und ihren Retter Perseus, der ihr auf seinem geflügelten Roß zu Hilfe eilte. Darunter stand das Motto des Schiffes: *Auxilium ab alto* – Hilfe von oben.

Ein junger Leutnant der Reserve, im Zivilberuf Maler, hatte ihm das Bild geschenkt. Zwei Tage später war der Mann vor Bengasi gefallen. Wenn man es recht bedachte, so war dieses Bild vielleicht das einzige Vermächtnis, zu dessen Vollendung ihm auf Erden Zeit geblieben war.

Moon räusperte sich. »Ich würde gern bei Ihnen

bleiben, wenn Sie ein anderes Kommando bekommen, Sir.«

»Ich glaube auch nicht«, erwiderte Blake, »daß ich ohne Sie zurechtkäme.«

Damit schien der Obersteward zufrieden. »Ich habe Ihnen für morgen Ihre beste weiße Uniform rausgelegt, Sir.« Er hielt die frisch gebügelte Jacke hoch. »Die Aussies sollen bloß nicht denken, wir wüßten nicht, was sich gehört.«

Blake hörte ihn kaum. Er starrte das blutrote Ordensband an der Jacke an, das mit dem winzigen Kreuz in der Mitte. Er konnte es immer noch nicht recht fassen: das Viktoria-Kreuz, die höchste aller britischen Auszeichnungen.

Der Spiegel über der kleinen Anrichte, in der er seine besten Gläser verwahrte, zeigte ihm ein ebenmäßiges Gesicht, das im Mittelmeer von der Sonne gebräunt worden war, ein jugendliches Gesicht. Ein etwas dümmlicher Journalist hatte ihm deswegen den Spitznamen »Boy Captain« gegeben. Aber es war kein Gesicht, wie er es beim Träger eines Viktoria-Kreuzes vermutet hätte.

Moon, der ihn beobachtet hatte, sagte ruhig: »Sie haben es sich verdient, Sir.«

Lautlos ging er zur Anrichte. Captain Blake war der Beste, unter dem er je gedient hatte, wenn er anfangs auch etwas skeptisch gewesen war. So jung und voller Selbstvertrauen. Jetzt wußte Moon es allerdings besser. Von der ganzen Besatzung hatte nur er erfahren, wie sich der Kommandant verhielt, wenn er sich nicht von seinen Leuten beobachtet wußte.

Blake leerte sein Glas auf einen Zug und betrachtete

die Reflexion des Sonnenlichts an der Decke. Kein Wunder, daß Blighs Leute auf Tahiti gemeutert hatten, dachte er schläfrig. Melbourne erschien seinen eigenen Leuten sicherlich als genauso ein Paradies nach allem, was sie hatten durchmachen müssen. Langsam sank ihm der Kopf auf die Brust, und Moon nahm ihm mit einer vorsichtigen Bewegung das Glas aus der Hand. Dann verließ er, die weiße Uniformjacke mit dem roten Ordensband über dem Arm, leise die Kajüte.

Commander Victor Fairfax von der Royal Australian Navy zog vorsichtig die Schlafzimmergardinen auf und sah in das helle Mondlicht hinaus. Das Haus lag in einer ruhigen, baumbestandenen Straße am Rande von Melbourne und unterschied sich eigentlich gar nicht von den Nachbarhäusern, obwohl es für seine Bewohner natürlich etwas ganz Besonderes war.

Die Nacht war ruhig, und das gegenüberliegende Haus leuchtete im fahlen Mondlicht wie der Abbruch eines Gletschers.

Fairfax war einunddreißig Jahre alt, ein Profi durch und durch. Er war nackt und fühlte einen fast lustvollen Schauer, als die Nachtluft, kühl und frisch nach der Schwüle des Tages, über seinen Körper strich.

Morgen würde er sein neues Bordkommando auf dem britischen Kreuzer in Williamstown antreten.

Schon bei seinen früheren Kommandierungen als noch junger und weniger selbstbewußter Offizier hatte er dies immer als einen erregenden Moment empfunden. Diesmal war jedoch alles anders.

Er lauschte dem sanften Atem seiner Frau im Bett hinter ihm und fühlte eine Woge der Zärtlichkeit in sich aufsteigen. Sie war es, die alles veränderte. Sie hatten sich in Sydney bei einer Party auf Garden Island kennengelernt und sich sofort leidenschaftlich ineinander verliebt; jetzt waren sie acht Monate verheiratet.

Trotz der Nachrichten aus Europa und dem Pazifik schien der Krieg zu dieser Zeit weit entfernt.

Eine leichte Bewegung verriet ihm, daß sie aufgewacht war und ihn im Mondlicht betrachtete. »Was ist los, Vic?«

Er zuckte mit den Schultern. »Ich habe darüber nachgedacht, Sarah, wie es wohl morgen – oder eigentlich schon heute – sein wird.«

»Komm wieder ins Bett. Es geht sicher alles klar. Wir schaffen das schon.«

Fairfax setzte sich zu ihr und streichelte ihre nackte Schulter; dabei wurde ihm bewußt, wie sehr er sie brauchte und wie schwer es für ihn sein würde, von ihr getrennt zu leben.

Sie schmiegte ihr Gesicht in seine Hand. »Wer weiß, vielleicht bleibst du noch ein paar Monate in Williamstown. Ein neuer Kommandant, eine neue Besatzung – das geht alles nicht von heute auf morgen.« Sie streichelte mit den Fingerspitzen sacht seinen Schenkel, berührte ihn und umschloß ihn mit der Hand.

»Du brauchst die See, Vic, genauso wie ich dich brauche.«

Er streckte sich neben ihr aus, und sie begannen sich wortlos zu lieben, zunächst ganz langsam und dann mit einer wachsenden, verzweifelten Leidenschaft, die sie erschöpft und atemlos zurückließ.

Nach einer Weile fragte sie mit noch rauher Stimme: »Was weißt du von Blake?«

Fairfax lächelte in der Dunkelheit. »Er ist Träger des Viktoria-Kreuzes, ein veritabler Held. Sein letztes Unternehmen war filmreif.«

»Ist das alles, was du über ihn weißt?«

»Er ist ziemlich jung für dieses Kommando. Ein Einzelgänger, wie man mir erzählte, zwar verheiratet, aber nur noch auf dem Papier.«

Sie schmiegte sich an ihn und ließ die Hand erneut über seinen Körper wandern. »Dann paß bloß auf, Vic, und frag ihn nicht nach seinem Liebesleben.«

»Ich denke, er wird bald versetzt, dorthin, wo wirklich gekämpft wird.«

»Das sagst du fast neidisch.«

»Stimmt. Sydney ist voller Amerikaner, die mit Orden und Medaillen gespickt sind, ohne je einen Schuß gehört zu haben. Wenn wir nicht aufpassen, werden wir glatt in die Zuschauerrolle gedrängt. Ich bin in die Marine eingetreten, um im Ernstfall dabeizusein, und nicht, um einen Haufen verdammter Rekruten zu unterrichten.«

»Dieser Blake«, sagte sie leise, »ist doch hoffentlich keiner von denen, die auf Teufel komm raus den Helden spielen müssen?« Sie drückte ihn fest an sich und flüsterte: »Ich will dich jetzt nicht verlieren!«

Er lächelte und hielt sie im Arm, bis sie wieder eingeschlafen war. Beinahe hätte er ihr erzählt, was ihn wirklich bedrückte. Denn es war so einfach mit ihr und fast, als spräche er zu sich selbst.

Eigentlich hätte Captain Mark Sellars Blakes Posten übernehmen sollen. So hatte er es jedenfalls in den Befehlen gesehen.

Sellars war ein guter Skipper, wahrscheinlich sogar

der beste Mann für diesen Posten, wenn man bedachte, daß die Hälfte der Besatzung völlig unerfahren sein würde.

Aber jetzt war Sellars auf ein anderes Schiff abkommandiert worden und befand sich bereits im Einsatz im Pazifik.

Soweit Fairfax wußte, war vom Marineamt kein anderer Offizier ins Gespräch gebracht worden. Wer sollte jetzt also das Kommando bekommen? fragte er sich. Er schloß die Augen, wußte jedoch, daß er sich nicht würde entspannen können, bis es Zeit war, aufzustehen.

Es würde interessant sein, einen richtigen Helden kennenzulernen, dachte er. Er lächelte still vor sich hin und war plötzlich doch eingeschlafen.

Die Entfernung von der Werft zum Marineamt in Melbourne betrug zehn Meilen, und während der Fahrt in dem schnellen Dienstwagen versuchte Blake sich innerlich auf das Kommende vorzubereiten.

Niemand blieb ewig auf ein und demselben Schiff. Er selbst hatte als einfacher und geplagter Fähnrich auf einem Schlachtschiff, dann auf einem Geleitboot, später auf einem Zerstörer und schließlich auf einem Kreuzer gedient, der unter dem Kommando eines Aristokraten stand, dem seine Polo-Ponys wichtiger waren als seine Pflichten an Bord. Jedesmal hatte er etwas gelernt, im guten wie im schlechten. Die Marine war seine Welt und würde es – da Diana sich von ihm getrennt hatte – auch bleiben.

Der Wagen hielt abrupt im Schatten eines Gebäudes, und der Fahrer sagte: »Das wär's. Erste Tür rechts, zweite links.« Freundlich grinsend fügte er hinzu: »Sir.«

Beim Hineingehen zog Blake automatisch seinen Ausweis und zeigte ihn dem Wachposten. Der Mann starrte ihn an. »Gehen Sie nur rein, Sie werden erwartet.«

Blake nickte. Mit der Sicherheit nahmen sie es hier in Australien offensichtlich nicht allzu genau. Aber vielleicht hatte er sich auch zu sehr an strenge Kontrollen gewöhnt.

Er trat in einen kühlen Büroraum, in dem zwei Marinehelferinnen, Angehörige des WRNS (Women's Royal Naval Service) emsig tippten, während ein weiblicher Offizier auf der anderen Seite in einer Akte blätterte.

Bei seinem Eintritt hob sie den Kopf und sah ihn gelassen an. »Captain Blake«, sagte sie mit ruhiger Stimme, wobei ihr Blick auf seinen Orden fiel, »hier entlang, Sir.«

Als sie aufstand, bemerkte er, daß sie groß war; ihr Gesicht und ihre Hände waren von der Sonne gebräunt, als hielte sie sich mehr im Freien als im Büro auf.

Ein untersetzter Captain, für seinen Rang etwas zu alt, kam gemächlich hinter seinem großen Schreibtisch hervor und schüttelte Blake die Hand.

»Setzen Sie sich und machen Sie es sich bequem.« Er wandte sich an den gelassen wartenden weiblichen Offizier: »Okay, Claire, wenn Sie einen Moment Zeit haben, könnten Sie uns vielleicht Tee besorgen.«

Die Tür schloß sich hinter ihr.

»Ich bin Jack Quintin«, sagte der Captain. »Tut mir leid, daß ich Sie erst einmal in mein Büro verschleppen ließ. Ich weiß, daß Sie gleich einen Termin beim Admiral haben, aber …« Er setzte sich auf den Rand des Schreibtisches. »Ich fungiere als Nachrichten-Verbindungsoffizier zwischen der australischen Marine und Ihren Leuten. Den größten Teil meiner Dienstzeit habe ich bei der Royal Navy verbracht, das ist wohl der Grund, weswegen man mich dafür ausgesucht hat.« Er lächelte. »Sonst wäre ich wohl schon ein arbeitsloser Pensionär.« Der Gedanke schien ihn zu belustigen.

Blake sagte: »Ich habe meinen Bericht über die gegenwärtige Besatzungsstärke abgeschickt, außerdem eine Bedarfsliste für die Werftleitung. Vieles ist nur behelfsmäßig repariert worden, nachdem wir …« Die Worte schienen ihm in der Kehle steckenzubleiben.

Captain Quintin sah ihn ernst an. »Wir haben alle davon gehört. Es muß ein schrecklicher Kampf gewesen sein.« Er schob den Gedanken beiseite. »Es ist nur so, daß Sie *Andromeda* vorläufig noch nicht verlassen werden.«

Blake sah überrascht auf. »Was ist los?«

»Ich weiß es nicht genau. Aber die Generalüberholung muß noch warten. Ihr Schiff wird auf See gebraucht. So einfach ist das.«

Blake starrte ihn an. Einfach? Über die Hälfte der Besatzung von Bord gegangen, ein Großteil der Maschinen überholungsbedürftig, sofern sie nicht überhaupt ersetzt werden mußten.

»Ist nicht die *Devonport* für dringende Einsätze vorgesehen, solange *Andromeda* im Dock liegt?« fragte er verwundert. Er behielt also sein Kommando – aber warum?

»Was ich Ihnen jetzt sage«, erwiderte Quintin, »ist streng geheim. Die *Devonport* ist verschwunden.«

»Wie ist das passiert?«

Quintin spreizte die Hände. »Sie patrouillierte auf der Konvoiroute von Kapstadt nach Melbourne. Da ist es zur Zeit recht ruhig, und außerdem kann – oder konnte – die *Devonport* ganz gut allein klarkommen.«

Einen Moment sah Blake das vermißte Schiff klar vor sich: ein großer Kreuzer, der weite Seegebiete ohne Brennstoffergänzung überwachen konnte; acht 20-cm-Geschütze, ein Bordflugzeug – ein Kampfpotential, mit dem man rechnen mußte.

»Nach der üblichen Routinemeldung war plötzlich Schluß«, fuhr Quintin fort. »Wir haben sofort eine große Suchaktion gestartet; Geleitschiffe eines hereinkommenden Konvois, Flugzeuge, die Amerikaner, alle waren dabei.« Seine geballte Rechte schlug klatschend in die linke Handfläche. »Alles vergebens. Sie fanden nicht mal ein leeres Rettungsfloß.«

Blake fragte sich, ob Quintin vielleicht auch an einen anderen australischen Kreuzer dachte, die berühmte *Sydney*. Vor zwei Jahren hatte sie sich in dem gleichen Gebiet einen Kampf mit einem deutschen Handelsstörer geliefert und ihn schließlich auch versenkt. Aber die *Sydney* hatte teuer dafür bezahlen müssen. Das letzte, was man von ihr hatte sehen können, und das schloß auch die vielen deutschen Überlebenden ein, die sie an Bord genommen hatte, war die große Rauchwolke, in der sie sich entfernte. Dann verschwand sie. Nur ein stark beschädigtes Rettungsfloß hatte man gefunden.

Quintin sah ihn ernst an. »In den letzten Monaten

haben wir eine ganze Reihe von Schiffen verloren, hauptsächlich alleinfahrende Handelsschiffe. Sie wissen, was das bedeuten könnte.«

»Sie glauben, der Feind hat hier einen neuen Handelsstörer eingesetzt?«

»Das ist sehr leicht möglich.« Quintin wandte sich zur großen Wandkarte des Pazifiks und des Indischen Ozeans. »Der letzte Handelsstörer, der hier erfolgreich operierte, war die *Michel.* Sie wurde durch ein amerikanisches U-Boot vor ungefähr drei Monaten versenkt. Aber das geschah weiter nördlich, in japanischen Gewässern.« Er rieb sich das Kinn. »Wir halten regelmäßige Verbindung mit der Admiralität in London. Jemand, der sehr weit oben in der Hierarchie steht, hat uns kurz nachdem Sie in Williamstown festmachten entsprechende Anweisungen für Sie übermittelt.«

Blake ließ sich das durch den Kopf gehen. Selbst mit den restlichen erfahrenen Leuten als Unterstützung für die neue Besatzung war *Andromeda* nicht sofort einsatzfähig. Auf der anderen Seite konnte er aber auch den Standpunkt der australischen Marine verstehen.

Die nächsten Monate waren für die Alliierten sehr wichtig, wahrscheinlich sogar kriegsentscheidend. Die Invasion des besetzten Teils von Frankreich stand zweifellos bevor; gleichzeitig würden die Streitkräfte in Italien weiter nach Norden vorstoßen. Jeder Mann, jedes Schiff, jeder Panzer und jede Kanone waren unter diesen Umständen von lebenswichtiger Bedeutung. Eine zweite Chance gab es nicht, es mußte einfach gelingen. Konnten sie die Gelegenheit nicht beim Schopf packen, sobald sich das Wetter besserte, würden sie ein weiteres

Jahr warten müssen. Die jetzt in Rußland in die Defensive gedrängten deutschen Armeen konnten dann umgruppiert werden und noch einmal die Initiative ergreifen.

In zwei Weltkriegen hatten die Deutschen gelernt, Handelsstörer erfolgreich einzusetzen. Es gab keine bessere Methode, den Strom der Nachschubgüter zu unterbrechen und die Geleitzüge zu großen Umwegen zu zwingen.

Genauso wichtig war folgendes: Die Tatsache, daß sich ein Handelsstörer irgendwo herumtrieb, erforderte die Dislozierung einer großen Zahl von Kriegsschiffen, die ihn aufzuspüren und zu vernichten suchten.

Befand sich wirklich ein solches Schiff jetzt in diesem endlosen Seegebiet, dann hätte das Oberkommando der deutschen Kriegsmarine keinen besseren Zeitpunkt wählen können: hier Konvois, die das Kap der Guten Hoffnung mit Truppen für die Kriegsschauplätze im Pazifik rundeten. Dort Konvois, die von Neuseeland oder Australien mit Versorgungsgütern nach Großbritannien unterwegs waren. Insgesamt Hunderte von wertvollen Schiffen, von denen jedes einzelne für einen Teil der Kriegsmaschinerie nahezu unersetzlich war.

Quintin unterbrach Blakes Überlegungen: »Wie dem auch sei, der Admiral wird Sie über alles informieren. Ich wollte nur den Schock etwas mildern.« Er lächelte melancholisch. »Ich kannte Ihren Vater. Mochte ihn sehr gern. Ein guter Seemann.«

Die Tür öffnete sich, und Claire, der weibliche Offizier, meldete ruhig: »Der Admiral ist jetzt da, Sir. Kapitän Blake kann gleich zu ihm.«

Blake nickte ihr zu. »Danke.« Zu Quintin sagte er:

»Dieser Tag hat es in sich – so oder so.« Er dachte an das Motto der *Andromeda*: Hilfe von oben. Sie alle würden sie wirklich nötig haben.

Als sich die Tür hinter ihm schloß, fragte der Captain: »Na, Claire, was halten Sie von ihm?«

Sie strich sich eine Haarsträhne aus der Stirn. »Ich glaube, man erwartet zu viel von ihm. Er sieht aus wie ein Mann, der durch die Hölle gegangen ist.« Sie zog eine Grimasse. »Ich glaube kaum, daß er und Commodore Stagg ein Herz und eine Seele werden.«

Als sie wieder gegangen war, sammelte Captain Quintin seine Papiere zusammen, ließ sie jedoch nach einer Weile gedankenverloren wieder auf den Tisch zurückfallen.

In jenem anderen, nahezu vergessenen Krieg war er auf einem britischen Kreuzer gefahren. Dort war er auch Blakes Vater begegnet. Herrgott, dachte er, waren wir wirklich einmal so jung?

Sofort nach seiner Rückkehr an Bord begab sich Blake in seine Kajüte und öffnete den Umschlag mit den neuen Befehlen.

Moon kam herein und sagte: »Commander Fairfax ist da, Sir, er war unten in der vorderen Munitionskammer, als Sie an Bord kamen.«

Blake lehnte sich im Stuhl zurück, in Gedanken noch bei dem Gespräch mit dem Admiral in Melbourne. Zwei Kreuzer sollten zur Jagd auf den Handelsstörer eingesetzt werden und sich bereit halten, das betreffende Seegebiet abzusuchen, sobald eine entsprechende Meldung einging. Ganz einfach. Eine Nadel im Heuhaufen war gigantisch im Vergleich dazu.

Zu Moon sagte er: »Bitten Sie ihn, nach achtern zu kommen, und lassen Sie dann auch Nummer Eins holen.«

Lieutenant-Commander Francis Scovell war der dienstälteste Wachoffizier, die »Nummer Eins« der *Andromeda,* ein langer dünner Offizier mit hochmütigem Gebahren. Von allen Mitgliedern der Offiziersmesse hatte er als einziger nicht an dem letzten furchtbaren Gefecht teilgenommen. Das lag allerdings nicht an ihm, denn er war als Prisenkommandant eines kleinen Blockadebrechers, den die *Andromeda* in der Nacht zuvor aufgebracht hatte, nach Nordafrika geschickt worden.

Scovell war eigentlich dran, ein eigenes Kommando zu übernehmen, dachte Blake. Aber Gott gnade jedem, der das Pech hatte, unter ihm zu dienen.

Die Tür öffnete sich, und Stock, der Registrator, steckte den Kopf hindurch. »Commander Fairfax, Sir.«

Fairfax gefiel Blake auf Anhieb. Ein gepflegter, athletisch gebauter Mann mit freundlichem Lächeln. Die Krähenfüße in seinen Augenwinkeln ließen auf längere Bordkommandos und Aufenthalte im hellen Sonnenlicht schließen.

Sie schüttelten sich die Hand, und Fairfax nahm auf dem angebotenen Stuhl Platz. Blake sah ihn ernst an. Lieber nicht lange drum herumreden.

»Die *Andromeda* bleibt in Dienst gestellt.« Er sah das Erstaunen seines Gegenübers und fügte hinzu: »Wie heißen Sie übrigens mit Vornamen?«

»Victor, Sir.«

»Tja, Victor, in rund zwei Wochen werden wir in See gehen und uns mit einem anderen Kreuzer treffen.

Mittlerweile müssen wir unsere Besatzung wieder auf Sollstärke bringen; die meisten wichtigen Dienstgrade und die Marineinfanteristen, die die vorderen und achteren Geschütztürme bemannen, sind zum Glück noch da. Aber die anderen müssen angeleitet, ausgebildet, angetrieben und notfalls mit Gewalt auf Vordermann gebracht werden, klar?«

Fairfax nickte. »Wie Sie meinen, Sir.«

»Wir sprechen noch in der Messe darüber«, fuhr Blake fort, »später, vor dem Essen.« Mit schiefgelegtem Kopf horchte er auf das knatternde Geräusch der Niethämmer und das Jaulen der Bohrmaschinen. »Wenn dieser verdammte Krach für heute aufgehört hat!«

»Eine Frage, Sir: Reden Sie mit den Offizieren, oder soll ich's tun?«

Blake lächelte. »Das machen Sie. Sie sind mein Stellvertreter. Ich habe nach Nummer Eins geschickt, damit er Sie mit dem Schiff vertraut macht, aber wie ich höre, haben Sie es schon auf eigene Faust erkundet – das gefällt mir.«

Fairfax stand auf, wobei er sich bemühte, seine Gefühle zu verbergen. »Ich fange sofort damit an, Sir.«

»Leisten Sie mir nachher bei einem Gläschen Gesellschaft, Victor. Jetzt habe ich noch einen Haufen Papierkrieg zu erledigen. Sie haben mich übrigens noch gar nicht gefragt, *warum* hier so ein Zirkus los ist.«

»Ich kann warten, Sir.«

»Nun, man glaubt, daß ein Handelsstörer in diesen Gewässern sein Unwesen treibt. Und wir sollen ihn finden. Zumindest erwartet man das von uns.«

Als Fairfax sich zum Gehen wandte, fragte Blake noch: »Was wissen Sie von einem Commodore namens Stagg?«

Fairfax schluckte. »Sehr gewissenhaft, glaub' ich, Sir.«

»Sie mögen ihn nicht?«

»Das habe ich nicht gesagt, Sir.« Fairfax war auf Blakes direkte Frage nicht vorbereitet.

»Ist auch egal. Wir werden unter seinem Kommando stehen.« Er lächelte kurz. »Machen Sie weiter, Victor, es gibt eine Menge zu tun.«

Im Fortgehen dachte Fairfax, daß er hier wohl verdammt aufpassen mußte. Blake war kein Dummkopf und würde auch keinen neben sich dulden.

Er bemerkte einen dünnen Korvettenkapitän, der mit schnellen Schritten auf ihn zukam. »Nummer Eins?«

Scovell sah ihn hochmütig an. »Jawohl, Sir.«

»Gut, wir wollen gleich mal die Kriegswachrolle zusammen durchgehen. Anschließend nehmen wir dann eine Besichtigung aller Abteilungen vor, wenn Sie nichts dagegen haben.«

Scovell streckte sich und schien noch einen Zoll größer zu werden. »Das ist ein sehr gut organisiertes Schiff, Sir.« Als Fairfax nichts darauf erwiderte, fuhr er fort: »Wir haben eine Menge Einsätze hinter uns.«

Fairfax verzog das Gesicht. Mit dem Mann würde er nicht gut auskommen. »Sicher. Ich hörte aber, daß Sie den schlimmsten verpaßt haben, oder?«

Moon, der in diesem Moment vorbeiging, verbarg mühsam ein Grinsen. Der arme alte Erste hatte richtig satt ins Fettnäpfchen getreten. Geschieht dem anmaßenden Kerl recht, dachte er.

Blake hörte Moon in seiner kleinen Pantry hantieren und vergnügt vor sich hin pfeifen.

»Es ist nur ein Aufschub, Moon. Machen Sie sich nicht zuviel Hoffnung.«

Moon steckte den Kopf durch die Tür und sah ihn an. »Das wird sich erst noch herausstellen, meinen Sie nicht, Sir?«

Die Rückkehr

Obwohl *Andromedas* Auftrag ein wohlbehütetes Geheimnis blieb, gab ihre schnelle Wiederinstandsetzung in der Werft von Williamstown zu allerlei Witzen Anlaß.

Werftarbeiter, Artilleriemechaniker, Ingenieure und Maschinenschlosser schwärmten, geschäftig wie Biber, durch das ganze Schiff; Blake wurde es nahezu schwindlig bei dem Gedanken, was das an Überstunden kosten mußte. Andere Kommandanten beschwerten sich bei der Werftleitung mit der Begründung, daß sie zuerst dagewesen seien. Aber es nützte ihnen nichts.

Zehn Tage, nachdem Captain Quintin ihm die überraschende Mitteilung gemacht hatte, zog Blake Bilanz.

Alle hatten sich mächtig ins Zeug gelegt, und insbesondere Fairfax' Leistung war gar nicht zu ermessen. Der Stellvertreter des Kommandanten spielte gewissermaßen eine Doppelrolle. Einmal war er verantwortlich für alle Borddienstangelegenheiten, von der Bemannung des Schiffes bis zur Aufrechterhaltung der Disziplin. Zum anderen mußte er dem Kommandanten ein gut funktionierendes Schiff an die Hand geben, ein eingespieltes Team und eine Waffe, die Blake unter allen Bedingungen vertrauensvoll einsetzen konnte.

Die neuen Leute kamen an Bord und waren im Handumdrehen aufgeteilt und untergebracht, ungeachtet einiger knurrender Kommentare von Deckbootsmann Couzins, ganz zu schweigen von Macallan, dem mürrischen Wachtmeister, der die australische Invasion mit einem »Heimspiel in Glasgow« verglich.

Dabei war die aus rund 550 Offizieren und Mannschaften bestehende Besatzung schon zusammengewürfelt gewesen, lange bevor *Andromeda* Australien anlief. Natürlich gab es den üblichen Stamm von Aktiven bei Offizieren, Unteroffizieren und Mannschaften, aber der Rest war so verschiedenartig, wie man es in einem Schiff nach vier Jahren Krieg nur erwarten konnte.

Pilot und Beobachter des kleinen Bordflugzeugs gehörten der RNVR an, während der Navigationsoffizier, Lieutenant Max Villar, ein Südafrikaner war, der vor dem Krieg mit der Union Castle Line gefahren war. Auch der Rechnungsführer, Nigel Cross, war früher als Oberzahlmeister bei der alten P & C-Linie gefahren, und Walker, der Lieutenant, der die buntgemischte Gruppe der Fähnriche befehligte, war ein Neuseeländer.

Blake hatte noch ein paar Leute, die die zwei harten Jahre im Mittelmeer von Anfang an mitgemacht hatten. Commander (E) Bob Weir, der Schiffstechnikoffizier (STO), der immer dafür gesorgt hatte, daß in seiner lärmenden Welt alle Maschinen rund liefen, was auch an Deck geschah. Lieutenant Gregory Palliser, der Artillerieoffizier, hatte anfangs das Kommando in Turm B gehabt und war nahezu der einzige, der nach dem letzten Kampf noch heile Knochen besaß.

Alles in allem bildeten sie eine gute Crew, und soweit Blake es beurteilen konnte, waren auch die Neuen ganz in Ordnung. Es hatte zwar die üblichen kleinen Reibereien zwischen den Australiern und den Tommies gegeben, aber die würden sich ganz von selbst legen. Das mußte es auch, wollten sie erfolgreich operieren.

Von Fairfax abgesehen, gab es noch zwei australische Oberleutnants, einige Unteroffiziere und über 250 Mannschaftsdienstgrade.

Quintin hatte sich aus der ganzen Hektik der Vorbereitungen herausgehalten, und auch vom Admiral war nur eine Handvoll Nachrichten eingegangen, obwohl Blake vermutete, daß er ihre Seeklarmeldung ungeduldig erwartete.

Am Vormittag des zehnten Tages stand Blake mit Fairfax und dem STO auf der Brücke. Es war, als befänden sie sich auf einer sonnendurchglühten Insel aus Stahl, um die halbnackte Figuren geschäftig herumeilten, geheimnisvolle Kisten und Säcke schleppend, die über die beiden Stellings, von Versorgungsmaaten wie von argwöhnischen Zöllnern geprüft, an Bord gebracht wurden. Über dem Kreuzer schwangen die Haken der hohen Kräne auf und nieder und setzten ihre Lasten wie Opfergaben ab, während die Stapel von Ausrüstung und Proviant auf der Pier stündlich kleiner wurden.

Fairfax nahm seine Mütze ab und wischte sich die Stirn. »Schade, wenn sich's nur um ein Gerücht handelte, nicht wahr, Sir? Dann wäre das alles hier nur eine Übung in ›Schweiß und Tränen‹!«

Blake lächelte. Er hatte fast genau das gleiche gedacht. Von der *Devonport* hatten sie immer noch nichts gehört, andererseits waren aber auch keine neuen Verlustmeldungen eingegangen.

Weir sagte kurz: »Ich geh' lieber an Deck, Sir. Mein Zweiter ist ein heller Bursche, aber ihm fehlt noch die

Erfahrung, wie man am besten mit den Werftarbeitern klarkommt.«

Weir war ein zurückhaltender Mann, der sich nur selten von seinen Maschinen und Kesseln trennte. Er sah sehr viel älter aus als seine vierzig Jahre und hatte die bleiche Gesichtsfarbe eines gerade entlassenen Sträflings. Blake schätzte ihn außerordentlich und vertraute ihm absolut. Er verstand auch seine introvertierte Art, sein Unvermögen, die manchmal etwas ausgelassenen Feiern in der Messe mitzumachen.

Weirs ganze Familie war bei dem ersten großen Bombenangriff auf Liverpool umgekommen, seine Frau, seine betagte Mutter und seine beiden Kinder. Von ihnen allen brauchte Weir die *Andromeda* vielleicht am meisten.

Blake betrachtete ihn, wohl wissend, daß er längst hätte Urlaub haben müssen, selbst wenn niemand auf ihn wartete. Weir war schon zu lange im Einsatz und hatte sich nie geschont. Die Tatsache, daß das Schiff überhaupt noch existierte, war hierfür der anschaulichste Beweis.

»Alles klar, Chief? Schon mit ihr zufrieden?«

»Ich weiß nicht so recht, Sir. Ist noch zu früh. Sie braucht ein bißchen Ruhe – wie wir auch.«

Fairfax lächelte in sich hinein. Er hatte noch nie so hart gearbeitet, war aber mit ganzem Herzen dabeigewesen. Die Vergangenheit des Schiffes machte sich überall bemerkbar, als wolle es jeden, der erschöpft ausruhte, zu neuer Anstrengung herausfordern.

»Schon gut, Chief. Wenn das Schlimmste erst vorbei ist, können Sie das Schiff getrost uns überlassen und zu Hause Urlaub machen.«

Sofort wurde Fairfax klar, was er da gesagt hatte, und er wandte sich ab, voller Scham und Zorn auf sich selbst. »Ich … Tut mir leid, Chief.«

Weir sah ihn an. »Ja, schon gut.« Damit ging er.

Blake kramte seine Pfeife hervor und sagte: »Nehmen Sie es sich nicht zu Herzen. Es gibt kaum einen von der alten Besatzung, der nicht einen Angehörigen oder Freund verloren hat.« Er schob sich die unangezündete Pfeife zwischen die Zähne und knurrte erbittert: »Dieser Scheißkrieg!«

Fairfax verglich in Gedanken Blakes ungewohnten Gefühlsausbruch mit seinen eigenen Empfindungen. Immer hatte er davon geträumt, wieder zur See zu fahren, aktiv am Krieg teilzunehmen, bevor er vorbei war. Dafür war er zur Marine gegangen, dafür war er ausgebildet worden, und er hatte eigentlich erwartet, daß Blake genauso dachte.

Etwas über Blakes Werdegang hatte er inzwischen erfahren. Er war schon mit zwölf Jahren in das Royal Naval College von Dartmouth eingetreten und kam aus einer Familie, in der es seit zweihundert Jahren zur Tradition gehörte, in der Marine zu dienen. Sein Vater war auf einem in China stationierten Kanonenboot während eines Aufstandes schwer verwundet worden. Soweit Fairfax wußte, konnte sich der alte Mann jetzt nicht mehr selbst versorgen, da sein Verstand unwiederbringlich dahin war.

Blake riß ihn aus seinen Gedanken. »Lassen Sie uns einen Gang durch das Schiff machen. Ich habe das dunkle Gefühl, daß es mit diesem relativ friedlichen Zustand bald vorbei ist.«

Später, als er allein in seiner Kajüte zu Mittag aß,

dachte Blake über Fairfax nach. Ein bißchen zu eifrig, nicht imstande, seine Gefühle zu verbergen … zumindest noch nicht. Aber er mochte ihn. Wenn sie sich zum Kampf stellen mußten, war Fairfax sicherlich der richtige Mann, um im Notfall das Kommando zu übernehmen. Er verzog das Gesicht bei dieser etwas düsteren Vorstellung und dachte plötzlich an Diana.

Was machte sie wohl gerade? Er versuchte, die Situation zu akzeptieren, sich selbst zu beweisen, daß es nicht mehr weh tat. Aber das gelang ihm nicht. Es tat weh.

Er hörte den Posten Kajüte vor seiner Tür Haltung annehmen und wußte, daß er einen Besucher zu erwarten hatte.

Es war Villar, der Navigationsoffizier, ein sonnengebräunter, drahtiger Oberleutnant mit einem unüberhörbaren Afrikaans-Akzent. Er trug das Degenkoppel des Wachoffiziers.

»Was gibt's, Pilot?«

Villar erwiderte: »Spruch aus Melbourne, Sir. Commodore Stagg kommt heute nachmittag gegen sechs Glasen an Bord.« Er sah Blake gespannt an.

Blake lächelte. »So was Ähnliches habe ich erwartet. Sagen Sie es doch bitte auch dem Ersten und informieren Sie die Seesoldaten. Farleigh wird die Sache Spaß machen. Da kann er mit seinen Leuten mal wieder richtig Bordzeremoniell üben.«

Farleigh war der flotte Captain der Seesoldaten auf der *Andromeda.*

»Sonst wird jedoch keinerlei Aufhebens gemacht«, fügte Blake hinzu. »Borddienst weiter wie bisher.«

Villar ging hinaus, und Blake schob seinen nur halbgeleerten Teller beiseite. Eine Entschuldigung dafür war immer leicht zu finden: zu heiß, zuviel zu tun oder einfach der Krieg. In Wirklichkeit wußte er es besser. Er trank zuviel und aß zu wenig. Darauf würde er aufpassen müssen.

Er blickte zu seinem verschlossenen Schreibtisch hinüber, wo in einer Mappe die letzten Meldungen und Informationen lagen. Commodore Rodney Stagg, ausgezeichnet mit dem Distinguished Service Cross, war eine Zeitlang Kriegsgefangener auf Sumatra gewesen. Das konnte eine interessante Begegnung werden.

Sein geplagter Schreibstubenmaat kam herein. »Entschuldigen Sie, Sir, aber der Bordpfarrer möchte Sie sprechen.«

Blake seufzte. Pfarrer Wilfried Beveridge hatte ihm bereits wegen der australischen Besatzungsmitglieder in den Ohren gelegen. Die Formblätter, die der gute Beveridge verwendete, um eines jeden Mannes Konfession aufzuzeichnen, hatten einige Verwirrungen gestiftet. Sie sahen nämlich nur römisch-katholisch oder anglikanisch vor, und die Australier, die der englischen Staatskirche nicht angehörten, waren deshalb noch lange nicht bereit, sich vom Papst vereinnahmen zu lassen. Der arme alte Beveridge war am Verzweifeln.

Blake erinnerte sich, wie er während des letzten furchtbaren Gefechts zwischen den Gefallenen herumgelaufen war und sich um die Sterbenden gekümmert hatte. Obwohl er sicherlich genauso schreckliche Angst gehabt hatte wie alle anderen, zeigte er doch die gleiche Entschlossenheit wie jetzt in Fragen der Konfession.

»Bitten Sie ihn herein.«

Blakes Blick streifte seine halbleere Karaffe auf der

Anrichte. Angesichts der Tatsache, daß Stagg in Kürze eintreffen mußte, war diese Unterbrechung wahrscheinlich ganz gut für ihn.

Auf die Minute pünktlich kam ein großer Dienstwagen die Pier entlang, der sich geschickt zwischen den überall herumliegenden Materialhaufen hindurchschlängelte.

Blake stand mit Fairfax oben an der Stelling, während ein Posten der Seesoldaten in tadellosem Khaki neben ihnen wartete, um dem Besucher die offizielle Ehrenbezeugung zu erweisen.

Der Commodore stieg langsam aus: ein großer Mann, selbst von weitem, der durch die weiße Uniform noch größer wirkte.

Als Moon Blakes neue weiße Uniform hatte herauslegen wollen, hatte dieser abgewinkt. »Lassen wir das weiße Zeug für später, Moon. Es ist zu verdammt staubig hier an Deck.« Dabei konnte er eine gewisse Verlegenheit nicht unterdrücken. Sie hing wohl mit dem roten Ordensband zusammen, das auf der weißen Jacke, jedoch nicht auf einem kurzärmeligen Hemd getragen wurde, wie er es jetzt anhatte. War er vielleicht peinlich berührt, daß Commodore Stagg, sein neuer Vorgesetzter, ihn sonst hätte zuerst grüßen müssen, wie es einem Träger des Viktoria-Kreuzes zukam? Oder fühlte er sich immer noch unbehaglich bei dem Gedanken, überhaupt mit diesem Orden ausgezeichnet worden zu sein, der in so vielen Fällen erst postum verliehen wurde?

Captain Farleigh gab ein nahezu unhörbares Husten von sich, und die in einer Linie angetretenen Seesoldaten standen stramm, als hätte jeder von ihnen einen Ladestock verschluckt.

Aus der Lautsprecheranlage tönte eine uninteressierte Stimme: »Achtung an Oberdeck!«

Farleigh rückte seinen weißen Helm eine Winzigkeit zurecht und sagte kurz: »Weitermachen, Sergeant!«

Sergeant McLeod ließ seine Leute »Gewehr über« nehmen und starrte drohend auf das obere Ende der Stelling, die Commodore Stagg, dem ein Oberleutnant in respektvoller Entfernung folgte, gemessenen Schritts betrat.

Es war schon ein recht eindrucksvolles Bild und anscheinend ziemlich ungewöhnlich in der Werft, da einige Arbeiter alles stehen- und liegengelassen hatten, um zuzusehen.

Commodore Rodney Stagg wirkte imposant: breitschultrig, mit kantigem Unterkiefer und dunklen Brauen, die über stechenden Augen fast zusammenwuchsen. Die tadellos sitzende weiße Uniform konnte seine Leibesfülle nicht verbergen, und der weiße Kragen ließ seine sonnengebräunten Wangen noch deutlicher hervortreten.

Stagg gab ihnen die Hand und sagte, Fairfax zunikkend: »Sie haben es also geschafft, Captain.« Er hatte nur einen ganz schwachen australischen Akzent und hörte sich so unwirklich an wie ein Schauspieler, der eine nicht einstudierte Rolle spricht.

Zu Blake sagte er. »Allerhand los auf Ihrem Schiff.« Er schob seinen Unterkiefer vor und bleckte grinsend die Zähne. »Hab' mir schon gedacht, daß Sie nicht auf der faulen Haut liegen würden, wenn ich komme.«

»Wollen Sie nicht nach achtern kommen, Sir?« fragte Blake. »Es ist kühler dort.«

Stagg hob die Stimme. »Hitze macht mir nichts aus.

Aber ich halte vielleicht Ihre Leute von der Arbeit ab, wenn ich hierbleibe, und das wollen wir doch nicht, oder?« Seine Jovialität wirkte unecht.

Blake ging voraus zum achteren Niedergang, während Fairfax die Ehrenabordnung wegtreten ließ.

In der Kajüte wirkte Stagg beinahe zu groß, um sich frei bewegen zu können. Seine Mütze stieß fast gegen die Deckenventilatoren, während er ruhelos hin und her wanderte und die gerahmten Fotos, das Ölbild und alles andere betrachtete.

Moon erschien in der gegenüberliegenden Tür und nahm ihm seine Mütze ab. Überraschenderweise hatte Stagg dichtes, eisengraues Haar, das wie ein Dickicht oben aus dem Schädel sproß.

»Möchten Sie einen Drink, Sir?«

Stagg grinste. Wie alles an ihm waren auch seine Zähne groß und kräftig. »Warum nicht?« Er atmete tief. »Herrgott, der Geruch eines Schiffes. Nichts, was dem gleichkäme. Ein gutes Schiff, so wie es sein soll.«

Moon fragte mit bekümmerter Miene: »Was nehmen Sie, Sir?«

»Brandy mit Eis.« Er lachte leise, wie über einen nur ihm bekannten Witz. »Wirkt wahre Wunder.«

Blake nahm seinen Pink Gin und sah Stagg über den Rand des Glases an. »Ich trinke auf unser Wohl, Sir.«

Stagg stürzte seinen Drink hinunter und nickte. »Dieser Handelsstörer ...« Er beugte sich im Sessel vor. »*Unser* Handelsstörer. Was halten Sie von ihm, Richard?«

»Ich habe die Berichte studiert, Sir, die bisherigen Versenkungen und die Fahrten anderer Handelsstörer, aber ich begreife nicht ...«

Stagg winkte Moon mit seinem leeren Glas. »Natürlich begreifen Sie nicht. Der hier ist ganz anders als die anderen. Ein gerissener Hund.« Er rieb geräuschvoll die Hände aneinander. »Ich kannte Pete Costello, den Kommandanten der *Devonport,* recht gut. Ein netter Bursche, aber zu nachlässig, zu bequem.«

Blake schloß aus dieser Formulierung, daß Stagg den Kreuzer längst abgeschrieben hatte.

»Von seiner Sorte gibt es heutzutage eine ganze Menge«, fuhr Stagg fort. »Früher allerdings war das anders. Besonders in Malaysia und Singapur, als der Krieg eine Trennlinie zwischen den sogenannten Gentlemen und denen zog, die Mumm hatten. O ja, damals war alles anders. Nichts war zu gut für die Truppe, als diese weichen Bastarde ihre kostbare Haut in Gefahr glaubten, obwohl sie vorher einem armen australischen Soldaten oder Seemann verwehrt hätten, ein Hotel zu betreten, um einen zur Brust zu nehmen. Wußten Sie das?« Er wartete die Antwort nicht ab. »Aber die Leute vergessen schnell. Jetzt sind sogar die Yanks mit von der Partie, wenn auch nicht ganz freiwillig.« Er schwenkte emphatisch sein Glas. »Jetzt müssen die Deutschen zur Abwechslung Prügel einstecken, und selbst die verdammten Russen haben endlich den Arsch gelüftet.«

Blake lehnte sich langsam im Sessel zurück. Staggs wütendes Resümee war kaum eine gute Gesprächsgrundlage.

»So wie ich Pete Costello kenne, ist er auf seiner langweiligen Patrouillenroute entlanggegondelt und hat an seine Pension gedacht. Na ja, die kann jetzt seine Witwe kassieren.«

Blake sagte: »Ich sehe, daß Sie wirklich an diesen Handelsstörer glauben, Sir.«

Stagg starrte ihn an, als suche er nach dem geringsten Anzeichen von Ironie. Schließlich nickte er. »Nicht nur das. Ich weiß, wer es ist.«

Er saß jetzt völlig ruhig da und beobachtete Blakes Reaktion. »Ich dachte mir, daß Sie das überraschen würde.«

Blake versuchte sich zu erinnern, wie viele Brandys Stagg getrunken hatte. Er schien sein Glas auszusaugen, als brauche sein mächtiger Körper flüssige Energie. Er sagte: »Das ist wirklich erstaunlich. Sir.«

Stagg stand so vorsichtig auf, als wolle er die Stärke des Decks prüfen. »Dachte mir, daß Ihnen das die Sprache verschlägt. Sowohl der Admiral als auch der Chef des Stabes halten mich für halb verrückt.« Gewohnheitsmäßig klopfte er prüfend auf seine Taschen. »Muß jetzt los. Wollte Sie nur persönlich kennenlernen, bevor wir anfangen zusammenzuarbeiten.«

Blake wollte ihn in einer plötzlichen Regung fragen, wer der angebliche Handelsstörer denn nun sei. Er vermutete jedoch, daß der Besuch vornehmlich als Interview angesehen wurde, als ein Test, der noch nicht ganz beendet war.

Stagg sagte mit ausdrucksloser Stimme: »Wenn Sie's genau wissen wollen, ich war dagegen, daß Sie Ihr Kommando behielten. Ob es Ihnen nun gefällt oder nicht – und ich könnte mir denken, daß Sie es genießen –, ein Held zu sein, hat gewisse Schattenseiten. Dieses Schiff hat sich einen guten Namen gemacht, selbst hier unten in Australien. Unsere Vorgesetzten haben in ihrer Weisheit beschlossen, sich die magische

Kraft dieses Namens zunutze zu machen, bis der Handelsstörer vernichtet ist. Sie bilden sich wahrscheinlich ein, ein gewöhnlicher Durchschnittsmensch aus den Kolonien wäre etwas schwer von Begriff.«

Forschend betrachtete Stagg Blakes Gesicht und lachte dann plötzlich auf. »Lassen Sie's gut sein. Wir werden schon miteinander klarkommen. Wenn wir nur diesen Bastard zu fassen kriegen.«

Blake senkte den Blick. Über seinen eigenen Sorgen hätte er fast vergessen, was Stagg hatte durchmachen müssen. In Gefangenschaft geraten, als sein Schiff in Brand geschossen und nahe der Sundastraße auf Strand gesetzt worden war, kurz nach dem Fall Singapurs. Blake hatte bisher geglaubt, daß Staggs Schiff von den Japanern versenkt worden sei. Statt dessen mußte es ein deutscher Handelsstörer gewesen sein, einer von den ersten, die in den ostasiatischen Gewässern operierten.

»Sie haben offensichtlich gar keinen Zweifel, was seine Person angeht«, sagte Blake ruhig.

Staggs Blick ging in die Ferne. »Ihn werde ich nie vergessen, niemals. Er hat mein Schiff versenkt. Dann hat er mich den Japanern übergeben. Nein, das werde ich diesem Hund nie im Leben vergessen.« Erregt packte er Blakes Arm. »All diese Tage und Wochen habe ich die Sache mit mir herumgeschleppt, gewartet und über eine Chance nachgedacht. Jetzt ist sie da, und ich bin fest entschlossen, mich an diesem mörderischen Bastard zu rächen!«

Nach einem zaghaften Klopfen kam der australische Oberleutnant herein, der Stagg an Bord begleitet hatte, und sagte nervös: »Es wird Zeit, Sir. Ihr nächster Termin ist in einer halben Stunde.«

»Warten Sie im Wagen«, knurrte Stagg barsch. Zu Blake gewandt, fügte er hinzu: »Ihm schlottern die Hosen, wenn er mich nur sieht.« Plötzlich mußte er grinsen. »Kann mir überhaupt nicht vorstellen, warum.«

Blake begleitete den Commodore zur Gangway und wartete, bis sich der Wagen in einer Staubwolke entfernt hatte.

Fairfax erschien plötzlich neben ihm an der Reling und legte die Hand an die Mütze. »Eben ist ein Spruch durchgekommen, Sir. Wir sollen morgen Munition übernehmen.« Er drehte sich um und folgte Blakes Blick. »Alles klar, Sir?«

»Da bin ich nicht so sicher.« Blake ging wieder nach achtern, sein Gesicht war sehr nachdenklich.

»Ich denke, wir haben uns wohl einen Drink verdient.« Blake zupfte sich das schweißnasse Hemd von den Rippen. Irgendeine Sache, an der Weir und das Werftpersonal arbeiteten, hatte die Abschaltung der Lüfter erforderlich gemacht. Nur für eine halbe Stunde, hatte ihm der schweigsame STO versichert. Doch schon nach wenigen Minuten hatte sich der Kreuzer in einen drükkendheißen Backofen verwandelt.

Auch Fairfax sah verschwitzt und unbehaglich aus, und die zwischen ihnen auf dem Kajütstisch liegenden Papiere klebten an seinen Händen, wenn er eine bestimmte Sache heraussuchte.

Drei Tage waren seit Staggs kurzem Besuch vergangen. Zu jedermanns Überraschung waren sie nahezu mit allem fertig. Trotzdem, es blieb ein Provisorium, wie der Werftleiter gesagt hatte. Nur bei einem längeren Werftaufenthalt konnten alle Schäden, die *Andro-*

meda in ihrem letzten Gefecht davongetragen habe, von Grund auf behoben werden.

Es war früh am Abend, und viele Besatzungsmitglieder waren an Land gegangen. Die meisten lagen am Strand oder erkundeten die Küste, strebten weg von der lärmenden Ungemütlichkeit der Werft.

Fairfax beobachtete Blake prüfend.

Er wußte, daß er sich keinen Moment Ruhe gegönnt hatte, und konnte nicht verstehen, wie er das durchhielt. Jeden Tag hatte sich Blake zu einer zwanglosen Besprechung mit seinen Hauptabschnittsleitern getroffen. Fairfax hatte vorher nie etwas in dieser Art erlebt und eher knappe Förmlichkeit, ja sogar eine gewisse Arroganz erwartet. Aber Blake hatte seinen Ruf zu Recht erworben.

»Ich könnte schon einen Schluck vertragen, Sir«, sagte er.

Blake läutete nach Moon und zwang sich, einmal nicht an Maschinenschäden, Fehlbestände und Fehler zu denken. Auch nicht an die ärgerliche Tatsache, daß sie kein neues Flugboot bekommen hatten, das die alte abgeschossene Walrus ersetzen konnte. Die Leute spotteten über die alten *shagbats,* wie sie in der Marine genannt wurden, und fragten sich, wie ein Konstrukteur, der eine so schöne Maschine wie die Spitfire entwickelt hatte, bloß eine so scheußliche Mißgeburt erfinden konnte. Aber das Flugboot hatte eine riesige Reichweite und überstand die härtesten Wasserungen, bevor es wieder an Bord gehievt wurde. Jetzt besaß *Andromeda* nur ihre anfällige Seafox, ein Wasserflugzeug, das längst veraltet war. Das hatte Blake auch in einem seiner Berichte an Stagg erwähnt, doch dieser hatte den

Bericht mit dem quer über die ganze Seite geschriebenen Kommentar »Muß genügen!« zurückgesandt.

Moon kam mit leisem Schritt durch die Kajüte und brachte einen Krug mit Eiswürfeln, die sich allerdings schon zum größten Teil in Wasser verwandelt hatten.

»Glauben Sie immer noch an diesen Handelsstörer, Sir?« fragte Fairfax leise.

»Wir haben nichts Neues gehört. Keine einzige Meldung über eine Versenkung blieb unüberprüft. Ursachen waren U-Boot, Kollision, Bombenangriff – nichts, was aus dem Rahmen gefallen wäre.« Nach vier Kriegsjahren fiel es Blake nicht schwer, jeden Verlust nur als Kreuz oder Fähnchen auf einer Karte zu sehen, nicht als Todeskampf von Wesen aus Fleisch und Blut.

Fairfax griff dankbar nach seinem Glas auf Moons Tablett. »Der Commodore war schon immer leicht verrückt.« Als Blake nichts dazu sagte, fügte er hinzu: »Ihm ist von den Japanern ziemlich übel mitgespielt worden, bevor er fliehen konnte. Aber der deutsche Kommandant, der Staggs Schiff versenkte, hatte wahrscheinlich gar keine andere Wahl, als ihn seinen kleinen gelben Verbündeten auszuliefern. Höchstwahrscheinlich hatte er zu viele eigene Sorgen, um sich auch noch über ein paar Gefangene den Kopf zu zerbrechen.«

Blake hatte viel darüber nachgedacht. In den Stunden, in denen er eigentlich hätte ruhen sollen, war er alle nachrichtendienstlichen Unterlagen durchgegangen, die sich Captain Quintins Abteilung nur verschaffen konnte.

Der deutsche Offizier, um den es ging, war ein bemerkenswerter Mann. Kapitän zur See Kurt Rietz, Ritterkreuzträger, hatte bereits zwei Handelsstörer befehligt und über 100 000 BRT alliierten Schiffsraumes versenkt oder aufgebracht. Seine verwegenen Einsätze gegen Einzelfahrer oder kleine Gruppen ungeschützter Schiffe vom Atlantik bis zur Tasmanischen See hatten der Admiralität ziemliche Kopfschmerzen bereitet.

Außer diesen dürftigen Einzelheiten boten Quintins Akten allerdings wenig, um sich ein Bild von diesem Mann zu machen. Deshalb bestand immer die Gefahr, daß die eigene Wachsamkeit durch heimliche Bewunderung eingeschläfert wurde. Als wäre er einer der alten legendären Piraten, erinnerte man sich bei Rietz mehr an die Frechheit seiner Unternehmungen als daran, wieviel Menschenleben und Material sie gekostet hatten.

Rietz hatte einmal einen alten Frachtdampfer verfolgt, dem es beinahe gelungen wäre, den Spieß umzudrehen. Ein so harmlos scheinendes Schiff wie sein eigenes hatte sich plötzlich als bewaffneter Hilfskreuzer entpuppt und den Deutschen so mit Granaten eingedeckt, daß es Rietz nur unter Aufbietung seines ganzen Könnens gelungen war, sein Schiff heil nach Deutschland zurückzubringen.

Aber in allen Meldungen, den Augenzeugenberichten der freigelassenen Gefangenen und der Überlebenden, war nie die Rede von persönlicher Grausamkeit gewesen, die über die Härte des Gefechts hinausgegangen wäre.

Blake rief sich noch einmal ins Gedächtnis zurück, was Fairfax über Stagg gesagt hatte. Ganz offensichtlich konnte er ihn nicht leiden. Aber das würde sich wahrscheinlich erst später bemerkbar machen. Im Moment gab es zuviel zu tun, um müßigen Spekulationen nachzuhängen.

Ein Midshipman, dessen rundes, von der Sonne verbranntes Gesicht sich gerade zu häuten begann, klopfte an die Kajütentür und trat vorsichtig über das Süll.

»Was gibt es, Mr. Thorne?«

Wieder einmal war Blake dankbar für sein gutes Namensgedächtnis. Zur Besatzung des Kreuzers gehörten acht dieser Offiziersanwärter, die respektlos *snotties*, also Rotznasen, genannt wurden. Die meisten von ihnen waren erst nach dem letzten Gefecht an Bord gekommen. Da es zugleich auch ihr erstes Bordkommando war, mußte ihnen die furchtbar zusammengeschossene *Andromeda* ehrfürchtige Scheu eingeflößt haben. Die Messe der Midshipmen hatte drei ihrer Mitglieder im Kampf verloren. Thorne war einer der Ersatzleute.

»Der Erste schickt mich, Sir, und läßt melden, daß ein Besucher vom Marineamt an Bord gekommen ist.«

Fairfax sprang auf und knöpfte sein zerknittertes Hemd zu.

»Verdammt, um diese Tageszeit!«

Blake grinste. »Bitten Sie ihn herein.«

Der junge Midshipman ließ einen Blick durch die ganze Kajüte wandern, um sich alles einzuprägen. Der Wohnraum des Kommandanten kam ihm im Vergleich zu seinem eigenen Quartier fürstlich vor.

»Es ist eine *Sie,* Sir. Second Officer* Grenfell.«

Fairfax entspannte sich etwas. »Quintins Adjutantin, Sir. Ich glaube, Sie haben sie schon kennengelernt.«

---

* Entspricht etwa einem Kapitänleutnant (Anm. d. Ü.).

Blake warf einen Blick in den Spiegel und strich sich mit einer schnellen Bewegung das Haar aus der Stirn. Er erinnerte sich vage an den Wren-Offizier. Kühl und beherrscht.

Claire betrat die Kajüte und sah ihn ruhig an.

»Captain Quintin schickt mich, Sir.«

Moon schleppte sofort einen Stuhl herbei, aber als er ihr das Tablett mit den Drinks präsentierte, schüttelte sie den Kopf.

»Nein, danke. Zu früh für mich.«

Blake nahm wieder Platz und räusperte sich. Ihre Ablehnung hatte wie ein Verweis geklungen.

»Entschuldigen Sie, daß ich hier so hereinplatze, Sir.« Sie öffnete ihre Schultertasche und nahm einen schmalen Umschlag heraus. »Für Ihren Geheimordner.« Sie sah sich zum erstenmal in der Kajüte um. »Schwer vorstellbar, daß hier mal ein Kampf stattgefunden hat.«

Fairfax öffnete den Mund, um etwas zu sagen, doch Blake kam ihm zuvor. »Tatsächlich haben hier fünfzig Verwundete gelegen. Das Schiffslazarett war überfüllt. Bei den meisten war allerdings nichts mehr zu machen.«

Er fühlte sich außerordentlich irritiert, sowohl durch ihre gleichgültige Bemerkung als auch durch seine eigene heftige Reaktion.

Ruhiger fragte er: »Soll ich diese Mitteilung jetzt lesen, oder wollen Sie mir sagen, was drinsteht?«

Sie blickte ihn an. Sie hatte ein hübsches, ebenmäßiges Gesicht mit ruhigen, graublauen Augen. Das unter ihrem Hut vorquellende blonde Haar bog sich in zwei großen Wellen nach vorn. Sie zuckte die Schultern. »Nichts Definitives, Sir. Nach uns bisher vorliegenden Meldungen scheint jedoch einem Schiff namens *Bikanir* etwas zugestoßen zu sein, zweieinhalb Tage nachdem es von Kapstadt nach Adelaide ausgelaufen war. Ein amerikanisches Patrouillenfahrzeug fing eine verstümmelte Seenotmeldung mit einem Teil der Position auf.« Sie strich sich mit den Fingerspitzen leicht über die Oberlippe, auf der winzige Schweißperlen standen.

»Das könnte er sein, Sir«, rief Fairfax.

»Commodore Stagg läuft heute abend mit der *Fremantle* aus«, sagte die junge Frau. »Sie bekommen rechtzeitig Bescheid, wo Sie mit ihm zusammentreffen sollen.«

Blake riß den Umschlag auf und las die sauber getippten Sätze schnell durch.

Die *Bikanir* hatte Chemikalien geladen und war keinesfalls imstande, sich mit einem Handelsstörer anzulegen.

Sein Blick blieb an Quintins handschriftlichem Nachsatz hängen: *Andromeda* sollte sich unverzüglich zum Auslaufen bereit halten.

Blake spürte, wie Claire Grenfell ihn betrachtete; er mußte plötzlich an Diana denken, an ihren lachenden Mund, ihre Fähigkeit, einen Mann auf diese oder jene Weise verrückt zu machen.

»Fragen Sie den Chief, ob er einen Moment Zeit hat, Victor, und sagen Sie dem I WO, er soll die Rückkehr der Landurlauber veranlassen. Nur für alle Fälle.«

Es wurde sehr ruhig, nachdem Fairfax gegangen war; Moon, der regungslos in seiner Pantry stand, schien die Luft anzuhalten.

Mit einem plötzlichen Surren setzten sich die Lüfter in Bewegung; Kühle strömte in die Kajüte.

Blake lehnte sich erleichtert im Stuhl zurück. »Ah, endlich!«

»Ich wünsche Ihnen Glück, Sir. Ihnen und dem Schiff«, sagte sie.

Blake erhob sich. Eben noch hatte er sie schnell wieder von Bord haben wollen, aber jetzt weckte ihre einfache und ungezwungene Art in ihm den Wunsch, sie möge noch bleiben.

»Australien muß recht seltsam auf Sie wirken«, sagte sie. »Nach dem Mittelmeer und England.«

Er nickte. In Gegenwart dieser großgewachsenen, ernst blickenden Frau fühlte er sich schmuddelig und irgendwie unbeholfen. »Ja, ich komme mir wie ein Tourist vor.«

Sie rückte ihren Hut zurecht und ließ ihre Schultertasche zuschnappen. »Ich gehe dann.«

Blake machte Anstalten, sie hinauszubegleiten, aber sie sagte: »Ich kenne den Weg, trotzdem vielen Dank.« Sie blickte sich noch einmal um, als suche sie etwas, einen Grund oder eine Erklärung.

Fairfax kam zurück und sah Claires Beinen nach, bis sie durch das Achterdecksluk verschwanden.

»Eingebildete Ziege!« Er schluckte verlegen. »Entschuldigen Sie, Sir, aber es ist schon eine ziemliche Frechheit, hier hereinzurauschen, als wäre sie die Königin von Saba oder so.«

Blake lächelte. »Ich vermute, Sie sind mit ihr bekannt?«

»Gewissermaßen. Sie hält auf Abstand. Hände weg. Nicht, daß mir das etwas ausmachte«, fuhr er schnell fort, »aber ich kannte ihren Bruder recht gut. Es erwischte ihn vor der Küste Libyens, vor jetzt anderthalb Jahren.«

»Verstehe.« Blake sah Weir in seinem ölverschmierten Overall herankommen.

»Halten Sie sich zum Auslaufen bereit, Chief. Morgen früh, bei Tagesanbruch, schätze ich. Was noch fehlt, wird warten müssen.« Er dachte an Staggs *Muß genügen*. »Wenn sich hier ein Handelsstörer herumtreibt, müssen wir unsere fünf Sinne beisammenhaben. Wir haben zwar zwei Kreuzer für diesen Job, aber auch ein verdammt großes Seegebiet.«

Weir legte zuerst eine Zeitung auf den Stuhl und setzte sich dann vorsichtig hin. »Typisch Marine, daß man von uns das Unmögliche verlangt.« Er bemerkte Moon in der Pantry und nickte ihm zu. »Ein Schluck Whisky wär' nicht schlecht.«

Blake betrachtete Weir voller Zuneigung. Er würde ihn nie ganz verstehen, und wenn sie noch tausend Jahre zusammenblieben. Aber sie paßten sehr gut zueinander. Was noch wichtiger war, sie paßten beide zum Schiff.

Fairfax spürte ihre Vertrautheit und fühlte sich ausgeschlossen und auch irgendwie betrogen.

»Wenn Sie wollen, können Sie an Land gehen, Victor. Ich rufe Sie zu Hause an, wenn's soweit ist.«

Fairfax ergriff seine Mütze. »Nein, Sir. Ich bleibe an Bord. Ich hab' noch 'ne Menge zu tun.« Er stellte sein Glas ab und ging.

Blake zuckte die Schultern. »Hab' ich was Falsches gesagt?«

Weir zeigte grinsend die Zähne. Sie waren unregelmäßig und spitz wie die eines Terriers.

»Lassen Sie ihn ruhig. Er fühlt sich nur etwas außen vor. Wird sich schon eingewöhnen.« Er kippte seinen Whisky. »Zum Teufel, wir haben doch sogar gelernt, Nummer Eins zu ertragen.«

An ihrem Liegeplatz, über den der Schein der untergehenden Sonne immer längere Schatten warf, wartete *Andromeda* geduldig auf ihre nächste Chance: die Rückkehr auf das Schlachtfeld.

Der Beweis

Für das Dampfschiff *Argyll Clansman,* seit zwanzig Tagen von Sydney nach Kapstadt unterwegs, begann erneut ein sonniger Morgen auf der weithin leeren See. Das Meer war ruhig und nur durch eine lange Dünung wie von tiefen Atemzügen bewegt, die alle Schattierungen des dunkelblauen Wassers abwechselnd hervortreten ließ. Trotzdem pflügte das Schiff eine schäumende Bugwelle auf, und das von den mächtigen Propellern aufgewirbelte Kielwasser schien dem Rumpf wie eine Schleppe zu folgen. Die *Argyll Clansman* war nämlich ein ziemlich neues Kühlschiff, und ihre Laderäume waren vom Kiel bis zu den Decksbalken mit gefrorenen Tierleibern vollgepackt, die, wenn alles gutging, zu Fleischrationen für die Bevölkerung Großbritanniens zerlegt werden würden.

Der Erste Offizier stand in der Steuerbord-Brückennock und paffte seine Pfeife, was ihn nicht hinderte, dem Geruch von gebratenem Schinkenspeck nachzuschnuppern, der aus dem Kombüsenschornstein drang. Es war noch sehr früh am Morgen, aber der Bootsmann arbeitete schon mit einer Gruppe von Leuten an Deck, bevor die sengende Hitze des Tages einsetzte.

Der Rudergänger sagte leise: »Der Alte kommt, Sir.«

Der Erste Offizier drehte sich um, als der Kapitän auf die frisch gescheuerten Grätings trat. Er hatte sein Glas umgehängt, und das war ungewöhnlich.

»Alles klar, Erster?«

Der Erste Offizier nickte. »Wir machen gut zwölf

Knoten, Sir. Ich schätze, daß wir wie geplant in Kapstadt sein werden.«

Der Kapitän knurrte: »Es wird mir bestimmt nicht leid tun, wenn ich den Tafelberg sehe, das können Sie mir glauben.«

Ein Matrose brachte Becher mit Tee auf die Brücke, und aus der Funkbude kam das übliche Stottern der Morsezeichen und das Jaulen atmosphärischer Störungen.

»Von der *Bikanir* gibt es nichts Neues?« fragte der Kapitän.

Der Erste Offizier lächelte. Wenn, dann wäre der Alte ganz sicher der erste gewesen, der es erfahren hätte. Sie waren von einer australischen Korvette begleitet worden, die jedoch nach der verstümmelten Seenotmeldung der *Bikanir* zur Hilfeleistung verschwunden war. Typisch Marine: immer wie die Wilden auf dem verdammten Ozean herumkreuzen und eine große Schau abziehen. Er fühlte das stetige Vibrieren des Decks unter seinen Füßen. Das Schiff vermittelte ihm ein Gefühl der Sicherheit, des Vertrauens. Aber falls sich hier wirklich ein Handelsstörer herumtrieb, konnte Vertrauen tödlich sein.

»Rauchfahne, Sir, Backbord voraus.« Der Ausguck war auf dem Posten.

Kapitän und Erster Offizier eilten in die gegenüberliegende Nock.

»Stimmt, da ist ein Schiff«, sagte der Kapitän und ließ das Glas sinken; sein Gesicht war besorgt. »Wie war noch gleich die Position der *Bikanir*?«

»Dreißig Grad östlicher Länge«, erwiderte der Erste Offizier. »Mehr konnten sie nicht auffangen. Zweieinhalb Tage nach dem Auslaufen, das käme so ungefähr hin.«

Der Kapitän sah zum Ausguck hinauf und blickte dann über das Hauptdeck, wo einige Leute aufgehört hatten zu arbeiten und auf die ferne Rauchwolke starrten. Wie eine schwarze Feder stand sie unbeweglich am Horizont.

»Paßt bloß gut auf!« Dann ging er mit dem Ersten ins Kartenhaus.

Sie starrten auf die fleckige Seekarte nieder, auf die dünne Linie ihrer langen Reise von Sydney bis zu dem Bleistiftkreuz, das ihre Morgenposition bezeichnete.

»Wir befinden uns 420 Meilen nordöstlich der Prinz-Eduard-Inseln.« Der Kapitän rieb sich das Kinn. »Das kann der Handelsstörer nicht sein. Unmöglich, daß er in einem halben Tag bis hierher gekommen sein sollte.« Er sah den Ersten Offizier an. »Oder?«

Der Erste schüttelte den Kopf. »Auf keinen Fall. Wenn überhaupt einer da ist, wartet er bestimmt nicht hier, bis er von unseren blauen Jungs versenkt wird.«

Der Alte war etwas nervös. Er machte das alles schon zu lange mit: Geleitzüge nach Amerika, Geleitzüge nach Rußland, dabei dreimal sein Schiff verloren. Das war wirklich mehr als genug für einen Mann von vierundsechzig Jahren, der eigentlich nach Hause in seinen Garten gehörte.

»Der Ausguck meldet, daß das Schiff gestoppt liegt, Sir, und anscheinend in Brand geraten ist.«

Die beiden Offiziere sahen sich an. Nur noch ein paar Tage, und sie waren – jedenfalls bis zum zweiten Teil der Reise nach Großbritannien – in Sicherheit. Sicher bekamen sie es dann mit U-Booten und jeder Menge Bombenflugzeuge zu tun, aber im Konvoi waren sie zumindest von Freunden umgeben und nicht so verdammt allein.

»Was denken Sie, Sir?«

Der Kapitän kniff die Augen zusammen. »Was ich denke? Ändern Sie den Kurs, Erster, aber sagen Sie dem Funker, er soll sich zum Absetzen eines Spruchs klarhalten, für alle Fälle. Lassen Sie die Kanonen besetzen und sagen Sie der Mannschaft Bescheid.«

Er ergriff einen Handapparat und drehte die Kurbel. »Chief? Hier spricht der Kapitän. Halten Sie sich klar. Wir nehmen Kurs auf ein brennendes Schiff. Vielleicht ist es angegriffen worden. Mal sehen, was ich tun kann.«

Später, als ihre Bugwelle in der höhersteigenden Sonne goldgelb glänzte, stach das Licht einer Signallampe durch den Rauch.

Der Erste Offizier las langsam mit: »Funk ausgefallen, Feuer im vorderen Laderaum. Brauchen ärztliche Hilfe.«

Der Alte beobachtete, wie die Entfernung stetig abnahm. Auf der Poop war das ehrwürdige Vier-Zoll-Geschütz schon bemannt, und auch das zweite unter der Brücke war auf das sich durch den Rauchvorhang abzeichnende Schiff gerichtet.

Der Zweite Offizier, noch an den Resten seines unterbrochenen Frühstücks kauend, fragte: »Was ist das für 'n Schiff, Sir?«

Der Kapitän antwortete: »Die *Mount Everest*, auf der Ausreise von ...«

»Nie im Leben, Sir!« unterbrach ihn der Zweite Offizier. »Ich kenne das französische Schiff gut, dieses hier ist viel größer …« Weiter kam er nicht.

Der Kapitän brüllte: »Hart Steuerbord, beide Maschinen äußerste Kraft voraus!«

Der Erste Offizier stand wie versteinert, bis ihm der Alte auf den Arm schlug und schrie: »Sagen Sie's dem Funker! Geben Sie unsere Position durch! Sofort, verdammt noch mal.«

Während der Maschinentelegraph klingelte und der Rudergänger das große Rad herumwirbelte, rief jemand: »Sie haben ihre Flagge gesetzt, Sir! Mein Gott, es ist ein Deutscher!«

Der Rauch wurde lichter, und das andere Schiff schien kürzer zu werden, weil es auf die *Argyll Clansman* zudrehte.

Erneut kam ein Blinkspruch herüber: *Stoppen Sie sofort, benutzen Sie kein Funkgerät.*

Durch die Tür hörte der Kapitän das Stakkato eines Morsespruchs und aufgeregte Rufe an Deck.

»Soll ich die Maschinen stoppen lassen, Sir?« Der junge Zweite sah seinen Vorgesetzten verzweifelt an.

»Nein. Lassen Sie die Geschütze feuern. Geben Sie's dem Bastard!«

In diesem Augenblick durchbrachen zwei lange gelbrote Feuerzungen den immer lichter werdenden Rauchvorhang, und die feindlichen Granaten schlugen mit ungeheurer Wucht in die Bordwand des Frachters.

Eine Druckwelle sengender Hitze erfaßte die Brükke. Wo eben noch Ordnung und Entschlossenheit geherrscht hatten, tobte jetzt ein Inferno. Schreiende Gestalten rannten, in Flammen gehüllt, durch das Chaos und wurden von ihm wieder eingesogen und vernichtet.

Immer mehr Granaten schlugen in die *Argyll Clansman*. Der Kapitän fühlte, wie sich das zerstörte Brükkenschanzkleid in seine Brust bohrte und das Schiff zu kentern begann. Männer starben schreiend, und er hörte noch, wie das alte Geschütz auf der Poop einen Schuß abgab, bevor es mitsamt seiner Bedienungsmannschaft durch einen Volltreffer zerrissen wurde.

Das zerbrochene Glas des Brückenfensters war voller Blut; er wußte, daß es sein eigenes war, obwohl er keinen Schmerz fühlte.

Nun werden wir unsere Fleischration doch nicht kriegen, dachte er verschwommen.

Siedendheißer Dampf schoß an der Brückenseite hoch, als die See in den Kesselraum drang. Im hellen Sonnenlicht sah er wie eine Fontäne aus.

Dann starb auch der Alte, zusammen mit seinem Schiff.

Die Mütze unter den Arm geklemmt, betrat Fairfax Blakes Kajüte und meldete: »Klar zum Auslaufen, Sir.« Er konnte seine Ungeduld und Aufregung kaum noch bezähmen. Eigentlich hätte er sich ja daran gewöhnt haben und sich nach all diesen Jahren von der Routine des Auslaufens nicht mehr beeindrucken lassen sollen. Sarah hatte ihn deswegen oft genug geneckt.

Blake lächelte. »Gut.« Er blickte sich in seiner Kajüte um. Bis sie irgendwo vor Anker gingen, würde er sie nicht wiedersehen. Jetzt war die Brückenkammer sein Zuhause, sein Gefechtsstand, von wo aus er die Brücke in Sekunden statt in Minuten erreichen konnte.

»Ist der Lotse an Bord?«

Fairfax verzog verlegen das Gesicht. »Tut mir leid,

Sir, ich hätt's Ihnen melden sollen. Ja, er ist jetzt oben auf der Brücke.« Während er die weiteren Meldungen in Gedanken abhakte, fügte er hinzu: »Der Postholer ist auch wieder an Bord, zwei Urlauber sind noch nicht zurück, aber wie es aussieht, hat sie die Militärpolizei erwischt.«

»Gut, lassen Sie die letzte Stelling wegnehmen. Ich komme nach oben.«

Blake warf noch einen Blick in den angrenzenden Schlafraum, wo Moon schon das Kojenzeug für die Wäscherei zusammenlegte.

Ein Zittern ging durch das Schiff. Das Wesen aus Stahl erwachte zum Leben.

Er stieg zum Deck hoch und ging langsam auf Backbordseite an den Geschütztürmen vorbei, passierte die Boote, die Seafox, die wie ein zerbrechlicher Vogel auf ihrem Katapult hockte, den Schornstein und die kleineren Geschütze, die schon so oft mit Rauch und Leuchtspur tödliche Muster in den Himmel gezeichnet hatten. Dann die Brücke, auf ihren verschiedenen Ebenen mit weißen Mützen gesprenkelt, mit angespannten Gesichtern, Flaggen, die zu heißen oder niederzuholen waren, Feuerleitgeräten, Radar, kurz mit allem, was *Andromeda* brauchte, um ihren Weg zu finden, den Feind aufzuspüren, zu töten. Wenn Weirs lärmerfülltes Reich unterhalb der Wasserlinie ihr Herz war, konnte man die Brücke sicherlich als ihr Hirn ansehen.

Blake fühlte die Hitze jetzt schon durch sein Hemd hindurch. Er setzte seine Sonnenbrille auf und stieg schnell den nächsten Niedergang zur Brücke hinauf; dabei merkte er, wie ihn die Männer beobachteten, sah ihre vertrauten Gesichter und war sich auch der vielen bewußt, die er überhaupt nicht kannte – noch nicht, jedenfalls.

Wenn er sich schon über seine Besatzung Gedanken machte, dann würden seine Leute, das wußte er aus langjähriger Erfahrung, sich ganz sicher noch mehr den Kopf über den Mann zerbrechen, der ihr Kommandant war.

Er erreichte die obere Brücke und registrierte die Anwesenden mit einem schnellen Blick. Villar, der Navigationsoffizier, der offensichtlich dabei war, eine Testpeilung zu machen. Bootsmannsmaaten, Melder, auch ein Neuer, Lieutenant Trevett von der Royal Australian Navy, der Villar zur Hand ging, Harry Buck, der Signalmeister, ein Trompeter der Marines und zwei Signalgasten; jeder von ihnen spielte eine wesentliche Rolle, war Teil des Ganzen oder zumindest bemüht, es zu werden.

Der Hafenlotse legte zwei Finger an seine Mütze. »Schöner Tag, Käpt'n.« Er zeigte auf einen Schlepper. »Ein bißchen weiter flußabwärts wartet noch einer auf uns.« Er grinste über das ganze Gesicht. »Ginge doch wirklich nicht an, einen englischen Kreuzer auf Schlick zu setzen, was?«

Fairfax knirschte mit den Zähnen. »Noch so ein verdammter Spaßvogel.«

Ein Matrose meldete durch ein Sprachrohr: »Stelling an Land, Sir.«

Blake stieg auf die vorderen Grätings und warf einen kurzen Blick auf den frisch geschrubbten hölzernen Stuhl, der dort festgeschraubt war. Wie viele Tage und Nächte hatte er darin schon gesessen, versucht zu schlafen, versucht, wach zu bleiben? Hier im Sonnenlicht kam ihm das fast unwirklich vor. Wie ein Alptraum.

»Alle Leinen los bis auf Vorleine und Achterspring!«

Die Wiederholung des Befehls und die kurz darauf einsetzende Aktivität nahm er nur unbewußt wahr.

Einem Zuschauer an Land wäre alles wie ein großes Durcheinander vorgekommen. Zeisinge wurden losgenommen, und das Leinenkommando kämpfte mit den großen Rollen der fettigen und schwer zu handhabenden Festmachertrossen. Ganz vorn auf der Back, von wo aus er alles genau überblicken konnte, stand der I WO, die Arme in die Seiten gestützt, wie es für ihn typisch war. Neben ihm hielt sich ein Signalgast bereit, die Gösch niederzuholen, sobald das Schiff Fahrt aufnahm.

»Achtern alles los, Sir.«

Blake ging auf die andere Seite der Brücke und lehnte sich über das sonnenwarme Schanzkleid. Der Schlepper hielt sich bereit, ihr Heck von der Pier freizuholen. Ein hilfreicher ablandiger Wind fehlte leider.

»Achtung!« Er hörte die schrillen Klingeln der Maschinentelegraphen und meinte förmlich, Obersteuermann Cousins mit seinen Rudergängern in der dunklen Kühle des Ruderhauses vor sich zu sehen.

Ein Bootsmannsmaat meldete aufgeregt: »Verzeihung, Sir, aber eben ist ein dringender Funkspruch reingekommen.«

Er hatte zu Fairfax gesprochen, doch Blake, der mitgehört hatte, knurrte nur: »Lesen Sie ihn schon vor, Mann!«

»Steuerbord-Maschine langsam voraus.« Die Brükke vibrierte, und fast unmerklich schob sich *Andromeda* voraus, wobei Scovells Leinenkommando eilig die Achterspring schrickte, in die das Schiff eindampfte.

»Steuerbord Maschine stopp.«

Der Hafenlotse schwenkte eine kleine Flagge als Zeichen für den Schlepperkapitän. Weißer Schaum brodelte am Heck des Schleppers, und eine Stahltrosse tauchte tropfend aus dem Wasser zwischen den beiden Schiffen, während das elegante Heck des Kreuzers langsam von der Pier freikam.

Bei alledem war die Stimme des Bootsmannsmaaten deutlich zu vernehmen: »Spruch der *Argyll Clansman* aufgefangen, Sir. *Position 41° Süd, 38° Ost.* Text: *Werde von deutschem Handelsstörer angegriffen.*«

Blake verfolgte konzentriert, wie sich das schattige Dreieck zwischen Bordwand und Pier langsam vergrößerte und von Sonnenlicht erfüllt wurde.

»Vorleine los.«

Sein Verstand arbeitete mit eisiger Klarheit, so daß er alle diese Dinge sehen und tun konnte, ohne ein einziges Wort des Maaten zu überhören.

»Das war alles, was wir aufgefangen haben, Sir«, beendete der Maat seine Meldung.

»Vorn alles klar, Sir!«

Fairfax sagte schnell: »Der Funker soll sofort melden, wenn noch was durchkommt.« Er wandte sich um und sah hinauf zu Blake, der oben auf den Grätings stand, den Mützenschirm zum Schutz gegen das grelle Licht bis über die Sonnenbrille gezogen.

Das Schiff lag jetzt, schlank und schön in seinen Linien, in einem Winkel von 45° von der Pier ab – ein perfektes Manöver.

Falls Blake Erregung oder Überraschung über die eben gehörte Meldung empfand, so hatte sie ihn jedenfalls nicht von der sorgfältigen Ausführung seines Ablegemanövers ablenken können.

Selbst der Hafenlotse betrachtete ihn respektvoll.

»Beide Maschinen langsam achteraus, Ruder mittschiffs.«

Blake warf einen Blick auf den Schornstein mit seiner immer größer werdenden Wolke hellen Rauchs. Sah dann wieder hinunter auf das Deck und die weißbemützten Mannschaften, die emsig dabei waren, die Leinen aufzuschießen, die Fender an Bord zu nehmen und alles wieder festzuzurren und beizubändseln, bis zum nächsten Mal.

Irgendwo war ein Schiff versenkt worden. Sein letzter Funkspruch lastete noch auf der Brücke wie ein Nachruf.

»Beide Maschinen stopp. Schleppleine loswerfen. Geben Sie ›Vielen Dank‹ hinüber, Signalmeister.«

Villar hing immer noch über dem Kreiselkompaß, die Augen zum Schutz gegen das Sonnenlicht zu schmalen Schlitzen zusammengekniffen.

»Steuerbord 20. Backbord-Maschine langsam voraus«, kommandierte Blake. Er wartete, bis der Bug herumzugehen begann. Dann: »Mittschiffs. Beide langsam voraus.« Mit ausdruckslosem Gesicht wandte er sich dem Hafenlotsen zu. »Übernehmen Sie bitte.«

Sein Blick fiel auf den australischen Oberleutnant, der offensichtlich nichts Rechtes mit sich anzufangen wußte und unbehaglich herumstand.

»Sie heißen Trevett, nicht wahr?« fragte Blake. »Ich möchte, daß Sie dem Navigationsoffizier helfen, ab sofort eine Spezialkarte zu führen, in die Sie alles eintragen, was uns mit der Operationsweise des Handelsstörers vertrauter macht, wie Positionsangaben, mögliches Insichtkommen und Entfernungen.«

Er drehte sich um und fügte kurz hinzu: »Sagen Sie der Maschine, sie sollen weniger Umdrehungen machen.« Er merkte, wie sich der Hafenlotse bei diesen Worten leicht entspannte, und erläuterte: »Sie ist zwar ein Kreuzer, reagiert aber wie ein Zerstörer.«

Der Lotse grinste erleichtert. »Das kann man wohl sagen, Käpt'n. Bei der muß man schon aufpassen.«

Blake hob das Glas an die Augen und richtete es zum Ufer. Ganz vorn an der Pier stand ein geparkter Wagen. Auf dem Beifahrersitz erkannte er Captain Quintin. Neben ihm entdeckte er Claire, die sich mit verschränkten Armen an die Tür lehnte und beobachtete, wie der Kreuzer langsam in die Bucht hinein abdrehte.

»Soll ich den Hafendienst beenden lassen?« fragte Fairfax.

»Ja. Wir fangen mit Gefechtsdienst an, sobald der Lotse von Bord ist.« Blake sah die Überraschung in Fairfax' gebräuntem Gesicht. »Dabei darf nichts ausgelassen werden. Ich will, daß besonders die neuen Leute lernen, was anliegt.« Er lächelte leicht melancholisch und berührte Fairfax' Arm. »Ab sofort sind wir wieder im Einsatz.«

Blake fühlte eine Hand auf seiner Schulter und war sofort wach. Er blieb noch einen Augenblick in der kleinen Brückenkammer liegen, um sich wieder zurechtzufinden und seine Gedanken zu ordnen. Wie sehr sich dieser Einsatz doch von den anderen unterschied, dachte er lustlos und empfand es immer noch als unmöglich, mit der Weite und Leere dieses Ozeans fertig zu werden. Im Mittelmeer hatte es selten eine Stunde, geschweige denn einen Tag ohne feindliche Flugzeuge, Bombenangriffe oder einen Rettungsversuch gegeben.

Er drehte sich um und betrachtete Moon, dessen Gesicht im schwachen Kojenlicht blaß wirkte. Die Tasse Tee in seiner Hand vibrierte leicht.

»Es wird langsam hell, Sir. Alles ruhig – wie gewöhnlich, sozusagen.«

Die Tür schloß sich langsam hinter ihm.

Blake setzte die Füße auf den Teppich und fühlte das rhythmische Stampfen der Maschine wie einen Herzschlag. *Andromeda* lief beinahe zwanzig Knoten, und das war nach der nur kurzen Überholung reichlich viel. Falls das Weir beunruhigte, verbarg er es noch. Er wußte, was jetzt erforderlich war, und würde seine Meinung äußern, wenn er es für nötig hielt.

Vor zehn Tagen waren sie aus Williamstown ausgelaufen.

Blake schlürfte den heißen Tee und dachte über die Situation nach. Nur drei Tage nach dem verzweifelten Hilferuf der *Argyll Clansman* hatten sie einen weiteren aufgefangen. Von einem alten griechischen Frachter namens *Kios*, den nur der Krieg vor dem Abwracken bewahrt hatte. *Kios* hatte den Propeller verloren und damit auch alle Sicherheitsbestimmungen über Bord geworfen. Sie lag allein, mit gestoppter Maschine, hilflos im Wasser. Ihr Kapitän hätte kaum etwas anderes tun können, als den Äther mit Hilferufen zu füllen.

Dann hatte sich der Wortlaut des Funkspruchs plötzlich geändert. Blake stand mit Fairfax im Funkraum, während Lougher, der australische Funkmeister, versucht hatte, die schwache Verbindung aufrechtzuhalten.

Genau wie beim letztenmal, dachte Blake: Positionsmeldung, Angriff und dann nichts mehr. Er versuchte, über die letzten Augenblicke des alten Frachters nicht weiter nachzudenken, insbesonders nicht über den Moment, als ihnen klargeworden sein mußte, daß das nahende Schiff nicht Hilfe, sondern den Tod brachte. Er konzentrierte sich statt dessen auf die Tatsachen. Die Position des Griechen lag neunhundert Meilen östlich von jener der *Argyll Clansman.* Neunhundert Meilen in drei Tagen? Dann mußte der Handelsstörer eine Geschwindigkeit von vierzehn Knoten gelaufen sein. Aber weshalb? Der Deutsche konnte ja nicht wissen, ob schon Hilfe für den Griechen unterwegs war. Warum also die unwirtschaftliche Geschwindigkeit und der zusätzliche Verschleiß, den jeder Handelsstörer tunlichst bemüht war zu vermeiden?

Blake erhob sich, setzte seine Mütze auf, hängte das Glas um und verließ die Kammer.

Scovell hatte Wache und lehnte in einer Ecke der Brücke, während sein junger neuseeländischer Assistent, Lieutenant Walker, am Kartentisch stand.

»Morgen, Nummer Eins.« Blake ging zu seinem Stuhl und setzte sich. Die glattpolierten hölzernen Armlehnen fühlten sich kühl an, würden ihn jedoch in wenigen Stunden fast verbrennen.

Scovell kam auf ihn zu. »Keine besonderen Vorkommnisse, Sir.«

Blake nickte und steckte die unangezündete Pfeife zwischen die Zähne. Damit meinte Scovell eigentlich, daß nichts anläge, mit dem er nicht allein fertig wurde.

Er machte seine Arbeit wirklich ausgezeichnet, doch war es nicht leicht, mit ihm auszukommen. Er ließ keine Nachlässigkeit, auch nicht kleinste Verstöße gegen die Disziplin durchgehen, war jedoch andererseits bereit, einem jungen Wachoffizier stundenlang zur Seite zu stehen. Die perfekte Nummer Eins – zumindest auf dem Papier.

»Wie macht sich die Besatzung, Nummer Eins?«

Scovell warf einen Blick durchs Glas und ließ es dann wieder auf die Brust zurückfallen.

»Ganz gut, Sir. Ein paar sind unangenehm aufgefallen, aber Commander Fairfax wird sich ihrer annehmen.« Das Thema schien ihn zu langweilen. »Ein oder zwei Schlägereien, gelegentliche Meckereien über das Essen, die üblichen harten Kerle, die jetzt merken, daß sie doch nicht so hart sind.«

Eine Stimme sagte leise: »Der Radarmaat bittet um Erlaubnis, das Gerät abschalten zu dürfen, Sir.«

Scovell drehte sich unwirsch herum. »Was denn, zum Teufel! Schon wieder?« Zu Blake sagte er beherrschter: »Gestatten Sie, daß ich mit dem Radarmaat rede, Sir? Er ist zuverlässig.« Er erlaubte sich eines seiner seltenen Lächeln. »Das ist jedenfalls mehr, als man von seinem Gerät behaupten kann.«

»In Ordnung«, sagte Blake. »Ich bleibe hier, bis wir um sechs Glasen mit dem Gefechtsexerzieren anfangen.«

Fast körperlich fühlte er den Unwillen in seinem Rücken. Aber er hatte jeden Tag üben lassen, seit sie den Hafen verlassen hatten: Gefechtsstation, Feuer-im-Schiff-Rolle, Schiffsicherungsrolle, Mann-über-Bord-

Rolle – die ganze Palette. Sie mochten stöhnen, so viel sie wollten, er wußte, daß sie noch keineswegs einem Feind Paroli bieten konnten.

Ein gutes Schiff, sagten alle. Ein Schiff, dem das Glück zur Seite stand. Er wollte dafür sorgen, Unwille oder nicht, daß es, wenn irgend möglich, so blieb.

Er hörte Schritte auf den Grätings und sagte: »Kommen Sie mal her, Lieutenant.«

Walker näherte sich. Ein schlanker, dunkelhaariger junger Mann von neunzehn Jahren, der den ihm anvertrauten ungebärdigen Fähnrichen ein gutes Vorbild sein würde. Er stammte aus Wellington, der »windigen Stadt«.

»Na, Lieutenant, was halten Sie von der ganzen Sache?«

Walker trat von einem Fuß auf den anderen. Er war noch nie mit dem Kommandanten allein gewesen. »Wir werden ihn schon kriegen, Sir«, sagte er leise. »Das einzige ist …« Er verstummte, als Blake sich ihm zuwandte und ihn ansah.

»Sprechen Sie nur weiter«, ermunterte ihn Blake. »Sagen Sie, was Sie denken.«

»Ich denke, wir brauchen einen Flugzeugträger, Sir. Das Gebiet ist für uns und die *Fremantle* zu groß. Der Deutsche könnte sonstwo sein.«

Blake nickte. »Stimmt. Aber um Erfolge zu erzielen, muß ein Handelsstörer unsere Hauptschiffahrtsrouten immer wieder kreuzen. Früher haben die Handelsstörer ihr Operationsgebiet mit einem dichten Gitternetz überzogen, bei dem jedes Planquadrat den Treffpunkt mit einem Versorger oder den Kontakt mit einem Geleitzug oder Einzelfahrer markierte. Das gleiche Gitternetz wird auch von ihrem Stab daheim benutzt, so daß die jeweilige Lage genau dargestellt werden kann.«

Genau wie bei uns, dachte er mit plötzlich aufsteigender Bitterkeit. Hin und her geschoben und benutzt.

»Wie dem auch sei, Lieutenant, jeder Flugzeugträger ist zur Zeit sein Gewicht in Gold wert und nicht für uns bestimmt. Aber mit ihrer Reichweite und Schlagkraft sind Kreuzer eine gute Waffe. Was wir noch brauchen, ist ein bißchen Glück.«

Walker, der seit sieben Monaten zur Besatzung gehörte und das letzte schwere Gefecht ohne eine einzige Schramme überlebt hatte, sagte: »Ich würde dieses Schiff nie verlassen, wenn ich sein Kommandant wäre.«

Blake war von so viel Aufrichtigkeit gerührt. »Ich weiß. In Williamstown war ich mir nicht recht klar darüber, wie ich mich entscheiden sollte. Wenn man ein außergewöhnliches Schiff verlassen muß, geschieht das am besten schnell und ohne einen Blick zurück. Als mir jedoch die Möglichkeit geboten wurde zu bleiben, habe ich keine Sekunde gezögert. Wenn Sie erst mal Ihr eigenes Schiff führen, werden Sie's verstehen. Sie können ein Dutzend Bordkommandos gehabt haben, aber nur eins davon wird für Sie etwas Besonderes sein.« Er streckte die Hand aus und berührte den vibrierenden Stahl.

»Matrose Evans bittet um Erlaubnis, als Rudergänger abgelöst zu werden, Sir.«

»Erteilt«, nickte Walker, ohne hinzusehen, bemüht, die Atmosphäre nicht zu stören. »Mein Vater«, fuhr er fort, »nahm am Ersten Weltkrieg teil, Sir. In Gallipoli. Er redet oft davon, und am *Anzac Day** legt er seine Medaillen an.« Er lächelte. »Ich möchte wetten, er wäre jetzt gern hier.«

Blake wandte sich ab, weil er an seinen eigenen Vater denken mußte. Seine Mutter war schon kurz nach dem Krieg während der schrecklichen Grippeepidemie gestorben, die wie einst die Pest das Land heimgesucht hatte. Damals war sein Vater ein stiller, ernster Mann gewesen, ein guter Seemann, genau wie Quintin ihn beschrieben hatte. Jetzt war er nur noch eine leere Hülle, ein Wesen, das die meiste Zeit ohne Verstand dahindämmerte oder in seinem Garten herumwirtschaftete, ohne recht zu wissen, was es tat. Ja, es gab schlimmere Arten zu sterben als auf einem Kriegsschiff, dachte Blake. Das Sterben seines Vaters währte nun schon Jahre.

Scovell kam zurück auf die Brücke und sagte: »Herrgott noch mal, Sie sind ein Grad vom Kurs abgewichen, Lieutenant! Paddeln hier wie eine besoffene Ente über den Ozean! Was hat man Ihnen in Ihrem Maori-Dorf, oder wo Sie sonst herkommen, bloß beigebracht?«

Walker antwortete heiter: »Eine ganze Menge, Sir! Kriegstänze zum Beispiel und ...«

»Schon gut, Lieutenant«, unterbrach ihn Scovell streng, »um diese Zeit komme ich ganz gut ohne Späßchen aus, danke!«

Blake lächelte. Walker würde sich schon machen. Was jedoch noch wichtiger war: Scovell war Manns genug, das zu erkennen.

---

* *A*ustralian and *N*ew Zealand *A*rmy *C*orps Day (Anm. d. Ü.).

Als die Sonne über dem Horizont auftauchte und das Schiff und die See mit Licht und Leben erfüllte, begannen die Alarmglocken wie verrückt zu schrillen, und aus den Bordlautsprechern dröhnte es: »Alle Mann auf Gefechtsstation – Übung!«

Die Brücke schien von dem plötzlich einsetzenden Trommeln der Füße zu erbeben. Vorreiber schnappten ein, Luken knallten dicht, während die Meldungen wie ein wilder Chor aus Sprachrohren und Telefonen drangen.

»Turm A und B klar, Sir!«

»Schiffssicherungstrupp klar, Sir!«

»Nahbereichswaffen klar, Sir!«

Das ging so weiter, vom Bug bis zum Heck, vom E-Meßgerät bis zur tiefsten Munitionskammer, bis Fairfax schließlich melden konnte: »Schiff ist gefechtsklar, Sir!«

Blake sah auf die Uhr. Besser. Ein *bißchen* besser jedenfalls.

»Danke. Lassen Sie wegtreten. Backbordwache auf Kriegsmarschstation. Lassen Sie alle Ausgucks wahrschauen, daß das Radar wieder mal ausgefallen ist. Sie sollen deshalb jede Kleinigkeit sofort melden.«

Schnell verließen die Leute ihre Gefechtsstationen, und der Trompeter der Marinesoldaten marschierte in seiner üblichen würdevollen Haltung zum Mikrophon, blies die Backen auf und ließ das Horn ertönen. *Alle Mann zum Frühstück.*

Blake ließ sich vom Stuhl gleiten. Ein neuer Tag.

Walker, der eine Meldung durch ein Sprachrohr entgegengenommen hatte, fuhr abrupt hoch.

»Sir! Ausguck Mast meldet Wrackteile recht voraus!«

Blake schwang sich eilig wieder auf seinen Stuhl und drückte auf den roten Schalter unterhalb des Schanzkleids. Wieder ertönte das Signal: »Auf Gefechtsstation!«

Überraschte und verwirrte Männer prallten in dem plötzlich entstehenden Wirrwarr gegeneinander.

Blake setzte das Glas an die Augen und beobachtete die dunklen, im Seegang auf und ab tanzenden Teile, die sich immer weiter ausbreiteten, je näher der Kreuzer kam.

Schließlich sagte er: »Beide Maschinen langsame Fahrt voraus!«

Neben sich hörte er Fairfax heftig atmen, als habe er soeben einen Wettlauf hinter sich gebracht.

»Beide Maschinen gehen langsame Fahrt voraus, Sir. Siebzig Umdrehungen.«

Blake setzte das Glas ab und sah Fairfax an. »Sagen Sie dem Doktor, er soll sich unten bereit halten. Wir setzen zwei Boote aus, eins an Backbord und eins an Steuerbord.«

Fairfax eilte davon, erleichtert darüber, daß er die gräßlichen Überreste nicht länger sehen mußte, die vom Bug des Schiffes geteilt wurden und dann langsam an beiden Seiten vorbeitrieben.

Dazwischen ein Rettungsboot, dessen Beplankung fast bis zur Wasserlinie von Schüssen zerfetzt war. Es enthielt noch zwei Leichen, bedeckt mit Öl, durch welches ihr Blut wie getrocknete Farbe hindurchschien.

In Rettungswesten hängende Tote. Oder einzelne Körperteile.

Blake hörte, wie jemand an Deck würgte und sich

übergab. Ein anderer jammerte endlos und monoton vor sich hin: »O Gott, o Gott«, bis Buck, der Signalmeister, ihn anfauchte: »Halt die Schnauze, Mann!«

Blake sagte: »Fragen Sie nach, ob im Sonarraum etwas anliegt, Nummer Eins. Ich lasse gleich stoppen.«

Er hörte das Arbeiten von Decksmaschinen und wußte, daß der sonst zum Einholen des Bordflugzeugs verwendete Ladebaum klargemacht wurde, um ein Boot zu Wasser zu bringen.

»Sonarraum meldet keine Kontakte, Sir.«

»Danke. Beide Maschinen stopp.« Er wartete nicht, bis der Maschinentelegraph bestätigt hatte. »Lassen Sie die Rettungsboote zu Wasser. Der Doktor wird wissen, was er zu tun hat.« Er schlug mit der Faust auf das warme Metall. »Jedenfalls sollte er das mittlerweile wissen.«

Er nickte, als Walker an ihm vorbei ins Wasser starrte, das Gesicht blaß unter der Bräune. »Ja, vielleicht finden wir einen Hinweis.«

Niemand sagte ein Wort, als das erste Boot ins Wasser klatschte und sich langsam den rauchgeschwärzten Überresten eines Schiffes und seiner Mannschaft näherte.

Blake sah die rundliche Figur des Schiffsarztes, Surgeon Lieutenant Commander Edgar Bruce, neben dem Bootssteurer sitzen; sein Assistent, Lieutenant Renyard, würde im anderen Boot sein. Er war erst in Gibraltar an Bord gekommen, und zwar direkt von der Universität. Mein Gott, dachte Blake, diesmal sah er wirklich dem Krieg in die Fratze.

»Zum Glück sind keine Haie da«, hörte er Buck murmeln. »Sonst wäre nichts übriggeblieben.«

Blake bemerkte die hagere Gestalt des Bordpfarrers, der an Backbordseite entlangeilte, den Blick auf das sich entfernende Rettungsboot gerichtet; sein schütteres Haar vom Wind zerzaust, hielt er ein Gebetbuch wie einen Talisman in der Hand. Armer alter Bursche, wieder einmal kam er zu spät.

»Winkspruch vom Steuerbordboot, Sir!« Buck richtete sein langes Teleskop auf den Bugmann, der mit den Armen signalisierte.

Das Boot hatte zwischen treibenden Holzteilen gestoppt.

»Ein Überlebender!«

Blake schluckte mühsam. Ein Überlebender? Zwischen all diesem elenden, geschwärzten Treibgut? Das schien unmöglich.

Es war schwierig, das Doppelglas ruhig zu halten, da *Andromeda* jetzt im Seegang stärker rollte. Als ob sie es haßte, inmitten dieses Horrors gestoppt liegen zu müssen – wie ein Vollblut, das sich beim Geruch von Blut aufbäumt.

»Rufen Sie das Boot zurück, Nummer Eins, und sagen Sie dem Bootsmannsmaat, er soll sich mit ein paar Leuten bereit halten, den Überlebenden an Bord zu nehmen.«

Durch das Glas sah er, wie sich der junge Surgeon Lieutenant über die Bordwand beugte, ein Taschentuch gegen den Mund gepreßt. Einige der Rudergasten schienen ebenfalls nahe am Zusammenbruch.

Das andere Boot meldete, daß es nichts gefunden habe; mit gleichmäßig auf und nieder gehenden Riemen, was aus der Ferne wie ein schwerer Flügelschlag wirkte, steuerte es zurück zum Schiff.

»Rettungsboote an Bord und verzurrt, Sir.« Scovells Gesicht war wie versteinert.

»Danke. Kurs und Fahrt wieder aufnehmen. Lassen Sie die Leute von Gefechtsstationen wegtreten.«

Blake versuchte, nicht an die Toten in dem zerschossenen Rettungsboot zu denken. Einer von ihnen hatte, so schien es jedenfalls, zu ihnen heraufgestarrt; sein Blick wirkte ungeheuer eindringlich, doch seine Augenhöhlen waren leer. Die Möwen hatten ihm das angetan.

Den meisten an Bord würde jetzt der Appetit aufs Frühstück vergangen sein, dachte er.

Das Deck begann wieder leicht zu zittern, als Scovell auf ihn zukam und meldete: »Beide Maschinen gehen halbe Fahrt voraus, eins-eins-null Umdrehungen. Kurs zwo-acht-fünnef, Sir.«

Jetzt erschien Fairfax auf der Brücke; sein Gesicht wirkte wie eine Maske.

»Sie haben ihn ins Schiffslazarett gebracht, Sir.«

Blake ließ sich von seinem Stuhl gleiten. »Ich will mal hören, was der Doktor sagt.« Er blickte Fairfax ernst an. »Da hat Stagg also doch recht gehabt.«

Das Rendezvous

Blake überquerte die obere Brücke und blieb kurz stehen, um die letzte Phase des Sonnenuntergangs zu beobachten: Ein tiefes Rot breitete sich wie eine große Blutlache vom Horizont über die See aus.

Der Kreuzer lief mit verminderter Fahrt und rollte stark in der rauhen See. Selbst auf der hohen Brücke fühlte man, wie schwül und feucht es war. Auch ohne auf das Barometer zu sehen, wußte Blake, daß ein Sturm in der Luft lag.

Er war von einer großen, kaum noch zu ertragenden Unruhe erfüllt, die wie eine Krankheit von ihm Besitz ergriffen hatte. Wenn er die Brücke verließ, um in seiner kleinen Kammer Ruhe zu finden, zog es ihn sofort wieder hinaus.

Seine Leute spürten das. Sie blieben auf Distanz und zeigten sich besonders arbeitseifrig.

Er hielt sich an seinem Brückenstuhl fest und fühlte, wie sich das Schiff hob, um dann wieder tief in das nächste Wellental einzutauchen. Die Signalleinen über dem Radar und dem E-Meßgerät knatterten laut im Wind, und die Aufbauten schienen wie aus Protest gegen die heftigen Bewegungen zu ächzen. Weir hatte um Erlaubnis gebeten, mit der Geschwindigkeit heruntergehen. Blake hatte sein Urteilsvermögen nie in Frage gestellt. Wenn es dick kam, würde der STO die Maschine hochfahren bis zum Gehtnichtmehr, und zum Henker mit den Warnanzeigen.

Es war jetzt drei Tage her, seit sie auf die treibenden

Wrackteile und die menschlichen Überreste gestoßen waren. Vielleicht war das der Grund für Blakes Unruhe, seine Verzweiflung: drei Tage, in denen sie auf den Tod des einzigen Überlebenden gewartet hatten. Es wäre humaner gewesen, ihn ohne weitere Behandlung einfach hinübergehen zu lassen.

Von allen Besatzungsmitgliedern der *Kios* hatten sie ausgerechnet einen Steward aufgefischt. Einen kleinen, von schrecklicher Angst erfüllten Griechen, dem selbst die stärksten Medikamente nicht die Erinnerung an das qualvolle Ende seines Schiffes nehmen konnten.

Hätte es sich um einen Matrosen gehandelt, so wäre er vielleicht imstande gewesen, ihnen einen winzigen Hinweis zu geben über Konstruktionsmerkmale oder Alter des Angreifers, aber als Steward verstand er von diesen Dingen nichts.

Bei der Gelegenheit hatte man auf *Andromeda* in Gestalt von Lieutenant Cyril Pim ein weiteres, bislang verborgenes Talent entdeckt. Er war ein dünner, bebrillter junger Mann, dessen blasse Hautfarbe der Sonne erfolgreich widerstand, und in dem – wäre er in Zivil gewesen – niemand einen Kriegsteilnehmer, geschweige denn einen Marineoffizier vermutet hätte. Bevor er sich für die Dauer des Krieges zur Marine verpflichtete, hatte Pim für seinen angestrebten Beruf als Reisebürokaufmann Griechisch gelernt.

Drei schreckliche Tage lang hatte er das Schiffslazarett nicht verlassen, sondern neben dem Krankenbett gesessen und dem sterbenden Steward zugehört, obwohl es ihm angesichts der fürchterlichen Verbrennungen des Mannes und seines nahezu unerträglichen Geruchs schwerfiel, sein Entsetzen zu verbergen.

Blake kletterte auf seinen hohen Stuhl und legte die Mütze hinter dem Schanzkleid ab. Weitere Angriffe waren nicht gemeldet worden, bis jetzt jedenfalls. Morgen um diese Zeit würden sie sich mit Staggs HMAS *Fremantle* treffen. Ein Bleistiftkreuz auf der Seekarte war Treffpunkt zweier Schiffe, deren Kommandanten beraten wollten, was als nächstes getan werden mußte. Angesichts des wenigen, was sie bisher erreicht hatten, hätten sie genausogut zu Hause bleiben können.

Stagg würde die Schnauze voll haben, dachte Blake, und daß *Andromeda* mit der Fahrt heruntergegangen war, würde seine Laune nicht gerade verbessern.

Der Wind zauste sein Haar und machte ihm den Kopf wieder klar. Er dachte über den Handelsstörer nach und versuchte, ihn sich nach den unzusammenhängenden Äußerungen des Stewards vorzustellen.

Groß, hatte er gesagt. Aber wie groß? Der Steward hatte ein Schiff erwähnt, auf dem er einmal gefahren war. Zusammen mit Fairfax und Villar, der selber einige Zeit bei der Handelsschiffahrt gewesen war, hatte Blake Handbücher und Verzeichnisse durchgesehen, bis sie schließlich das betreffende Schiff gefunden hatten.

Wenn das wirklich stimmte, handelte es sich um ein Schiff von rund 8000 Tonnen. Das klang wahrscheinlich: groß genug für lange Fahrtstrecken und schnell genug, sich aus der Affäre zu ziehen, wenn ihm der Gegner im Nacken saß.

Der Kapitän der *Kios* hatte sich anscheinend beim Einmarsch der Deutschen mit seinem Schiff aus Griechenland abgesetzt. Vielleicht war das sein Motiv für eine letzte trotzige Geste gewesen, als der Feind seine richtige Flagge gehißt hatte.

Der Funkspruch, der verzweifelte Hilferuf, hatte ihn sein Schiff und schließlich auch das Leben aller Besatzungsmitglieder gekostet.

Der Steward war am Morgen gestorben. Bei seiner Bestattung hatte Pim mit heiserer und stockender Stimme etwas auf griechisch gelesen, während der Kreuzer mit gestoppten Maschinen im Wasser lag und ein Trompeter der Marine ein letztes Abschiedssignal blies. Nun war keiner mehr von dem alten Schiff übrig.

Lieutenant Palliser hatte die Wache, und Blake hörte, wie er einen der Ausgucks scharf anfuhr. Der Artillerieoffizier Palliser konnte Dummköpfe nicht ausstehen, und es fiel ihm nach dem letzten Gefecht im Mittelmeer noch schwerer als vorher, sein Temperament im Zaum zu halten. Nach einem besonders entmutigenden Artillerieexerzieren war er einmal in Gegenwart von Fairfax regelrecht explodiert: »Alles, was ich dazu sagen kann, Sir, ist: Wenn wir einem Feind begegnen, können wir ihn nur mit dem Heck voran angreifen! Die Marines in Turm X und Y sind zehnmal so gut wie die Besatzungen der vorderen Türme!«

Die beiden vorderen, jeweils mit zwei 15-cm-Kanonen bestückten Türme wurden nahezu ausschließlich von australischen Seeleuten bedient. Vielleicht erinnerte sich Palliser auch noch zu genau an die Zeit, als er selber dort als Turmführer Schuß auf Schuß gegen die feindlichen Kreuzer abgefeuert hatte, während um sie herum alles in Trümmer sank.

Der Schein einer Lampe fiel kurz auf die Grätings, und Fairfax trat zu ihm.

»Ich habe gerade meine Ronde beendet, Sir. Alles ruhig.«

Blake nickte. Wie verschieden wir doch sind, dachte er. Fairfax hatte eine Frau in Australien, nach ihrer Rückkehr würde er sie wahrscheinlich kennenlernen. Dann wurde sicher vieles wieder aufgewühlt. Die Kränkung. Der Neid. Fairfax hatte immerhin einen Menschen, an den er liebevoll denken konnte, jemanden, der auf ihn wartete.

Er dachte an Diana, wie sie zuletzt ausgesehen hatte. *Ich verlasse dich, Richard. Geh nur zurück zu deinem Schiff. Ich hab' genug.* Schön, anspruchsvoll, aufreizend war sie gewesen; dennoch hatte er jetzt das Gefühl, er habe sie überhaupt nicht gekannt.

»Der Commodore«, sagte Blake, »wird höchstwahrscheinlich gleich eine neue Suchaktion starten wollen. Wir haben die meisten Informationen über frühere Handelsstörer, das von ihnen benutzte Planquadratsystem und so weiter.«

»Er wird etwas Dramatisches erwarten«, erwiderte Fairfax.

Blake drehte sich um und ließ den Blick über die Brücke wandern. Es war schon fast dunkel, doch war ihm jede Handbreit dieser Insel aus Stahl vertraut. Er sah Palliser, der bis zur Taille unter der Haube des Kartentisches verschwunden war. Lieutenant Blair, der Australier, welcher Pallisers alten Posten im Turm B übernommen hatte, ging mit ihm zusammen die Wache. Es war bedauerlich, daß sie durch ihre gemeinsame Fachrichtung entzweit statt verbunden wurden, aber deshalb jetzt die Wacheinteilung zu ändern, wäre genauso schlecht: eine Herausforderung für den einen, eine Herabsetzung für den anderen.

Er sah Ausgucks, die mit starken Doppelgläsern jeweils einen vorgeschriebenen Kreisbogen absuchten, Bootsmannsmaate und Befehlsübermittler an Sprachrohren – einen davon mit einem Kopfhörerhalter, der ihn wie einen Marsmenschen aussehen ließ.

Blake drehte sich wieder um. Die Leute waren alle außer Hörweite.

»Was haben Sie eigentlich gegen den Commodore?«

»Hat er Ihnen das nicht erzählt, Sir?« fragte Fairfax verwundert.

»Dann würde ich wohl nicht fragen.«

Fairfax zuckte die Achseln. »Nach dem Fall von Singapur gab es eine verdammte Stampede, eine wilde, panische Flucht. Niemand wußte, wo man die Japaner würde aufhalten können, wenn überhaupt. Sie sind sowieso Australien unbehaglich nahe. Ich war damals im Rang eines Kapitänleutnants, frisch vom Führungslehrgang, und kam gleich mitten ins Getümmel. Ich hatte einen Minenräumer und zwei Minenleger.« Er lächelte schief. »Nicht direkt eine Armada. Meine Befehle lauteten, entlang der Fluchtwege aus Singapur nach dem Rechten zu sehen. Tausende hatten versucht, vor dem Verrat – Verzeihung, vor der Kapitulation – zu fliehen. Auf Yachten, alten Schleppern, selbst einer Fähre. Die Entfernung von Singapur nach Java beträgt nahezu sechshundert Seemeilen. Einige der armen Teufel schafften es, aber die meisten wurden von japanischen Flugzeugen entdeckt und dann von Zerstörern gejagt.«

Im Ohr die Schiffsgeräusche und das zischende Rauschen, mit dem das Vorschiff in jedes Wellental eintauchte, lauschte Blake der ruhigen Stimme.

»Ich sollte mich tagsüber zwischen den Inseln verstecken, unter Tarnnetzen und Palmwedeln wie ein Pfadfinder. Mein Auftrag lautete auch, alle Flüchtlinge, die es bis hierher geschafft hatten und denen man dann ihre Boote unter dem Hintern weggeschossen hatte, einzusammeln und in Sicherheit zu bringen.« Er reckte das Kinn vor. »Das haben wir auch getan: Soldaten, Krankenschwestern, sogar Kinder. Herrgott noch mal, es war fast zuviel für uns, ihre Gesichter zu sehen, als wir vor Anker gingen und sie an Bord nahmen.«

Blake wartete. Er wußte, daß es jetzt kommen würde. Und daß er dieses Gespräch eigentlich nicht hätte provozieren dürfen.

»Stagg war damals Kommandant auf einem Zerstörer, Sir. Ein Draufgänger, wie er im Buche steht, ein männliches Vorbild, ein Sieger. Doch eines Tages stieß er auf einen deutschen Handelsstörer. Wahrscheinlich überraschte das beide gleichermaßen. Jedenfalls geriet sein Zerstörer in Brand, und der Deutsche nahm die Besatzung gefangen. Die andere Alternative wären die Haie gewesen.« Er wandte sich ab. »Dann geschah folgendes: Der Deutsche brachte seine Gefangenen an Land, um sie den Japanern zu übergeben. In dem Augenblick kamen wir vorbei, und der Deutsche machte sich davon. Ich hatte mein Boot bis obenhin voll Flüchtlinge, und dann kam auch noch ein japanisches Flugzeug und bombardierte einen meiner Minenleger. Nun mußte ich natürlich auch noch dessen Überlebende aufnehmen. Ich hätte keine Maus mehr unterbringen können, geschweige denn Staggs ganze Besatzung. Ich versuchte, ihm das klarzumachen, aber es hatte keinen Sinn. Ich versprach ihm zurückzukommen, wenn ich meine Passagiere abgesetzt hatte, aber er hörte mir überhaupt nicht zu.«

»Und wurde er dann wieder gefangengenommen?«

»Ja. Genau haben wir es nicht mitbekommen, wir hatten zu der Zeit zuviel um die Ohren. Aber die Japaner töteten die meisten von Staggs Besatzung und folterten ihn und seine Offiziere. Ihn besonders. Irgendwie gelang es ihm dann zu fliehen. Er lebte unter den Eingeborenen und wurde später mit zweien seiner Leute aus einer treibenden Prau geborgen. Die beiden anderen waren tot. Er hat mir das niemals vergessen. Er beschuldigte mich, ihn den Japanern überlassen zu haben, und haßte den Deutschen Rietz dafür, daß er ihn überhaupt besiegt hatte. Das ist schon eine fixe Idee bei ihm. Aber dank seiner Leistungen und seiner Reputation hat er's dennoch bis zu seiner jetzigen Stellung gebracht.«

»Ich danke Ihnen, daß Sie mir das alles erzählt haben«, sagte Blake. »An Ihrer Stelle hätte ich genauso gehandelt.« Und an Staggs Stelle wahrscheinlich auch, setzte er in Gedanken hinzu. »In Situationen wie dieser muß man wissen, was man vom anderen zu halten hat. Nur den Feind zu kennen ist nicht genug.«

Palliser trat aus dem Dunkel. »Im Funkraum haben sie gerade einen Spruch entschlüsselt, Sir. Die *Fremantle* hat Kontakt mit einem deutschen Schiff. Der NO ist schon im Kartenraum, um Kurs und Distanz abzusetzen.«

Blake ließ sich von seinem Stuhl gleiten. »Danke.«

Zu Fairfax gewandt, fügte er hinzu: »Dies ist vielleicht schon die Entscheidung.«

Später, als sie neben dem sacht vibrierenden Kartentisch standen, an dem Villar mit Doppellineal und Zirkel hantierte, sagte Blake leise: »Es muß sich um ein anderes Schiff handeln, es sei denn …« Er sah zu, wie Villar eine weitere schnelle Berechnung anstellte und dann auf der Karte einen Bleistiftstrich zog.

Villar sah auf: »Er kommt genau auf uns zu, Sir, verfolgt von der *Fremantle.*« Er klopfte sich mit dem Bleistift leicht gegen die Zähne. »Im Nordwesten verschlechtert sich das Wetter, und das Barometer fällt immer noch. Wenn wir etwas schneller laufen könnten, treffen wir möglicherweise zuerst mit ihm zusammen.«

Blake fühlte den schon vertrauten Schmerz hinter seinen Rippen, die Erregung, die immer im Hinterhalt lauerte.

»Ich muß mit dem Chief reden. Lassen Sie mich Ihre Berechnungen noch mal sehen, Pilot, bevor wir Kurs ändern, um ihn abzufangen. Eine Menge hängt vom Wetter ab. Ein ausgewachsener Sturm würde alles sehr erschweren.« Er blickte von der Karte hoch und merkte, daß Fairfax ihn ansah.

Sein Stellvertreter sagte leise: »Das spielt keine Rolle, Sir. Da die *Fremantle* hinter ihm her ist, wird der Deutsche gewiß nicht trödeln. Er wird höchstmögliche Geschwindigkeit laufen und hoffen, daß die Schlechtwetterfront schnell herankommt und er sich von *Fremantle* absetzen kann.« Sie betrachteten beide die Bleistiftstriche auf der Karte. »Wir sind dann heran und werden ihm einen warmen Empfang bereiten«, schloß Fairfax.

Der Schreibergast des NO hielt einen Telefonhörer hoch: »Maschinenraum, Sir.«

Während Blake den Hörer ans Ohr hob, meinte er, Weir am anderen Ende inmitten seiner dröhnenden Maschinen und der feuchtwarmen Hitze stehen zu sehen.

»Chief? Hier ist der Kommandant. Ich glaube, wir haben einen deutschen Handelsstörer in der Zange. Können wir auf volle Fahrt gehen, wenn's nötig wird?«

»Aye, Sir. Geben Sie mir nur noch eine halbe Stunde.«

Blake reichte den Hörer an den jungen Schreibergast zurück, der Villar wie ein Schatten folgte. »Ich möchte den Flugzeugführer sprechen«, sagte er. »Vielleicht können wir die Seafox losschicken, wenn es hell wird.«

Villar verzog das Gesicht. »Schade, daß wir das alte Flugboot nicht mehr haben, Sir. Ich würde nicht gern in dem kleinen Vogel notwassern wollen, wenn die See noch gröber wird.«

Moons melancholisches Gesicht sah durch die Tür des Kartenraums. »Kaffee und Sandwiches, Sir.«

»Danke. Ich komme jetzt.« Blake warf einen Blick auf die beiden Offiziere: ein Australier, ein Südafrikaner. Beide grundverschieden, doch sie schienen ihm das zu verkörpern, um was es hier eigentlich ging.

»Wahrschauen Sie mich, wenn Sie was hören, und ändern Sie den Kurs, wenn Sie soweit sind.«

Er zögerte noch, wollte gern noch bleiben und wußte doch genau, daß sie allein klarkommen würden. Wußte auch, daß sie seine Gegenwart als Mangel an Vertrauen ansehen würden. Das konnte später einmal verhängnisvoll werden.

Sobald Blake gegangen war, befahl Villar seinem

Schreiber: »Holen Sie mir Kaffee. Schön heiß und stark, okay, Shiner?«

Als sie sich allein am Kartentisch gegenübersaßen, fragte Villar leise: »Was halten Sie von diesem Schiff, Sir?« Er zögerte ein wenig vor dem letzten Wort, als ob er es wenig schätzte, jemanden »Sir« zu nennen.

»Ich denke, wir werden schon zurechtkommen«, erwiderte Fairfax.

Villar spreizte die Hände. »Tut mir leid, Sir, ich bin wohl manchmal taktlos.«

»Darauf wäre ich nie gekommen.«

Villar grinste unverfroren. »Der Skipper ist ziemlich nahe am Durchdrehen, das haben Sie doch gemerkt, oder?«

Fairfax wollte ihm schon den Mund verbieten, als er sich seiner eigenen Worte über Stagg erinnerte. Daher erwiderte er nur gelassen: »Ich weiß, was er durchgemacht hat.«

Villar seufzte. »Seine Frau ist mit einem anderen Kerl durchgegangen, kurz bevor wir ins Mittelmeer ausliefen. Ich kannte sie. Ein richtiges Flittchen, wenn Sie mich fragen.« Er bemerkte die Warnung in Fairfax' Augen und fügte energisch hinzu: »Unser Skipper ist mehr wert als fünfzig ihrer Sorte. Er hat dieses Schiff zusammengehalten, als jeder sagte, wir wären erledigt.« Zum erstenmal lag so etwas wie Gemütsbewegung in seiner Stimme. »Er trieb uns an, er trug uns, er führte uns.« Verächtlich verzog er die Mundwinkel. »Diese Kriegsberichter, was wußten die denn schon? ›Boy Captain‹ nannten sie ihn! Boy? Er ist, verdammt noch mal, ein ganzer Mann!« Wieder beherrscht fuhr er fort: »Aber er wird Sie brauchen, darauf können Sie sich verlassen; er ist wie sein Schiff, man kann nicht immer nur fahren, fahren, fahren, ohne daß was zu Bruch geht.« Sein Schreiber kam mit einer Kanne Kaffee herein, und Villar sagte: »Dachte mir nur, daß ich es erwähnen sollte.« Er grinste. »Sir.«

Fairfax verließ den Kartenraum und blieb im Gang stehen, eine Hand auf einen Vorreiber gestützt, während der Kreuzer durch die Dunkelheit stampfte.

Herrgott, sie hatten wirklich recht mit diesem Schiff, dachte er. Es *war* eine Legende. Kein Wunder, wenn Außenseiter das kaum verstehen konnten.

Er sah auf die kleine Tür mit dem Schild »Captain« darüber und schüttelte den Kopf. Die *Andromeda* konnte einem viel geben, aber sie verlangte noch mehr.

Blake wickelte sich ein Handtuch um den Hals und hob das Doppelglas übers Schanzkleid. Die See hatte ihr Gesicht wieder einmal verändert und vermittelte jetzt, kurz vor Tagesanbruch, den Eindruck endloser Bewegung und Kraft. Die Kreuzer der *Leander*-Klasse hatten ihre eleganten Linien mit einem Konstruktionsmanko erkauft – sie waren notorisch »nasse« Schiffe. Als Blake das Glas herunternahm, um sich die Augen mit dem bereits durchweichten Handtuch abzutupfen, sah er die See durch die Klüsenrohre hochbrodeln und wie eine Flutwelle über die Back hinweggehen.

»Neuer Kurs liegt an, Sir«, rief Villar. »Wir laufen jetzt drei-drei-null Grad.«

Blake sah Fairfax auf sich zukommen und blieb am salzverschmierten Brückenkleid stehen. Obwohl sich das Schiff schon seit einer Stunde in Gefechtsbereitschaft befand, hatte Fairfax die Brücke noch nicht verlassen. Im Gefecht war der Platz des Ersten möglichst weit von der Brücke und ihrer leichten Verwundbarkeit entfernt. Wie schon *Andromedas* letzter Kommandant zu Blake gesagt hatte, war es immer besser, beide Eier nicht in einen Korb zu legen. Fairfax war bei den Schiffssicherungstrupps besser aufgehoben und würde das Schiff schwimmfähig halten, was auch geschehen mochte.

»Es dauert nicht mehr lange«, sagte Blake. Er sah zum Himmel empor, an dem die tiefen Wolken drohend dahinjagten.

Fairfax fragte: »Werden wir das Flugzeug einsetzen, Sir?«

Blake nickte. »Wir laufen sonst Gefahr, den Kontakt mit dem Deutschen zu verlieren.«

Er hatte plötzlich die verrückte Vorstellung einer *Andromeda*, die das Feuer auf Staggs *Fremantle* eröffnete, während sich der Feind unbemerkt davonmachte. Er dachte auch an sein Gespräch mit Lieutenant Jeremy Masters, dem Piloten der Seafox. Masters, der sich als Angehöriger der Reserve für die Dauer des Krieges freiwillig verpflichtet hatte, war der einzige in der Offiziersmesse der *Andromeda*, der wirklich aus dem Rahmen fiel. Er fühlte sich nie glücklicher, als wenn er Kopf und Kragen riskierte, und hatte, soweit Blake wußte, den größten Teil seines Lebens just damit verbracht. Vor dem Krieg hatte er sich mit einem eigenen Flugzeug an Wettflügen beteiligt oder in Brooklands hinter dem Steuer von Rennwagen gesessen. Er verfügte über ein erhebliches privates Einkommen, war bei alledem jedoch von einer unbekümmerten Freundlichkeit und bei seinen Leuten sehr beliebt, die ihm nach einer bekannten Romanfigur den Spitznamen »Berti Wooster« gegeben hatten. Sein junger Beobachter, Lieutenant Jimmy Duncan, ebenfalls ein Reservist, war sein genaues Gegenstück. Ernsthaft und von fast übertriebener Gewissenhaftigkeit, besaß er möglicherweise Humor, doch hatte das in den vergangenen zwei Jahren niemand feststellen können. Er und Masters kamen ganz hervorragend miteinander aus.

Blake hatte über die Schwierigkeit gesprochen, ein einzelnes Schiff in einem so großen Seegebiet ausfindig zu machen; da die zerbrechliche Seafox nur eine Flugdauer von maximal viereinhalb Stunden und eine Reichweite von etwas über vierhundert Meilen hatte, blieb wirklich kein Raum für Fehler.

Masters hatte sich das ausdruckslos, aber aufmerksam angehört und dann vergnügt gesagt: »Kleine Fische, Sir. Überhaupt kein Problem.«

Der heraufdämmernde Morgen erhellte schwach die Brücke und die gespannten Gesichter der Männer, deren Augen gegen Gischt und Wind zu schmalen Schlitzen zusammengekniffen waren. Die Gischt prasselte wie ein Schauer von Glassplittern über das Brückenkleid und fühlte sich auch fast so an.

»Beide Maschinen langsame Fahrt voraus«, befahl Blake. Er stand aufrecht und stützte sich ab, um die harten Schiffsbewegungen auszugleichen, während er sich nach der knatternden Heckflagge und der Rauchzunge des Schornsteins umwandte.

»Backbord zehn.«

Er fühlte, wie das Schiff auf die Geschwindigkeitsänderung und die neue Ruderlage reagierte, und sah, daß sich die See beruhigte, als der Kreuzer seine Drehung fortsetzte und Lee machte.

Der Motor des Bordflugzeugs brüllte hustend auf, während das Katapult außenbords in den Wind geschwenkt wurde.

»Ruder mittschiffs. Recht so.«

»Ruder liegt Mittschiffs. Kurs zwo-neun-null.«

»Danke. Signalmeister, geben Sie das Zeichen.«

Der rundliche Buck ging mit wiegenden Schritten zum Schanzkleid und blinkte das vibrierende Flugzeug mit einer Signallampe an. Aufheulend raste es das Katapult entlang, sackte kurz durch, taumelte wie ein angeschossener Vogel und kurvte dann Richtung Bug. Einmal kam es dabei den Wellen so nahe, daß es aussah, als wolle die See es an sich reißen.

Blake stieß einen Seufzer der Erleichterung aus. Er sah Masters kurz aus dem Cockpit winken und hinter ihm die verschwommene Silhouette seines Beobachters Duncan. Dann zog die Maschine steil hoch und verschwand in einer Wolke.

»Gehen Sie wieder auf Kurs, Pilot. Beide Maschinen eins-eins-null Umdrehungen.« Zu Fairfax gewandt, sagte er: »Ich glaube, dieser Verrückte fliegt extra so, daß wir einen Herzanfall bekommen.«

Fairfax mußte die Stimme heben, weil der Kreuzer wieder auf den alten Kurs zurückdrehte und die See wie ein kompakter, sahniger Schaumwall über die Backbordseite brach. »Erzählte mir, er hätte kurz vor dem Krieg am letzten Wettflug nach Paris teilgenommen, Sir. Mußte allerdings im Kanal notwassern. Schon ein toller Typ!«

Blake nickte. »Sagen Sie im Funkraum Bescheid, sie

sollen seine Frequenz gut überwachen. Ich möchte nicht auch noch nach *ihm* suchen müssen.«

Die metallische Stimme, die plötzlich aus dem Brükkenlautsprecher drang, fuhr jedem in die Glieder.

»Schiff auf Peilung Rot eins-null. Entfernung null-neun-zwo.«

Der Entfernungsmesser und der Gefechtsturm über ihnen schienen plötzlich zum Leben zu erwachen.

»A-, B-, X-, Y-Türme auf Richtwerte einfahren!«

Unterhalb der Brücke schwenkten die beiden vorderen Türme gleichmäßig nach Backbord, wobei die schlanken Rohre leicht auf und nieder gingen, als ihre verborgenen Bedienungsmannschaften die Richtantriebe prüften. Fast sah es so aus, als nähmen sie die Witterung ihres Feindes auf, ihrer Beute.

Blake biß sich auf die Lippen. Das andere Schiff war an Backbord voraus weniger als fünf Meilen entfernt. Bei besserer Sicht hätten sie es schon ausgemacht.

»Alle Geschütze Feuerbereitschaft.« Blake versuchte, den Schwall von Befehlen und Meldungen, der aus Lautsprechern und Sprachrohren wie ein verrückter Chorgesang quoll, zu ignorieren.

Scovell, der I WO, hatte seinen Stahlhelm aufgesetzt und starrte gespannt mit vom Salzwasser geröteten Augen voraus. »Alle Geschütze mit panzerbrechenden Sprenggeschossen laden – laden – laden!«

»Steuerbord zehn«, befahl Blake knapp. Er blickte nach achtern, wo die Türme X und Y ihre Rohre auf die vorgegebenen Richtwerte einschwenkten.

»Mittschiffs. Recht so.«

Er hörte Villar seine Berechnungen entsprechend korrigieren, ebenso wie es die Plotter und die Zentralegasten hinter ihren Panzerplatten tun würden. Die geringe Kursänderung ermöglichte den Einsatz ihrer gesamten Hauptartillerie. Er dachte an die verschwundene *Devonport*. War sie wirklich zu vertrauensvoll gewesen, wie Stagg meinte?

Scovell sagte: »Ich bezweifle, daß es uns gelingt, mit der Seafox Verbindung aufzunehmen, Sir. Das Sprechfunkgerät hat es seit Tobruk nie mehr so recht getan.«

»Masters wird schon zurückkommen, wenn er soweit ist«, erwiderte Blake. Er sah kurz zu dem rundlichen Signalmeister hinüber. »Sagen Sie Ihren Leuten, sie sollen die Augen offenhalten.«

»Schiff peilt Rot zwo-fünnef. Entfernung null-acht-fünnef«, kam die nächste Meldung.

Blake bemühte sich, etwas durch das Glas zu erkennen, sah jedoch nur die tobende See und seltsam verzerrte Lichtreflexe. Von dem kleinen Bordflugzeug keine Spur.

Er kniff die Augen zusammen und hielt den Atem an. Da war es wieder: ein plötzliches Aufleuchten am Horizont – noch einmal – und noch einmal; schwache, orangefarbene und durch die Gischt und das trübe Morgenlicht verzerrte Feuerbälle.

Geschützfeuer. Die *Fremantle* mußte also schon nahe heran sein. Mit halbem Auge sah er die gelegentliche Bewegung der beiden vorderen Türme, deren Rohre auf das Näherkommen des noch nicht sichtbaren Schiffes reagierten.

Blake rieb sich das Kinn. In ein paar Minuten würde es hell genug sein. Er fühlte sich seltsam benommen, ohne zu wissen, warum. Wahrscheinlich war es dieser Ozean, seine unendliche Größe. In dieser Leere zu sterben, und das konnte jeden Moment geschehen, schien absolut ohne Sinn. Er gab sich einen Ruck.

»Gefechtsflaggen heißen«, befahl er.

Irgend jemand stieß einen Hurraruf aus, als die erste große Flagge an der oberen Rah auswehte; das weiße Flaggentuch mit dem leuchtendroten Kreuz hob sich klar von den düsteren Wolken ab.

Blake lauschte dem Rollen und Krachen des Artilleriefeuers. Schwere Kaliber. Ganz sicher handelte es sich um die 20,3-cm-Geschütze der *Fremantle*.

Bald würde es soweit sein.

Er hörte Pallisers Stimme im Artillerielautsprecher; sie klang etwas verzerrt, aber entschlossen: »Alle Geschütze feuerbereit.«

Das Donnern der Explosionen schien von der See selbst auszugehen, rollte die Bordwand entlang und verlor sich achtern in den peitschenden Propellern. Weir und seine Leute spürten es sicherlich mehr als alle anderen; einige würden sich erinnern und die Bordwände hinter den stampfenden Maschinen anstarren, jeden Moment gewärtig, daß der Stahl plötzlich nachgab und sich die hereinbrechende See innerhalb von Sekunden in siedendheißen Dampf verwandelte.

»Spruch von *Fremantle*, Sir«, rief Scovell. *»Greife deutschen Handelsstörer an.«*

Blake zog das Handtuch um seinen Hals etwas fester. Stagg bekam jetzt wirklich seine Rache. Es hörte sich an wie ein schwerer Bombenangriff .

»Ziel auf gleicher Peilung, Sir. Entfernung null-sieben-fünnef.«

Blake krampfte die Hände um die Teakholzreling hinter dem Brückenkleid und wartete; sein Herz schlug wie ein Hammer. Fast körperlich fühlte er die Blicke der Männer in seiner Nähe, die ihr eigenes Schicksal in seinen Augen, von seinen Reaktionen abzulesen suchten.

Andromeda traf auf eine sich hoch auftürmende Wand grünen Wassers und teilte sie wie ein Rammbock. Die See stürzte in solchem Schwall über die Back und um Turm A, daß es aussah, als sei das Schiff im Begriff unterzugehen. Dann, als sich der Bug wieder hob und die Gischt wie ein Schwarm zerzauster Seevögel an der Brücke vorbeiflog, sah Blake das andere Schiff zum ersten Mal: einen verschwommenen, massigen Schatten, von Rauch umgeben, der sich kurz gegen den von der letzten Salve aufgeworfenen Wasservorhang abhob.

Der Feind.

Er hörte sich laut rufen: »Feuer frei!« Alles Weitere ging in dem Krachen der beiden vorderen Türme unter.

Lieutenant Jeremy Masters schob den Knüppel wieder nach vorn und steuerte die Seafox geschickt durch eine aufgerissene Wolkenformation. Jedem, der nicht über seine Erfahrung verfügte, hätte das Panorama über und unter dem rasenden Propeller sicherlich erhebliches Unbehagen bereitet. Bizarre Wolkenfetzen rasten ihnen entgegen und warfen die Maschine herum wie ein Blatt im Herbstwind; darunter die leere See, aufgewühlt und gewalttätig, wohin man auch blickte. Über der oberen Tragfläche sah Masters gelegentlich den tiefblauen, klaren Himmel schimmern. Er vermutete, daß der Sturm bald vorüber sein und die Hitze sie von neuem einhüllen würde.

Masters ging jetzt in eine leichte Kurve und drückte die Maschine durch eine dünne Wolkenschicht nach unten. Auch sein Beobachter, Jimmy Duncan, würde jetzt gespannt ins Graue starren, auf ein Wolkenloch und den ersten Anblick des Feindes warten. Der unerschütterliche, zuverlässige Duncan. Es war beruhigend, ihn hinter sich zu wissen, selbst wenn die einzige Bewaffnung des Flugzeugs aus einem alten Lewis-Maschinengewehr bestand.

Der Propeller wirbelte den letzten Wolkenfetzen zur Seite, und plötzlich sahen sie es.

Das Schiff dampfte mit hoher Fahrt quer über ihr Blickfeld; so dichter Rauch quoll aus dem Schornstein, als wolle es seine Entschlossenheit zeigen, den Verfolger abzuschütteln.

Das kleine Bordflugzeug bockte wie ein Wildpferd, als eine neue Salve neben dem Schiff einschlug und bei ihrer Explosion einen Wall von Gischt und Rauch auftürmte. Masters sah das Schiff sofort Kurs ändern, um der nächsten Salve auszuweichen.

Mit seiner freien Hand hob Masters das Glas vor die Schutzbrille und suchte nach der *Fremantle*, während er die heftigen Bewegungen der Seafox ausglich.

Im Kopfhörer schrillte Duncans Schrei: »Da ist sie! Steuerbord voraus!«

Masters zog den Steuerknüppel wieder etwas zu sich heran und nahm Kurs auf die Wolken

»Hat keinen Sinn mehr, hier rumzuhängen, Jimmy«, rief er. »Der Bursche entkommt ihnen nicht!«

»Ja, die *Fremantle* ist ihm dicht auf den Hacken«, rief Duncan zurück. »Kommt mit Affenzahn angerauscht!«

Es hatte wenig Sinn, *Andromeda* über Sprechfunk erreichen zu wollen. Die Seafox sollte in Kürze verschrottet und durch ein moderneres Flugzeug ersetzt werden. Das Sprechfunkgerät hatte wie die ganze kleine Maschine bessere Tage gesehen. Aber sie hatte sich tapfer gehalten, dachte Masters. Er dachte auch an das alte Walrus-Flugboot, das vorherige Bordflugzeug, dessen Crew jetzt irgendwo auf dem Grund des Mittelmeeres lag. Masters war mit allen befreundet gewesen, und er hatte einen dicken Kloß in der Kehle gehabt, als er mit ansehen mußte, wie die langsame alte Walrus, die bei dem Kampf mit den drei Kreuzern als Artilleriebeobachter fungiert hatte, der feindlichen Flak ein klein wenig zu nahe gekommen war.

»Ich will mir das doch noch mal genau ansehen«, rief er. »Achte auf Leuchtspurgeschosse!«

Das hätte er Duncan allerdings nicht sagen müssen. Er beachtete sowieso alles, gelegentlich wirkte er mehr wie ein Jagdhund als wie ein menschlicher Gefährte.

Masters konzentrierte sich auf die dünner werdende Wolke und beugte sich in seinem Gurtzeug nach vorn. Irgend etwas stimmte da nicht, aber was? Gleich war es soweit. Nur mit der Ruhe. In Horizontalflug übergehen. *Jetzt.*

Das Schiff kam wieder in Sicht. Rauch quoll aus dem Vordeck und verhüllte die gedrungene Brücke. Ein großes Frachtschiff, das ziemlich hoch aus dem Wasser lag. Masters bemerkte viele rostige Stellen und große Einbuchtungen in den Rumpfplatten. Eine ziemlich alte Dame.

An ihrer Mastspitze konnte er sogar den leuchtendroten Farbtupfer der Flagge mit dem schwarzen Balkenkreuz und dem Hakenkreuz erkennen.

Angesichts der massiven Salven von *Fremantle* wirkte das alles fast mitleiderregend.

Allerdings paßte da unten jemand verdammt gut auf. Masters begann sofort eine Reihe von Ausweichmanövern, als die hellen Bällchen der Leuchtspurmunition mit trügerischer Langsamkeit zu ihnen emporstiegen.

Duncan fluchte ins Mikrophon hinein und schickte mit dem Lewis-Maschinengewehr eine Garbe von Leuchtspurgeschossen zurück. Dann hatte das MG Ladehemmung.

»Geschieht dir recht, Jimmy, du blutrünstiger Kerl«, knurrte Masters.

Jetzt wurde die Bordwand des Deutschen durch eine neue Salve in weiße Gischt gehüllt und eines der Rettungsboote mitsamt den Davits und Teilen des Decks weggerissen.

Schlimmer noch würde sich der Einschlag unter Deck auswirken: eine gewaltige Explosion und ein tödlicher Hagel von weißglühenden Splittern.

»Sieh dir das an!« brüllte Duncan. ›Das‹ war der Einschlag der ersten Probeschüsse von *Andromeda*. Große Wasserfontänen stiegen plötzlich in Paaren von der See hoch. Palliser war unheimlich auf Draht. Seine erste Salve lag innerhalb einer halben Kabellänge. Die Doppelexplosionen würden das beschädigte Schiff schütteln wie ein Terrier einen Hasen. Wenn der Deutsche nur halbwegs bei Verstand war, mußte er jetzt die Waffen strecken.

»Du lieber Himmel, Skipper! Da kommen jede Menge Leute an Deck!« Masters biß die Zähne zusammen, drückte den Knüppel nach vorn und ging in den Sturzflug.

Durch die Propellerscheibe sah er das Schiff zu beiden Seiten wie eine massive Buhne auf sich zukommen. Rauchwolken hüllten das Cockpit ein, und er vermeinte, brennende Farbe und verbranntes Holz zu riechen. Aber er konnte seine Augen nicht von der Masse der aus den Luken quellenden Menschen abwenden, die wie von Sinnen an Deck hin und her rannten.

Der Feind hatte aufgehört zu schießen. Masters sah den Schatten der Seafox wie ein Kruzifix über das schwer in Mitleidenschaft gezogene Deck huschen, sah auch, daß einige der herumrennenden Figuren stehenblieben und zu ihm hinaufstarrten, um dann zu seiner Verwunderung wild mit den Armen zu winken.

Duncan rief mit einem Schluchzen in der Stimme: »Mein Gott, das sind ja unsere eigenen Leute! Es muß ein deutsches Gefangenenschiff sein!«

Masters legte die Maschine in eine Kurve und drehte ab, wobei er der See so nahe kam, daß er sich noch unter der Bordkante des deutschen Schiffes zu befinden schien.

Natürlich, das war's: ein Versorger für den Handelsstörer, der jetzt seine Laderäume mit der Besatzung der gekaperten Prisen voll hatte.

»Ruf *Andromeda*! Sag ihnen, was los ist, ich will versuchen, so schnell wie möglich zurückzufliegen.«

In diesem Augenblick hielt der Artillerieoffizier der *Andromeda* den Atem an und wartete, bis das Ziel genau in sein Visier einlief.

»Feuer!«

Eine volle Breitseite, acht Granaten von je einhundert Pfund, lag deckend im Rumpf des feindlichen Schiffes.

Masters nahm die Geschwindigkeit zurück und schob die Schutzbrille hoch. Er wußte, daß Duncan über Sprechfunk keine Verbindung bekommen hatte, und blinkte jetzt selbst mit der Signallampe zur *Andromeda* hinüber.

Feuer einstellen … Feuer einstellen.

Er sah das erste Sonnenlicht durch die Wolken brechen und eine immer länger werdende Rauchwolke, die sich wie ein Leichentuch über die See breitete. Es schien ihm, als sähe er zwei Sonnenaufgänge gleichzeitig, nur daß der eine die Reflexion des Infernos war, das er gerade hinter sich gelassen hatte, des riesigen Feuerballs, der vor dem Einschlag der letzten tödlichen Salve ein Schiff gewesen war.

Der Feind

Mit dem kleinen Silbertablett unter dem Arm wartete Moon schweigend, bis Blake seinen Bericht durchgelesen und unterschrieben hatte. Nach dem heftigen Arbeiten des Schiffes in der Randzone eines tropischen Sturms und der kurzen Begegnung mit dem deutschen Schiff umgab die *Andromeda* jetzt eine fast unnatürliche Stille. Als ob sie sich für ihre nächste Aufgabe ausruhe.

Durch eins der sauber geputzten Bullaugen sah Moon, wie sich die Küste im Rhythmus des vor Anker liegenden Schiffes leicht auf und ab bewegte.

Wie die meisten Seeleute dachte Moon selten an die zurückgelegten Meilen. Vom Mittelmeer, wo sie den schlimmsten Kampf seiner Erinnerung nur knapp überstanden hatten, waren sie nach dem unerforschlichen Ratschluß Ihrer Lordschaften nach Australien beordert worden und lagen jetzt vor Port Elizabeth in Südafrika. Er betrachtete die Häuser in der Ferne, die in der Mittagssonne in grellem Weiß leuchteten, den hellen Strand und das stumpfe Grün und Braun des Hinterlandes. Selbst hier an Bord meinte er, die über dem Land liegende Hitze zu spüren.

Blake lehnte sich zurück und streckte die Arme. Er hatte seinen Bericht fast wie den eines Fremden gelesen. Im Geist sah er nur das kleine, vom Wind gebeutelte Bordflugzeug und die Signallampe, die noch verzweifelt blinkte, als die Breitseite der *Andromeda* schon wie eine Lawine aus Stahl auf das Ziel niederging.

Während *Fremantle* den Ort des Geschehens zur Sicherung umkreiste, hatte Blake sein Schiff inmitten des großen Ölteppichs gestoppt und den leider nur allzu gewohnten Versuch unternommen, zu retten, was noch zu retten war. Bei den ölverschmierten, halberstickten Überlebenden hatte es sich zum größten Teil um ihre eigenen Leute gehandelt: Besatzungsmitglieder der *Bikanir*, nach den bisherigen Meldungen das erste Opfer des Handelsstörers. Nun stellte sich heraus, daß sie doch nicht das erste gewesen war. Ein niederländischer Frachter, die *Evertsen*, welche man schon seit Wochen im Sturm verloren glaubte, war ebenfalls gekapert und dann versenkt worden. Einige ihrer Leute wurden keuchend und stöhnend über die Bordwand der *Andromeda* gezogen oder in die Boote gehievt, die wie Abgesandte eines Bestattungsinstituts langsam durch die sich im Wasser wiegenden Überreste fuhren.

Es klopfte, und Fairfax betrat die Kajüte.

»Der letzte Verwundete ist gerade an Land gebracht worden, Sir. Captain Farleighs Leute bewachen die Deutschen, das heißt diejenigen, die unverletzt geblieben sind.«

Blake nickte. Angesichts der einladenden Küste von Port Elizabeth querab fiel es schwer, die kürzlichen Ereignisse nüchtern und sachlich zu beurteilen.

Ihm war klar, daß viele Mitglieder der Besatzung ebenfalls nicht so recht wußten, was sie von dem allen halten sollten. Die erfahrenen, kampferprobten Leute würden es philosophisch nehmen. *Die da oben haben mal wieder Scheiße gebaut. Typisch.*

Wozu ein Ei mit einem Schmiedehammer aufklopfen, besonders wenn einige von den eigenen Kumpels dabei draufgingen? Andere, besonders die Neuen, mochten es vielleicht trotzdem als eine Art Sieg ansehen. Es war schließlich ein deutsches Schiff, ein Versorger für den Handelsstörer, und sie selbst und nicht die Leute der *Fremantle* hatten es erledigt.

Sie hatten noch von einem anderen Schiff gehört, das sich weiter östlich in Schwierigkeiten befand, zu weit entfernt allerdings, als daß der Handelsstörer es in der verfügbaren Zeit hätte erreichen können.

Nichtsdestoweniger hatte Stagg sich abgesetzt und *Andromeda* angewiesen, die Überlebenden und die wenigen deutschen Gefangenen nach Port Elizabeth zu bringen.

Nur ein einziger deutscher Offizier, ein Leutnant, hatte die Vernichtung seines Schiffes überlebt. Wie zu erwarten, hatte er kaum etwas preisgegeben, als Blake ihn befragte. Sein Schiff, die *Bremen*, war ein Versorger gewesen und hatte versucht, nach Deutschland oder dem besetzten Teil Frankreichs durchzubrechen.

Alle weiteren Informationen waren mit dem Signalbuch und den anderen geheimen Unterlagen versenkt worden, als der deutsche Kapitän die *Fremantle* sichtete.

Die gefangenen Offiziere waren zwar alle an Bord des Handelsstörers gebracht worden, doch der Bootsmann des niederländischen Schiffes *Evertsen* hatte einige wertvolle Informationen aufschnappen können. Er sprach gut Deutsch und hatte gehört, wie sich seine Bewacher über ihre Chancen unterhielten, wieder nach Hause zu kommen.

Der Mann, der den Handelsstörer befehligte, war Kurt Rietz, damit hatte Stagg also recht gehabt. Der

Bootsmann hatte sie jedoch nie von dem australischen Kreuzer *Devonport* reden hören, und das war merkwürdig, da dessen Vernichtung doch für die Deutschen ein ziemlicher Erfolg gewesen sein mußte.

Blake stand auf. »Ich gehe wohl besser an Deck. Lassen Sie die Sonnensegel setzen und die Backspieren ausbringen, und sorgen Sie dafür, daß alle Boote zu Wasser gebracht werden.«

Dabei überkam ihn wieder einmal ein Gefühl der Unwirklichkeit. Da lagen sie hier draußen vor Anker, so daß die Verwundeten und unter Schock stehenden Überlebenden mit Booten an Land gebracht und umgekehrt neue Vorräte zur Bestandsergänzung von Land geholt werden mußten.

Ob Sicherheitsdenken oder Bürokratismus, Blake wußte es nicht.

Auf dem Achterdeck herrschte drückende Hitze, und die Luft über der Küste waberte im Dunst.

In geborgte Kleidungsstücke oder auch nur in Handtücher gehüllt, standen die Deutschen apathisch an Deck, sahen mit trübem Blick zur Küste hinüber und warteten auf ihren Abtransport ins Lager.

Blake nickte dem Wachposten der Seesoldaten zu und betrachtete die müden Gesichter. Die meisten waren schon älter, ehemalige Matrosen der Handelsmarine, zu alt für den aktiven Dienst auf Zerstörern oder U-Booten.

»Berühmt sehen sie ja nicht gerade aus, Sir«, sagte Fairfax leise.

Blake, der schon viele deutsche Gefangene zu Gesicht bekommen hatte, fühlte das übliche Unbehagen. Es war besser, den Krieg unpersönlich zu führen, die

Feinde auf Abstand zu halten. Wenn man ihnen von Angesicht zu Angesicht gegenüberstand, kamen sie einem oft wie alte Bekannte vor.

»Der Geheimdienst wird nichts aus ihnen herausholen«, sagte er. »Sie haben als Versorger fungiert, sich möglichst aus allen Schwierigkeiten rausgehalten. Ich wette, daß jetzt schon ein neuer Versorger hierher unterwegs, wenn nicht sogar schon angekommen ist.«

Ein deutscher Unteroffizier bellte: »Besatzung stillgestanden!«, und der armselige Haufen der Überlebenden nahm schlurfend Haltung an. Während er Blake eine Ehrenbezeugung erwies, starrte er mit fiebrig glänzenden Augen auf einen imaginären Punkt über Blakes Schulter.

Captain Farleigh trat mit forschem Schritt auf ihn zu. »Das Boot liegt bereit, Sir.« Er deutete auf die Gefangenen. »Für sie.«

»Danke.« Blake wandte sich ab und ließ den Blick langsam über sein Schiff wandern.

Das Deckspersonal war eifrig dabei, die Backspieren auszubringen, und der für das Bordflugzeug verwendete Kran setzte die Motorboote aus. Blake dachte an Masters Rückkehr in der Seafox. Es war ein Wunder, daß er es überhaupt geschafft hatte, aber das kleine Bordflugzeug stand jetzt, von seinen Mechanikern umgeben, wieder artig auf dem Katapult, ein offenkundiger Beweis seines Könnens.

Mit großer Deutlichkeit erinnerte sich Blake, wie ihm der Pilot voll Zorn und Erbitterung auf der Brücke entgegengekommen war.

»Was zum Teufel sind wir denn? Verdammte

Schlächter? Das war doch kein Handelsstörer. Eine Spielzeugkanone und zwei Maschinengewehre! Herrgott noch mal, Stagg muß völlig den Verstand verloren haben!«

Nach diesem Ausbruch hatte sich Masters wieder beruhigt, nach außen hin zumindest, aber seine Worte gingen Blake nicht aus dem Sinn. Stagg hatte überreagiert, hatte nur das gesehen, was er wollte. Das führte jedoch nicht an der bitteren Tatsache vorbei, daß die Geschütze der *Andromeda* dem Versorger den Todesstoß versetzt hatten.

Blake blickte zur Brücke hinüber. Vom Achterdeck aus schien sie weit entfernt, und doch sah er sich in Gedanken noch dort oben stehen.

Er wußte, was ihn beunruhigte, wenigstens zum Teil. Er war übermäßig besorgt, was den guten Namen seines Schiffes anging. Sicher, Männer starben nun mal im Krieg, und nur mit viel Glück gelang es, heil durchzukommen. Und gewöhnlich starben mehr Menschen aufgrund blödsinniger Befehle und undurchführbarer Aufträge als durch die Erfolge des Feindes. Das galt für beide Seiten.

Aber die *Andromeda* bedeutete ihm etwas. Sie hatte so viel überlebt, zu viel, um alles für einen dummen Irrtum aufs Spiel zu setzen. Man konnte darüber denken, wie man wollte, Stagg war voreilig gewesen. Er hatte gewußt, daß *Andromeda* im Anmarsch war, er hätte, nachdem sich das Wetter endlich gebessert hatte, seine beiden Bordflugzeuge einsetzen und die *Bremen* aufspüren können, ganz gleich, ob Blake schon Kontakt mit ihr hatte oder nicht.

Fast noch schlimmer war, daß Fairfax über Staggs

Vorgehen kein einziges Wort verlor. Nur seine Miene besagte stumm: Das hab' ich doch gleich gesagt!

Blake versuchte sich zu entspannen, Muskel für Muskel, wobei ihm der Schweiß das Rückgrat herunterlief. Er fühlte, daß er nahe daran war, durchzudrehen. Und warum auch nicht? Anderen Leuten passierte das ebenfalls.

Lieutenant Friar, der neue Torpedo-Offizier, baute sich vor ihm auf und meldete: »Eine Barkasse kommt, Sir.« Er war Offizier vom Dienst, wandte jedoch bei jeder Meldung die Augen ab, wie es auch der deutsche Unteroffizier und die meisten anderen an Bord getan hatten, seit die *Bremen* explodiert war.

Die herankommende Barkasse fuhr in einem eindrucksvollen Bogen auf die ausgebrachte Fallreepstreppe zu; der Bugmann stand wie aus dem Ei gepellt mit seinem Bootshaken bereit, als wäre er bei einer Besichtigung im tiefsten Frieden.

Die deutschen Gefangenen tuckerten in dem schweren Verkehrsboot vorbei, schenkten jedoch der gepflegten Barkasse kaum einen Blick.

Blake seufzte. Sie haben weiß Gott genug Elend in der Welt angerichtet, dachte er, einen Krieg ausgelöst, der ohne Ende zu sein scheint, und doch verdienen sie Mitleid. Soweit es alle anderen betraf, die engsten Verwandten vielleicht ausgenommen, waren sie schon abgeschrieben. Nur noch Nummern, Dinge, die von einem Lager zum anderen verfrachtet, gefüttert und bewacht wurden – und damit hatte es sich.

Lieutenant Friar senkte sein Glas. »Da ist ein Kapitän an Bord, Sir.«

Fairfax reagierte sofort. »Fallreepsgasten antreten!«

Schnell postierten sich die Marinesoldaten, und der Offizier vom Dienst sowie der Bootsmann der Wache nahmen oben am Fallreep Aufstellung.

Blake rückte seine Mütze zurecht, überließ sich der traditionellen Routine. In Momenten wie diesen war sie eine große Hilfe.

Die Bootsmannsmaatenpfeife trillerte ihre Ehrenbezeugung, und Captain Quintin betrat, die Hand an den Mützenrand gelegt, das Achterdeck der *Andromeda*.

Er schüttelte Blake die Hand und nickte Fairfax zu.

»Ich bin mit dem Flugzeug gekommen«, sagte er bloß.

Mehrere Leute an Deck machten plötzlich große Augen, als nach ihm der Wren-Offizier Claire Grenfell auftauchte, das Gesicht hinter einer dunklen Sonnenbrille halb verborgen.

Quintin fuhr sich mit einem Finger innen am Kragen entlang. »Wie wär's mit einem Drink?« Er wartete, bis Claire herangekommen war, und fügte hinzu: »Was ist das eigentlich für eine Geschichte, Sie hätten eine Menge Deutsche in die Luft gejagt? Erzählen Sie mir alles, und vergessen Sie den offiziellen Bericht. Ich will wissen, wie ein Profi die Sache sieht, und zwar ungeschminkt, wenn's Ihnen auch an die Nieren geht.«

Am selben Abend, an dem *Andromeda* vor Port Elizabeth ankerte, lag der deutsche Handelsstörer *Salamander* beigedreht rund 80 Seemeilen südwestlich von Madagaskar. Obgleich der Indische Ozean unruhig und von einer langen, endlosen Dünung bewegt war, ruhte der Handelsstörer scheinbar bewegungslos im Wasser, wie eine eiserne Festung gegen die untergehende Sonne. Weniger als eine Kabellänge entfernt lag das schwedische Handelsschiff *Patricia*.

Zwischen beiden Schiffen lief eine Motorbarkasse stampfend und rollend auf die *Salamander* zu. Sie hatte nur einige Seeleute und den schwedischen Kapitän an Bord.

Hoch oben auf der vierkantigen, praktischen Brükke betrachtete der Kommandant, Kurt Rietz, die zurückkehrende Barkasse durch sein starkes Zeiss-Doppelglas. Es war leicht gewesen, dachte er, beinahe zu leicht. Plötzlich hatten sie in diesem Regenschauer gesteckt, der, ungewöhnlich für die Jahreszeit, wie eine Sintflut herabstürzte und den Horizont hinter einer stahlgrauen Mauer verbarg. Als er genauso plötzlich vorüberging und alle Aufbauten in der Sonne dampften, hatte sich der Schwede genau vor ihnen befunden.

Jetzt einfach abzudrehen hätte ganz sicher Verdacht erregt. Kurt Rietz verzog leicht die Mundwinkel. Selbst neutrale Schiffe pflegten Alarm zu schlagen, wenn sie erst einmal weit genug weg waren.

Rietz machte kehrt und ging ins Ruderhaus zurück. Außer der Brückenausrüstung, dem Kompaß und dem elektrischen Gerät sah alles sehr abgenutzt und verwahrlost aus. Selbst die Messingplatte über der Tür des Kartenraumes, auf der zu lesen stand, daß die *Salamander*, ein Schiff von 8000 t, ursprünglich als Fracht- und Passagierschiff für die Südamerikafahrt gebaut und 1936 vom Stapel gelaufen war, hatte das Salz grün gefärbt.

Rietz war sich über das schäbige Aussehen seines

Schiffes natürlich klar und fand sich damit nur widerwillig ab. Aber ein Handelsstörer war eben etwas völlig anderes. Er mußte sich durchschlagen, so gut es ging, und auch gegen alle Erwartungen überleben können. Um erfolgreich zu operieren, durfte er sich nur der absolut notwendigen Mittel bedienen – zum Beispiel jeder Menge Farbe, um Aussehen und Identität zu verändern.

So auch jetzt, da unter dem Sternenbanner der Name *John A. Williams* in großen weißen Buchstaben auf dem Rumpf prangte. An Deck lagen Holz und Segeltuch, Drahtleinen und Tauwerk, so daß bei Bedarf schnell die Attrappe eines zweiten Schornsteins aufgeriggt werden konnte.

Rietz hatte fast erwartet, daß der falsche Schornstein zusammenstürzen würde. Sie hatten unter großem Zeitdruck gearbeitet, er mußte sich künftig etwas Besseres einfallen lassen. Wie immer würde er das Problem auch seinen Leuten vorlegen. Eine Flasche Schnaps oder erbeuteten Whisky für die beste Lösung.

Das funktionierte gewöhnlich recht gut und ersparte ihm stundenlange fruchtlose Diskussionen. In einem Schiff dieser Größe schlummerten viele originelle Ideen in den Köpfen der Besatzung, die immerhin aus dreihundertfünfzig Mann bestand.

Rietz trat zum Brückenschanzkleid und sah hinunter, ob die Barkasse schon längsseits angekommen war. Er haßte es, länger als nötig irgendwo zu bleiben. Das war viel zu riskant. Er verdankte seinen Erfolg seiner Klugheit und seiner Hartnäckigkeit, aber in erster Linie – obwohl er das weit von sich gewiesen hätte – seiner Tapferkeit.

Unnötigen Risiken ging er jedoch aus dem Weg. Die Stärke seiner *Salamander* war von hier oben kaum ersichtlich. Ihre acht 15-cm-Geschütze waren entweder hinter Stahlpforten im Rumpf oder unter falschen Deckshäusern verborgen, genauso wie die beiden neuen Arado-Wasserflugzeuge und deren Katapult. Torpedorohre, Minen und sechs weitere Geschütze vervollständigten die Bewaffnung, und bei einer Höchstgeschwindigkeit von 18 Knoten war die *Salamander* nicht leicht zu stellen.

Storch, der Erste Offizier, kam auf die Brücke und legte die Hand an die Mütze.

»Der Gefangene ist an Bord, Herr Kapitän!«

Rietz starrte auf den bewegungslos daliegenden Schweden. Daran würde er sich nie gewöhnen können. Für einen Kampf dagegen hatte er Verständnis, und seine Fähigkeiten mit denen seines Gegners zu messen machte ihm manchmal sogar Spaß.

»Bringen Sie ihn her«, sagte er.

Rietz war vierzig Jahre alt, wirkte jedoch jünger. Er war schmächtig gebaut, mit dunklem, glänzendem Haar und braunen Augen. Seinem Äußeren nach hätte man ihn eher für einen Franzosen als für einen Deutschen halten können, ein gelassener, nachdenklicher Mann, dem der Jäger, der Korsar, kaum anzusehen war.

Der schwedische Kapitän betrat das Ruderhaus und öffnete den Mund zu einem Protest.

Rietz hob abwehrend die Hand. »Bitte, Herr Kapitän, wir verschwenden nur Zeit. Mein Prisenkommando hat mich benachrichtigt, was Sie geladen haben, woher Sie kommen und wohin Sie wollen. Kohle vom

Norden Englands, bestimmt für Port Said, nicht wahr?« Schon beim Sprechen fühlte er die Verzweiflung des Mannes. All diese Hunderte von Meilen, im Konvoi oder allein, das war, selbst wenn nichts Besonderes passierte, gefährlich genug. Dann der lange Umweg über das Kap, um nicht in der Straße von Gibraltar gestoppt oder irgendwo im Mittelmeer aus einem Geleitzug heraus versenkt zu werden.

Und jetzt, so kurz vor dem Ziel, war alles verloren. Die Kohlen, die die *Patricia* geladen hatte, wären den Tommies zugute gekommen.

Der schwedische Kapitän sagte mit rauher Stimme: »Ich bin ein Neutraler. Wenn Sie mein Schiff versenken, verliere ich meinen Lebensunterhalt.«

Rietz zuckte die Schultern und deutete auf sein eigenes Schiff: »Hiermit verdiene ich meinen Lebensunterhalt, Kapitän.«

Ein Ausguck meldete: »Der Rest der Gefangenen wird jetzt herübergebracht, Herr Kapitän!«

Rietz warf Storch einen Blick zu. »Sehen Sie zu, daß die Leute anständig untergebracht werden. Wir lassen sie später frei. Aber jetzt ...« Er wandte sich an den schwedischen Offizier: »Wir können nicht erwarten, daß Sie Stillschweigen wahren.«

»Torpedo, Herr Kapitän?« fragte Storch.

Rietz lächelte nachsichtig. »Wie oft muß ich dir das noch sagen, Rudi: Wir verschwenden nichts. Signalisiere dem Prisenkommando, sie sollen Sprengladungen legen. Den Rest besorgt dann die Kohle.«

Ein Maat faßte den Schweden leicht am Arm, wie um ihn von der Brücke zu geleiten, doch Rietz schüttelte den Kopf.

»Bleiben Sie hier, wenn Sie wollen, Kapitän.« Zu Storch gewandt, murmelte er: »Keine Nachricht von der *Bremen.* Der britische Kreuzer muß sie erwischt haben.«

Storch nickte. Er war erst sechsundzwanzig Jahre alt und hatte sich noch nicht an sein vernarbtes Gesicht und den schwarzen Handschuh gewöhnt, der die verstümmelte linke Hand bedeckte. Er war Navigationsoffizier auf einem Zerstörer in der Ostsee gewesen, der von russischen Sturzkampfflugzeugen angegriffen worden war. Obwohl schwer verletzt, war er doch ein erstklassiger Navigator und deswegen auf die *Salamander* abkommandiert worden. Zuerst hatte er das wie eine Herabsetzung empfunden, als entbehrlich abgeschoben auf ein ebenso entbehrliches Schiff.

Doch Rietz hatte schnell erreicht, daß er diese Einstellung änderte, und nachdem der alte I WO als Prisenkommandant eines aufgebrachten Walfängers nach Deutschland zurückgeschickt worden war, hatte er Storch diesen Posten übertragen. Jetzt war er nur noch von Stolz auf das Schiff und seine Aufgaben erfüllt und wäre für seinen Kommandanten durchs Feuer gegangen.

Eine halbe Stunde später, als die Propeller des Handelsstörers wieder zu arbeiten begannen, hob sich die verlassene *Patricia* leicht aus dem Wasser, als erfasse sie ein Schauder. Von der Detonation der Sprengladungen war an Bord des Handelsstörers kaum mehr als ein kurzes Grollen zu vernehmen, aber dann legte sich das Opfer auf die Seite und begann langsam zu sinken. Als schließlich die geladene Kohle verrutschte, die Stützschotten durchbrach und auch die Maschinen sich losrissen, kam das Ende schnell.

Der schwedische Kapitän sah zu, ohne ein Wort zu sagen. Hätte er sich nicht auf seine neutrale Flagge verlassen und seinen Funkoffizier trotz des Verbots angewiesen, ihre Position durchzugeben, wäre es am Ende auf das gleiche hinausgelaufen. Aber zumindest hätte er dann die Genugtuung gehabt, das Seine getan zu haben, damit dem Handelsstörer das Handwerk gelegt werden konnte.

»Was hätten Sie an seiner Stelle getan, Herr Kommandant?« fragte Storch.

Rietz blies langsam den Rauch seiner Zigarre in die Luft. Es war eine seiner letzten. Aber vielleicht hatten sie ja auf dem schwedischen Schiff einige gefunden.

»Fragen Sie mich das, wenn es soweit ist«, antwortete er. Er ging zum Kartenraum. »Jetzt müssen wir erst mal sehen, daß wir hier wegkommen.«

Er schaltete die Deckenbeleuchtung über den speziell angefertigten Plott- und Kartentischen ein. Gegenüber war eine Zeitungsseite aus Sydney an die Wand geheftet. Die Schlagzeile lautete: *Captain Richard Blake, VC, in Australien – Held der* Andromeda *ein willkommener Besucher.*

Rietz lächelte grimmig. Schöne militärische Sicherheit!

Der deutsche Geheimagent hatte in der den letzten Berichten beigelegten Zeitung eine Zeile unterstrichen: *Warum ist er hier? Was ist sein Auftrag?*

»Ich glaube, das wußten wir früher als er selbst«, sagte Rietz und betrachtete Blake auf dem Foto. »Zumindest werden wir ihn erkennen, wenn wir ihm begegnen.« Er beugte sich über die Karte. »An die Arbeit. Heute nacht wollen wir uns das Aussehen der *Patricia* zulegen. Setzen Sie beide Wachen ein, um den Rumpf zu malen und die neue Beschriftung anzubringen.« Er nahm das dickleibige Schiffsverzeichnis aus dem Regal. »Schwedische Flagge also. Ich hoffe nur, wir haben noch genug gelbe Farbe?«

Die Nacht senkte sich über das abgeblendet fahrende Schiff, und nichts deutete mehr darauf hin, daß der Handelsstörer oder sein Opfer je existiert hatten.

Captain Jack Quintin betupfte sich den Mund mit einer Serviette und nickte Moon anerkennend zu.

Zu Blake sagte er: »Verdammt gutes Mittagessen.« Er sah sich in der Kajüte um. »Sie hätten mir auch gebackene Bohnen vorsetzen können, ich hätte mich bestimmt nicht beklagt – wenn ich nur wieder auf einem Schiff sein kann.« Er schüttelte den Kopf. »Aber ich habe Sie unterbrochen. Was meinten Sie gerade?«

Blake wartete, bis Moon abgeräumt hatte. Er wußte kaum, was er gegessen hatte, noch daß er nahezu ohne Unterbrechung geredet hatte, seit Quintin und Claire an Bord gekommen waren.

Sie saß ihm am Tisch gegenüber. Das durch ein Bullauge fallende Sonnenlicht streifte ihr Haar und ließ das Gesicht im Schatten. Sie hatte bisher kaum etwas gesagt, und wenn, dann hauptsächlich zu ihrem Chef.

Es war mehr ein Verhör als ein zwangloses Gespräch. Blake wußte nur wenig über die Arbeit des Geheimdienstes, abgesehen von seiner flüchtigen Bekanntschaft mit einigen Agenten: harte Kerle, die er an feindlichen Küsten abgesetzt und Wochen später wieder aufgelesen hatte – müde, abgerissen, aber auf eine grimmige Weise mit sich zufrieden.

»Das wär's schon, Sir«, sagte Blake. »Ich habe mit den Gefangenen und den Überlebenden von *Bikanir* und *Evertsen* gesprochen. Ich habe extra ein paar Leute abgestellt, die alle neuen Ergebnisse auf einer Spezialkarte plotten und alle aufgefangenen Funksprüche überprüfen.« Er zuckte die Schultern. »Was nun die *Bremen* betrifft, so werden wir wahrscheinlich nie etwas Genaues erfahren. Vermutlich war sie auf dem Weg zu einem neuen Rendezvous, ohne genau zu wissen, wo das sein würde, bis sie den verschlüsselten Spruch mit den Koordinaten erhielt.«

Die junge Frau sagte plötzlich: »Wenn die *Bremen* weniger hart angegriffen worden wäre ...«

Blake sah ihr gelassen in die Augen. »Ich weiß. Aber ich ging von der Annahme aus, daß es sich bei ihr um den Handelsstörer handelte. Ich habe mich geirrt.«

Quintin hob besänftigend die Hand. »Nur sachte, Claire. So einfach ist das nicht. Commodore Stagg hat die Anweisungen gegeben.«

Blake sah Claire weiterhin an und fragte sich, ob sie vorhatte, ihn bewußt zu reizen, oder ob sie und Quintin ihn nur wie ein gut eingespieltes Team ausquetschen wollten.

Er sagte: »Sie haben natürlich recht. Doch leider gibt es im Krieg nie genug Zeit. Keinen Spielraum, um immer die genau richtige Entscheidung zu treffen. Wenn uns das deutsche Schiff unversehrt in die Hände gefallen wäre, hätten wir vielleicht etwas mehr herausfinden können, Geheimkode oder nicht.«

Quintin lehnte sich zurück. »Wie dem auch sei,

Stagg dachte wahrscheinlich an den Verlust der *Devonport.*«

Blake preßte die Hände zusammen. »Das ist es ja gerade«, sagte er. »Wenn die *Devonport* nicht gewesen wäre, könnte ich die offizielle Version vielleicht akzeptieren.«

Claire schrieb irgend etwas in ihren Notizblock, und Blake fühlte eine Welle unberechtigten Ärgers in sich hochsteigen.

»Ich weiß, daß wir uns in einer kritischen Phase des Krieges befinden. Das hat man uns auch oft genug gesagt.« Er erwartete, daß Quintin ihn unterbrechen würde, aber der saß ganz still, eine unangezündete Zigarette in der Hand, als fürchte er, Blake von seinen Gedanken abzubringen. »Konvois, die man um das Kap herum und von einem Kriegsschauplatz zum anderen schicken muß, sind immer ein schwieriges Problem gewesen. Die U-Boote im Atlantik, von ihren Milchkühen versorgt, die ›Taschenpanzerschiffe‹ und Minenflugzeuge haben ihre Reihen gelichtet. Aber die billigste Waffe ist immer noch der Handelsstörer. Jetzt, da so viel von der Vorbereitung einer Invasion in Europa und ihrer zeitlichen Koordinierung mit einem massierten Angriff der US-Streitkräfte im Pazifik abhängt, könnte diese Waffe sich als die gefährlichste erweisen.«

»So weit gebe ich Ihnen recht«, erwiderte Quintin. »Seit die Versenkung der *Kios* gemeldet wurde, hat es kaum mehr Einzelfahrer gegeben. In Kapstadt und Australien werden Konvois zusammengestellt. Ihre Ladung ist in diesen Tagen besonders wertvoll, ganz besonders natürlich Soldaten und militärisches Gerät. Bis wir den Handelsstörer zu fassen kriegen, wird daher alles ein bißchen langsamer und mit Verzögerungen vonstatten gehen, obwohl wir uns das gerade jetzt nicht leisten können.«

Blake kramte seine Tabakspfeife hervor. »Nach meinen Berechnungen«, sagte er, »und falls die *Devonport* wirklich so verlorenging, wie jeder zu glauben scheint, dann hat der Handelsstörer sie und vier weitere Schiffe innerhalb weniger Wochen vernichtet.«

Quintin schien enttäuscht. »Soviel weiß ich auch.«

Blake zeichnete mit dem Pfeifenstiel ein Rechteck auf die Tischdecke. »Denken Sie einen Moment darüber nach, Sir. Der Handelsstörer muß demnach in einem Gebiet operiert haben, welches sich über eine Länge von zweieinhalbtausend Meilen östlich vom Kap erstreckt und bis 45° südlicher Breite hinunterreicht.«

Er bemerkte, daß Claire aufgehört hatte, sich Notizen zu machen, und ihn aufmerksam ansah.

Ruhiger fuhr er fort: »Demnach müßte er mit Höchstgeschwindigkeit auf dem Ozean hin und her gejagt sein und Schiffe versenkt haben, die zufällig seinen Kurs kreuzten.« Er blickte Quintin einige Sekunden lang an. »Und noch etwas: Warum hat der deutsche Kommandant die Besatzungen des niederländischen Schiffes und der *Bikanir* so anständig behandelt, die der *Kios* aber niedergemetzelt?«

Er dachte an den jungen Leutnant, der die Worte des sterbenden griechischen Stewards übersetzt hatte.

»Anscheinend hat er auf die im Wasser treibenden Leute mit Maschinengewehren schießen lassen und sie dann ihrem Schicksal überantwortet.«

Claire senkte die Augen, als er sie ansah.

»Und wir haben nicht die geringste Ahnung, was mit der Besatzung der *Argyll Clansman* passiert ist«, fügte er hinzu.

Während des kurzen Schweigens drangen die Schiffsgeräusche wieder in sein Bewußtsein; das sanfte Murmeln des am Rumpf entlangziehenden Wassers, die etwas blechern klingende Stimme aus dem Lautsprecher: »Pfeifen und Lunten aus. Beide Wachen an Deck antreten.« Es war, als nähme das Schiff von ihnen überhaupt keine Notiz.

Dann brummte Quintin: »Die Deutschen sind eben keine Heiligen, das wissen wir. Sie haben schon genug Blut vergossen.«

»Ich weiß, worauf Captain Blake hinauswill«, sagte Claire leise. »Er glaubt, daß es sich um zwei verschiedene Kommandanten handelt, um zwei verschiedene Handelsstörer.«

Quintin starrte erst sie und dann Blake an. »Jetzt aber sachte! Ist das Ihr Ernst?«

Blake nickte. »Genau das glaube ich. Zwei Handelsstörer, die planmäßig in dem Gebiet hin und her kreuzen und sich mit ihren Versorgern je nach Bedarf treffen. Sie können auf diese Weise Dutzende von Kriegsschiffen binden, die Abfahrt von Konvois verzögern und alles durcheinanderbringen.«

Quintin steckte sich bedächtig eine Zigarette an und sah dem Rauch nach, bis er vom Ventilator eingesaugt wurde. »Aber bei all den uns zur Verfügung stehenden Mitteln, den Geheimdienstberichten und bisherigen Erfahrungen wäre darüber doch ganz sicher etwas durchgesickert?«

Blake zuckte erneut die Schultern. »Ich wüßte nicht,

warum. Bei Beginn des Krieges war die *Graf Spee* schon im Südatlantik, aber niemand war auf sie vorbereitet. Die Maginot-Linie in Frankreich war nicht lang genug, um die Deutschen aufzuhalten, aber man hatte nichts dagegen unternommen. Die großkalibrigen Geschütze in Singapur zeigten in die falsche Richtung, lange vor der japanischen Invasion – hat hier jemand rechtzeitig geschaltet?«

Quintin schüttelte den Kopf. »Das reicht. Hab' verstanden.« Er stand auf. »Ich möchte einen Funkspruch absetzen.«

Blake sah hinüber zur Pantry, wo er Moon wie einen dunklen Schatten im Hintergrund stehen sah. »Begleiten Sie Captain Quintin bitte zum Funkraum.«

Als sie in der geräumigen Kajüte allein waren, sagte Claire plötzlich: »Da haben Sie uns ganz schön was vorgesetzt.« Sie betrachtete sein Gesicht. »Glauben Sie wirklich daran?«

Er verzog den Mund zu einem etwas bitteren Lächeln. »Würde das irgendwas ausmachen? Aber da Sie schon fragen: Ja, ich glaube daran. Die vom Charakter her unvereinbare Art des Vorgehens hat uns den wichtigsten Fingerzeig gegeben. Das ist im Moment sicher herzlich wenig, aber immerhin. Zwei Handelsstörer, möglichst von gleicher Größe und gleichem Aussehen – so würde ich es jedenfalls machen. Das Problem, eine Nadel im Heuhaufen zu suchen, wäre im Vergleich dazu einfach. Vorausgesetzt natürlich, man glaubt nur an ein einziges Schiff.«

Plötzlich war er die ganze Sache leid und über sich selbst verwundert, daß er seine Befürchtungen so vehement geäußert hatte.

»Wo wohnen Sie eigentlich?« fragte er. »In Melbourne?«

Sie lächelte. »Themawechsel? Auch recht. Nein, meine Angehörigen wohnen weiter landeinwärts, in einer kleinen Stadt. Sie würden sie wahrscheinlich als Dorf bezeichnen.«

Blake betrachtete Claire eingehend. Sie hatte ein sympathisches Lächeln, warmherzig, aber sparsam.

Plötzlich fragte sie: »Als Sie im Mittelmeer waren, sind Sie da je dem Zerstörer *Paradox* begegnet?«

Sie hatte den Stuhl vom Tisch weggerückt, die Beine übereinandergeschlagen und sich leicht von ihm abgewandt. Die Frage war etwas zu beiläufig gestellt und klang gleichzeitig zu einstudiert.

»Ja.«

Er legte seine Pfeife auf den Tisch und ging zum geöffneten Bullauge hinüber. Das Meer war so blau gewesen wie heute, dachte er zerstreut. Darauf die in Doppellinie fahrenden Handelsschiffe, die hofften, heil nach Alexandria zu kommen. Eine Woche zuvor waren sie in Dreierlinie gefahren.

»Ich erinnere mich sehr gut an die *Paradox*«, sagte er ruhig. »Sie war als Sicherungsfahrzeug eingesetzt. Wir bekamen fürchterlich was aufs Haupt, und selbst die Flugabwehr der *Andromeda* war nahezu am Ende.«

Warum hatte er »selbst« gesagt? Da war er wieder, dieser besondere Stolz.

»Sie flogen in Wellen an. Deutsche und Italiener. Der Himmel war voll von ihnen. Wir verloren vier Handelsschiffe und einen Geleitzerstörer innerhalb einer Stunde. Es war der reinste Mord. Aber wir fuhren weiter, wie immer. Ohne Rücksicht auf Verluste. Nur nicht zurückblicken.«

Er packte den warmen Messingrand des Bullauges, um nicht die Fassung zu verlieren. Denn anstelle der friedlichen Küstenlinie von Port Elizabeth sah er vor sich die in Linie fahrenden Schiffe, die von unzähligen Bomben aufgeworfenen Wasserfontänen, hörte das irrsinnige Rattern der 20-mm-Maschinenkanonen und leichten Flak, das Rauschen und den Donnerschlag direkter Treffer. Inmitten dieses Infernos trieb der Geleitzerstörer *Paradox*, brennend von einem Ende zum anderen, steuerlos zwischen den langsam fahrenden Schiffen.

Irgendein Verzweifelter hatte noch mit einem einsamen MG auf die kreisenden Stukas geschossen; allerdings stiegen die Leuchtspurgeschosse senkrecht in die Luft, als habe die vielleicht letzte lebende Seele in diesem Flammenmeer schon das Bewußtsein verloren.

Abrupt stieß er hervor: »Wir konnten nicht stoppen. Hätte es sich um irgendein anderes Schiff gehandelt, wäre es genau dasselbe gewesen. Herrgott, ich erinnere mich sehr gut an die *Paradox*. Ihr Kommandant war sogar ein alter Freund. Ich kannte ihn schon sehr lange. Sie wissen ja, wie das in der …«

Er verschluckte den Rest des Satzes, drehte sich um und sah sie an. Sie wischte sich die Augen mit dem Handrücken, aber nicht schnell genug, um ihre Tränen zu verbergen.

»Ich bin wirklich ein verdammter Idiot«, rief er aus. »Es tut mir so leid. Ich hätte vorher aufhören sollen. Ihr Bruder muß auf ihr gefallen sein. Commander Fairfax hat mir von ihm erzählt. Ich hätte wirklich von selbst darauf kommen können.«

Sie schniefte und stand vom Tisch auf. »Schon gut. Es ist meine Schuld. Normalerweise benehme ich mich nicht wie eine blöde Gans.« Sie schüttelte den Kopf, daß ihr das Haar um die Ohren flog. »Nein, es liegt an Ihnen. Sie sind nicht so, wie ich erwartet hatte. Vielleicht brauchte ich jemanden, den ich hassen konnte, nachdem Dave gefallen war, jemanden, dem ich die Schuld daran geben konnte. Als Ihre Ankunft angekündigt wurde – der Viktoria-Kreuz-Träger, der Held aus dem Mittelmeer –, da wollte ich Ihnen weh tun.« Sie blickte zu Boden. »Ich bin entsetzlich dumm gewesen.«

»Gibt es irgend etwas, das ich für Sie tun kann?«

Sie schluckte und tastete in ihrer Handtasche nach der Puderdose. »Ja. Wenn Sie nach Williamstown zurückkommen – und ich bin sicher, das werden Sie –, möchte ich Sie gern mit meinen Eltern bekannt machen. Erzählen Sie ihnen alles, wie es gewesen ist, so, wie Sie es mir erzählt haben.« Sie wandte den Blick ab. »Anderes ist ihnen nicht mehr geblieben. Wollen Sie das tun?«

Er nickte. »Wenn ich kann.«

Quintin kam, sich die Hände reibend, zur Tür herein.

»Bei Gott, ich wette, daß dieser Funkspruch einer Menge Leuten Feuer unter dem Frack gemacht hat! Aber gefallen wird ihnen das gar nicht. Sie haben die Konvois in beiden Richtungen erst einmal zurückgehalten, weil die nötigen Geleitfahrzeuge fehlen, und Ihre kleine Überraschung wird ihnen schmecken wie Hering mit Himbeereis!« Er sah von einem zum anderen. »Stimmt was nicht?«

Claire erwiderte seinen Blick ruhig. »Nein. Sir.« Sie nahm ihren Notizblock auf. »Gibt es sonst noch etwas?«

Quintin beobachtete Blake. »Nicht viel, Staggs kleiner Alarm hat sich als Windei erwiesen. Bei dem betreffenden Schiff war nur das Funkgerät ausgefallen. Alles andere ist unter Kontrolle, und alle Alleinfahrer werden gewarnt, sobald wir Näheres wissen.«

Er sah auf die Uhr. »Würden Sie meine Barkasse ausrufen lassen? Ich will so schnell wie möglich an Land und zusehen, daß alles anläuft. Möchte wetten, daß ich geradewegs in ein Hornissennest komme!«

Claire streckte die Hand aus. »Auf Wiedersehen, Captain.«

Mehr sagte sie nicht, aber ihr Blick und ihr Händedruck besiegelten einen Waffenstillstand.

Quintin nickte Blake zu. »Hat mich gefreut, Sie wiederzusehen.«

Blake begleitete seine Besucher zum Fallreep und folgte der schnellen Barkasse mit den Augen, bis sie den Hafen erreichte. Er hatte den Verdacht, daß er dabei war, sich lächerlich zu machen. Sein Gefühl, etwas Wesentliches verloren zu haben, seine angeschlagenen seelischen Reserven nach den Belastungen im Mittelmeer hatten ihn unsicher und verwundbar gemacht.

Aber dieser kurze menschliche Kontakt hatte ihm wieder Kraft gegeben. Oder suchte er immer noch einen Ersatz für Diana?

Lieutenant Friar baute sich vor ihm auf. »Gibt es Landgang, Sir?«

Blake machte wortlos auf dem Absatz kehrt, die Augen durch das grelle Sonnenlicht momentan geblendet.

Lieutenant Masters, der Pilot der Seafox, schlenderte herbei und stieß Friar an. »Was ist los, alter Junge? Du siehst aus wie jemand, der nicht weiß, ob er lachen oder weinen soll.«

Friar schüttelte verdutzt den Kopf. »Der Skipper – er ist einfach an mir vorbeigelaufen!«

Masters klopfte ihm auf die Schulter. »Wenn ich so eine schnucklige Puppe zum Lunch bei mir gehabt hätte, ginge es mir sicher genauso.«

Nichts von der Verwirrung ahnend, die er in dem Mann angerichtet hatte, betrat Blake seine Kajüte und warf die Mütze auf einen Stuhl.

»Haben wir noch Brandy, Moon?«

Moon lächelte breit. »Natürlich, Sir.« Er zauberte eins seiner besten Gläser hervor und betrachtete es kritisch. »Ein besonderer Anlaß, Sir?«

Blake setzte sich und streckte die Beine aus. *Vielleicht brauchte ich jemanden, den ich hassen konnte,* hatte sie gesagt.

Er nahm Moon das Glas ab und antwortete: »Vielleicht.«

Moon machte sich eilig davon. Während des Mittagessens war er einen Moment lang versucht gewesen, rein zufällig, doch mit Absicht, eine Schüssel Erbsen über den australischen Wren-Offizier auszukippen. Jetzt war er ganz froh, daß er's nicht getan hatte.

Vielleicht war sie genau das, was ihm der Arzt verschrieben hatte.

Eine kleine Welt

Commander Victor Fairfax blieb vor der Tür seines Kommandanten stehen und ließ die schon zum Klopfen erhobene Hand langsam wieder sinken. Die Tür stand halb offen, und drinnen sah er Moon, dem ein besorgter Pantrygast zur Seite ging, mit einer für ihn ungewöhnlichen Erregung geschäftig hin und her eilen.

Fairfax trat über die Schwelle und sah sofort die halbgepackte Reisetasche und die frisch gebügelte weiße Uniform, die sorgfältig über eine Stuhllehne gehängt war.

Moon murmelte vor sich hin. »So was ist mir überhaupt noch nicht vorgekommen. Keinen Respekt. Keinen verdammten Respekt.« Er bemerkte Fairfax und setzte eilig hinzu: »Der Captain duscht gerade, Sir.«

Für Fairfax klang es wie: *Machen Sie schon, daß Sie rauskommen.* Er lächelte. »Er hat mich rufen lassen.«

»Na gut.« Moon riß dem Pantrygast ein Hemd aus der Hand und sagte wütend: »So doch nicht, du verdammter Halbschädler!« Er riß sich zusammen und erklärte Fairfax: »Hier ist der Teufel los, Sir.«

»Das sehe ich.«

Ein Vorhang wurde zur Seite gerissen. Blake, die feuchten Haare an die Stirn geklatscht, eilte barfüßig zu seinem Schreibtisch, wobei er auf dem Teppich nasse Spuren hinterließ.

Er nickte Fairfax zu und bedeutete ihm, Platz zu nehmen. »Hab' eben einen Funkspruch von Quintin bekommen, Victor. Er fliegt heute abend nach Australien zurück.« Er sprach in kurzen, abgehackten Sätzen, während er seine Papiere durchsah, einige beiseite legte, andere Moon zum Einpacken hinüberwarf. »Ich habe Befehl, mitzukommen. Ziemlich eiliger Auftrag. Wir fliegen nach Fremantle, über Colombo. Unterwegs zwei Zwischenlandungen zum Auftanken.«

Er machte eine Pause und strich sich das feuchte Haar aus der Stirn. In dem Moment sah er sehr jung und eigenartig verletzlich aus.

»Muß sich ja um eine wichtige Sache handeln, Sir«, sagte Fairfax. »Was wird denn nun mit uns?«

Blake sah ihn so nachdenklich an, als wisse er nicht, wie er sich entscheiden sollte. »Ich habe schriftliche Befehle für Sie hinterlassen. Erledigen Sie die Brennstoffübernahme so schnell wie möglich. Kein Landgang. Falls es Probleme gibt, können Sie sich über Funk direkt mit unseren Leuten in Simonstown in Verbindung setzen.«

Fairfax war unbewußt aufgestanden.

»Und dann?«

»Und dann«, sagte Blake mit einer gewissen Feierlichkeit, »dann werden Sie ankerauf gehen und Kurs auf Williamstown nehmen, wie befohlen. Sie müßten dem nach Westen fahrenden Konvoi drei Tage vor seiner voraussichtlichen Ankunft begegnen. Eigentlich sollten Sie damit keine Schwierigkeiten haben.« Er gab sich Mühe, ermutigend zu sprechen. »Gute Erfahrung für Sie.«

Fairfax blickte zur Seite. »Ja, sicher. Natürlich.«

Er wußte nicht recht, wie ihm geschah. Im Handumdrehen hatte sich alles geändert. Jetzt war er zu überrascht, um einen klaren Gedanken zu fassen. Er hatte das Kommando über die *Andromeda*! Und nicht nur das, er sollte am nächsten Morgen auslaufen und sie sicher über die Weiten des Indischen Ozeans in den Hafen bringen, in dem alles begonnen hatte.

»Ich werde tun, was ich kann, Sir«, sagte er.

Blake schlüpfte in seine frisch gebügelte Hose und sagte ruhig: »Sie werden sogar noch mehr tun. Sie wissen, was gespielt wird. Ein Wachwechsel kann jederzeit passieren. Auch ich hab' so mein Kommando bekommen. Mein Skipper fiel, und ich übernahm das Schiff. Dies ist auch nicht anders.« Er zwang sich zu einem Lächeln. »Ich werde auf der Pier stehen und Sie erwarten, also gehen Sie vorsichtig mit ihr um und verkratzen Sie die Farbe nicht!«

Lieutenant Palliser erschien in der Tür.

»Ihr Boot liegt längsseits, Sir.«

»Danke. Ich komme sofort.«

Fairfax sagte: »Es ist ein seltsames Gefühl. Überhaupt nicht so, wie ich erwartet hatte.«

Blake hörte ihn kaum. Seit man ihm den Funkspruch von Quintin gebracht hatte, war er innerlich hin und her gerissen gewesen. Wieder verließ er die *Andromeda*. Wieder würde er zu ihr zurückkehren. Die Trennung fiel ihm keineswegs leichter als letztes Mal, im Gegenteil.

Er warf einen Blick auf Fairfax, um sich zu beruhigen. Ein tüchtiger, unerschütterlicher Offizier. Das hatte er anderswo schon bewiesen und auch hier an Bord, als sie die *Bremen* vernichtet hatten. Die Besatzung verhielt sich ihm gegenüber noch neutral. Bislang war er für die alten Hasen und die neu Hinzugekommenen nur ein Fremder.

Fairfax sah, wie Moon die Riemen der Reisetasche festzog und sich umblickte, ob er noch irgend etwas vergessen hatte. Verdammt, dachte er, Moon wird ihn unheimlich vermissen. Und ich auch.

Sie stiegen zum Achterdeck hoch, wo die Fallreepsgasten am Kopf der Treppe bereitstanden.

Blake schüttelte Fairfax die Hand. »Passen Sie gut auf sie auf. Und drängen Sie den Chief nicht. Sagen Sie ihm nur, was Sie brauchen.« Sein Händedruck wurde noch fester. »Er ist gut. Das sind sie alle.« Dann nickte er Moon zu und stieg schnell das Fallreep hinunter in die dümpelnde Barkasse.

»Vorn abstoßen!«

Das Boot drehte von der Bordwand des Kreuzers ab.

Quintins Bericht an die Admiralität und das Marineamt in Melbourne mußte wirklich wie eine Bombe eingeschlagen haben, dachte Blake. Vielleicht nahmen sie die Sache doch ernst. Genausogut konnten sie ihn aber auch nach England zurückschicken, um ihn aus eventuellen Schwierigkeiten herauszuhalten.

Ein großer Dienstwagen wartete auf ihn, und als ein Matrose seine Reisetasche auf den Beifahrersitz legte, sah er, daß seine Reisegefährten schon im Wagen saßen.

Quintin, der wie üblich rauchte, meinte heiter: »Das ging ja schnell.« Während der Wagen anfuhr, setzte er hinzu: »Es wird ein langer Flug werden. Die Amerikaner haben uns eine Catalina angeboten, sie nehmen uns bis Fremantle mit. Von dort aus werden wir dann von der Marine nach Melbourne geflogen.«

Blake warf Claire einen Blick zu. Sie hatte sich in eine Ecke geschmiegt und starrte durch die Scheibe auf die schnell vorbeiziehende Straße. Sie wirkte angespannt, sogar beunruhigt.

»Sind Sie auf diese Weise auch hergekommen?« fragte er.

Sie wandte ihm das Gesicht zu. »Nein, wir kamen in einem großen Transportflugzeug.« Sie schüttelte sich. »Das war schon schlimm genug.«

»Nehmen Sie nur die Tablette, die ich Ihnen gegeben habe, Claire«, sagte Quintin. »Die wird Ihnen helfen.«

Sie vertrug also das Fliegen nicht. Blake war plötzlich froh, daß er mitflog. Vielleicht würde ihr das den langen Flug etwas erleichtern. Das Catalina-Flugboot war sicher das beste seiner Art, aber für Luxusreisen nicht ausgelegt.

Eine Stunde später befanden sie sich an Bord des breitflügligen Flugbootes, das sich schwerfällig über das unruhige Wasser in Startposition begab, während der Pilot die notwendigen Funktionsprüfungen vornahm und mit seiner Crew und der Küstenstation in einem für sie unverständlichen Kauderwelsch redete.

Schließlich starteten sie mit röhrenden Motoren, die See wich zurück, wurde mit der größer werdenden Geschwindigkeit immer unnachgiebiger und schlug schließlich so hart gegen den Rumpf, daß man glaubte, er würde in Stücke zerspringen.

Nach einem letzten Rütteln waren sie plötzlich in

der Luft, die Motoren liefen gleichmäßiger und ruhiger, und der Pilot zog die Catalina in einer flachen Kurve hoch, die Lichter der Küste hinter sich lassend.

Blake fühlte, wie Claires Finger sich um sein Handgelenk krampften, aber als er sie im Halbdunkel ansah, schüttelte sie nur abwehrend den Kopf.

»Nicht reden, bitte.«

Blake verstand. In ein paar Minuten würde ihr entweder schlecht sein, oder sie würde es überwunden haben. Für diesmal wenigstens.

Ein Amerikaner, mit allen möglichen Gurten und Kartentaschen behängt, kam auf sie zugestolpert. »Alles okay achtern? Prima! Gleich gibt's Kaffee und was zu essen, sobald mein Kumpel sich aufrafft.« Er stemmte sich mit beiden Händen gegen die Bordwand und sah durch eine der seitlichen Plexiglaskuppeln nach draußen. »Jetzt geht's los, Leute!«

Blake lächelte in sich hinein. Offensichtlich genoß der Bursche jede Sekunde.

Er fühlte, wie der Druck der Finger auf seinem Arm etwas nachließ, und war irgendwie enttäuscht, als Claire die Hand schließlich zurückzog.

»Das war nahe dran«, sagte sie mit rauher Stimme.

Quintin, der ihnen gegenübersaß, inmitten von Segeltuchsäcken und Paketen, betrachtete sie nachdenklich. Sie paßten gut zueinander, dachte er müde. Schade, daß nichts draus werden konnte.

Das zu Beginn irritierende Motorengeräusch lullte sie allmählich ein und ließ ihre Gedanken so schwer werden wie ihre Glieder. Blake sah, wie sich Quintins Kopf langsam nach vorn neigte. Als er sich zur Seite wandte, um mit Claire zu sprechen, lehnte sie schlafend an einer zusammengerollten Decke.

Er seufzte. Es gab weiß Gott bessere Arten zu reisen.

Blake versuchte, die Arme zu strecken. Er blinzelte auf die Uhr und fühlte, wie alle seine Muskeln und Knochen protestierten. Sie waren jetzt über zehn Stunden unterwegs, in einem seltsamen, unwirklichen Gefängnis, erfüllt von hämmernden Motorengeräuschen und Nickbewegungen.

Das jetzt durch die Plexiglasfenster fallende Licht tat den Augen weh; der Ozean tief unter ihnen war von einem Dunkelblau, das gelegentlich durch kleine Schaumflecken unterbrochen wurde.

Quintin stöhnte: »Und immer noch drei Stunden, verdammt. Ich bin völlig steif.«

Der junge Amerikaner kam nach achtern. Bei Tageslicht stellte sich heraus, daß er ein Matrose war. »Gleich gibt's wieder Kaffee, Leute!«

Im Vergleich zu ihnen sah er aufreizend frisch und entspannt aus.

Blake warf einen kurzen Blick auf Claire. Sie rieb sich das Gesicht mit einem kleinen Tuch ab und versuchte, sich zu kämmen.

Ohne sich umzudrehen, sagte sie: »Was würde ich dafür geben, jetzt schwimmen gehen zu können.«

Der Matrose hatte sich umgedreht, um darauf zu erwidern, als ein Kamerad ihm zurief: »Da oben fliegt noch einer, Billy!« Er saß hinter einem der Maschinengewehre, mit denen die Catalina bewaffnet war. »Es ist ein Marineflugzeug. Wir sind sicher schon weiter, als wir dachten.« Er schlug Billy auf die Schulter. »Zuerst

’ne schöne kalte Cola, was? Und dann zwei Stunden pennen, bevor …«

Er verstummte, als die Stimme des Piloten aufgeregt aus der Sprechanlage tönte: »Oh, verdammt, es ist ein Deutscher!«

Blake nahm verschiedene Dinge auf einmal wahr. Den jungen Matrosen, der ihn ungläubig anstarrte, Quintin, der nach seiner Mütze griff, als wolle er fortgehen, und die Tatsache, daß sich das Flugzeug in eine scharfe Linkskurve legte.

Blake sprang auf, hielt sich an einem Stropp fest und preßte das Gesicht ans Fenster.

Heftige Ausweichbewegungen ließen die Catalina ächzen. Über die noch eingeschaltete Bordsprechanlage hörte er den Piloten rufen: »Herr im Himmel, der ist zu schnell!«

Dann hörte Blake es wieder, dieses Geräusch, das sich unauslöschlich in sein Gedächtnis eingegraben hatte: *rattattatta … rattattatta …*

Die Maschine wurde plötzlich aus ihrem Kurs gerissen und taumelte zum Rattern der Maschinengewehre schwindelerregend hin und her.

Der Rumpf schüttelte sich, riß an einigen Stellen auf und war plötzlich von Geschossen durchlöchert. Es roch nach Rauch.

Über dem Krach hörte er den Piloten brüllen: »Ich gehe runter, Herrgott! Mayday … Mayday … Mayday …«

Blake sah, wie der junge Matrose versuchte, seinen Kameraden vom Maschinengewehr wegzuziehen. Um ihn herum war alles voller Blut, wie vom Pinsel eines Wahnsinnigen über das Metall verteilt.

Weitere heftige Stöße und Schläge erschütterten die Maschine, und Blake rief: »Wir gehen gleich zu Bach!« Er beugte sich hinab und packte Claires Handgelenke. »Kommen Sie. Mal sehen, ob Ihre Rettungsweste klar ist.«

Sie starrte ihn mit leicht geöffneten Lippen und plötzlich zu Tode erschrockenen Augen an.

»Halten Sie sich an mir fest«, fügte er hinzu.

Er zuckte zusammen, als die Catalina von neuen Feuerstößen getroffen wurde, und hörte einen Mann qualvoll schreien.

Das in die Kabine fallende Sonnenlicht wurde plötzlich von einem Schatten verdunkelt. Einen Augenblick dachte Blake, sie würden jetzt aufs Wasser schlagen. Dann hörte er das Röhren eines Motors und sah die im Licht aufblitzenden Tragflächen, als das andere Flugzeug vorbeijagte. Sein Gehirn registrierte alles in einer einzigen verzweifelten Sekunde: das schwarze Kreuz auf der Tragfläche, die feurigen Zungen der beiden schweren Maschinengewehre, die Schwimmer eines Wasserflugzeugs. Es konnte nur von *einem* Schiff gekommen sein – dem Handelsstörer.

Der Matrose brüllte: »Bleibt ruhig, Leute! Hinsetzen und Kopf auf die Knie!« Er schien halb verrückt vor Angst, und seine Entschlossenheit, das zu verbergen, machte sie nur noch offensichtlicher. »Alle sitzen bleiben, bis wir unten sind!«

Außenluft fegte durch die Catalina, und die Motoren heulten wie wahnsinnig auf, als der Pilot mit aller Macht versuchte, die Maschine abzufangen und gerade auf der Wasseroberfläche aufzusetzen.

Claire hielt Blakes Arm mit solcher Kraft, daß er ihn kaum noch fühlte.

»O Gott, ich hab' solche Angst!« flüsterte sie verzweifelt.

Rattattatta, rattattatta!

»Laßt uns doch in Ruhe, ihr verdammten Hunde!« brüllte jemand. »Wir sind doch sowieso schon im Eimer!«

Blake schob einen Arm um Claires Schultern und drehte ihren Kopf zur Seite, um ihr den Anblick auf dem Boden zu ersparen. Der tote MG-Schütze war bei den heftigen Bewegungen des Flugzeugs auf den Rücken gefallen. Er hatte kein Gesicht und keine Kehle mehr, seine Fliegerkombination war stellenweise von der Leuchtspurmunition verkohlt und qualmte noch.

Dann war die See plötzlich da. Das Flugboot schlug mit großer Heftigkeit auf, hob noch einmal ab und schmetterte dann endgültig aufs Wasser, wobei es durch die tief eintauchende linke Tragflächenspitze hart herumgerissen wurde. Ein Wasserschwall ergoß sich in den Rumpf und brandete gegen die zusammengekauerten Insassen.

Eine Kette blauer Funken tanzte knisternd auf dem zerstörten Funkgerät; die Catalina bäumte sich noch einmal kurz auf, bevor sie sich endgültig, mit immer noch laufenden Motoren, auf die Seite legte.

»Jetzt!« keuchte Blake. »Alles raus!«

Der Matrose arbeitete sich durch das Wasser zu ihm vor.

»Der Skipper hat noch nicht den Befehl zum Aussteigen gegeben!«

Blake sah ihn grimmig an. »Er ist höchstwahrscheinlich tot, mein Junge! Sonst hätte er die Motoren ausgeschaltet. Das müssen wir schon selbst entscheiden!«

Der Matrose nickte, froh, etwas tun zu können. »Ich mache die Flöße klar! Öffnen Sie inzwischen die Luke!«

Dumpfes Bersten und durchdringendes Knirschen von Metall deuteten darauf hin, daß das Flugboot auseinanderbrach.

»Haben Sie einen Revolver?« rief Blake ihm zu.

Der junge Matrose nickte und starrte ihn an.

»Dann bringen Sie ihn mit!«

Sonnenlicht flutete durch die Luke, und das im Rumpf hin und her schwappende Wasser warf sie wie nasse Puppen durcheinander, als sie sich zum Ausstieg kämpften.

Zwei oder drei weitere Gestalten quälten sich durch den Rumpf, eine von ihnen war offensichtlich an den Beinen verwundet.

Nach dem langen Eingeschlossensein in der kleinen Kabine erschien ihnen draußen alles viel größer und gewaltsamer: die lange Dünung, die über die eingetauchte Tragfläche hinweg ging und im grellen Sonnenlicht von grausamer Schönheit war; das wahnsinnige Brüllen der Motoren; das Gefühl, nicht atmen oder einen klaren Gedanken fassen zu können.

Das Rettungsfloß ritt, von seiner Vorleine gehalten, auf den Wellen. Der Matrose keuchte: »Kommen Sie rein, Miss!« Er streckte eine Hand aus, um Claire an Bord zu helfen, und kauerte sich dann zusammen, weil das feindliche Flugzeug zurückkam, wie zuvor aus beiden Rohren feuernd, und die treibende Catalina mit einem Geschoßhagel eindeckte, der sie wie eine riesige Säge aufriß.

Ein Mann schrie auf und stürzte kopfüber ins Meer. Nur eine rötliche Wolke blieb von ihm, als er unter der Oberfläche verschwand.

»Der Scheißkerl hat mein Bein erwischt!« stöhnte Quintin.

Blake sah, wie das Blut an Quintins Oberschenkel hinunterlief, als er sich schwerfällig ins Schlauchboot rollte und anschließend mit weit offenen Augen gen Himmel starrte.

Der Matrose rief einem übriggebliebenen Kameraden etwas zu und kappte die Vorleine.

Innerhalb weniger Sekunden schien die Catalina abzudrehen und sich von ihnen zu entfernen. Blake sah die übrigen Amerikaner vor der Steuerbord-Tragfläche mit ihrem Schlauchboot hantieren, als das deutsche Wasserflugzeug in einer engen Kurve über sie hinwegröhrte. Ihm wurde fast übel, als die kleinen Wasserfontänen auf die letzten überlebenden Amerikaner zurasten, der Kugelhagel sie ins Wasser riß und die Catalina, fast mit einem Seufzer, das Leitwerk in die Höhe streckte und endgültig zu sinken begann.

»Runter!« stieß Blake hervor. »Alle hinlegen!«

Er fühlte, wie sich das winzige Boot unter seinem Körper hob und senkte. Noch mehr war er sich allerdings der jungen Frau bewußt, die sich an ihn preßte, das Gesicht hinter seiner Schulter verborgen, und deren Atemzüge wie das Keuchen eines Menschen klangen, der große Schmerzen litt.

Der Matrose flüsterte: »Hier kommt er wieder!«

Noch einmal bemühte er sich, tapfer zu erscheinen: »War nett, euch kennengelernt zu haben, Leute.«

Quintin stöhnte: »Dieses verdammte blutrünstige Schwein!«

Der Schatten huschte über sie hinweg, und Blake wartete auf den letzten schrecklichen Feuerstoß.

Doch der Motor des Wasserflugzeugs wurde leiser und leiser, und schließlich begriff Blake: Es flog weg. Der Pilot war zufrieden.

Vorsichtig hob Blake den Kopf über den gelben Bordwulst. Er brauchte eine gewisse Zeit, um in dem gleißenden Licht überhaupt etwas zu erkennen. Von dem deutschen Flugzeug war nichts mehr zu sehen, und auch die Catalina war verschwunden.

Der Matrose schluckte ein paarmal und sagte: »Da drüben schwimmt jemand! Das muß Nicko sein.« Er begann, sich seiner Fliegerkombination zu entledigen. »Er hat ein kaputtes Bein und 'ne Menge Blut verloren!«

Blake ergriff sein Handgelenk. »Setzen Sie sich wieder hin!« Er sprach so heftig, daß ihn der junge Amerikaner verwundert anstarrte. »Es ist viel zu weit.«

Der Matrose schüttelte seine Hand ab. »Nicko ist mein Kumpel. Ich lasse ihn nicht im Stich!«

Blake hob den Arm und deutete wortlos aufs Wasser. Er haßte sich fast für das, was er zu tun gezwungen war, und wünschte, sie hätten nur ein paar Minuten länger den Kopf unten behalten.

Es waren, soweit er erkennen konnte, nur zwei Haie, aber als sie ihre Zähne in den Verwundeten schlugen, klang es selbst aus der Entfernung von fünfzig Metern, als seien sie ein Dutzend.

Es schien kein Ende zu nehmen, die See explodierte

förmlich in einem Wirbel aus Gischt, Blut und blaugrauen Leibern.

Der junge Matrose fiel auf die Knie und übergab sich.

Blake legte ihm eine Hand auf die Schulter und sagte ruhig: »In ein paar Minuten werden wir entscheiden, was zu tun ist.«

Er betrachtete Claire, die am Bugwulst lehnte und deren schlanke Figur sich vor dem Hintergrund des blauen Wassers hob und senkte. Sie beobachtete sein Gesicht, seine Augen, seinen Mund, als suche sie Trost darin oder vielleicht Auskunft über ihr Schicksal.

»Das hier ist ganz sicher das kleinste Kommando, das ich je gehabt habe«, sagte Blake. »Aber ich werde tun, was ich kann.«

Dabei erinnerte er sich an Fairfax' Bemerkung und seine eigene Antwort: *»Sie werden sogar noch mehr tun.«*

Er warf einen langen Blick auf die leere See. Der Deutsche hätte sie nicht sicherer erledigen können, wenn er sie einzeln mit dem Revolver erschossen hätte. Mit einem leisen Seufzer wandte Blake sich an den Matrosen: »Wie heißen Sie?«

Der junge Bursche zitterte heftig. »Man nennt mich Billy«, er zögerte kurz, »Sir.«

Blake drückte ihm beruhigend die Schulter. Da Quintin praktisch ausfiel, war er sehr auf die Hilfe dieses jungen Mannes angewiesen.

»Gut, Billy. Sie helfen Miss Grenfell.«

Sie schien ihre Verzweiflung abzuschütteln und unterbrach ihn: »Claire. Nennen Sie mich Claire.« Dann berührte sie leicht Billys Arm. »Ja, helfen Sie mir, Captain Quintin zu versorgen und etwas bequemer hinzulegen.«

Blake begann, nach dem Behälter mit den Notrationen zu suchen.

Ein winziger gelber Fleck auf dem Ozean, mehr waren sie nicht. Die Catalina mit ihrem Piloten und der gesamten Besatzung, bis auf Billy, war für immer verschwunden. Sie hatten den Preis dafür gezahlt, allzu selbstsicher und vertrauensselig gewesen zu sein, hatten nur gesehen, was sie hatten sehen wollen.

Die deutsche Maschine war jetzt sicher viele Meilen entfernt, versteckt in einem geschickt in den Aufbauten verborgenen Hangar, während ihre Besatzung bei Kaffee und Schnaps erzählte, wie sie das feindliche Flugboot vernichtet hatten.

Er hörte Quintin stöhnen, und als er sich umdrehte, sah er Claire mit blutverschmierten Händen versuchen, die Wunde vor dem Anlegen eines Notverbandes zu reinigen.

Quintin starrte sie mit glasigen Augen an. »Du lieber Himmel, Claire, nur gut, daß meine Frau uns so nicht sehen kann, was?« Er biß kurz die Zähne zusammen. »Sie würde ihren Augen nicht trauen.«

Die junge Frau machte eine Bewegung, als wolle sie die Hände im Wasser abspülen, aber Blake ergriff sie vorher und wischte sie sorgfältig mit einem Hemd ab. Er sagte nichts dabei, merkte jedoch an ihrer plötzlichen Gespanntheit, daß sie verstanden hatte.

Nicht weit vom Boot entfernt glitt eine große Rükkenflosse durchs Wasser. Sie sollte es bis zum Ende begleiten.

Blake hielt sich am Handtau des Schlauchbootes fest und kniete sich neben dem zusammengesunkenen Quintin hin.

»Wie geht es Ihnen?«

Es fiel ihm schwer, sich zu konzentrieren. Das endlose, Übelkeit erregende Dümpeln des kleinen Schlauchboots war fast unerträglich.

Für Quintin mußte es noch tausendmal schlimmer sein. Und dies war erst der zweite Tag. Es war unglaublich, daß sie bisher überlebt hatten und daß niemand sie gefunden hatte. Während der Nacht, als sie zusammengekauert versucht hatten zu schlafen, hatte Blake über ihre Position nachgedacht.

Er hatte versucht, nicht an den Morgen zu denken, sich nicht zuviel zu erhoffen. Er wußte aus Erfahrung, daß die See unendlich geduldig war, wenn es darum ging, ihre Opfer zu quälen.

Quintin blinzelte zu ihm hoch; seine Augen waren vor Schmerz und Erschöpfung tief eingesunken.

»Es tut nur weh, wenn ich lache.«

Er machte sich den momentanen Schatten zunutze, den Blakes Körper ihm bot, und öffnete die Augen etwas weiter. »Ist unser Strauchdieb noch da?«

Blake warf einen Blick aufs Wasser und sah die Rükkenflosse sofort. »Ja.« Sein nackter Rücken fühlte sich an, als hätte man ihn gerade bei lebendigem Leibe gehäutet. Aber Quintins Wunde mußte unbedingt frisch verbunden werden, und die Hemden der Wrens ergaben, wie Claire gemeint hatte, immer noch das beste Verbandszeug.

Er sah es wieder vor sich, wie sie sich in dem kleinen dümpelnden Schlauchboot umgedreht, ihr Hemd ausgezogen und es dem Amerikaner Billy gereicht hatte.

Jetzt trug sie Blakes Drillichjacke, mitsamt Ordensband.

Blake packte das Handtau fester, um seine Besorgnis, seine Bitterkeit nicht die Oberhand gewinnen zu lassen. Wenn er nicht auf der Existenz eines zweiten deutschen Handelsstörers bestanden hätte, wären Quintin und seine Begleiterin mit einer regulären Maschine geflogen. So einfach war das. Er hatte sie in diese Situation gebracht. Laut Billy waren insgesamt acht Leute in der Catalina gewesen; ein zu hoher Preis, nur um seine Meinung durchzusetzen.

»Wo glauben Sie, daß wir jetzt sind?« keuchte Quintin.

»Schwer zu sagen. Mindestens zweihundert Meilen südöstlich von Madagaskar wahrscheinlich.« Es konnten genausogut zwei Millionen Meilen sein, dachte er. Wenn sie nur ein paar Notrationen gehabt hätten, ein Segel, irgend etwas, das ihnen Hoffnung machen konnte. Aber die Catalina hatte laut Billy kurz vor der Überholung gestanden, und irgend jemand war etwas nachlässig gewesen, was das Rettungsgerät anlangte. Sie hatten also nur zwei Kanister voll Süßwasser, einige Bonbons und eine dicke Paste, die einmal Schokolade gewesen war.

»Was macht Billy?« fragte Quintin. Er versuchte, den Kopf zu drehen, doch die Bewegung bereitete ihm zu große Schmerzen.

Der amerikanische Matrose kniete sich neben ihn. »Hier bin ich, Sir. Hab' gerade eine Leine ausgebracht. Vielleicht beißt ja einer.«

Quintin sah ihn mit glasigen Augen an. »Guter Junge. Solange du nur nicht den verdammten Hai an Bord holst.« Er schloß die Augen.

Blake hörte Claire murmeln: »Er ist wieder eingeschlafen. Das Beste für ihn.«

Er kroch zu ihr hinüber. Das Haar klebte ihr an der Stirn, und ihre Hände waren noch voll angetrocknetem Blut.

Sie wandte sich ab. »Schauen Sie mich nicht an. Ich weiß, daß ich schlimm aussehe.«

Blake sagte: »Ich weiß, daß es verrückt klingt, aber ich finde Sie wunderschön. Selbst in dieser Situation.« Heftig setzte er hinzu: »Wenn ich nicht gewesen wäre …«

»Fangen Sie bloß nicht damit wieder an. Bitte. Es war doch nicht Ihre Schuld. Wie könnte es auch?« Ihre Erregung schien zu verebben. »Außerdem, was soll das alles? Wir werden sterben, damit habe ich mich abgefunden. Ich möchte nur nicht als letzte übrigbleiben.«

Blake nahm ihre Hand und hielt sie fest, und das Schlauchboot, das ganze Elend ihrer Schmerzen und Hilflosigkeit, schwand für kurze Zeit aus seinem Bewußtsein, während er sie ansah.

Einmal, als er bei Ausbruch des Krieges auf einem Zerstörer gefahren war, hatte er ein Rettungsboot voller Toter gesehen. Sie trieben ziellos im Atlantik. Als sich der Zerstörer vorsichtig heranmanövriert hatte und seine Leute die stumme Bootsbesatzung voller Mitgefühl oder Entsetzen anstarrte, hatte sich Blake plötzlich gefragt, wer von diesen menschlichen Vogelscheuchen wohl als letzter gestorben sein mochte. Gestorben unter den blinden Blicken der Kameraden.

»Ich werde bei dir sein.« Er streckte den Arm aus und schüttelte den Amerikaner. »Aufwachen, Billy. Spar dir den Schlaf für heut nacht auf. Rede, singe, mach irgend etwas, aber gib nicht auf.«

Der junge Matrose drehte sich um und starrte ihn an. »Ich will nicht sterben, Sir. Nicht so.« Er sah so verzweifelt aus, daß ihnen die Gefahr, in der sie schwebten, noch bewußter wurde.

Blake versuchte zu lächeln. Seine Lippen waren aufgesprungen und wund, und er hatte Mühe, verständlich zu sprechen. »Zeit für die Wasserration, Billy«, sagte er.

Claire kroch an ihm vorbei und half dem jungen Burschen, den zweiten Behälter zu öffnen. Das bißchen Wasser war natürlich kaum mehr als ein Tropfen für jeden. Blake beobachtete Claire, als sie Quintins Lippen vorsichtig netzte, und meinte zu spüren, wie der junge Amerikaner aus ihrem vorbildlichen Verhalten Kraft schöpfte.

Blake hielt eine Hand schützend vor die Augen und suchte den Horizont ab. Wenn es doch nur bald Nacht würde! Aber auch sie war natürlich nur eine Gnadenfrist. Der morgige Tag mußte ihnen den Rest geben. Ihre Kraft würde schwinden und damit der Wille, gegen ihr Schicksal zu kämpfen. Er sah es so deutlich vor sich, als wäre es schon soweit.

Claire rutschte wieder an seine Seite und hielt ihm den Metallbecher hin. Er trank sorgfältig, in kleinen Schlucken, aber der Becher war leer, bevor er überhaupt merkte, daß er etwas getrunken hatte.

»Reden Sie mit mir«, sagte sie. Ihre Hand zitterte, als sie den Wasserbehälter und den Becher wieder verstaute. »Ich schaff' es sonst nicht mehr.«

Sie lehnte sich erschöpft an ihn.

Selbst der Sonnenbrand auf seinen Schultern schien ihm in diesem Augenblick nicht mehr so schlimm. »Von uns allen werden Sie noch am besten damit fertig«, erwiderte er.

»Erzählen Sie mir von sich.«

Blake dachte an Diana. Wann würde sie es erfahren? Würde es ihr überhaupt etwas ausmachen?

Laut sagte er: »Ich wohne mit meinem Vater in einem alten Haus an der Grenze zwischen Surrey und Hampshire. Es ist jetzt ein bißchen zu groß für uns, aber Leute aus dem Dorf kümmern sich um Haus und Garten.« Er merkte, daß sein Kopf nach vorn gefallen war, als wäre ein Muskel gekappt worden. Merkwürdigerweise erschreckte ihn das mehr als die Aussicht zu sterben.

Sie nahm ein abgerissenes Stück ihres Hemdes und legte es ihm über die Schultern.

Mit plötzlicher Entschlossenheit fuhr Blake fort: »Meinem Vater geht es nicht gut. Vor Jahren wurde er in China schwer verwundet. Aber ich vermisse ihn. Ich sehe ihn vor mir, wie er so in seinem Garten sitzt oder in den Gewächshäusern herumwerkelt.«

Sie lehnte sich noch näher an ihn, als wolle sie die anderen aus ihrem Gespräch ausschließen. »Was werden Sie machen, wenn der Krieg vorbei ist?«

Er blickte sie an, kam aber der stummen Bitte in ihren Augen nach. »Na ja, ich bin so oft außer der Reihe befördert worden, daß sie mich wahrscheinlich zum Matrosen degradieren werden, wenn alles vorbei ist.« Er schüttelte den Kopf. »Ich weiß es nicht, wirklich.«

Er hatte wahnsinnige Kopfschmerzen, als würde ihm gleich der Schädel platzen.

Sie sah auf das rote Ordensband an seiner Jacke herab. »Was ist mit Ihrer Frau?«

Er versuchte ein leises Lachen, aber es gelang ihm nicht. »Beinahe hätte ich's vergessen. Ihr Geheimdienstleute wißt ja über alles Bescheid.«

Da packte Claire seinen Arm. »O Gott, er kommt wieder!«

Der Hai glitt näher, sie sahen ein großes, ausdrucksloses Auge, das sie anstarrte; dann tauchte er und verschwand unter dem Schlauchboot.

»Lassen Sie mich auf ihn schießen, Sir«, sagte der Amerikaner.

Blake schüttelte den Kopf. »Er könnte das Boot umwerfen.« Er begann seine Worte zu rationieren wie Wasser.

Vielleicht war man dabei, nach ihnen zu suchen. Er rief sich ins Gedächtnis, was Quintin über die Konvois gesagt hatte, über die Notwendigkeit, Einzelfahrzeuge daran zu hindern, ohne Geleitschutz zu fahren. Damit war die Möglichkeit ausgeschlossen, von einem Schiff gesichtet zu werden. Mit schmerzenden Augen suchte er den Himmel ab. Aber das Schlauchboot, ein winziger gelber Punkt, entfernte sich immer mehr von den Routen der Flugzeuge.

Claires Kopf sank langsam an seine Brust, und er fuhr ihr sacht mit der Hand durchs Haar.

Es war lange her, seit er mit jemandem über seinen Vater gesprochen hatte. Manchmal hatte seine Tante, die sich um den alten Mann kümmerte, einen Brief von ihm mitgeschickt. Blake hatte sich oft gefragt, was in seinem Vater wohl vorgegangen sein mochte, als er sorgfältig Zeile um Zeile an seinen Sohn schrieb, den er nie zu erkennen schien. Die Briefe waren die eines kleinen Kindes, wichtig nur für den Verfasser, sonst völlig ohne Sinn.

Blake sah auf Claires Gesicht hinunter. Sie war eingeschlafen.

Billy lehnte zusammengekrümmt am Seitenwulst des Bootes, die behelfsmäßige Angelleine um das Handgelenk gebunden, während Quintin, in sich gekehrt, seine Schmerzen schweigend erduldete. Wahrscheinlich dachte er an seine Frau in Melbourne und an seinen Sohn, den er nicht mehr wiedersehen würde.

Blake beobachtete die See und die Bewegungen des Hais. Er hatte sie alle in diese Lage gebracht. Dieser Gedanke drang immer wieder wie eine Sonde in seinen dumpfen und schmerzenden Kopf. Jetzt übermannten ihn Selbstmitleid und Furcht, ließ er sich gehen, ließ es zu, daß sie alle draufgingen, ohne einen Finger zu rühren.

Quintin war schwer verwundet und hatte auch zu lange Zeit an Land verbracht, um hier noch Entscheidendes ausrichten zu können. Claire und der junge Amerikaner waren noch nie gezwungen gewesen, mit nahezu aussichtslosen Situationen fertig zu werden. Es war seine Aufgabe, seine allein.

Heiser sagte er: »Ein Held, wie? Dann benimm dich auch wie einer, verdammt noch mal!«

Er fühlte, wie Claire mit einem plötzlichen Ruck aufwachte und die anderen ihn besorgt anstarrten.

»Tut mir leid«, sagte er und versuchte, seine trockenen und aufgerissenen Lippen zu lecken. »Wie viele Seevögel kennen Sie, Billy?«

Der junge Amerikaner zwinkerte verwirrt. »Äh, ich – ich weiß nicht so recht, das heißt …«

Claire packte Blakes Arm. »Laß mich mal versuchen: Möwe, Fischadler, Tölpel …«

Quintin richtete sich mühsam auf einen Ellenbogen auf. »Da fallen mir noch ein paar mehr ein …«

Der kleine gelbe Fleck trieb weiter und weiter, bis ihn der Sonnenuntergang gnädig verschwinden ließ.

Mit Würde sterben

Sich auf die Schulter des jungen amerikanischen Seemanns stützend, kam Blake unsicher auf die Beine und sah sich um. Die Sonne war noch nicht aufgegangen, doch er konnte schon erkennen, daß kein Wölkchen am Himmel stand. In wenigen Stunden würde es wieder heiß wie im Glutofen sein.

Der Gummiboden des Schlauchbootes war wie ein lebendiges Wesen unter seinen Füßen, er vermochte nur mühsam das Gleichgewicht zu halten. Das erinnerte ihn an einen Zirkus, den er als Kind besucht hatte, an den geschminkten Clown, der so ernsthaft versuchte stehen zu bleiben, während seine Freunde dabei waren, ihm den Teppich unter den Füßen wegzuziehen.

Es war eine schlechte Nacht gewesen, noch verschlimmert durch die offensichtlichen Qualen, die der junge Amerikaner ausstand. Blake vermutete, daß er sein Gesicht mit Seewasser hatte abspülen wollen und dabei in Versuchung geraten war, etwas davon zu schlucken.

Gestern hatte Blake sie den ganzen Nachmittag mit seinen Fragespielen abgelenkt, Noten verteilt, Witze erzählt. Alles, was ihm gerade einfiel und sie davon abhielt, in einen Zustand zu verfallen, den sie nur für harmlosen Schlaf halten mochten.

Wenn es nur regnen wollte.

Er blickte auf die anderen herunter und spürte fast physisch, wie verzweifelt sie waren.

Claire fragte heiser: »Noch immer nichts?«, und er

hörte eine fremde Stimme antworten: »Weit und breit nichts zu sehen. Vielleicht später, wenn die Sonne höher steht.« Ein heiseres, rauhes Murmeln, das er kaum als sein eigenes erkannte.

Quintin sagte plötzlich, ohne die Augen zu öffnen: »Ich komme heute also etwas später nach Hause.«

Er sprach so deutlich, daß Blake ihn ansah und glaubte, er träume oder verlöre langsam den Verstand. Blake setzte sich vorsichtig wieder hin. »Holen Sie das Wasser, Billy. Einen Becher jetzt und einen, wenn ...«

Claire betrachtete ihre nackten Beine, als habe sie sie noch nie gesehen. »Es ist schon der letzte. Danach gibt's nichts mehr.«

Der Amerikaner hielt den Kanister zwischen den Knien wie ein Heiligtum. »Ich sagte gerade zu meinem Kumpel: eine schöne kalte Cola. Dann passierte es.« Er krümmte sich, von trockenem Schluchzen geschüttelt. »Diese verdammten Schweine! Sie mußten sie doch nicht alle umbringen!«

Seine Stimme erstarb, und der Anflug von Vitalität verließ ihn so schnell, wie er gekommen war.

Blake lehnte sich an den Seitenwulst und sagte müde: »Trinken Sie meins auch, Claire, ich bin nicht so durstig.«

Sie hielt ihm den Becher mit erstaunlich ruhiger Hand an den Mund. »Kehren Sie jetzt nicht den Vorgesetzten heraus. Das ist hier verboten.« Sie beobachtete ihn beim Trinken. »Außerdem haben Sie's versprochen. Sie bleiben bei mir.«

Er betrachtete sie, als wolle er sich jeden Teil von ihr für immer einprägen.

»Sie sind wirklich eine bemerkenswerte Frau, Claire, wissen Sie das?«

Sie wandte sich ab und ließ den Becher für Quintin füllen. Beim Trinken mußten ihm zwei andere helfen, da jede zusätzliche Anstrengung seine Schmerzen ins Unerträgliche steigerte.

Sie sagte ruhig: »Sie sind auch nicht so übel, *Sir.*«

Das Sonnenlicht flutete über den Horizont und zeigte in beiden Richtungen nur eine leere Wasserfläche. Die erste Hitze ließ schon nach kurzer Zeit eine dünne Wasserdampfaura um das Boot und ihre Körper entstehen und erzeugte einen leichten Dunstschleier, der die sie umgebende Wasserwüste wabern machte.

»Hai ist noch immer da«, krächzte Billy. »Da hinten noch einer.«

Blake beobachtete ihn prüfend, aber der junge Bursche schien nicht bemerkt zu haben, daß er ihm während der Nacht die Pistole abgenommen hatte. Blake wußte, was selbst wenige Sekunden, bevor ein Mann starb, alles noch passieren konnte. Bewaffnet zu sein und nicht auf den sie verfolgenden Schatten schießen zu dürfen, konnte jeden um den Verstand bringen.

Es war entnervend, wie sich ihre Zeitbegriffe verschoben, Stunden zu verfliegen schienen und Sekunden sich endlos dehnten.

Blake hatte einen Arm um Claires Schulter gelegt und versuchte, Quintins gerötetes Gesicht mit ihrem gemeinsamen Schatten zu schützen. Jetzt begann es: das Nachlassen aller Reaktionen, das Langsamerwerden; wie ein Motor, dessen Brennstoff zu Ende ging.

Er konnte die Bewegungen des Schlauchboots nicht mehr richtig einschätzen und wurde hin und her geworfen wie ein Seemann, der betrunken mit dem Urlauberboot an Bord zurückkommt.

Plötzlich schreckte ihn eine heftige Bewegung im Boot auf. Billy hatte sich herumgerollt und versuchte, auf die Knie zu kommen. »Herrgott im Himmel!« Fast wäre er wieder umgefallen. »Hilf mir!« Er starrte Blake und Claire mit großen Augen an. »Hören Sie denn nichts?«

Blake versuchte zu schlucken, aber seine Kehle war staubtrocken

Er packte das Handtau und drehte sich um. Billy hatte den Verstand verloren. Er mußte etwas tun.

Aber dann hörte er es. Ein zunächst schwaches, klopfendes Brummen, dann, als sich seine Sinne wieder schärften, erkannte er, was den Amerikaner aus seiner Apathie gerissen hatte.

Claire hatte erschreckt die Hände vors Gesicht geschlagen. »Er kommt zurück!«

Blake sah sie an und konnte kein Wort hervorbringen. Da hatten sie nun erwartet zu sterben, hatten sich innerlich darauf eingestellt, so gut sie konnten, aber auf einen Tod in Würde, wenn es das gab.

Seine Augen weiteten sich in plötzlicher Wut. Das Motorengeräusch stammte von einem kleinen Flugzeug. Dabei konnte es sich hier draußen nur um ein Wasserflugzeug handeln. Die *Fremantle* war Hunderte von Meilen entfernt, und der nach Westen gehende Konvoi konnte noch kaum aus den australischen Gewässern heraus sein. Es mußte also das Bordflugzeug des Handelsstörers sein. Selbst in diesem Punkt hatte er sich also getäuscht: Mitleid gab es hier nicht, nicht einmal Gleichgültigkeit. Das Flugzeug kam zurück, um sich zu vergewissern, daß keiner davongekommen war. Verzweifelt tastete er nach der Pistole, die er dem Amerikaner abgenommen hatte. Das Flugzeug konnte ihr Schlauchboot mit wenigen Schüssen versenken, und dann waren sie den Haien hilflos ausgeliefert.

Claire fühlte seine Qual und sagte stockend: »Lassen Sie mich nicht so sterben.« Sie legte eine Hand auf die Pistole. »Tun Sie es, bitte!«

Quintin murmelte mit schwerer Zunge: »Übersieht uns vielleicht. Fliegt einfach vorbei.«

Blake hielt eine Hand über die Augen und starrte auf das blaue Wasser, das wie eine wandernde Hügelkette stieg und fiel. Von einem Schiff aus war das Rettungsfloß sicher nicht leicht auszumachen, aber aus der Luft …

Als das Sonnenlicht über das Cockpit des Flugzeugs huschte und den rasenden Propeller in eine silbrig glänzende Scheibe verwandelte, blieb ihm fast das Herz stehen. Das Röhren der Maschine wurde lauter, bis es sie zu betäuben schien.

Blake versuchte mühsam und mit großer Sorgfalt, einige Worte zu bilden. Jede Silbe bereitete ihm große Schmerzen.

»Alles in Ordnung, Claire.« Er legte den Arm um sie und hielt sie fest, während sie sich dem anschwellenden Dröhnen zuwandte. »Sieh doch!« Er deutete auf das Rauchwölkchen am gegenüberliegenden Horizont. »Es sind unsere. Das ist die *Andromeda*.« Als sie ihn ungläubig ansah, fügte er hinzu: »Gott weiß, wie sie es geschafft haben, aber sie haben uns gefunden.«

Die Seafox brauste über sie hinweg, und Sekunden später explodierte eine Leuchtkugel hoch am Himmel und schwebte als hellgrün leuchtender Tropfen herunter.

Blake meinte Lieutenant Masters winken zu sehen, aber seine Augen waren plötzlich zu verschleiert, um irgend etwas genau zu erkennen.

Commander Victor Fairfax packte die Lehnen des Kommandantenstuhls fester, beugte sich vor und starrte durch die salzverschmierte Scheibe der Brücke.

Um ihn herum lief der Bordbetrieb wie gewöhnlich, jedenfalls nach außen hin. Es war acht Uhr abends und die Steuerbordwache gerade aufgezogen. In den Wohndecks würden sie sich jetzt zur Ronde klarmachen, Radio hören, Briefe schreiben und sich sonstwie die Zeit vertreiben.

Lieutenant-Commander Scovell trat zu ihm auf die Brücke und meldete mit ausdruckslosem Gesicht: »Die ersten Wachen sind aufgezogen, Sir.«

Fairfax wußte, daß der I WO ihn aus irgendeinem Grunde nicht leiden konnte, und war sich darüber klar, daß jede seiner Handlungen kritisch verfolgt wurde.

Er fragte: »Haben Sie den Ausgucks Bescheid gesagt?«

»Jawohl, Sir.« Scovell warf einen Blick zum Himmel, dessen grelles Licht schon etwas erträglicher zu werden begann. Mit Einbruch der Dunkelheit würde eine kühle Brise einsetzen, während das Schiff weiter die See durchpflügte. »Noch keine Funksprüche eingegangen, Sir«, setzte Scovell hinzu.

Er ging, um die Wachen zu kontrollieren, und ließ Fairfax mit seinen Gedanken und Sorgen allein.

Fairfax ergriff automatisch sein Doppelglas, ließ es

aber wieder auf die Brust zurückfallen. Was hatte es für einen Sinn? Die Brücke zitterte und rüttelte wie verrückt, und er hörte Villar vor sich hin fluchen, als einige seiner Gerätschaften vom Kartentisch rutschten.

Fairfax starrte zum Horizont. Jetzt, da die schlimmste Hitze des Tages vorüber war, bot sich seinen Augen ein herrlicher Ausblick. Der Horizont war von einem tiefen Blau und trennte den Ozean wie eine dunkle Barriere vom leuchtenden Orange des Himmels. Es hätte einer der schönsten Abende seines Lebens sein können.

Er versuchte, sich an alles zu erinnern, was er getan hatte, ruhig und unbeteiligt wie ein Zuschauer.

Andromeda hatte kaum die freie See erreicht, als man im Funkraum die Meldung über das vermißte Flugzeug auffing. Der Äther war plötzlich von Funksprüchen erfüllt, eine Suchaktion wurde angeordnet, aber Fairfax wußte aus seinen Befehlen und geheimen Unterlagen, daß nur wenige große Flugzeuge zur Verfügung standen, um das in Frage kommende Gebiet abzusuchen. Der um das Kap nach Osten laufende Konvoi wurde in Kürze erwartet, und der von Australien kommende würde ebenfalls Flugsicherung brauchen, solange der Handelsstörer noch nicht erledigt war.

Andromeda hatte Befehl, ihren derzeitigen Heimathafen Williamstown anzulaufen. Sie hatte mit dem vermißten Flugzeug nichts zu schaffen und würde zu gegebener Zeit erneut auf Patrouillenfahrt gehen.

Seinen Entschluß hatte Fairfax ganz spontan gefaßt, obwohl es ihm hinterher schien, als habe er gar keine Wahl gehabt.

Er hatte Scovell und den Leitenden Ingenieur kommen lassen und ihnen gesagt, wie die Dinge standen.

»Ich werde daher den Kurs ändern und nach der Catalina suchen. Vielleicht ist sie nur beschädigt und noch schwimmfähig. Sie werden dringend Hilfe brauchen, und außer uns kommt praktisch niemand in Frage.«

Scovell hatte in seiner präzisen Art geantwortet: »Örtliche Patrouillenfahrzeuge und Aufklärer werden alarmiert sein. Ein Flugboot auf der Wasseroberfläche ist doch wohl zu finden, auch wenn man mit einer gewissen Abdrift rechnen muß.«

Es klang wie eine Herausforderung, als wolle Scovell seinen Standpunkt klarmachen, bevor etwas schiefging.

Fairfax ließ die Hand wütend und frustriert auf die Reling niedersausen. Bisher war wirklich alles schiefgelaufen. Das Schiff hatte mit Höchstfahrt seinen alten Kurs verlassen und war nach Nordosten abgedreht. Diesen Kurs hatten sie dann zwei Tage lang beibehalten, wobei sie nur gelegentlich mit der Geschwindigkeit heruntergingen, um Weir und seinen Leuten Gelegenheit zu geben, Teile der Maschinenanlage zu überprüfen oder zu reparieren.

Weir war genauso gewesen, wie Blake gesagt hatte – ein Fels in der Brandung. Nie hatte er sich beklagt, und bei ihrem letzten Gespräch hatte er nur kurz gesagt: »Sie hatten gar keine Wahl, Sir. Meiner Ansicht nach haben Sie völlig richtig gehandelt.«

Fairfax nahm seine Mütze ab und fuhr sich mit den Fingern durch das Haar. Weirs Ansicht würde bei einem Kriegsgerichtsverfahren bestimmt nicht maßgeblich sein.

Er dachte an Sarah. Wie sie es aufnehmen würde?

Anfangs sicher mit Fassung. Aber später – würde sie dann seine zerstörte Karriere immer noch mit der gleichen Haltung ertragen? Wenn es sich nicht gerade um Blake gehandelt hätte, wäre *Andromeda* gewiß auf ihrem alten Kurs geblieben. Fairfax wußte das, und alle anderen an Bord wußten es ganz sicher auch.

Schuhe scharrten über die Grätings, und er bemerkte Villar, der die See beobachtete.

»Wie denken Sie darüber, Pilot?«

Fairfax wußte, daß er den Navigationsoffizier nicht in seine Probleme hineinziehen durfte, konnte aber auch nicht nur ruhig dasitzen, warten und alles mit sich selbst abmachen.

Villar sah ihn ruhig an. »Als ich für die Union-Castle-Reederei fuhr, ging einer von unseren Leuten über Bord, einer vom Schiffsorchester. Hatte sein gesamtes Geld beim Pokern verloren und sich vollaufen lassen.« Der Südafrikaner sah ihn an, ohne Mitgefühl zu zeigen. »Das Problem war nur, daß man ihn nicht vor dem nächsten Morgen vermißte. Ein Passagier in der ersten Klasse wollte, daß dieser Blödmann ihm zu seinem Geburtstag aufspielte.«

Fairfax wandte sich ab. Villar war ein harter Mann. Ein ausgezeichneter Navigator und sicherlich gut zu gebrauchen, wenn es mal dick kam. Aber man konnte nie wissen, was in ihm vorging.

Villar fuhr fort: »Der Alte ging für diesen Penner auf Gegenkurs und hat ihn auch tatsächlich wieder aufgefischt.« Er schüttelte den Kopf. »Nette Geschichte, nicht wahr?«

»Wollen Sie damit sagen, daß es noch eine Chance gibt?«

»Es gibt immer eine Chance, Sir.« Schon im Begriff zu gehen, zögerte Villar noch. »Man wird sagen, daß Sie richtig gehandelt haben. Sie werden schon sehen, Sir.«

Fairfax drehte sich um und winkte Sub-Lieutenant Walker. »Lassen Sie bitte Lieutenant Masters auf die Brücke kommen, Sub.«

Da kehrte Villar zurück, er sah ernst aus. »Eben ist uns von *Fremantle* ein Funkspruch übermittelt worden, Sir.« Er warf einen Blick auf das Papier in seiner Hand. »Äußerst dringend. Nicht identifiziertes Fahrzeug auf 36° Süd und 60° Ost. Gesichtet von Walfangmutterschiff *Tarquin*. Keine weiteren Einzelheiten.«

Betroffen ließ Fairfax sich vom Stuhl gleiten. »Übernehmen Sie, Nummer Eins.« Dann ging er eilig in den Kartenraum, wo Villars Navigator schon die neue Sichtmeldung in die Karte einzeichnete.

»Wo steht die *Fremantle*?«

Villar griff mit dem Messingzirkel die Entfernung ab. »Zu weit weg, Sir. Wir dagegen ...« Der Stechzirkel marschierte unbarmherzig auf die eingezeichnete ursprüngliche Kurslinie der *Andromeda* zu.

Fairfax preßte die Hände hinter dem Rücken zusammen. Wenn sie nicht abgedreht hätten, um nach dem abgestürzten Flugboot zu suchen, wäre *Andromeda* jetzt weniger als einen halben Tagesmarsch von der mutmaßlichen Position des anderen Schiffes entfernt gewesen.

Als wolle er noch Salz in die Wunde reiben, fügte Villar hinzu: »Ganz nahe der Stelle, wo die holländische *Evertsen* versenkt wurde.«

Masters stolperte durch die Tür. »Au verdammt!

Entschuldigung, Sir, aber das alte Mädchen schlingert ganz schön.«

Fairfax fragte: »Ist Ihre Maschine klar zum Start?«

Masters nickte. »Jawohl, Sir. Wann?«

Fairfax starrte auf die kleinen Bleistiftkreuze in der Seekarte. Schimpf und Schande für den Versuch, Leben zu retten, doch Lob und Anerkennung, wenn er den Handelsstörer stellte. Selbst jetzt waren sie vielleicht noch imstande, zum Feind aufzuschließen, besonders, wenn sie noch eine weitere Sichtmeldung bekamen und falls Weir es schaffte, noch ein paar Knoten mehr aus seinen überstrapazierten Maschinen herauszuholen.

»Soll ich einen Abfangskurs absetzen, Sir?« fragte Villar leise.

Alle sahen Fairfax an: Masters, der ungewöhnlich gespannt wirkte, Villar, dunkel und wachsam, und der junge Navigationsmaat Wright.

Fairfax gab keine direkte Antwort, sondern wandte sich an Masters. »Glauben Sie, daß eine Catalina auseinanderbrechen würde?«

Masters warf einen Blick auf die Karte. »Nein. Die Wetterberichte waren gut, die Piloten sind diese Strecke so oft geflogen, daß sie's im Schlaf können. Außerdem halten Flugboote eine ganze Menge aus. Aber vielleicht hat's gebrannt, dann sind sie wohl in die Rettungsflöße gegangen.« Er betrachtete die Karte, die riesige Fläche des Indischen Ozeans.

Scovell tauchte im Türrahmen auf und ließ den Blick neugierig über die kleine Gruppe am Kartentisch wandern. »Sir? Der Chief ist am Apparat.«

Fairfax nickte. »Ich komme.« Nach der drückenden Atmosphäre im Kartenhaus war er dankbar für die frische Luft auf der offenen Brücke. Er nahm den Hörer. »Was ist los, Chief?«

»Ich möchte gern wissen, ob ich einige wichtige Leute zur Koje schicken kann. Sie sind jetzt schon viele Stunden im Einsatz, und wenn wir mit dieser Geschwindigkeit weiterlaufen, werde ich bald jeden erfahrenen Mann dringend brauchen.«

»Steht es so schlimm?«

»Nicht kritisch, Sir, aber ich hab' die Maschinen noch nie so lange bei dieser Geschwindigkeit in Betrieb gehabt.«

»Nützt es was, wenn wir auf zwanzig Knoten runtergehen, Chief?«

»Ja, im Moment schon.« Es entstand eine kleine Pause, als müsse Weir sich überwinden, nach den Problemen der Brücke zu fragen. »Gibt's was Neues?«

»Nichts.«

Fairfax legte auf und ging zu den anderen zurück. Zu Scovell sagte er: »Lassen Sie die Drehzahl auf zwanzig Knoten verringern. Pilot, setzen Sie einen Kurs ab, auf dem wir das unbekannte Schiff abfangen können, und korrigieren Sie ihn stündlich. Nehmen Sie sich Ihren Assistenten zu Hilfe.« Er wandte sich an Masters: »Ich möchte, daß Sie zu einem Erkundungsflug starten, sobald es hell genug ist. «

»Wird gemacht«, sagte Masters.

Scovell jedoch gab nicht auf. »Sie wollen also die Verfolgung des Handelsstörers noch nicht aufnehmen, Sir?«

»Würden Sie das tun, Nummer Eins?«

Scovell zuckte die Schultern. »Ich führe nicht das Kommando, Sir.«

Fairfax erwiderte leise: »Nein, das tun Sie nicht, Nummer Eins. Trotzdem haben Sie meine Frage beantwortet. Doch Sie brauchen sich nicht zu beunruhigen. Sie werden makellos und ohne Schuld dastehen, was auch geschieht.«

Scovells überraschten und schockierten Gesichtsausdruck vor Augen und sich seines kleinlichen Sieges bewußt, machte Fairfax abrupt kehrt und ging zu seinem Stuhl zurück.

Eine dunkle Gestalt kam langsam den zentralen Niedergang herauf: Moon, dessen Jacke sich beim Näherkommen hell vom grauen Stahl abhob. Er hielt ihm ein kleines Tablett entgegen und hob den Deckel von einer Kaffeekanne. Das machte er mit einer so kleinen, unbeholfenen Geste, als wolle er damit etwas zum Ausdruck bringen.

Er sagte: »Hab' ihn selbst gemacht, Sir. Von meinen Sondervorräten. Genau wie ihn der Käpt'n immer mochte.«

Fairfax nahm die Tasse, dankbar für Moons Fürsorge. »Danke. Das war eine gute Idee.«

Moon, dessen Augen durch den Fahrtwind zu tränen begonnen hatten, starrte aufs Meer hinaus.

»Es ist schon in Ordnung«, sagte Fairfax leise. »Wir suchen weiter. Ich kehre nicht um.«

Moon schnippte ein unsichtbares Körnchen von der Serviette. »Natürlich nicht, Sir. Sagte den Leuten schon, daß Sie's nicht tun würden. Nicht Ihr Stil, hab' ich ihnen gesagt, Sir.«

Fairfax atmete langsam aus. Die Entscheidung hatte auf Messers Schneide gestanden. Und wenn Moon nicht gewesen wäre?

Er schüttelte den Kopf. Jetzt würde er es nie mehr wissen.

Der Bordarzt, Surgeon Lieutenant-Commander Edgar Bruce, grunzte ärgerlich, als er Blakes blasenbedeckte Schultern betrachtete.

»Nun mal sachte, Sir. Sie können nicht einfach weitermachen, als ob nichts geschehen wäre.«

Blake, der nur ein Handtuch um die Hüften geschlungen hatte, saß in seiner Kajüte und versuchte zu akzeptieren, was ihm bis vor kurzem noch wie ein unmöglicher Traum erschienen war. Die *Andromeda* war langsam im Kreis um das Schlauchboot gefahren; während ein Motorboot ausgesetzt wurde, um die vier Überlebenden aufzunehmen, hatte Blake seine Leute an der Reling winken sehen und ihre freudigen Rufe gehört.

Sie mußten schon ein seltsamer Anblick gewesen sein, dachte er. Captain Quintin, der von den Sanitätsgasten über das Achterdeck getragen wurde; der junge amerikanische Matrose, den Kopf in wiedergewonnenem Stolz hoch erhoben, obwohl er von seinen Emotionen fast übermannt wurde, und die junge Frau mit nackten Beinen, blutig und doch schön in der schmutzigen Uniformjacke.

Blake warf einen Blick auf Fairfax, der ihm nicht von der Seite gewichen war, seit man ihn an Bord gehievt hatte. Fairfax sah aus, als habe er die letzten Tage mit ihnen zusammen durchlitten, und selbst das breite Lächeln, mit dem er sie willkommen hieß, konnte die Anspannung nicht aus seinem Gesicht löschen.

Blake sagte: »Sorgen Sie dafür, daß unser junger amerikanischer Freund gut versorgt wird. Masters soll mal mit ihm reden und ihm die Erkennungstafeln zeigen. Ich glaube, das Flugzeug war eine Arado 196, aber vielleicht findet Masters ja etwas raus, was mir entgangen ist.« Er drehte sich um und verzog das Gesicht, als der Arzt ihm etwas auf den Rücken tupfte. »Wie sieht's mit Quintin aus, Doc?«

Bruce lächelte. »Für Späße dieser Art ist er eigentlich zu alt, Sir, aber er ist auch unheimlich zäh. Allerdings wird es eine Weile dauern, bis er wieder auf dem Damm ist. Wenn er nicht so ordentlich verbunden worden wäre, hätte er das Bein verloren.« Er trat einen Schritt zurück und rieb seine Hände trocken. »Das wär's, Sir, mehr kann ich nicht für Sie tun, wenn Sie unbedingt gleich wieder weitermachen wollen.«

Blake sagte: »Im Augenblick genügt's, wenn ich mich rasiere und ein neues Hemd anziehe.« Er zögerte. »Wie geht's Second Officer Grenfell?« Konnte sich alles so schnell ändern? Angesichts des Todes hatte er sie Claire genannt. Mit seiner Förmlichkeit kam er sich jetzt wie ein Verräter vor.

»Ich habe ihr ein paar Tabletten gegeben, Sir. Sie wird mindestens zwölf Stunden wie ein Murmeltier schlafen. Sie liegt in meiner Kammer. Ich fühle mich sowieso mehr im Lazarett zu Hause.«

»Kommt mit ihr alles in Ordnung?« Blake spürte, daß Fairfax ihn bei dieser Frage interessiert ansah, aber es war ihm egal.

»Ich habe sie sorgfältig untersucht. Gebrochen hat sie nichts. Rein äußerlich ist sie so gut wie neu.« Bruce zuckte die Schultern. »Später … Nun, das müssen wir abwarten.«

Blake blickte zur Seite, denn er stellte sich Claire

nackt auf dem Untersuchungstisch vor. »Ich gehe wieder auf die Brücke, Doc. Halten Sie mich auf dem laufenden.«

Als sich der Schiffsarzt entfernt hatte, fragte Blake: »Liegen irgendwelche Sichtmeldungen über das unbekannte Schiff vor?« Er wußte, daß dieses Problem Fairfax stärker beunruhigte, als er bisher zugegeben hatte.

»Nein, Sir«, antwortete Fairfax. »Wahrscheinlich hat sich das Walfangmutterschiff schnellstens aus dem Wege gemacht, um nur ja kein Risiko einzugehen. Glauben Sie, daß es deswegen Ärger geben wird, sobald wir eingelaufen sind?«

»Darüber zerbrechen wir uns den Kopf, wenn es soweit ist.«

Blake stand auf und fühlte das Deck unter seinen Füßen schwanken. Das war so, seit sie ihn aus dem Schlauchboot an Bord geholt hatten. Selbst nach nur wenigen Tagen in einem Rettungsboot waren Überlebende längere Zeit nicht imstande, richtig zu gehen.

»Wir wissen jetzt jedenfalls mehr als vorher, Victor. Der Handelsstörer verfügt über mindestens ein Bordflugzeug. Damit hat sein Kommandant ein weitaus größeres Blickfeld, außerdem kann es ihn rechtzeitig warnen, wenn Kriegsschiffe in seiner Nähe aufkreuzen.« Er betrachtete seine Hände. »Wir wissen auch, daß dem Mann, der den Handelsstörer befehligt, menschliches Leben nichts bedeutet.«

Fairfax war durch seine Worte bewegt und beunruhigt.

»Darf ich Sie etwas fragen? Glauben Sie immer noch, daß es zwei Handelsstörer sind?«

Blake sah ihm in die Augen. »Ich bin nicht sicher. Ich weiß nur eins: Wir werden ihn oder sie erledigen!«

Er winkte Moon zu sich, der an der Tür stand und über das ganze Gesicht strahlte. »Das Rasieren übernehmen am besten Sie. Meine Hand zittert so, daß ich mir wahrscheinlich die Kehle durchschneiden würde.«

Als Fairfax sich zum Gehen wandte, rief er ihm nach: »Ich kann Ihnen nicht viel sagen. ›Danke‹ hört sich zu kümmerlich an für das, was Sie getan haben, oder für das, was es Sie hätte kosten können. Aber wer auch in Australien später das Kommando über die *Andromeda* übernimmt, wird verdammtes Glück haben, wenn er Sie mit an Bord hat.« Er versuchte zu lächeln. »Das werde ich den Betreffenden jedenfalls klarmachen!«

Fairfax verließ die Kajüte, wobei er dem Posten der Seesoldaten zunickte. Aus der Messe, wo die Pantrygasten alles für das Mittagessen der Offiziere vorbereiteten, hörte er Stimmengemurmel und Tellergeklapper.

Jetzt, da sie wieder auf ihren vorgeschriebenen Kurs zurückliefen, schienen ihm die Schiffsbewegungen ruhiger, und er hörte noch die Erleichterung in Weirs Stimme, als er befohlen hatte, auf normale Marschgeschwindigkeit herunterzugehen.

Er schritt rasch über das Oberdeck, wo ein paar Leute das gelbe Schlauchboot wie eine Trophäe am Bootsgestell festzurrten.

Fairfax dachte daran, wie das Gesicht der jungen Frau ausgesehen hatte und wie Blake von ihr gesprochen hatte. Das mußte er Sarah erzählen. Wenn Blake noch ledig gewesen wäre, hätte sie sich im Handumdrehen einen Kuppelpelz verdient, da war er sicher.

Der Bordlautsprecher gab ein kurzes Quäken von sich und tönte dann: »Köche in die Kombüse! Messeälteste klarmachen zum Rum-Empfang!«

Er stieg schnell zur oberen Brücke hinauf, vorbei an den Ausgucks und Signalgasten.

Lieutenant Palliser hatte die Wache und machte eine schwungvolle Ehrenbezeugung, als Fairfax auf die Brücke kam.

»Neuer Kurs eins-vier-null, Sir.« Er konnte ein Lächeln nicht ganz unterdrücken. »Keine weiteren Meldungen aus dem Funkschapp, Sir.«

Fairfax nickte und lächelte ebenfalls. Es kam ihm vor, als habe sich die ganze Atmosphäre an Bord geändert. Und das hatte sie auch.

Er ging zu den vorderen Grätings und blieb neben dem leeren, frisch geschrubbten Kommandantenstuhl stehen.

Andromeda hatte ihre Entscheidung getroffen. Er war akzeptiert.

Konvoi

Kapitän zur See Kurz Rietz richtete sein starkes Zeiss-Glas auf den langsam herankommenden Punkt am Himmel und ließ es nach einer Weile wieder auf die Brust sinken. Die Spannung an Bord war fast körperlich spürbar, und die geflüsterten Befehle und deren Bestätigung aus Telefonhörern und Sprachrohren verstärkten noch das Gefühl der Beklommenheit.

Rietz war diese nervliche Belastung gewöhnt und nur selten frei davon. Sie war fast schon Teil seines Wesens. Er wußte kaum noch, was es hieß, unbeschwert zu sein, sich zu entspannen und über amüsante Nichtigkeiten zu reden.

Unter falscher Flagge und mit den frisch aufgemalten schwedischen Markierungen lief der Handelsstörer jetzt mit herabgesetzter Marschgeschwindigkeit.

Sie hatten das Flugzeug vor zwei Stunden ausgemacht, einen kleinen schwarzen Punkt, der plötzlich seine Form veränderte und im Sonnenlicht funkelnd aufleuchtete, als er Kurs änderte und auf sie zuhielt.

Ohne Hektik waren die Besatzungsmitglieder des Handelsstörers auf ihre Stationen gegangen. Dies war etwas, womit jeder rechnete, und jetzt war es eingetreten. Das Flugzeug war ein Marineflugboot, eine alte britische Walrus. Es gab also keinen Zweifel: Irgendwo hinter dem Horizont befand sich ein Kriegsschiff. Einer der Jäger. Der alte Feind.

Rietz hörte den Atem seines Ersten neben sich und sagte: »Nur gut, daß wir das Flugzeug rechtzeitig genug gesehen haben, um den Kurs zu ändern, Rudi. Ein paar Minuten später, und sie hätten bemerkt, daß wir nicht auf dem richtigen Kurs des Schweden liegen.«

Storch verfolgte das Flugzeug aufmerksam mit dem Auge. »Ich glaub' trotzdem nicht, daß sich das Kriegsschiff täuschen läßt, Herr Kapitän.«

Ein Matrose mit einem Handapparat schlug die Hakken zusammen und meldete: »Alle schweren Geschütze gefechtsbereit, Herr Kapitän! Geschützpforten dicht. Bordflugzeug im Hangar.«

Rietz nickte. »Gut.« Zu seinem Untergebenen gewandt, fuhr er fort: »Die richtige *Patricia* wird noch nicht als vermißt gemeldet sein, Rudi. Wir fahren unter ihrer Flagge und sind auch ungefähr auf ihrem ursprünglichen Kurs.« Er verzog das Gesicht zu einem schiefen Lächeln. »Vielleicht sind wir hundert Meilen in dieser oder jener Richtung vom Kurs abgekommen, aber da hier deutsche Handelsstörer ihr Unwesen treiben, kann mich wohl kaum jemand tadeln, wenn ich Ausweichmanöver fahre.« Der Gedanke schien ihn zu amüsieren.

Aus dem achteren Teil der Brücke bellte die Stimme des Artilleriebefehlsübermittlers: »Schiff auf Peilung Grün vier-fünnef, Herr Kapitän! Entfernung fünfzehn Meilen!«

Ein Dutzend Ferngläser hob sich über das Schanzkleid der Brücke und der Ausguckstationen. Der getarnte Entfernungsmesser über ihren Köpfen drehte sich leicht auf gut geölten Lagern und strafte den abblätternden Farbanstrich und die Roststreifen in seiner Umgebung Lügen.

Rietz' Gesicht ließ keine Gemütsbewegung erkennen, als er sein Glas auf die kaum wahrnehmbare Rauchfahne am Horizont richtete.

Im Geist ging er noch einmal alle Informationen durch, die er den Papieren der *Patricia* entnommen hatte: Bestimmungshafen Port Said. Ein neutrales Schiff, das seinen rechtmäßigen Geschäften nachging.

Er schwenkte sein Glas zum Flugboot, das, von seinem Druckpropeller an der oberen Tragfläche getrieben, schwerfällig im Sonnenlicht dahinzog. Dann wandte er sich an seinen Ersten: »Sagen Sie allen Leuten, sie sollen das Flugboot nicht mit ihren Gläsern beobachten.« Mühsam unterdrückte er die Heftigkeit in seiner Stimme, denn jedes Zeichen der Besorgnis war jetzt von Übel. »Lassen Sie ein paar Mann auf der Back arbeiten. Das Flugzeug wird bald heran sein. Ich vermute, daß der Pilot nur kurz zurückgeflogen ist, um seinem Schiff Meldung zu machen. Sein Captain will sicher Genaueres über uns erfahren, bevor er näher kommt.«

Rietz dachte an seine beiden früheren Einsätze. Einhunderttausend Tonnen feindlichen Schiffsraum versenkt. Das war eine gewaltige Leistung, die er für Deutschland vollbracht hatte, für alle diejenigen, denen nur die sorgfältig redigierten Erfolgsmeldungen in den Nachrichten über die kargen Tage und die langen, von Fliegeralarm geplagten Nächte hinweghalfen.

Die jetzige Unternehmung war sogar noch wichtiger. Zum ersten Mal seit die Armee 1939 in Polen einmarschiert war, befand sich das Deutsche Reich in der Defensive – in Italien, in der Sowjetunion, selbst auf dem Atlantik. Er sah noch den Admiral vor sich, wie er sorgenvoll aus dem Fenster über die verregnete Werft in

Kiel blickte. Deutschland brauchte mehr Zeit. Für die neuen Waffen. Für den nächsten Gegenangriff im Osten, wenn die russische Dampfwalze zum Stillstand gebracht worden war. Es ging schon das Gerede von großen neuen Raketen, die London und die Kanalhäfen erreichen konnten und praktisch gegen jede Abwehr immun sein würden.

Zeit – Zeit – Zeit!

Storch meldete aus der Brückennock: »Flugzeug nähert sich an Backbord, Herr Kapitän.«

Mit lautem Motorengeräusch schwenkte die Walrus in weitem Bogen auf den Handelsstörer zu. Rietz kontrollierte das Oberdeck mit einem schnellen Blick.

Ein paar Leute arbeiteten, wie er befohlen hatte, an der Ankerkette, ein anderer spritzte das Deck mit einem Schlauch ab.

»Halten Sie sich klar, auf seinen Anruf zu antworten, Rudi«, rief er seinem Ersten zu. »Aber sagen Sie Fackler Bescheid, er soll sich mit der Beantwortung ruhig Zeit lassen. Wir sind schließlich ein schwedisches Schiff und kein verdammter Schlachtkreuzer!« Wie er erwartet hatte, gab es hierauf vereinzeltes, wenn auch nervöses Gelächter.

Als die Walrus an Backbordseite vorbeibrummte, blinkte das Licht einer Signallampe aus dem Cockpit: Schiffsname? Bestimmungsort? Rufzeichen? Ladung?

Rietz sah, wie der Signalmaat seine Lampe lässig in die Armbeuge klemmte. Er zweifelte keinen Augenblick daran, daß die Besatzung des Flugbootes alles genau registrierte, aber es sah überzeugend aus.

Die Lampe blinkte erneut, und Signalmaat Fackler

sagte: »Wir sollen unseren Kurs um zwei Strich nach Steuerbord ändern, Herr Kapitän.«

Rietz nickte. »Gehen Sie auf Kurs null-zwo-null, Rudi, und wahrschauen Sie den Maschinenraum, sie sollen sich für eine sofortige Geschwindigkeitsänderung bereit halten.«

Er nahm seine Mütze ab und winkte mit ihr dem Flugboot nach, das zu dem inzwischen näher kommenden Kriegsschiff zurückflog.

»Jetzt wird er Bericht erstatten.«

Im plötzlichen Bedürfnis nach einer Zigarre klopfte er seine Taschen ab. Er mußte seinen Kopf von allem frei machen, mußte bereit sein, unverzüglich zu handeln.

Das Kriegsschiff würde mißtrauisch und dessen Artillerieoffizier nur allzu bereit sein, das Feuer zu eröffnen.

Der Lautsprecher räusperte sich. »Das Schiff ist ein Kreuzer, Herr Kapitän.« Es gab eine kurze Pause, und Rietz sah seine Artilleriebeobachter vor sich, wie sie in Windeseile ihre Erkennungskarten durchblätterten.

»Es ist der australische Kreuzer *Fremantle*, Herr Kapitän.«

Im Geist ließ Rietz die technischen Daten des Kreuzers Revue passieren. Über die feindlichen Kräfte im Indischen Ozean wußte er so gut Bescheid wie nur wenige. 20-cm-Geschütze. Hohe Geschwindigkeit. Wenn es zum Kampf kommen sollte, würde er ihn auf kurze Entfernung führen. Torpedos, dann schnelles Feuer aus allen Rohren, die sich auf den Feind richten ließen.

Die Bedienungsmannschaften seiner Geschütze würden jetzt schwitzend im Zwischendeck hinter den stählernen Geschützpforten warten, bereit, die gewaltigen Rohre auszuschwenken und das Feuer zu eröffnen.

Eine lange Dünungswelle schob sich unter den Kiel der *Salamander* und ließ das Schiff überholen. Rietz wußte, daß sie zu hoch im Wasser lagen, und hoffte nur, daß es der *Fremantle* nicht auffiel. Er brauchte dringend Brennstoff und sonstige Vorräte, die er jetzt von einem anderen Versorger übernehmen mußte, nachdem es die *Bremen* erwischt hatte. Daran gab es nach der letzten Meldung nichts mehr zu rütteln.

Er hörte einige Wachgänger halblaut miteinander reden und ging hinaus, um sich den näher kommenden Kreuzer anzusehen.

Rauch strömte aus seinen beiden Schornsteinen und wurde vom Fahrtwind auseinandergerissen; die schaumige Bugwelle lag wie ein großer Schnauzbart zu beiden Seiten des Stevens. Seine Höchstgeschwindigkeit war in »Jane's Fighting Ships« mit 32 Knoten angegeben.

Das Licht eines starken Signalscheinwerfers blinkte auf: *Beidrehen!*

Signalmaat Fackler sah unsicher seinen Kommandanten an.

»Maschinen stopp!« Rietz warf einen kurzen Blick zu Storch hinüber und fragte sich, ob er wohl noch an das dachte, worüber sie vor rund einer Stunde gesprochen hatten.

So wie es aussah, hatte sein junger Erster gewiß recht. Der zweite Handelsstörer, die *Wölfchen,* hatte innerhalb weniger Wochen große Erfolge erzielt. Der Verlust des großen australischen Kreuzers *Devonport* war für den Feind sicherlich eine Katastrophe gewesen.

Er war verschwunden, ohne die kleinste Spur zu hinterlassen. Rietz hatte sich mehr als einmal gefragt, was mit den Überlebenden geschehen war, sofern es überhaupt welche gegeben hatte. Er dachte an die anderen Schiffe, die der zweite Handelsstörer vernichtet hatte, die *Argyll Clansman* und die *Kios*, und stellte sich daneben das Gesicht des Mannes vor, der das Schwesterschiff der *Salamander* befehligte.

Zu Beginn des Krieges war er zusammen mit dem anderen Kapitän gefahren, war von der Ostsee zur Nordsee gedampft und tief in den Südatlantik vorgestoßen: Fregattenkapitän Konrad Vogel, mit seinem strahlenden Lächeln und seinem flotten Bart der Liebling der Kriegsberichterstatter, der Tiger der Konvoi-Routen.

Vielleicht war er der richtige Mann für diese Aufgabe. Vielleicht war die traditionelle Achtung für einen Feind auf hoher See nur hinderlich.

Storch hatte das schon angedeutet, obwohl Rietz genau wußte, daß er es nur seinetwegen gesagt hatte. Er haßte Vogels Triumphe, seine Eitelkeit, seine Grausamkeit.

Seltsamerweise hatte der Feind immer noch nicht erkannt, daß zwei Handelsstörer im gleichen Seegebiet operierten. Der Plan war minutiös vom Großadmiral selbst in Kiel ausgearbeitet worden: ein neues Gitternetz- und Treffpunktsystem. Stark eingeschränkter Funkverkehr, um das Risiko der Ortung zu verkleinern; getrennt operieren, dabei jedoch die Entfernung nicht so groß werden lassen, daß Verdacht aufkommen konnte. Als *Salamander* von Deutschland aus die lange und gefahrvolle Reise durch die Nordsee und den Atlantik antrat, lag Vogels *Wölfchen* schon in Japan, wo sie unter deutscher Aufsicht für den bevorstehenden Einsatz ausgerüstet wurde.

Er verdrängte Vogel aus seinen Gedanken, während er dem australischen Kreuzer entgegensah. Er kam diagonal auf sie zu und hatte seine drei Türme, die zweifellos mit panzerbrechenden Granaten geladen waren, genau auf sie gerichtet.

Storch sagte zwischen den Zähnen: »Der Offizier, den Sie seinerzeit gefangengenommen haben, Herr Kapitän – vielleicht beobachtet er Sie jetzt.« Das klang besorgt.

Rietz schüttelte den Kopf. »Damals trug ich einen Bart.«

Er versuchte, sich an den Mann zu erinnern, dessen Stander jetzt über dem näher kommenden Kriegsschiff wehte. Commodore Rodney Stagg. Aber ihm kamen nur seine große Gestalt, sein unbeherrschter Zorn in den Sinn.

Statt dessen dachte er an den anderen Mann, der ihn jagte. Captain Blake, Kommandant des leichten Kreuzers *Andromeda*. Wenn man es recht bedachte, konnten er und Vogel es mit diesem Paar sehr wohl aufnehmen.

Ein Ausguck meldete: »Sie sind dabei, ein Boot auszusetzen, Herr Kapitän!«

Rietz versuchte, seine Gefühle zu ergründen. Warum stand er der Situation fast gleichgültig gegenüber? Dies war doch der entscheidende Moment. Waren sie erst einmal an Bord, würden sie Bescheid wissen, vielleicht sogar schon, wenn sie längsseits kamen.

Mit ruhiger Stimme befahl er: »Alle Geschütze klar zum Feuern. Torpedorohrklappen abnehmen.«

Storch zupfte an seinem Hemd, wobei er wie gebannt auf den Kreuzer starrte. »Jetzt dauert's nicht mehr lange.«

Rietz warf ihm einen kurzen Blick zu. Der arme Storch. Viel hatte er vom Leben noch nicht gehabt. Das Mädchen in Hamburg, das er hatte heiraten wollen, war bei einem Luftangriff umgekommen.

Aus dem Kartenhaus drang das Geräusch laufender Füße, und Schoningen, der Navigationsoffizier, hastete auf sie zu. »Herr Kapitän! Wir haben gerade einen Spruch an *Fremantle* und *Andromeda* aufgefangen. Die Meldung über ein nicht identifiziertes Schiff. Auch irgendwas über ein abgeschossenes feindliches Flugzeug.« Plötzlich wurde ihm die Nähe des großen Kreuzers bewußt, und er fügte gepreßt hinzu: »Befehle, Herr Kapitän?«

Rietz wandte sich schnell um, als sein Erster ausrief: »Sie setzen ihr Boot wieder ein, und das Flugboot geht längsseits runter!«

»Alle Geschütze sind klar, Herr Kapitän! Torpedorohre abschußbereit!«

»Jetzt haltet alle mal die Daumen«, sagte Rietz leise.

Der Signalscheinwerfer des Kreuzers begann wieder zu blinken: *Von HMAS* Fremantle *an* Patricia: *Reise nach Port Said weisungsgemäß fortsetzen. An den nach Norden fahrenden Konvoi anschließen. Beim Konvoi bleiben, bis neue Weisungen ergehen.*

Storch sagte halberstickt: »Er macht kaum noch Fahrt! Mein Gott, wir könnten ihn jetzt ohne weiteres erledigen, Herr Kapitän!«

Rietz schob die Hände in die Hosentaschen. Jeder an Bord würde so denken wie Storch. Die *Fremantle* lag jetzt fast bewegungslos im Wasser, um die Walrus wieder an Bord zu nehmen. Eine Chance wie diese würden sie nie wieder bekommen. Der Kreuzer sah so groß aus wie ein Wohnblock und stand in diesem Moment sicher in einem Dutzend Visieren.

Er sagte ruhig: »Geben Sie zurück: *Dank für Ihre Hilfe*.«

Er bemerkte Storchs Verwirrung und setzte hinzu: »Wenn wir schon in der Nähe eines Konvois sind, warum sollten wir dann nicht tun, was der Commodore vorgeschlagen hat?«

Ein Melder baute sich vor ihm auf. »*Fremantle* setzt eben einen Funkspruch ab, Herr Kapitän!«

Rietz blickte Storch an. »Sehen Sie? Wir werden sicher schon erwartet.«

Er wandte sich ab und beobachtete, wie das Flugboot von seinem Kran an Deck des Kreuzers gehievt wurde, während das Schiff Fahrt aufnahm und abdrehte.

Storch rief heiser: »Den Konvoi, Herr Kapitän? Den ganzen Konvoi?«

Rietz griff dankbar nach einer Zigarre, die ihm der Signalmaat anbot.

»Eben haben Sie mir gerade noch von den Erfolgen der *Wölfchen* gesprochen und sie mit unseren eigenen bescheidenen Leistungen verglichen.« Er beugte sich über die Sprachrohre. »Kurs und Geschwindigkeit wieder aufnehmen. Umdrehungen für vierzehn Knoten.«

»Tut mir leid, Herr Kapitän«, sagte Storch.

Rietz zuckte die Achseln. »Wir brauchen Nachschub. Wir haben zu viele Mäuler zu stopfen, zu viele Seemeilen zurückzulegen. Ich habe mir das Schlachtfeld nicht gewählt, Rudi.« Sein Gesicht verdüsterte sich, während er dem sich immer schneller entfernenden Kreuzer nachblickte. »Das hat *er* getan.«

»Konvoi in Sicht, Herr Kapitän!« meldete der Brückenmaat.

Rietz stemmte sich vom Plottisch hoch und ging hinüber ins Ruderhaus. Dies war das erste Mal, daß sie die Anordnungen des Admirals nicht befolgt hatten. Üblicherweise wurde die kodierte Nachricht, eine bestimmte Tarnung einzunehmen, beiden Handelsstörern gleichzeitig übermittelt, damit sie in den Berichten der Überlebenden, sofern es welche gab, als identisch erscheinen konnten.

Aber mit zwei feindlichen Kreuzern in der Nähe wäre es dumm gewesen, sich der durch die Tarnung als Schwede erlangten Vorteile zu begeben und die Tatsache zu ignorieren, daß ihr Reiseziel Port Said bekannt war. Jetzt würde ein Alarm erst dann ausgelöst werden, wenn die Eigner oder Agenten einen Funkspruch mit neuen Instruktionen für den Kapitän schickten. Es sei denn, er – Rietz – konnte den schwedischen Skipper dazu bringen, eine falsche Meldung abzusetzen. Doch verwarf er diese Idee sofort wieder. Der Schwede hatte sicher genug Zeit gehabt, sich für diesen Fall etwas zu überlegen. Im übrigen war es für einen Seemann demütigend genug, sein Schiff zu verlieren, dachte Rietz.

Er trat in die Sonne hinaus und hob erneut das Doppelglas vor die Augen.

Storch sagte: »Sieben Dampfer, Herr Kapitän, und zwei Geleitfahrzeuge. Ein kleiner Konvoi, wahrscheinlich von Sansibar. Keine anderen Kriegsschiffe gemeldet.« Er biß die Zähne zusammen, so daß seine Kiefermuskeln hervortraten, während er den Konvoi durch das Glas beobachtete. »Kein doller Geleitschutz. Der Artillerieoffizier sagt, der Zerstörer ist noch aus dem Ersten Weltkrieg, und das andere Schiff ist eine Korvette.«

Rietz überlegte. Ein kleiner Konvoi, der in Doppel-Kiellinie durch das blaue friedliche Wasser dampfte. Die *Fremantle* würde den Führer des Geleits benachrichtigt haben. Alles kam jetzt auf die Wahl des richtigen Zeitpunktes an.

»Auf fünfzehn Knoten erhöhen, Rudi. Sagen Sie dem Artillerieoffizier, daß ich mit den Backbord- und den Steuerbordwaffen gleichzeitig angreifen will. Den Zerstörer zuerst. Koordiniertes Torpedoschießen. Wir greifen ihn mit den Steuerbordwaffen an.«

Die *Fremantle* würde jetzt schon viele Meilen weg sein. Er hoffte nur, daß der Commodore nicht auf noch einen deutschen Versorger gestoßen war. Es war nicht sehr wahrscheinlich, aber die Männer auf diesen Schiffen hatten auch so schon Probleme genug.

Wo befand sich *Andromeda*? fragte er sich. Nach den letzten Meldungen war sie aus Port Elizabeth ausgelaufen und stand jetzt wahrscheinlich weit südlich von ihnen. Seltsamerweise verschwendete er keinen Gedanken an Vogels *Wölfchen*.

»Geschütze feuerbereit, Herr Kapitän!«

»Danke.«

Rietz beobachtete den in zwei Kiellinien laufenden Konvoi, als der veraltete Zerstörer sie anblinkte. Dem schwedischen Kapitän zuliebe sendete der Signalgast langsam in präzisem Englisch: Die *Patricia* sollte die letzte Station in der Backbord-Kiellinie einnehmen, um so beide Linien gleich lang zu machen. Genau wie Rietz es sich gedacht hatte, eine ordentliche und überschaubare Formation für den Führer des Geleits.

»Bestätigen Sie.«

Es war ein sehr langsam fahrender Konvoi, und trotz des relativ ruhigen Wetters rollte der schlank gebaute Zerstörer stark, da er sich der Geschwindigkeit seiner Schützlinge anpassen mußte. Zwei recht große Frachter, ein Küstenfahrzeug mit hoher Decksladung und ein kleiner Tanker. Die anderen drei Schiffe wurden durch ihre Begleiter verdeckt. Die gedrungene Korvette stellte das eigentliche Problem dar. Mit ihrer leichten Bewaffnung konnte sie ihnen zwar nicht gefährlich werden, wohl aber mit ihrer Funkanlage.

Doch schließlich handelte es sich um einen ganzen Konvoi, und wenn er ihn drei Tage vor dem Bestimmungshafen vernichten konnte, würde das für ungeheure Aufregung sorgen und Vogel eine Chance geben, bis zur Brennstoffübernahme unentdeckt zu bleiben.

Rietz beobachtete den Zerstörer genau. Er stand jetzt an ihrer Steuerbordseite und gab einen Blinkspruch zu einem anderen Schiff hinüber, das wahrscheinlich seine Station nicht genau eingehalten hatte.

»Ändern Sie Kurs, Rudi. Hängen Sie sich an den letzten Frachter in der Backbordlinie an.« Er ging in den achteren Teil der Brücke, nahm den Hörer von dem roten Handapparat ab und wartete, bis sich der Maschinenraum meldete.

»Leichner? Hier ist der Kommandant. Ich brauche volle Geschwindigkeit in ungefähr zehn Minuten. Alles, was Sie herausholen können, klar?«

»Jawohl, Herr Kapitän.«

Rietz ging wieder nach vorn ans Brückenfenster und sah auf das Welldeck hinunter, wo einige Matrosen schwere Maschinengewehre und Munitionskästen mühsam und vorsichtig im Schutz des Schanzkleides über Deck zogen.

Irgendwo tief im Inneren des Rumpfes lärmte kurz eine Glocke, und Rietz sah in Gedanken, wie die Torpedorohre auf die von den Artilleriebeobachtern durchgegebenen Richtwerte einschwenkten.

Der Zerstörer lag jetzt fast genau querab, rollte schwer und haßte vermutlich dieses langsame Vorwärtskommen, da er doch für Schnelligkeit und Beweglichkeit gebaut war. Rietz beobachtete ihn ruhig. Nur selten hatte man den Feind so nahe, kaum eine halbe Kabellänge entfernt. Er sah auf die Uhr. Wahrscheinlich aßen sie jetzt gerade zu Mittag und schimpften über das verdammte Schlingern.

»Die achteren Geschütze können jetzt auf den Gegner gerichtet werden und sind feuerbereit, Herr Kapitän«, tönte es aus dem Lautsprecher.

Rietz zwang sich, noch etwas zu warten, und zählte langsam die Sekunden, um seinen Puls zu normalisieren. Irgend jemand mußte doch bemerken, wie hoch sein Schiff im Wasser lag! Die *Salamander* war das größte Schiff im Konvoi. Wahrscheinlich aber war ihre Bedrohlichkeit durch ihre Tarnung als neutrales Schiff neutralisiert.

»Achtung!«

Ein Matrose ging mit betonter Lässigkeit zum Fockmast, unter dem Arm eine Segeltuchrolle mit der deutschen Kriegsflagge. Er sah zu Storch hinüber, der so gespannt dastand wie ein Läufer vor dem Startschuß.

Rietz nickte. »Jetzt.«

Glocken schrillten durch das ganze Schiff, und Rietz fühlte das Deck erzittern, als die massiven Stahlpforten an beiden Seiten aufschlugen und die schweren 15-cm-Geschütze in Feuerstellung geschwenkt wurden.

Die Brücke begann zu vibrieren, als der Leitende nach Anweisung des Maschinentelegraphen auf höchste Umdrehungen ging, und innerhalb von zehn Sekunden nach dem Befehl verließen drei Torpedos die Rohre, klatschten ins Wasser und rasten, endlich in ihrem wahren Element, bösartig und gierig auf den Zerstörer zu.

Das Rufen und Fluchen der Männer ging unter im Donnern der Geschütze, die vom Rückstoß gegen ihre Federn geworfen wurden, während der Pulverschmauch sich wie eine feste Mauer über die Bordwand legte. Die Maschinengewehre hämmerten durch die vorbeiziehenden Schwaden, und die Leuchtspurgeschosse zogen ihre tödliche Spur über den Zerstörer und das unmittelbar vor ihnen liegende Schiff.

Von den Backbord-Geschützen züngelte langes, orangefarbenes Mündungsfeuer gegen den Vordermann, als die *Salamander* Ruder legte und diagonal in die Gasse zwischen den beiden Linien hineinstieß.

An der Bordwand des Zerstörers wuchs eine riesige Wassersäule empor, kurz darauf noch eine zweite, der eine heftige Explosion und ein Strahl ausströmenden Dampfes folgte. Der dritte Torpedo hatte anscheinend sein Ziel verfehlt, aber die beiden anderen waren mehr als genug. Der Zerstörer lief aus dem Ruder, ein Schornstein fiel langsam über Bord, während Rauch und Feuer durch das geborstene Deck drangen. Rietz sah, wie einige Figuren versuchten, die Geschützstellungen zu erreichen, jedoch vom MG-Feuer weggefegt wurden.

Der Druck der Detonationswelle traf das Unterwasserschiff der *Salamander*, als die Magazine des Zerstörers in Flammen aufgingen und das Schiff auseinanderrissen. Rietz sah, wie er sich mit noch laufenden Propellern langsam auf die Seite zu legen begann. Mit plötzlich ausgedörrtem Mund wandte er sich den anderen Schiffen zu, als er den alten Zerstörer in die Tiefe gehen hörte; die Verzweiflung seines Todeskampfes wurde fürchterlich untermalt durch den zischenden Dampf und das Rumpeln des in seinen Rumpf eindringenden Wassers, während er von seinen eigenen Propellern unter die Oberfläche gedrückt wurde.

Er hörte Busch, seinen Artillerieoffizier, Peilungen und Abstände brüllen und den einzelnen Waffen ihre Ziele zuweisen. Zwei der fliehenden Schiffe schienen zusammengestoßen zu sein und standen kurz darauf in Flammen, von den Granaten der Steuerbordbatterie zerschlagen.

Irgend jemand versuchte einen Notruf zu senden, aber der Funkspruch wurde abrupt unterbrochen, als sich der Tanker, von mehreren Granaten voll getroffen, in ein Inferno verwandelte und seine brennende Ladung über die Wasseroberfläche ergoß, wo sie sich schnell bis zu den anderen Schiffen und den schon im Wasser schwimmenden Seeleuten ausbreitete, deren fürchterliche Schreie den Horror ins Unerträgliche steigerten.

Die *Salamander* schien von brennenden Schiffen umgeben, Qualmwolken nahmen ihr nahezu jede Sicht.

Die Besorgnis, die sie alle vor Beginn des Kampfes beherrscht hatte, war einer verzweifelten Verrücktheit gewichen; die Männer in dieser von Rauch und Lärm erfüllten Vorhölle schrien wie gequälte Seelen.

Ein Schiff, ein mittelgroßer Frachter, der anscheinend unbeschädigt war, lag nahezu ohne Fahrt im Wasser.

Rietz schrie: »Signalisieren Sie dem Kapitän, daß wir ein Prisenkommando rüberschicken! Er soll nicht senden und sein Schiff nicht selber versenken!«

Ein Ausguck, im Gesicht durch einen der herumfliegenden Metallsplitter verletzt, schwenkte aufgeregt den Arm.

»Herr Kapitän! Der Feind!«

Rietz, dessen Ohren vom Krachen der Geschütze dröhnte, rannte nach vorn, denn der Ausguck war halb benommen und kaum fähig, zusammenhängend zu sprechen. Der Feind? Für einen Handelsstörer war jedes fremde Schiff ein Feind.

Er hörte Storch rufen. »Der Frachter hat bestätigt, Herr Kapitän! Sie haben aufgehört, ihre Boote zu Wasser zu lassen!«

Durch den Rauch und das Chaos, das seine Geschütze in so wenigen Minuten angerichtet hatten, konnte Rietz nur gebannt auf den kleinen grauen Schatten starren, der geradewegs auf sie zukam. Es war die Korvette, die aus diesem Winkel noch kleiner wirkte und deren einzelnes Geschütz auf der Back schon das Feuer auf sie eröffnet hatte.

Rietz fühlte einen Stoß unter seinen Füßen und hörte einen Aufschrei aus vielen Kehlen, als die erste Granate irgendwo zwischen den Decks detonierte.

»Mein Gott, er greift uns an!« sagte Storch ungläubig.

»Steuerbordgeschütze Zielwechsel! Kriegsschiff in Peilung Grün eins-fünnef!«

Gehorsam schwenkten die rauchgeschwärzten Mündungen noch weiter herum, bis sie genau auf das kleine trotzige Kriegsschiff gerichtet waren.

»Feuer!«

Die *Salamander* schüttelte sich erneut, als eine Granate der Korvette nahe ihrer Wasserlinie detonierte. Splitter jaulten durch die Räume und hämmerten gegen metallene Wände; Rietz hörte eine Stimme nach Sanitätern rufen.

Die Korvette schien plötzlich mitten im Anlauf zu stoppen, als wäre sie auf ein verborgenes Riff gelaufen. Doch da wurde sie von der nächsten Salve eingedeckt und begann langsam über den Bug wegzusacken, das Geschütz auf der Back schon vom Wasser überspült.

Rietz rief: »Feuer einstellen! Alle Boote aussetzen. Leutnant Ruesch mit Prisenkommando zu dem unversehrten Frachter. Alle anderen Überlebende bergen.«

Er biß die Zähne hart aufeinander, als die Korvette mit dem Bug voran versank, um dann nach kurzer Zeit wie ein auftauchender Wal die Oberfläche zu durchbrechen. Doch es war nur ihr Achterschiff, abgesprengt durch die von ihr mitgeführten Wasserbomben, die bei der voreingestellten Tiefe detoniert sein mußten. Irgend jemand hatte versäumt, die Bomben zu sichern. Bei der Schnelligkeit und Wildheit des Angriffs schien das nicht überraschend.

Rietz betrachtete den immer größer werdenden Ölteppich, die treibenden Wrackteile und schließlich die toten Fische, Opfer der Wasserbomben. Er wandte sich ab, als noch andere Teile unter den treibenden Fischen auftauchten.

»Sehen Sie zu, was Sie tun können, Rudi. Wir halten Fahrt im Schiff, bis wir wissen, was los ist.«

Männer rannten stolpernd an ihm vorbei, verließen ihre Gefechtsstationen, um die Boote zu Wasser zu lassen und die Überlebenden aufzunehmen.

Rietz jedoch hatte immer noch die kleine Korvette vor Augen, wie sie auf ihn losging, die Gefechtsflaggen vorgeheißt, und das Unmögliche versuchte. Torheit? Höchste Tapferkeit? Oft gingen sie Hand in Hand.

Rietz ließ den Blick über seine brennenden und mit Schlagseite im Wasser liegenden Opfer wandern. Beide Begleitschiffe versenkt, ebenso der Tanker und der größte Frachter. Die anderen, abgesehen von dem einsamen Frachter, der jetzt wie ein schuldbewußter Zuschauer das Prisenkommando erwartete, waren im Begriff zu sinken oder jenseits aller Hilfe.

»Geben Sie ihnen den Befehl, in die Boote zu gehen. Sobald sie längsseits sind, werden wir die Schiffe durch Geschützfeuer versenken.«

Mit ganz langsamer Fahrt schob sich der Handelsstörer an den brennenden Schiffen vorbei. Sein großer Schatten bedeckte die treibenden Körper und Wrackteile wie ein Mantel.

Storch kam mit eiligen Schritten auf die Brücke zurück, wobei er die jetzt schon zurückkommenden Rettungsboote im Auge behielt.

Er sagte: »Die letzte Granate der Korvette hat die

Sanitätslast durchschlagen und den Doktor getötet, Herr Kapitän. Wer soll jetzt all die Verwundeten versorgen?«

Rietz sah ihn dumpf an. »Und das schwedische Schiff hatte auch keinen Doktor an Bord.«

Er hob das Glas an die Augen und sah sich die ersten Rettungsboote an. Die besorgten und verzweifelten Gesichter, die zwischen ihren Kameraden liegenden Verwundeten, hier und da eine Gebärde der Mißachtung gegen das deutsche Motorboot, das sie wie ein Schäferhund vor sich hertrieb. Noch mehr Mäuler zu stopfen, Männer zu bewachen, aber, wie Storch schon gesagt hatte, kein Arzt, um sich der Verletzten und Sterbenden anzunehmen.

Er sagte: »Leutnant Ullmann soll unten das Kommando übernehmen und mir anschließend alle Schäden und Ausfälle melden. Ich darf keinen einzigen Überlebenden zurücklassen, Rudi. Das könnte unser Schiff und unsere Leute gefährden.«

Signalmaat Fackler rief: »Leutnant Ruesch hat eben durchgegeben, daß er das Kommando über die Prise übernommen hat, Herr Kapitän.«

»Er soll Fahrt aufnehmen und uns folgen. Er bekommt weitere Befehle für ein Rendezvous, wenn er die Ladung des Schiffes aufgenommen hat.«

»Der Artillerieoffizier bittet um Erlaubnis, das Feuer zu eröffnen, Herr Kapitän.«

Rietz stieg auf eine Gräting und warf einen Blick nach unten, wo gerade das erste Rettungsboot längsseits kam. »Maschinen stopp.« Er betrachtete die unter Schock stehenden und benommenen Männer, die jetzt über Jakobsleitern an Bord kletterten. »Ob dies wohl in

Berlin und bei Vogel Eindruck macht?« Er drehte sich um und sah Storch an.

»Dafür sind wir hergekommen, Herr Kapitän«, erwiderte Storch. »Und an das hier wird man sich sicher erinnern.«

Rietz ging quer durch das Ruderhaus auf die andere Seite der Brücke. Er hatte das Bedürfnis, mit seinen Gedanken allein zu sein, bevor er wie die Maschine seines Schiffes den Betrieb wiederaufnehmen mußte.

Erinnern? Er dachte an die kleine Korvette und wußte, daß er gern so in der Erinnerung der Menschen fortleben würde, wenn seine Zeit gekommen war.

Dem Donnern des ersten Geschützes, das in dem nächstliegenden aufgegebenen Schiff ein leichtes Ziel fand, folgte unmittelbar darauf das Krachen der Detonation und das dumpfe Rollen des zurückkehrenden Echos.

Vielleicht war er ja wirklich nicht anders als Vogel. Im Stolz lag seine Schwäche, im Bedürfnis zu beweisen, daß er der bessere Mann war.

Er hörte einen Schritt hinter sich und wußte, daß seine Atempause vorüber war.

Befehle, Anforderungen, die Notwendigkeit, zu planen: wie Storch so unverblümt gesagt hatte, dazu waren sie hergekommen.

Nachricht von daheim

Der Besprechungsraum war kühl im Vergleich zu der feuchten Wärme, die über dem restlichen Melbourne zu liegen schien. Selbst der Verkehrslärm und alle anderen Geräusche des täglichen Lebens klangen gedämpft und entfernt; trotzdem konnte Blake sich nur mit Mühe auf das konzentrieren, was ein Lieutenant-Commander des Nachrichtendienstes vortrug. Er sah zu Commodore Stagg hinüber. Trotz der Größe des Raumes schien ihn Stagg selbst im Sitzen mit seiner Persönlichkeit zu füllen.

Sie hatten sich nur kurz gesehen, als Blake gleich nach dem Festmachen von Williamstown hierhergebracht worden war. Er hatte kaum etwas gesagt und war von fast beleidigender Knappheit gewesen. Blake hatte seinen Ärger gefühlt, allerdings auch eine geheime Besorgnis.

Er wünschte sich Quintin zur Seite, war jedoch um seinetwillen dankbar, daß er nicht teilnahm. Jede plötzliche Belastung oder Aufregung hätte seine erstaunliche Erholung zunichte machen können.

Blake sah sich im Raum um. Hier stand das wunderschöne Modell eines Linienschiffes, von französischen Kriegsgefangenen vor vielleicht einhundertfünfzig Jahren aus Knochen geschnitzt. An der gegenüberliegenden Wand ein gutes Gemälde von Cooks Schiffen in der Kealakekua-Bucht. Wieder drohte ihn die Müdigkeit zu übermannen, und er riß den Kopf hoch.

Der Offizier sagte gerade: »Trotz intensiver Befragung der Überlebenden der *Bremen* sowie der befreiten Gefangenen, die nach dem Festmachen der *Andromeda* in Port Elizabeth entlassen wurden ...«, er machte eine kleine Pause, als mehrere Gesichter sich Blake zuwandten, und fuhr dann fort, »wurden keine weiteren Tatsachen zutage gefördert, die uns bei unseren Operationen gegen den Handelsstörer von Nutzen sein könnten.« Er wandte ein Blatt seiner Notizen um. »Dieser letzte Angriff auf einen unter Geleitschutz fahrenden Konvoi kann unsere Schwierigkeiten nur vergrößern.«

Blake erinnerte sich an seine Gefühle, als er die Nachricht von der vollständigen Vernichtung des nordwärts laufenden Konvois erhalten hatte. Bis jetzt hatte man keinen Überlebenden gefunden, und auch andere Beweisstücke waren trotz intensiver Nachsuche nicht entdeckt worden.

Der Nachrichtenoffizier fügte trocken hinzu: »Die schwedische Regierung hat London und der Königlich-Australischen Marine energische Vorhaltungen gemacht. Eines ihrer Schiffe, die *Patricia*, wurde von der *Fremantle* angewiesen, sich dem Konvoi anzuschließen. Hätte man sie in Ruhe gelassen, das ist jedenfalls ihr Argument, läge sie jetzt unversehrt in ihrem Bestimmungshafen Port Said.«

Commodore Stagg erhob sich und starrte den Lieutenant-Commander an, als wolle er ihn niederschlagen. »Das ist wirklich ein starkes Stück, so was aus Ihrem Mund zu hören! Sie sitzen hier hoch und trocken in Ihren bequemen Büros, während die Leute, die die Dreckarbeit erledigen, zusammengeschossen werden!«

»Ich trage nur die zusammengestellten Erkenntnisse

vor, Sir«, erwiderte der Offizier geduldig. »Captain Quintin hätte es vielleicht besser gemacht, aber ich muß ebenfalls meine Arbeit erledigen. Die Amerikaner bereiten eine neue Offensive gegen die von den Japanern besetzten Inseln vor und können daher keine Träger für eine großangelegte Suchaktion abstellen. Die Royal Navy hat auf dem Atlantik mit erheblichen Schwierigkeiten zu kämpfen, von der geplanten Invasion auf dem Kontinent ganz zu schweigen.«

Staggs Gesicht war dunkelrot angelaufen, als wäre ihm der Kragen seiner weißen Uniformjacke plötzlich zu eng geworden.

»Ich rede hier nicht von den Amerikanern oder den Briten, verdammt noch mal! Ich rede von uns, von uns hier im Raum!«

Blake sah, wie die Anwesenden von Unbehagen erfaßt wurden. Er war sich immer noch nicht darüber klar, ob man Stagg Achtung oder Furcht entgegenbrachte.

»Mir wurde die Aufgabe übertragen, den Handelsstörer zu finden und zu vernichten«, raunzte Stagg. »Ich kenne den Mann persönlich und weiß, wie er vorgeht. Er versucht, Sie alle in Panik zu versetzen. So wie es aussieht, ist ihm das auch ohne größere Mühe gelungen! Kein Handelsstörer kann ohne Versorger überleben. Einen haben wir schon erledigt, und ich werde alles daransetzen, auch die übrigen auf Grund zu schicken!«

Ein kleiner Konteradmiral mit einem Gesicht wie gegerbtes Leder, der den befehlshabenden Admiral vertrat, sagte sanft: »Aber alles in allem, Commodore, hat der Feind bisher fünfzehn Schiffe vernichtet oder gekapert, einschließlich des Kreuzers *Devonport*, der, wie ich vielleicht anmerken darf, größer war als Ihr eigenes Flaggschiff, und dazu noch ein paar kleinere Begleitschiffe! Ich kann mir kaum vorstellen, daß Sie für Ihre bisherigen Bemühungen einen Begeisterungssturm erwarten, oder?«

Jedes seiner Worte traf Stagg wie ein Keulenschlag.

»Ich brauche Zeit, Sir«, sagte er mit belegter Stimme. »Ich habe erhöhte Wachsamkeit befohlen, mehr Patrouillen und, wenn es klappt, ein paar Luftsicherungsflüge über Teilen der Schiffahrtswege. Man kann nicht von mir erwarten, daß ich die Arbeit aller anderen miterledige. Es ist eine harte Aufgabe, aber ich bin ihr gewachsen.« Unvermittelt setzte er sich wieder hin und starrte grimmig zu Boden.

Der Konteradmiral richtete seinen Blick auf Blake. »Captain Blake, wir alle haben Ihre Berichte gelesen, die angesichts Ihres kürzlichen Mißgeschicks klar und hilfreich waren. Jedoch ...« Das Wort hing im Raum wie eine Drohung. »Captain Quintin hat mich bereits über Ihre *persönliche* Meinung in bezug auf den Handelsstörer unterrichtet.« Er lehnte sich zurück, mit seiner kleinen, sonnengebräunten Hand auf dem Tisch klopfend. »Vielleicht könnten Sie auch die übrigen Herren meiner Abteilung ins Bild setzen?«

Eine Tür wurde leise geöffnet, und Blake sah aus dem Augenwinkel, wie Claire vorsichtig hereinkam und sich auf einen leeren Stuhl setzte. Sie beobachtete ihn hinter der dunklen Sonnenbrille, die sie seit der Notwasserung der Catalina getragen hatte. Der Bordarzt der *Andromeda* hatte sie ruhiggestellt, obwohl »abgeschirmt« die Sachlage vielleicht besser getroffen hätte. Blake hatte auf der Rückfahrt nach Williamstown kaum mit ihr sprechen können, zumal der Äther voll war von dem versenkten Konvoi und dem sich allen Verfolgern entziehenden Handelsstörer.

Er stand auf und ließ den Blick über die ihm zugewandten Gesichter wandern. Außer Stagg und Claire kannte er niemanden. Auch sie sahen ihn in der gleichen distanzierten Art an. Er fühlte das rote Ordensband an seiner Brust fast wie eine Brandwunde.

»Wie jeder andere auch«, begann Blake, »habe ich die Bewegungen des Handelsstörers genau registriert. Ich bin dem von Commodore Stagg erwähnten Mann nicht persönlich begegnet, aber ich habe natürlich alle Berichte über ihn gelesen, derer ich habhaft werden konnte.« Er sah sich langsam im Kreise um. »Über den *Mann.*« Er fühlte, daß man ihm aufmerksam zuhörte, und fuhr fort: »Ein aktiver Seeoffizier, meine Herren. Jemand, der für sein Land, nicht notwendigerweise für dessen Partei kämpft. So wie wir es auch tun.« Er sah einen seiner Zuhörer nicken, während ein anderer Offizier einen kurzen Blick mit seinem Nachbarn wechselte. »So wie ich es sehe, versucht er, uns in Rage zu bringen und uns so begierig zu machen, ihn zu vernichten, daß uns Fehler unterlaufen, daß wir Gelegenheiten verpassen. Von einem Berichterstatter wissen wir – und das geht auch aus seinem bisherigen Verhalten hervor –, daß Kapitän Rietz sich seiner Verantwortung und Pflichten voll bewußt ist. Ich will das nicht weiter ausführen, aber es ist so. Und das steht in krassem Gegensatz zu dem Verhalten des Schlächters, des Mannes, der hilflos im Wasser schwimmende Menschen mit Maschinengewehren hinmetzeln läßt, der sie ohne Gnade einem trostlosen Schicksal überantwortet.«

Er warf einen kurzen Blick zu Claire hinüber und sah sie die Hände hart zusammenpressen. Selbst im Schutz ihrer adretten weißen Uniform und der dunklen Brille konnte sie ihre Gefühle nicht verbergen oder die Bilder verdrängen, die in diesem Moment in ihrer Erinnerung aufsteigen mußten.

Er dachte plötzlich an Fairfax, der ihm morgens beim Verlassen des Schiffes begegnet war.

»Warum lassen Sie's nicht ruhen, Sir?« hatte er gefragt. »Wenn Sie sich irren, wird man Sie später zum Sündenbock dafür machen, daß man viel Zeit verschwenden und das Auslaufen der Konvois verzögern mußte. Und selbst wenn Sie recht haben, ist es vielleicht schon zu spät und der verdammte Bastard längst woanders.«

In die gespannte Stille des Raumes hinein sagte Blake ruhig: »Ich glaube daher, wir haben es mit *zwei* Handelsstörern zu tun. Wahrscheinlich haben sie ihre Aktionen aufeinander abgestimmt und operieren direkt nach Anweisung ihrer Obersten Seekriegsleitung.«

Der kleine Admiral ließ keine Gemütsregung erkennen, aber einige der anderen bewegten sich unruhig auf ihren Stühlen, als wäre ihnen diese Wendung unbehaglich.

Blake vermutete, daß sie von ihm eine aufmunternde und erhebende Rede erwartet hatten, das Versprechen auf den Sieg, die Berufung auf die Männer, deren Porträts rings an den Wänden hingen: Cook, Nelson oder Bougainville.

Er aber sagte nur: »Unser gegenwärtiges Suchsystem reicht meiner Meinung nach nicht aus. Dem Feind sind unsere Codes und Schiffsbewegungen keineswegs verborgen geblieben, es gibt Spione in jedem Hafen, und viele der sogenannten Neutralen sind nur allzu bereit, Informationen zu verkaufen, wenn nur der Preis stimmt.«

»Haben Sie Beweise?« fragte der Admiral.

»Noch nicht, Sir. Aber die schnellen Positionsänderungen und seine scheinbare Gleichgültigkeit, was seinen Brennstoffverbrauch angeht, sind sichere Anzeichen dafür, daß sich mehr als ein Handelsstörer hier herumtreibt. Wie ich schon sagte, ich glaube, wir haben es hier mit zwei charakterlich ganz verschiedenen Männern zu tun.«

Stagg erhob sich; er wirkte jetzt gesammelt, sogar ruhig.

Zum Admiral gewandt, sagte er: »Ich habe natürlich von Captain Blakes Vermutungen gehört, Sir. Wie er eben selbst zugegeben hat, handelt es sich nur um Vermutungen, für die keine Beweise vorhanden sind. Natürlich hat es der Deutsche eilig und dampft wie ein Wilder durch die Gegend, ohne Rücksicht auf seine Brennstoffrechnung oder die Belastung seiner Maschinen.« Er sah sich im Raum um und grinste plötzlich über das ganze Gesicht. »Verdammt noch mal, wenn ich in seinen Schuhen steckte, würde ich genauso handeln! Und natürlich ändert er auch seine Methoden. Die Deutschen schreiben wunderbare Musik, sagt man.« Jetzt war das Grinsen aus seinem Gesicht verschwunden. »Sie metzeln aber auch Frauen und Kinder nieder. Ich gehe durchaus nicht konform mit Captain Blakes Ideen, meine Herren, nicht im geringsten!« Er beugte sich etwas vor und fügte hinzu: »Captain Blake hat den Seekrieg von seiner schlimmsten Seite erlebt. Wir alle wissen das. Und wir wissen auch, was er geleistet hat. Nicht umsonst ist er Träger des Viktoria-Kreuzes, einer Auszeichnung, um die ihn jeder beneidet, wenn er ehrlich ist.«

Jetzt sah er Blake zum ersten Mal mit festem Blick an. »Ich möchte mir nicht gern vorstellen, daß Captain Blake es möglicherweise für kaum der Mühe wert hält, nur einen einzigen, lumpigen Handelsstörer zu jagen. Noch weniger möchte ich glauben, der zweite, unsichtbare Deutsche würde hier nur für den Fall ins Protokoll gehievt, daß wir keinen Erfolg haben.«

»Das reicht, Commodore Stagg«, fuhr der Admiral dazwischen. »Das hier ist eine Besprechung, kein Kriegsgericht!«

Blake fühlte, wie ihm das Atmen schwer wurde und die Gesichter der Anwesenden zu einem formlosen Kreis verschwammen, dessen Mittelpunkt Stagg war.

Wie von ferne hörte er seine eigene Stimme. »Ich bleibe bei meiner Meinung, Sir. Im Krieg muß man sich mit vielen Dingen abfinden. Beleidigungen, wie sie Commodore Stagg eben geäußert hat, gehören jedoch nicht dazu.«

Der Admiral erhob sich leichtfüßig wie eine Katze. Es war vorüber. Fürs erste jedenfalls.

In den Raum hinein sagte er streng: »Wir werden diesen Handelsstörer und auch jeden anderen, der sich in unsere Gewässer begibt, vernichten. Interne Beschuldigungen und Vorwürfe dulde ich nicht.« Sein Blick wanderte zwischen Stagg und Blake hin und her. »Von niemandem!«

Als die versammelten Offiziere sich zum Gehen wandten, sagte Stagg abrupt: »Auf ein Wort, Blake.«

Sie standen sich an einem der breiten Fenster gegenüber.

Stagg sagte ruhig: »Tut mir leid, daß ich so vom Leder ziehen mußte. Aber ich will nicht drum herumreden, bin immer für Klarheit gewesen. In ein paar Wochen werden Sie sicher wieder von hier wegversetzt, wahrscheinlich auf einen bequemen Posten, auf dem Ihre Erfahrungen von Nutzen sein werden. Ein australischer Offizier wird dann die *Andromeda* übernehmen, und alles wird so laufen, wie unsere Vorgesetzten es geplant haben. Doch bis es soweit ist, müssen wir beide miteinander auskommen, klar? Der Krieg beginnt sich zu unseren Gunsten zu wenden, und weder die Yankees noch die Briten werden mir das Ruder aus der Hand nehmen. Wenn Sie jedoch solche Gerüchte ausstreuen, muß irgendein Admiral an seinem Schreibtisch in Washington oder Whitehall anfangen durchzudrehen. Dann haben wir bald Flottillen und Geschwader in unseren Gewässern, die wir überhaupt nicht brauchen und von denen kein einziges Schiff unter australischem Kommando steht!«

Blake nickte. »Und das ist es, was Ihnen am Herzen liegt?«

Stagg grinste. »Genau das, und natürlich die Vernichtung des deutschen Handelsstörers. Lassen Sie sich das also durch den Kopf gehen. Sie werden bald aus diesem ganzen Schlamassel raus sein, er ist dann nicht mehr Ihr Problem.«

Als er sich anschickte zu gehen, rief Blake ihm nach: »Angenommen, wir gewinnen den Krieg nicht?«

Stagg sah ihn mit kaltem Blick an. »In dem Fall brauchen wir uns wohl beide nicht mehr den Kopf zu zerbrechen, was?«

Allein in dem großen Raum, ging Blake zu der Vitrine hinüber, die das Schiffsmodell beherbergte. So liebevoll geschnitzt, so genau im Detail. Auch in jenen Tagen hatte es Männer gegeben, denen ihre persönliche Karriere über alles ging. Er fühlte den Zorn wie Säure in seinem Innern brennen. Sah Stagg ihn wirklich als ruhmsüchtigen Helden? Als einen Mann, der so von seiner eigenen Bedeutung überzeugt war, daß er es nötig hatte, einen Feind von entsprechender Bedeutung zu erfinden?

Die Tür öffnete sich, und Claire stand im Rahmen und sah ihn an.

»Ich dachte, Sie würden mit den anderen rauskommen.«

Er ging über den polierten Boden zu ihr hinüber. »Gut, daß Sie gewartet haben.«

Sie warf den Kopf zurück. Die vertraute Geste rührte Blake und ließ ihn seinen Ärger fast vergessen.

»Man hat Sie nicht gerade mit Samthandschuhen angefaßt«, sagte sie. »Aber der Admiral ist kein Dummkopf. Er wird über alles nachdenken. Er ist schon in Ordnung.«

Auf dem Gang draußen kam es Blake vor, als seien sie beide unsichtbar. Marinesoldaten und Zivilisten eilten geschäftig mit Papieren an ihnen vorbei, ohne sie zu beachten.

»Bleiben Sie hier?« fragte sie.

Er dachte an Fairfax, an die dringend erforderlichen Reparaturen.

Etwas zögernd setzte sie hinzu: »Wenn ja, möchten

Sie vielleicht meine Familie kennenlernen? Das hatten Sie damals gesagt.« Sie wandte den Blick ab, zog sich plötzlich wie ein Fremder in sich selbst zurück. »Aber ich habe volles Verständnis dafür, wenn Sie etwas Wichtigeres vorhaben.«

Er faßte sie am Ellenbogen und drehte sie sanft zu sich herum. »Das habe ich nicht, und ich möchte sie sehr gerne kennenlernen.«

Sie nickte. »Also abgemacht. Ich besorge einen Wagen.«

Sie nahm die dunkle Brille ab, und plötzlich war alles wieder da. Das Schlauchboot, die endlose Weite der rollenden See, der Moment, als er beim Näherkommen des Flugzeugs den Arm um ihre Schultern gelegt hatte, der Hai.

»Übrigens, ich heiße Claire, falls Sie das vergessen haben«, sagte sie in bemüht munterem Ton.

Aber sie konnte ihn nicht aufrechterhalten.

»Sobald Sie an Bord angerufen haben, bin ich auch soweit.« Sie sah ihn nachdenklich an. »Ich glaube, ich kann jetzt einigermaßen verstehen, was Sie durchgemacht haben.«

Dann machte sie auf dem Absatz kehrt und ging schnell in ihr Büro.

Commander Victor Fairfax saß mit aufgeknöpftem Hemd in der Schiffsschreibstube, die Beine auf dem Tisch, hielt den Telefonhörer ans Ohr und trank gleichzeitig eine Tasse schwarzen Kaffee. Selbst an der Pier zu liegen war ein neues Gefühl, dachte er. Füße trampelten über seinem Kopf, und durch ein offenes Bullauge sah er die hölzernen Pfosten und einige Werftarbeiter, die Geräte zur Stelling bugsierten. Leute kamen und gingen, sprachen mit den Schreibersgasten oder legten irgend etwas zur Unterschrift vor.

Die Telefonleitung summte und knackte an seinem Ohr, es war eine direkte Landverbindung. Da hatte er Glück gehabt, dachte er.

Plötzlich hörte er ihre Stimme so nahe, als wäre sie an Bord.

»Hallo, Sarah!«

»Oh, Vic, *du* bist es!« Sie lachte und weinte gleichzeitig. »Kann ich dich sehen?«

»Ist der Wagen in Ordnung?« fragte Fairfax. »Wenn nicht, besorg dir einen und komm her. Ich lasse dir einen Passierschein für die Werft ausstellen. Ich hab' dich so vermißt, Sarah!«

Er wußte, daß alle Schreiber jetzt aufmerksam zuhörten, aber es war ihm egal.

Sie sagte: »Ich habe mir Sorgen um dich gemacht.« Und fast schluchzend: »Herrgott, ich liebe dich so!«

Es klickte in der Leitung, und eine müde Stimme unterbrach sie: »Gespräch vom Hauptquartier, Sir.«

»Machen Sie, daß Sie aus der Leitung kommen!« fauchte Fairfax. In ruhigerem Ton fuhr er fort: »Komm, so schnell du kannst, Sarah!«

Er legte den Hörer so sorgfältig auf, als wäre er aus Kristallglas.

Gross, der Zahlmeister, steckte den Kopf durch die Tür. »Eigentlich sollten wir ein Bordfest feiern. Was halten Sie davon?«

Fairfax grinste. »Gute Idee.« Er dachte an Blake und setzte hinzu: »Aber ich frage mich, was jetzt in Melbourne gespielt wird.«

Gross zuckte die Schultern. »Der Skipper wird es schon schaffen. Das tut er immer.«

»Sie können ihn gut leiden, nicht wahr?«

Der Zahlmeister dachte einen Moment nach. »Er ist mir schon recht.«

Er wandte sich ab, als der Funkmeister mit einem Schreibblock in der Hand hereinkam.

Fairfax runzelte die Stirn. Der Boß des Funkschapps überließ normalerweise Botengänge seinen Untergebenen. Funkmeister Lougher, der aus Fairfax' Heimatstadt stammte und fast in derselben Straße wohnte, sagte knapp: »Von der Admiralität. Für den Kommandanten.« Er warf einen Blick auf den Zahlmeister. »Sein Vater ist gestorben. Schlimme Sache, wie, Sir?«

Fairfax stand auf. Bilder eines alten Mannes, den er nie gesehen hatte, vor seinem inneren Auge.

»Wollen Sie ihn gleich benachrichtigen?« fragte der Zahlmeister.

Fairfax ergriff den Block und überflog die kurze Nachricht. Ein verdammtes Problem nach dem anderen.

»Das Bordfest vergessen wir lieber.«

Gross hob einen Fuß über das Türsüll. »Tun Sie das nicht. Es wäre nicht in seinem Sinne; soweit kenne ich ihn schon.«

Fairfax nickte langsam. »Gut, ich werde alles veranlassen.«

Auf dem Oberdeck blieb ein junger amerikanischer Seemann neben dem kleinen gelben Schlauchboot der Catalina stehen und betrachtete es lange.

Der Posten an der Gangway rief ihm zu: »Der Wagen für dich ist da, Billy. Mach's gut, Kumpel, und halt dich senkrecht.«

Der junge Mann nickte und marschierte blinden Auges die Gangway hinunter. Der Anblick des kleinen Schlauchboots hatte alle Erlebnisse wieder in ihm wachgerufen. Jetzt würde er nie mehr vergessen können.

Der Wagen mit dem Marinekennzeichen bog von der Hauptstraße ab und fuhr zügig um eine scharfe Kurve. Blake hielt sich eisern an der Tür fest. Die junge Frau neben ihm, deren Gegenwart ihm sehr bewußt war, fuhr, als dürfe sie keine Minute verlieren.

Melbourne lag schon weit hinter ihnen, und die Landschaft, die sie durchquerten, war einsam, mit ausgedörrtem Buschwerk, uralten Hügeln und gelegentlichen Ausblicken auf die See.

Sie sah zu ihm hinüber. »Irgend etwas stimmt nicht. Was ist es?«

Ihr Haar, jetzt nicht mehr von der dreieckigen Uniformkappe bedeckt, flatterte im heißen Fahrtwind.

Blake hörte noch Fairfax' Stimme, als er ihm die Nachricht aus einer ganz anderen Welt übermittelte.

»Mein Vater ist letzte Woche gestorben«, sagte er. »Ich habe es gerade erst erfahren.«

Sie fuhr an die Seite, hielt und sah ihn an.

»Oh, das tut mir so leid, wirklich.«

Nachdem sie den Motor abgestellt hatte, war es plötzlich ganz ruhig: der aufgewirbelte Staub senkte sich langsam auf sie herab.

»Er war schon seit Jahren ein kranker Mann«, sagte er.

Sie nickte. »Ich weiß.« Ihre Hände bewegten sich unruhig. »Ich – tut mir leid, aber ich habe im Hauptquartier eine ganze Menge über Sie mitbekommen.«

Blake sah an ihr vorbei und fixierte einen ihm unbekannten Vogel in einem nahen Busch. Eine andere Welt, dieses England, und im Handumdrehen hatte sich dort alles für ihn geändert. Er hatte es schon seit langem erwartet, aber das half ihm jetzt auch nicht. In Gedanken sah er seinen Vater im Garten, als wäre es gestern gewesen. Seinen alten Panamahut auf dem Kopf, die Taschen voller Garn und anderer Dinge, die er für die Rosen brauchte. Plötzlich wurden die Bilder der Erinnerung zuviel für ihn, und er biß hart die Zähne aufeinander. In dem alten Garten an der Grenze zwischen Surrey und Hampshire war jetzt noch alles kahl und kalt.

Er sagte leise: »Ich wußte nie so recht, ob er wirklich verstand, was geschah. Aber er hat immer Anteil genommen, irgendwie.«

Er sah nach unten, als sie eine Hand auf die seine legte.

»Und Ihre Frau?«

Er betrachtete ihre Hand, die feinen goldenen Härchen auf ihrem Gelenk.

»Diana hat sich nie was aus ihm gemacht.« Blake schüttelte die Erinnerung ab. »Tut mir leid, daß ich Sie mit diesem ganzen Kram belaste. Ich wußte, daß er es nicht mehr lange machen würde. Meine Tante wird mir sicher Näheres schreiben, sobald sie kann.« Er sah zur Seite. »Die Admiralität versteht sich nicht besonders auf Funksprüche dieser Art. Gewöhnlich gehen sie ja auch in die entgegengesetzte Richtung.«

»Wollen Sie immer noch meine Familie kennenlernen?« Sie sah ihn ernst an. »Oder möchten Sie ganz einfach Ihre Ruhe haben?«

Er versuchte zu lächeln. »Fahren Sie nur. Ich werde Ihnen ein bißchen was erzählen, aber sagen Sie mir, wenn's Ihnen zuviel wird.«

Während der Wagen auf die enge Straße zurückrumpelte und weiter in Richtung Südosten auf die Küste zufuhr, begann Blake zu erzählen. Er sprach über seinen Vater und über die *Andromeda*.

Manchmal mußte er einen Augenblick nachdenken, um seine Gedanken zu ordnen. Vielleicht zum ersten Mal in seinem Leben war er imstande, einem Menschen die Seite seines Wesens zu öffnen, die er bislang verschlossen gehalten hatte. Seine Ängste und die Angst, sie anderen zu offenbaren. Die Augenblikke im Hafen, in denen notwendige Ruhepausen durch das nächtliche Schrillen des Telefons zerrissen wurden. Das schreckliche, eiskalte Gefühl der Angst, das ihn nie ganz verlassen würde. Dann die folgenden Minuten, in denen er sie überwand. Bis zum nächsten Mal.

Auf einer Landzunge, hoch über dem blauen Meer, fuhr Claire von der Straße herunter, hielt an und holte eine Thermosflasche mit Kaffee aus einer Segeltuchtasche. Nach wenigen Schritten standen sie am Rand des Plateaus, sahen auf einen winzigen Strand hinunter und lauschten dem dumpfen Schlag der Brandung, dem lauten Gezänk der Seevögel.

Sie sagte: »Wissen Sie noch, wie Sie uns mit Ihrem Ratespiel und Ihren verdammten Fragen über Seevögel praktisch am Leben erhalten haben?«

Er nahm ihren Arm und merkte, wie sich ihr Körper gegen die Berührung sperrte.

»Höchst unwahrscheinlich, daß ich das je vergesse.«

Sie befreite sich und sah auf die Armbanduhr.

»Es wird Zeit, daß wir weiterkommen.«

Blake rutschte etwas tiefer in seinen Sitz und betrachtete die vorbeiziehende Landschaft. Er durfte sich nicht zum Narren machen oder sich wie ein Schuft benehmen, indem er sie als momentanen Zeitvertreib ansah. Das war eben gerade noch mal gutgegangen.

Er sah zu ihr hinüber und warf einen schnellen Blick auf ihre wohlgeformten Beine, als sie vor einer scharfen Kurve auf die Bremse steigen mußte.

Die Landschaft hob sich vor ihnen, und die See verschwand. Blake sah jetzt einige Häuser auftauchen und auf einem Hügel dahinter eine Schafherde.

»Da wären wir«, sagte Claire. »Mein Zuhause.« Sie fuhr langsamer, während sie ihm Kommentare zu den einzelnen Häusern gab: ein Laden, eine robust wirkende kleine Kirche und ein Kriegerdenkmal mit ein paar verwelkten Blumen.

Der Wagen rollte aus, sie stellte den Motor ab.

»Melbourne oder Sydney ist das hier ganz sicher nicht, aber den Leuten gefällt's.«

Blake stieg aus und streckte sich. Er war heiß und verschwitzt, und Staub knirschte zwischen seinen Zähnen. Doch fühlte er sich auf seltsame Weise entspannt und fähig, das Geschehene zu akzeptieren.

Er sah einen hochgewachsenen, hageren Mann in einem lose sitzenden weißen Jackett und mit einer Pfeife im Mund den Weg von der Kirche herabkommen.

»Sie fahren den Wagen besser etwas zur Seite«, sagte er. »Es sieht so aus, als parkten wir genau auf dem Weg des Pfarrers.«

Sie nahm ihre Kappe und Tasche aus dem Wagen und strich sich die Haare aus den Augen. »Ja, es ist der Pastor, also bitte keine unziemlichen Reden.«

Zu Blakes Erstaunen rannte sie dann über die Straße, warf ihre Arme um den Hals des Pastors und küßte ihn.

»Hallo, Claire! Das ist wirklich eine nette Überraschung!« Er sah zu Blake hinüber. »Und wen hast du da mitgebracht?«

Eine Hand auf seinem Arm lassend, drehte sie sich um. Ihre Augen leuchteten.

»Dad, ich möchte dir Captain Richard Blake vorstellen. Er ist so eine Art Freund.«

Blake nahm den kräftigen Händedruck mit einem Lächeln entgegen. »Ich freue mich, Ihre Bekanntschaft zu machen, Sir.«

Claire war einen Schritt zurückgetreten und beobachtete sie, nach wie vor bemüht, ihre Reserviertheit aufrechtzuerhalten.

»Er ist ganz in Ordnung – für einen Engländer.«

Es war ein herrlicher Abend für ein Bordfest, das war die einhellige Meinung aller, die das Achterdeck der *Andromeda* mit seinen Sonnensegeln und den farbigen Signalflaggen betraten, wo sie gleich von den mit Getränken herumeilenden Stewards versorgt wurden.

Einige von Farleighs Seesoldaten hatten sich auf dem achteren Geschützturm postiert, von wo aus sie ein Potpourri populärer Unterhaltungsmusik boten. Die Offiziere hatten ihre beste weiße Uniform angelegt, und da die Damen mit Vergnügen die Gelegenheit genutzt hatten, schulterfreie, helle Kleider zu tragen, wirkte das Ganze fast wie im Frieden.

Fairfax hatte sich mit seiner Frau einen Platz ausgesucht, von dem aus er die Ankommenden gut im Auge hatte, ihren Rang und ihre Bedeutung abschätzen und dafür sorgen konnte, daß sie entsprechend empfangen wurden.

Sarah, deren langes, blondes Haar bis über die Schultern herabhing und die ein Kleid trug, das, wie sie ihm schonend mitgeteilt hatte, das Haushaltsgeld eines ganzen Monats gekostet hatte, nahm das festliche Treiben fast ungläubig auf.

»Nach all den Zeitungsberichten über den Handelsstörer glaubte ich, ihr wärt alle in einem Schockzustand.« Sie sah ihn liebevoll an. »Mein Gott, Vic, hast du dich verändert. In dieser kurzen Zeit hast du irgend etwas dazugewonnen, aber ich kann's nicht genau definieren.«

Er grinste. »Teilweise bin ich noch ganz der alte, wie ich dir ja wohl bewiesen habe.«

Sie boxte ihn leicht in die Rippen. »Ist das alles, woran du denkst?«

Er fragte plötzlich: »Du weißt, daß Stagg kommt?«

»Ja, ich hab's gehört. Und wahrscheinlich fängt er Streit mit dir an, wenn er einige gekippt hat. An sich hätte ich gedacht, du würdest ihn möglichst weit auf Abstand halten, so wie er sich deinem Captain gegenüber benommen hat.«

»So leicht geht das nicht, Sarah«, sagte er leise. »Es sind einige Kommandanten gekommen, sogar zwei Admirale. Es ist einfach unmöglich, den eigenen Commodore zu übergehen.«

»Wo steckt denn überhaupt dein Captain?« Sie musterte die dichte Menge mit neuem Interesse. »Ich bin ihm nur einmal begegnet, und er gefiel mir. Für einen Kommandanten dieses großen gepanzerten Kastens scheint er mir allerdings recht jung.«

»Er kommt gleich. Ein paar Funksprüche haben ihn aufgehalten.«

»Schade, daß er keine nette Begleiterin hat. Mit einer Frau, die ihre Vergnügungen anderswo sucht, und jetzt nach dem Tod seines armen Vaters könnte er ein wenig Aufmunterung gebrauchen.«

»Erinnerst du dich an Second Officer Grenfell?« fragte Fairfax.

Seine Frau sah ihn verwundert an. »An Claire Grenfell, die Tochter des Pastors? Du lieber Himmel, die doch nicht etwa? Dein Captain kriegt ja Frostbeulen, wenn er der zu nahe kommt!«

»Vielleicht schätzt du sie falsch ein«, protestierte Fairfax. »Möglich, daß wir das alle getan haben. Sie war nach der Notwasserung ziemlich übel dran. Es war nur ein glücklicher Zufall, daß wir sie gefunden haben.«

»Du meinst, daß *du* sie gefunden hast. Ich war sehr stolz, als ich davon hörte. Wenn's dich überkommt, kannst du ganz schön rangehen.« Sie wurde ernst. »Glaubst du, daß jetzt alles vorüber ist – mit dem Handelsstörer, meine ich? Du bist jetzt seit vier Tagen zurück, und nichts ist passiert. Vielleicht sind die Deutschen auf dem Weg nach Hause?«

Fairfax lächelte. »Das können wir nur hoffen.« Er blickte über das Achterdeck zu den Geschützen hinauf. »Was der nächste Skipper wohl für einer sein wird? So wie Richard Blake bestimmt nicht, das ist mal sicher.«

Er nahm unwillkürlich Haltung an, als Blake an Deck erschien und auf sie zutrat. Er sagte: »Die Party kommt langsam in Schwung, Sir. Die O-Messe wird ganz schöne Rechnungen haben.«

»Sie sehen wirklich reizend aus, Mrs. Fairfax«, sagte Blake und ergriff ihre Hand. »Ihr Mann hat so was gar nicht verdient.«

»Das sag' ich ihm auch immer.« Sie errötete leicht über das Kompliment. »Aber mit *Andromeda* kann ich's nicht aufnehmen.«

Moon bahnte sich vorsichtig einen Weg durch die Menge, wobei er ausgestreckte Hände und Aufmerksamkeit heischende Zurufe ignorierte. Er sah Blake und hob ein kleines Silbertablett in die Höhe, auf dem ein einzelnes Glas stand. »Für Sie, Sir. Etwas Besonderes.«

»Bei Ihnen ist es immer etwas Besonderes, Moon.«

Blake hob das Glas an den Mund und bemerkte, daß die Leute in seiner Nähe ihre Unterhaltung abgebrochen hatten und ihn ansahen, als ginge wirklich etwas Besonderes vor sich.

Blake stürzte den Drink hinunter und hielt mühsam ein Husten zurück.

Moon strahlte. »Dachte mir, daß Sie den mögen, Sir. Das Rezept hab' ich auf der alten *Bombay Queen* gelernt, die in den dreißiger Jahren in Shanghai registriert war.«

Lieutenant-Commander Scovell kam von der achteren Gangway auf sie zu und sagte: »Ihre Gäste sind da, Sir.«

Blake ging mit ihm, während sich Moon zufrieden wieder in seiner Pantry verschanzte.

Fairfax sah die beiden an Bord kommen, einen hochgewachsenen Mann mit dem Kragen des Geistlichen, und seine Tochter in Uniform neben ihm. Er hörte seine Frau murmeln: »Die versteckt sich ja nur hinter ihrer Uniform.«

Blake schüttelte dem Pastor die Hand. Vorsichtshalber hatte er Weir und den Zahlmeister angewiesen, ihn von Beveridge, dem Bordpfarrer, fernzuhalten. Der alte Beveridge, dessen Gott so selbstverständlich auf seiten der Alliierten stand, wäre für den Hüter der kleinen australischen Kirche wohl doch ein etwas mühsamer Gesprächspartner gewesen.

Er hakte Claire leicht unter. Sie wirkte sehr angespannt, begegnete jedoch den vielen neugierigen Blikken mit trotziger Mißachtung.

»Ich freue mich, daß Sie gekommen sind, Claire.«

Sie sah ihn an. »Mutter wollte uns nicht begleiten. Schiffe, die Marine – Sie wissen schon. Sie hat das mit David noch lange nicht überwunden. Aber Dad, der Gute, hat sich sehr über die Einladung gefreut.«

Fairfax, der sie beobachtete, sagte leise: »Ich glaube, Sarah, du hast dich zumindest dieses eine Mal gewaltig getäuscht.«

Ein neuer Anfang

Blake saß an seinem Schreibtisch und ging ohne größeres Interesse die Papiere durch, die ihm der neue Schreibersmaat Brazier vorlegte. Wie die meisten der als Ersatz an Bord gekommenen Leute war Brazier Australier.

Daran mußte man sich erst einmal gewöhnen. Jedesmal, wenn Blake seine Kajüte verließ, hörte er neue Stimmen und unterschiedliche Dialekte. Es war ihm nahegegangen, als die bisher letzte Gruppe der alten Besatzungsmitglieder das Schiff verlassen hatte. Sie hatten etwas peinlich berührt zusammengestanden, während er ein paar Worte zu ihnen gesprochen hatte. Aber wie ließ sich durch abgedroschene Phrasen und gefühlvolles Händeschütteln all das ausdrükken, was er fühlte, was sie alle gefühlt haben mußten?

Er dachte plötzlich an das Bordfest. Ein großer Erfolg, wie jeder gesagt hatte. Aber obwohl es erst zwei Tage zurücklag, fiel es ihm schon schwer, es nüchtern und sachlich zu sehen. Er wußte warum, wollte es sich aber nicht eingestehen. Von Claire hatte er auf der Party sehr wenig gesehen, nachdem Stagg eingetroffen war, mit dröhnender Stimme und einer wild entschlossenen Zuversicht, die fehl am Platze schien.

Jetzt war Claire in Sydney. Ob sie dorthin abkommandiert worden war oder sich freiwillig gemeldet hatte, um aus seiner Nähe fortzukommen, wußte er nicht. Aber er konnte sich genau erinnern, von welchem Augenblick an alles schiefging. Er hatte Stagg in der Gesellschaft von zwei Admiralen zurückgelassen und war mit Claire auf die leere obere Brücke gegangen. Gewöhnlich ein Ort der Betriebsamkeit und Entscheidungen, war sie ihm im Sternenlicht jetzt seltsam gespenstisch vorgekommen.

Claire hatte ihm wieder Fragen über England gestellt und seine Pläne nach dem Krieg.

»Die Marine wird sicher wieder auf die absolut notwendige Mindeststärke reduziert werden«, sagte er mit leichter Bitterkeit. »So wie zu meines Vaters Zeiten. Mich wird man wahrscheinlich mit höflichen Worten auf ein Abstellgleis schieben, bis wir uns wieder mal die Köpfe einschlagen müssen.«

Sie legte ihre Hand leicht auf die seine. »Warum kommen Sie nicht nach Australien? Vielleicht finden Sie, daß hier nicht allzuviel los ist, aber das wird sich eines Tages ändern.«

Als er sie am Arm sanft zu sich umdrehte, hatte sie sich zwar nicht gewehrt, aber er hatte sofort die Veränderung gefühlt, den passiven Widerstand, während er kurz zuvor noch Hoffnung und Sehnsucht bei ihr gespürt hatte.

In diesem Augenblick war zum Glück ein Läufer mit einer Meldung für ihn auf der Brücke erschienen und hatte ihn nichtsahnend daran gehindert, einen Narren aus sich zu machen.

Schreibersmaat Brazier sagte: »Das wär's dann, Sir.« Er ordnete die unterschriebenen Papiere zu einem akkuraten Stapel.

Blake lächelte ihm zu. Bald würde keiner der alten Leute mehr an Bord sein. Die *Andromeda* mußte von neuem beginnen, sich eine ihr gemäße Besatzung zu formen.

Er versuchte, seine Gedanken im Zaum zu halten, aber sie kehrten immer wieder zu seinem kurzen Besuch in Claires Elternhaus zurück. Die kleine Kirche hätte in England stehen können, und sie hatte gelacht, als er den Gedanken aussprach.

»Sie sehen mal wieder alles mit englischen Augen! Nur grüne Felder und strohgedeckte Gehöfte. Selbst wenn wir den Krieg gewinnen, wird es nie mehr so sein, wie es war.«

»Gut möglich«, stimmte er zu.

Mit einiger Mühe gelang es ihm, diese Erinnerungen zu verdrängen und an Stagg zu denken, wie er ihn zuletzt gesehen hatte. Ernsthaft und kein Gegenargument zulassend, hatte er seine Ansichten über den Handelsstörer verkündet. Auch die beiden Admirale waren noch dabeigewesen, der eine höflich interessiert, der andere schon zu beschwipst, als daß er noch hätte folgen können.

An Staggs Aufrichtigkeit war jedoch nicht zu zweifeln, genausowenig wie an seiner Besessenheit, was den Handelsstörer anging. Vielleicht war es wichtig für ihn, seinen ganzen Haß auf den einen Deutschen zu richten.

Der interessierte Admiral hatte bemerkt: »Sie haben wohl lange darüber nachgedacht.«

Stagg hatte sich mit beiden Armen auf den Tisch gestützt, sein Gesicht glänzte im Rampenlicht. »Ich hab' auch reichlich Zeit zum Nachdenken gehabt, als ich in dem heißen Bretterverschlag lag, stinkend in meiner eigenen Brühe, und darauf wartete, daß die Tür aufging und ich von diesen kleinen gelben Bastarden hinausgezerrt wurde, damit sie mit der Folter, ihrer täglichen Belustigung, anfangen konnten!«

Später, als Blake ihn an die Gangway brachte, hatte Stagg sich umgedreht und undeutlich gebrummelt: »Gute Party. Im allgemeinen liegt mir heute nicht mehr viel dran.« Nach einer längeren Pause fügte er hinzu: »Ich bleibe bei dem, was ich gesagt habe. Sie steh'n auf meiner Seite, dann läuft alles klar. Wenn nicht, werde ich nicht gerade Beifall klatschen, verstanden?« Damit hatte er Blake auf die Schulter geschlagen. »Wir werden's ihnen schon zeigen!«

Die Tür öffnete sich, und Fairfax trat ein. Er sah entspannt, aber müde aus. Blake dachte an seine schöne Sarah, unterdrückte den neidischen Gedanken jedoch schnell wieder. Fairfax hatte eben Glück gehabt. Hoffentlich wußte er das auch zu schätzen.

Fairfax wartete, bis Brazier gegangen war, und sagte dann: »Spruch vom Hauptquartier, Sir, 48 Stunden Bereitschaft, ab heute mittag. Die letzten Vorräte werden gegen Ende der zweiten Hundewache an Bord sein. Danach können wir wohl nur noch abwarten.«

Blake bedeutete ihm, sich zu setzen.

»Ich denke darüber nach, daß wir überhaupt keine Verlustmeldungen mehr bekommen haben«, sagte er. »Wo, zum Teufel, steckt also der Feind – oder die Feinde?« Er lächelte kläglich. »Sehen Sie? Ich fange schon an, meine eigene Theorie anzuzweifeln.«

Fairfix sah ihn nachdenklich an. »Sie sollten mal einen Tag ausspannen. Die Umgebung von Melbourne ist wirklich schön. Ich könnte Ihnen ein paar Adressen geben.«

»Danke, aber es geht nicht.«

Blake dachte an seinen Vater und die Mitteilung, die er am Morgen vom Marineamt erhalten hatte: Da die »Dinge« sich beruhigt hatten, ließe sich ein Flug nach England durchaus arrangieren. Das klang, als habe Stagg seine Hand im Spiel gehabt. Sie versuchten also, den Kommandant der *Andromeda* loszuwerden. Er konnte es ihnen kaum verdenken.

Fairfax setzte hinzu: »Ich hörte, daß man von dieser Woche an wieder Einzelfahrer auslaufen lassen will. Das lockt vielleicht die Wölfe hervor.«

Blake seufzte. »Die Deutschen haben die Angelegenheit im Radio ziemlich hochgespielt. Ganzen Konvoi vernichtet, wobei wir wieder als verdammte Dummköpfe hingestellt wurden, und all das übliche Geschwafel.« Die Propagandameldung aus Berlin, die ihn, den Träger des Viktoria-Kreuzes, genüßlich erwähnte, unterschlug er. Sie war zweifellos allen an Bord ohnehin bekannt.

Fast schien es, als versuchten die Oberkommandos beider Seiten, die Antagonisten zu irgendeiner explosiven Reaktion zu treiben. Möglicherweise hatte sich der Handelsstörer aber auch wirklich davongemacht. Vielleicht um sich in Argentinien internieren zu lassen, vielleicht auch auf den gefahrvollen Weg nach Hause.

Fairfax drehte die Mütze in seinen Händen. »Es geht mich ja nichts an, Sir, aber ich denke, wir sind uns in den letzten Wochen doch recht nahe gekommen. Wenn ich irgend etwas für Sie tun kann …«

Blake sah ihn an. Es war also schon so offenkundig. »Mit mir ist zur Zeit nicht viel los, Victor. Wenn Sie's genau nehmen, ist der Krieg das einzige Handwerk, das ich verstehe. Mit meiner Frau komme ich nicht zurecht, und meine Gedanken gehen dauernd zu meinem Vater zurück, an die Art, wie er starb, als Gefangener seines kranken Geistes.«

Ohne sich dessen bewußt zu sein, war er aufgestanden und ging in der Kajüte hin und her.

»Vielleicht bin ich schon zu lange an der Front gewesen, als daß ich mit einem Auftrag dieser Art etwas anfangen könnte. Im Atlantik oder im Mittelmeer war praktisch jede Welle eine potentielle Bedrohung, jeder treibende Ast konnte ein Periskop sein. Ich kann mich nicht einfach zurückziehen und die Dinge akzeptieren, wenn ich weiß, daß der Feind da draußen ist. Alles, was wir tun, beobachtet er wie ein Tiger. Ein Flugzeugträger würde schon ausreichen, aber die Vorstellungen unserer Strategen stammen noch aus der Zeit des Ersten Weltkriegs. Es ist immer dasselbe: Schiff gegen Schiff, Ehre über alles, und zum Teufel mit den verdammten Verlusten!« Er schnitt eine Grimasse. »Wahrscheinlich ist es die Hitze, Victor, ich steh' einfach zu sehr unter Dampf.«

»Bei uns wird's jetzt langsam Winter, Sir. Wenn Sie nach Hause kommen, erwartet Sie der Sommer.«

Blake sah durch das Bullauge und hörte im Geist Claires Worte, die sich ungebeten in sein Bewußtsein drängten: »Nur grüne Felder und strohgedeckte Gehöfte …«

Was, um alles in der Welt, war mit ihm los? Er war durchgekommen, wo viele bessere Männer gefallen oder zu Krüppeln geschossen wurden. Er hatte die höchste Tapferkeitsauszeichnung seines Landes bekommen. Doch jetzt benahm er sich wie ein verliebter Kadett, nur weil seine Versetzung bevorstand und seine persönlichen Verhältnisse verworren waren.

Das Telefon schnarrte. Fairfax riß den Hörer ans Ohr. »Hafenbüro, Sir«, meldete er. »Der Commodore ist auf dem Weg hierher.« Er stand auf. »Damit wäre dann ja alles in schönster Konfusion.«

Später, als Stagg breitbeinig auf dem Achterdeck stand und das geschäftige Treiben auf der Pier betrachtete, spürte Blake ein neues, vorwärtsdrängendes Selbstbewußtsein, das von ihm ausging. Das schien Staggs Art zu sein: einen Moment ganz oben, im nächsten ganz unten. Ich hab' gut reden, dachte er.

»Immer noch beim Laden, was?« fragte Stagg. »Die *Fremantle* war schon gestern damit fertig.«

In Blakes Kajüte kam Stagg gleich zur Sache. »Es geht um die allergeheimste Geheimsache, mit der Sie je zu tun hatten, glauben Sie mir. Aber es ist mir schließlich gelungen, die richtigen Leute davon zu überzeugen, daß wir die Initiative ergreifen müssen. Gott sei Dank ist der alte Jack Quintin noch nicht wieder an Deck, sonst hätte ich wohl noch gegen einen verdammten Quertreiber mehr zu kämpfen gehabt!«

Blake war sich der latenten Kraft bewußt, die in diesem großen Körper steckte. Er erinnerte sich an das, was Stagg über seine Gefangenschaft hatte verlauten lassen, und fühlte plötzlich Mitleid mit ihm. Ein Mann seiner Statur, gemartert, gedemütigt, von den Japanern gezwungen, sich zu erniedrigen – es mußte schwer gewesen sein, damit fertig zu werden.

Stagg sagte ruhig: »Die Deutschen hören alle unsere Rundfunksendungen ab, stimmt's? Sie haben einige gute Agenten hier draußen und können sich wahrscheinlich auch die meisten örtlichen Codes beschaffen.« Er unterbrach sich, weil ihm etwas anderes einfiel. »Übrigens wurden jetzt einige der als sicher geltenden Routen für Einzelfahrer freigegeben.«

»Ja, ich weiß.«

Staggs Grinsen war ohne Wärme. »Auf Draht. So hab' ich's gern.« Er fuhr fort: »Wir werden also einen Köder auswerfen. Der Admiral hat schon zugestimmt. Alles Weitere bleibt uns überlassen.«

Er beugte sich vor, wobei die Knöpfe seiner Uniformjacke heftig protestierten. »Das einzige, worüber Sie und ich uns wirklich einig sind, ist das Gebiet, in dem der Handelsstörer operiert. Ein großes Gebiet. Ich beabsichtige, ein alleinfahrendes Handelsschiff zu ›kreieren‹, womöglich ein neutrales, und es unseren deutschen Freunden auf dem Präsentierteller anzubieten. Nach dem Prinzip der U-Boot-Falle aus dem Ersten Weltkrieg.« Wieder änderte sich seine Stimmung abrupt, er fügte heftig hinzu: »Aber diesmal hat er keinen Hafen in erreichbarer Nähe, in den er sich zurückziehen kann. Wenn *Fremantle* und *Andromeda* gut zusammenarbeiten und wir einsetzen, was wir an Luftsicherung aufbieten können, werden wir ihn aufstöbern.« Er lehnte sich zurück. »Was meinen Sie?«

Blake nickte. »Es könnte klappen.«

Stagg hob die Hände. »Gott steh uns bei, der Mann widerspricht nicht!«

Blake lächelte. »Es ist zumindest einen Versuch wert. Die Idee hat so einen Bart, daß das deutsche Oberkommando vielleicht gerade deswegen drauf reinfällt.«

Stagg erhob sich. »Also abgemacht. Wir laufen übermorgen aus. Wenn der Handelsstörer nichts unternimmt, beziehen wir unsere Positionen. Andernfalls heften wir uns an seine Fersen, wie gehabt. Das bleibt jedoch absolut unter uns. Selbst Fairfax darf nichts davon erfahren.«

»Was soll das heißen, Sir, *selbst* Fairfax?«

Stagg grinste breit. »Weil er den Köder befehligen wird.« Er suchte in Blakes Gesicht nach Anzeichen von Widerstand und setzte hinzu: »Ihr I WO hat bisher Fairfax' Posten übernommen, nicht wahr? Nun gut, dann kann er's auch wieder tun. Er ist sowieso fällig für ein eigenes Kommando. Gute Praxis für ihn.«

Blake begleitete Stagg an Deck. Fast kam er sich vor, als würde er von einem Wirbelwind mitgezogen. »Was soll ich Fairfax sagen, Sir?«

Stagg sah ihn gelassen an. »Schicken Sie ihn nach Sydney. Ich werde alles arrangieren. Sagen Sie ihm, daß er seine Frau mitnehmen kann.« Er senkte die Stimme, als Fairfax sich näherte. »Eine Frau wie sie würde auch ich nicht aus dem Bett werfen.«

Fairfax legte die Hand an die Mütze. »Gehen Sie von Bord, Sir?«

Stagg nickte kurz. »Sieht so aus.«

Der Bordarzt, Surgeon Lieutenant-Commander Bruce, war auf dem Weg nach achtern, um Fairfax den Krankenbericht zu übergeben, und sah zu, wie der Commodore unter dem Trillern der Bootsmannsmaatenpfeife von Bord ging.

Er bemerkte leise: »Er scheint es ernst zu meinen. Ich wäre nicht überrascht, wenn er nach dem Krieg Ihre ganze Marine unter seiner Fuchtel hätte.«

Fairfax grinste schief. »Nur die Marine, Doc? Sein Profil auf einer Münze, als erster König von Australien, *das* möchte er!«

Blake ging stumm an ihnen vorbei. Jetzt, da Stagg weg war, hatte sein Plan schon viel von seiner Überzeugungskraft verloren. Er war drauf und dran gewesen vorzuschlagen, daß Fairfax das Kommando über *Andromeda* übernehmen sollte, während er selbst das Lockschiff bekam. Vielleicht hatte Stagg sogar gerade das erwartet: Blakes Ruhmsucht, die jetzt endlich zum Vorschein kam.

Moon wartete auf ihn in der Kajüte. »Second Officer Grenfell hat eben angerufen, Sir. Ich habe ihr gesagt, daß der Commodore dabei ist, von Bord zu gehen, aber sie wollte nicht solange warten. Etwas nervös schien sie mir, Sir.«

Blake setzte sich und griff zum Telefon.

»Sie war im Marineamt, Sir«, sagte Moon hilfsbereit.

Es schien eine Ewigkeit zu dauern, bis Blakes Gespräch unter Beachtung aller Vorrangstufen durch das komplizierte Netz der Vermittlungen zum Büro des Nachrichtendienstes durchgeschaltet werden konnte. Dann hörte er endlich ihre Stimme und sagte schnell: »Ich bin's. Ich war an Deck, als Sie anriefen. Ist was nicht in Ordnung?«

»Ach, es ist ... Eigentlich gar nichts. Tut mir leid. Ihr Steward hätte es Ihnen gar nicht sagen sollen. Sie haben sicher eine Menge zu tun ...« Sie verstummte.

Blake sagte nachdrücklich: »Hören Sie, Claire, ich *möchte* Sie gern sehen. Bitte hängen Sie nicht auf. Ich werde Ihnen keineswegs lästig fallen oder mich aufdrängen. Ich möchte Sie nur sehen. Mit Ihnen zusammensein.«

Er konnte sich gut vorstellen, daß die anderen Wrens in Claires Büro, wie auch seine eigenen Leute in der Vermittlung, jetzt mit gespitzten Ohren dasaßen. Im Moment erschien ihm jedoch nichts auf der Welt wichtiger als dieses Gespräch.

»Ich weiß.« Es klang, als wäre sie weit weg. »Ich wollte Ihnen etwas erklären. Mich entschuldigen. Ich habe Sie schlecht behandelt. Nach allem, was Sie für mich getan haben, habe ich mich wie ein albernes Schulmädchen benommen.«

»Können wir irgendwo hinfahren?« fragte Blake. Es gab eine kleine Pause, und er meinte, sie mit jemand anderem sprechen zu hören.

Dann sagte sie: »Ich werde es arrangieren. Lassen Sie mir etwas Zeit. Aber kommen Sie nicht nur deswegen, weil ich Ihnen leid tue. Das könnte ich nicht ertragen.«

Dann war die Verbindung plötzlich abgerissen. Blake konnte nicht sagen, ob Claire aufgelegt hatte oder ob sie getrennt worden waren.

Fairfax kam herein. »Irgendwelche Befehle bezüglich des Landgangs heute abend, Sir?«

»Was?« Mühsam konzentrierte er sich wieder auf den Borddienst. »Alles wie üblich. Nur die eigentlichen Wachgänger bleiben an Bord. Urlaub bis zum Wecken für alle Australier.« Er versuchte, nicht an Staggs Plan zu denken. »Das gilt auch für Sie. Sie sollen morgen nach Sydney fahren, wie mir Stagg sagte. Sie können auch Sarah mitnehmen, auf ›Firmenkosten‹.«

Fairfax starrte ihn an. »Was ist der Grund, Sir?«

»Man wird's Ihnen dort sagen. Ich kann mir vorstellen, daß es was Wichtiges ist, also bitte kein unnützes Gerede. Nummer Eins soll übernehmen, bis Sie wieder an Bord sind. Auch ich werde an Land sein, daher soll er sich schon mal mit der Idee vertraut machen.«

Fairfax war von der Schnelligkeit der Ereignisse wie benommen. »Wie Sie meinen, Sir.«

Blake sah ihn an und sagte übergangslos: »Second Officer Grenfell – ihr Bruder fiel auf der *Paradox*. Was wissen Sie sonst noch über sie?«

»Sie ist mit Sarah in die Schule gegangen«, erwiderte Fairfax. »Sie waren aber nicht näher befreundet. Nachdem sie ihr Offizierspatent hatte, war sie einige Zeit in Sydney. Dort hat sie sich wohl in einen Leutnant aus Neuseeland verliebt, es ist jedoch nichts daraus geworden, und sie ließ sich zu Captain Quintins Stab nach Melbourne versetzen.«

Blake nickte. »Ich danke Ihnen.« Er hätte Fairfax überhaupt nicht nach Claire fragen sollen.

Von sich aus setzte Fairfax hinzu: »Ich hab' sie immer gut leiden mögen, Sir. Ganz abgesehen davon, daß sie verdammt gut aussieht, ist sie irgendwie was Besonderes.«

»Ja.« Blake stopfte bedachtsam seine Pfeife. »Machen Sie weiter, Victor. Ich sehe Sie noch, bevor Sie von Bord gehen.«

Das Telefon meldete sich wieder, und Blake hatte den Hörer in Sekundenschnelle in der Hand. Claire sagte rasch: »Ich kann doch nicht weg. Könnten Sie, ich meine, würden Sie nach Melbourne kommen?«

»Ich bin praktisch schon da.« Er gab sich Mühe, gelassen und entspannt zu bleiben.

»Ich weiß über Ihre Befehle Bescheid. Auch wann Sie wegmüssen. Ich könnte mir morgen freinehmen, und wenn Sie Lust haben, könnte ich Sie ein bißchen herumführen. Captain Cooks Haus und so, ein paar Fotos machen.«

Trotz ihres ebenfalls sachlichen Tons wußte er, daß ihr seine Antwort wichtig war.

»Das würde mir sehr gefallen, Claire, und wird uns beiden guttun. Ich besorge mir ein paar Zivilklamotten und ...«

»Nein, bitte«, unterbrach sie ihn, »kommen Sie in Uniform. Mir zuliebe.«

Blake legte auf und läutete nach Moon.

»Ich gehe an Land, Moon. Sie sind schon ziemlich oft in Melbourne gewesen, nehme ich an?«

»Das will ich wohl meinen, Sir. Als ich seinerzeit auf der alten *Renown* war, haben wir einmal sogar Mitglieder des Königshauses dorthin begleitet.«

»Ich hätt's mir denken können. Nun, da gibt es einen Laden, über den Sie mir vielleicht etwas sagen können ...«

Die beiden Männer standen pfeiferauchend im Garten des weißgetünchten Hauses neben der kleinen Kirche.

»Wann haben Sie sich entschlossen, die Kirche zu Ihrem Lebensinhalt zu machen?« fragte Blake.

Er war erstaunt, wie leicht es ihm fiel, nach so kurzer Bekanntschaft mit dem hochgewachsenen, hageren Pfarrer zu reden. Jetzt, da sie fast kameradschaftlich auf der Terrasse beisammensaßen und auf das Abendessen warteten, hatte Blake das Gefühl, ihn schon Jahre zu kennen.

Hugh Grenfell sprach, als sei er mit seinen Gedanken auf einer weiten Reise: »Ich war im letzten Krieg in der Infanterie und habe allerhand miterlebt, von den Dardanellen bis Frankreich. Läuse, Schlamm und Leichen. Ich denke, in der Zeit muß es gewesen sein. Eigentlich habe ich nie geglaubt, daß ich durchkommen würde. So viele haben es nicht geschafft. An nur einem einzigen Morgen, zwischen Sonnenaufgang und elf Uhr, verloren wir zwanzigtausend Mann. Natürlich nicht nur Australier, aber es waren doch genug, um in den meisten unserer kleinen Städte eine fühlbare Lükke zu hinterlassen. Als endlich alles vorbei war, wollte ich wohl etwas zurückgeben. Dafür, daß ich davongekommen war.«

Blake nickte und dachte an seinen Vater. »Das mit Ihrem Sohn hat mir sehr leid getan.«

»Ja, Dave war der Augapfel seiner Mutter. Meiner auch, in gewisser Hinsicht.« Er ließ das Thema fallen und fragte: »Was ist mit unserer Claire? Sie beide scheinen sich gut zu verstehen?«

Blake starrte geradeaus. »Ich vermute, Sie hat Ihnen von mir erzählt. Auch daß ich verheiratet bin?«

»Nein, aber daß Sie es *ihr* erzählt haben, ist entscheidend.« Er schwenkte seine Pfeife hin und her. »Nur keine Sorge, Richard, ich will keineswegs den Heiratsvermittler spielen.« Er lachte leise. »Aber ich müßte lügen, wenn ich behauptete, ich wäre nicht interessiert.«

Blake sagte: »Meine Ehe ist kaputt. Daran will ich Diana nicht mal allein die Schuld geben. Sie ist ein Produkt unserer genußsüchtigen Zeit. Ich habe versucht, nicht alles so ernst zu nehmen, mir einzureden, es wäre bei ihr nur eine vorübergehende Angelegenheit. Aber ich war naiv, das weiß ich jetzt.«

Hugh Grenfell warf einen Blick auf Blakes Profil. »Eigentlich ist das nicht so recht einzusehen. Wenn man sich in die Lage Ihrer Frau versetzt, meine ich. Sie hat einen gutaussehenden Mann, für außergewöhnliche Tapferkeit hoch dekoriert, viel besser kann sie's doch gar nicht treffen.«

Darüber hatte auch Blake schon oft nachgedacht. Jetzt, da er mit dem Viktoria-Kreuz ausgezeichnet worden war und bei der ganzen Publicity um den spektakulären Sieg der *Andromeda*, würde sie vielleicht zu ihm zurückkommen. Er hatte sich viele Male gefragt, was er dann tun, wie er reagieren würde.

»Natürlich verstehen einige Leute Claire falsch, wissen Sie.« Das war fast beiläufig dahingesagt. »Aber sie ist kein Großstadtmädchen, und trotz der schicken Uniform und des großen Vertrauens, das ihr Chef, Captain Quintin, ihr entgegenbringt, ist sie unsicher und verletzlich. Dann gab es da diesen Neuseeländer, den sie in Sydney kennenlernte. Das ist vorbei, zum Glück.« Er drehte sich um und setzte mit sanfter Stimme hinzu: »Sonst hätte ich wahrscheinlich meinen geistlichen Stand vergessen und ihn nach Strich und Faden vermöbelt.« Er klopfte seine Pfeife aus und stampfte die Glut mit dem Absatz in den Boden. »Sie hat ihn geliebt oder hat zumindest geglaubt, ihn zu lieben, aber er wollte nur mit ihr schlafen. Und dann kam heraus, daß er zu Hause schon mit einer netten Frau verheiratet war.«

Blake hörte aus seinem Tonfall heraus, wie sehr ihn diese Sache getroffen hatte, und vermutete, daß er nicht gewohnt war, so offen darüber zu sprechen. Es erklärte vieles: Claires Zurückhaltung bei ihrer ersten Begegnung, ihre Bemerkungen über Diana. Wahrscheinlich hatte der unbekannte Neuseeländer ihr vorgeworfen, frigide zu sein, nur um ihre Abwehr zu unterminieren.

Der Pfarrer hob den Kopf. »Nach den Geräuschen zu urteilen, ist das Essen jetzt fertig.« Er berührte leicht Blakes Arm. »Ich bin froh, daß wir uns unterhalten konnten. Sie haben Claire das Leben gerettet, und wenn ich irgend etwas für Sie tun kann, brauchen Sie nur zu fragen.«

Sie gingen zusammen in das Zimmer, wo sich der Tisch unter der Last der Speisen förmlich bog.

Zwei Nachbarn der Grenfells waren noch zu Tisch eingeladen worden, aber für Blake existierte nur eine einzige Person.

Es war so viel zu essen da, wie man in England einer ganzen Familie als Wochenration zuteilen würde, dachte er.

Während der Mahlzeit sagte Claire nur sehr wenig, es sei denn, sie wurde direkt gefragt. Sie saß Blake gegenüber, und er war sich ihrer Nähe sehr bewußt, der Art, wie sie seine Hände betrachtete oder sein Gesicht, wenn er mit jemandem sprach. Verglich sie ihn mit dem Neuseeländer? Fragte sie sich, ob auch seine Motive die eines Betrügers waren?

Das Telefon klingelte, und Hugh Grenfell stand mit einem leisen Lachen auf. »Das ist sicher eines meiner Schäfchen mit dem dringenden Bedürfnis, einen Liter meines selbstgemachten Gebräus bis zur nächsten Woche zu borgen.«

Aber so war es nicht. Der Anruf kam aus Melbourne und galt Blake.

Als er ins Zimmer zurückkehrte, wandten sich ihm alle Gesichter zu. Claire hatte, ohne es zu merken, ihre Serviette zu einem Ball zusammengeknüllt.

»Ich muß leider sofort zurück«, sagte er. Ihre Blicke begegneten sich und schlossen alle anderen aus. »Sie sollen auch mitkommen, Claire.« Er fühlte sich plötzlich ernüchtert und verbittert.

»Ich hätte Sie sowieso hingefahren«, sagte sie.

Als Claire ging, um den Wagen zu holen, nahm ihre Mutter Blake beiseite und sagte mit ernstem Gesicht: »Ich hoffe sehr, daß Sie wiederkommen, Captain Blake.«

»Bitte nennen Sie mich Richard.«

Sie lächelte. »Wenn Sie wiederkommen.« Sie warf einen schnellen Blick in die Runde, ob auch niemand zuhörte. »Tun Sie meiner Claire nicht weh, sie hat genug durchgemacht. Sie sind ein sympathischer, junger Mann, aber der Krieg ändert vieles.« Sie reckte sich und gab ihm einen kleinen Kuß auf die Wange. »Passen Sie auf sich auf und gehen Sie mit Gott.«

Sie redeten nicht viel auf dem Rückweg, aber als sich die Straße mit einem letzten großen Bogen der See näherte und sie den Horizont als durchgehende, glitzernde Linie im Mondlicht daliegen sahen, sagte Blake plötzlich: »Halten Sie doch bitte kurz an.«

Sie fuhr ohne Widerrede an die Seite und drehte sich zu ihm um. »Was ist los?« Das klang nervös und reserviert.

»Ich muß Ihnen etwas sagen.« Er streckte den Arm aus und löste ihre Hand vorsichtig vom Lenkrad. Sie fühlte sich so heiß an, als hätte sie Fieber. »Claire, mir liegt so viel daran, Ihre Zuneigung zu erringen, daß ich jetzt vielleicht alles falsch mache. Aber wenn das so ist, streichen Sie mich bitte nicht aus Ihrem Leben, lassen Sie mir genug Raum für eine Annäherung. Das ist ernst gemeint.«

Er zog ihre Hand an sich, spürte ihren Widerstand und wußte, daß er in wenigen Sekunden alles zunichte machen konnte.

»Bevor ich Sie im Marineamt abholte, bin ich in Melbourne einkaufen gegangen.«

Er zog den Ring aus seiner Tasche, ein Augenblick, auf den er den ganzen Abend ungeduldig gewartet hatte. Vorsichtig streifte er ihn ihr über den Finger und hörte, wie sie überrascht die Luft einzog. Dann sagte er: »Ich liebe Sie, Claire, und daran kann ich nichts ändern, auch wenn ich es wollte. Später, falls auch Sie etwas für mich empfinden sollten, können Sie den Ring an Ihrer linken Hand tragen. Dann weiß ich Bescheid.« Er wartete, sein Herz hämmerte schmerzhaft. »Es soll unser Geheimnis sein.«

Sie griff in der Dunkelheit nach dem Ring, und es sah so aus, als wolle sie ihn vom Finger ziehen.

Dann sagte sie mit rauher Stimme: »Es ist wohl besser, wir fahren jetzt.«

Sie legte die Hände wieder aufs Lenkrad, und Blake sah plötzlich, daß sie den Ring an die linke Hand gesteckt hatte.

Fast trotzig sagte sie: »Die anderen können von mir aus denken, was sie wollen.« Sie beugte sich zu ihm hinüber und küßte ihn auf die Wange. »Was *mich* betrifft, sind wir verlobt!«

Der Rest der Fahrt verlief für Blake wie ein Traum.

Bevor sie das Marineamt betraten, das jetzt in fast völliger Dunkelheit dalag, sagte sie: »Wenn du willst, kannst du mich küssen.«

Er nahm sie vorsichtig in die Arme, hielt sie jedoch fester, als sie sich an ihn schmiegte. Sie küßte ihn wie ein Kind, aber mit so viel Zärtlichkeit, daß Blake sein Verlangen nach ihr kaum beherrschen konnte.

Dann löste sie sich von ihm und rückte ihren Hut zurecht. »Jetzt ist wohl alles klar«, sagte sie mit etwas zittriger Stimme.

Der Kartenraum war hell erleuchtet: einige geräuschvoll umherschwirrende Insekten prallten wie kleine Geschosse gegen die Lampenschirme. Die Deckenventilatoren hatten aus irgendeinem Grunde den Geist aufgegeben, und die Gesichter der Offiziere, die sich um den großen Tisch scharten, glänzten feucht.

Jetzt schwang die Doppeltür auf, und Captain Quintin wurde in einem Rollstuhl hereingefahren. Er wirkte angestrengt und blaß unter seiner Bräune, gleichwohl drückte sein Gesicht große Entschlossenheit aus.

»Guten Abend zusammen!« Er bemerkte Blake und grinste. »Hallo, Dick, tut mir leid, aber es ging nicht anders.« Nach einem kurzen Blick in die Runde setzte er hinzu: »Oh, Sie sind auch hier, Claire. Gut.« Sein Blick kehrte, teils fragend, teils belustigt, zu Blake zurück. »Sehr gut.«

Der Lieutenant-Commander, der seinerzeit die gröbste Schelte von Stagg hatte einstecken müssen, sagte: »Sie gehören eigentlich ins Krankenhaus, Sir. Ich komme schon allein klar …«

Quintin bedachte ihn mit einem heiteren Lächeln. »Für diesen Job brauchen Sie den Hund, Bill, nicht seine verdammte Futterschüssel!«

Sich an alle versammelten Offiziere wendend, sagte er: »Ein Öltanker wurde gestern versenkt. Er fuhr allein, da das Gebiet angeblich feindfrei ist. Glücklicherweise gelang es ihm, noch rechtzeitig einen Notruf abzusetzen, so daß die meisten seiner Leute heute früh aufgefischt werden konnten.«

Blake beugte sich über den Tisch mit seinen bunten Marken und Fähnchen: alliierte Schiffe, Konvois, Versenkungen, gesichtete feindliche Schiffe, das ganze Panorama des Krieges. Namen sprangen ihm ins Auge. Orte, die er in der Vergangenheit, im Frieden, besucht hatte: die Seychellen, Mauritius, Daressalam. Ein schwarzes Kreuz mit dem Namen *SS Kawar Shell* zeigte die letzte Position des versenkten Tankers an.

Die anderen Offiziere waren meist Lieutenant-Commanders, und er vermutete, daß es sich um Kommandanten von Geleitschiffen und Patrouillenfahrzeugen handelte.

»Ein vollständiger Bericht liegt mir zwar noch nicht vor«, sagte Quintin, »aber der Funkspruch, den ich vom Hafenkommandanten in Aden bekam, läßt keinen Zweifel daran, daß der Tanker durch eine Mine versenkt wurde. Die Minensucher haben im selben Gebiet eine weitere Treibmine geborgen. Da es sich um eine deutsche Mine handelt, muß sie vom Handelsstörer stammen.« Er schien müde zu werden. »Wie dem auch sei, meine Herren, dies sollte Sie nur ins Bild setzen. Ich schlage vor, daß Sie alle zu Ihren Kommandos zurückkehren und sich bereithalten, den Geleitschutz zu verstärken.« Sein Blick blieb an Blake haften. »Das heißt, alle außer Ihnen.«

Er wartete, bis die besorgte Ordonnanz ihn an einen kleinen Tisch heranschob, auf dem einige Karaffen standen, und sagte dann: »Sie können jetzt verduften, mein Sohn. Ich mache mich bemerkbar, wenn ich Schlepperhilfe brauche.«

Dann wandte er sich an seine Assistentin: »Schenken Sie uns einen Schluck ein, Claire. Genau wie in alten Zeiten.«

Zu Blake sagte er: »Die *Fremantle* hat die Anker gelichtet, um das betroffene Gebiet abzusuchen. Das ist jetzt natürlich zu spät, aber wir werden wenigstens so tun, als ob.«

Blake fragte sich, ob Quintin schon von Staggs Plan mit dem Köderschiff gehört hatte. Er bezweifelte es.

»Fest steht, Dick«, sagte Quintin, sein Glas gegen das Licht haltend, »das Gebiet *war* feindfrei. Nur ein Fisch hätte an unseren Patrouillenfahrzeugen ungesehen vorbeikommen können. So wurde uns ein Schiff auf Nordkurs gemeldet, die schwedische *Patricia*. Sie wurde von *Fremantle* überprüft und angewiesen, sich einem Konvoi anzuschließen. Das war der Konvoi, der fast völlig vernichtet wurde.« Vor Schmerzen in seinem Bein verzog er das Gesicht und machte eine kleine Pause. »Denken Sie vielleicht zufällig das gleiche wie ich?«

Blake sah auf den großen Kartentisch hinüber. Diese Geschichte würde Stagg das Genick brechen, wenn sie herauskam. Er war am hellichten Tag von dem Handelsstörer an der Nase herumgeführt worden, und nicht nur das, er hatte ihn praktisch dazu aufgefordert, den Geleitzug in Schrott zu verwandeln.

Er erinnerte sich plötzlich seiner eigenen Worte, die er den neu an Bord kommenden jüngeren Offizieren zu sagen pflegte, so wie er sie einmal von seinem früheren Kommandanten gehört hatte: »Sie müssen sich davor hüten, etwas zu sehen, nur weil Sie erwarten, es zu sehen: weil Sie es sehen *wollen.*«

»Es wäre möglich«, erwiderte er. »Aber wenn es stimmt, dann muß der Deutsche Nerven aus Stahl und den Einfallsreichtum von zehn normalen Sterblichen haben.«

»Auf jeden Fall sitzt Commodore Stagg ziemlich in der Tinte.«

Quintin lehnte sich zurück und wartete, ebenso wie Claire, gespannt auf Blakes Reaktion.

»Am besten läßt man die Sache wohl auf sich beruhen«, sagte Blake langsam. »Der Handelsstörer wird sich sicherer fühlen, wird glauben, wir wären völlig auf seine Finte reingefallen. Und falls der Admiral Stagg die Schuld dafür in die Schuhe schiebt, könnte uns daraus noch mehr Schaden erwachsen.«

Quintin nickte, als habe er diese Antwort erwartet. »Stagg würde zweifellos anders handeln, wenn er an Ihrer Stelle wäre. Na ja, ich hab' darüber nicht zu entscheiden, aber trotzdem ...« Er beendete den Satz nicht. Statt dessen langte er in seine Rocktasche und zog ein Päckchen heraus. »Hier, Claire, wickeln Sie das aus, während mich unser tapferer Captain wieder an den Kartentisch rollt.«

Als sie sich über ihn beugte, packte er ihr Handgelenk und betrachtete aufmerksam den Ring. Er war handgearbeitet und trug in einer muschelförmigen Schale eine einzige große Perle. Im hellen Deckenlicht leuchtete sie wie ein kleiner Stern.

Quintin nickte langsam. »Sehr hübsch.« Er zog sie zu sich herunter und gab ihr einen kleinen Kuß auf die Wange. »Ich will jetzt nichts dazu sagen, Claire, aber ich bin sicher, es wird sich für Sie beide alles zum Guten entwickeln.«

Blake sah die Verwirrung und Unschlüssigkeit in ihrem Gesicht. Gleichzeitig war sie aber auch freudig erregt, daß der alte Kapitän ihre Verbindung akzeptierte.

»Na, nun stehen Sie nicht so rum, Mädchen«, bellte Quintin mit gespielter Strenge, »öffnen Sie das Päckchen.«

Sie entfernte die Verpackung und hielt etwas silbrig Glänzendes in der Hand.

Quintin gab es Blake. »Sehen Sie sich's mal an.«

Es handelte sich um eine gewöhnliche Bootsmannsmaatenpfeife. Blake drehte sie um und bemerkte eine auf der Haltefläche eingekratzte Inschrift: *Tasmanian Devil.*

Quintin griff nach einem Zeigestock und tippte damit auf die Karte. »Ein Walfänger machte auf der Rückfahrt zum Kap hier halt und schickte ein Boot an Land.« Die Spitze des Zeigestocks deutete auf eine kleine Inselgruppe, die in westsüdwestlicher Richtung und rund 3500 Meilen von ihrem Standort entfernt im Indischen Ozean lag. »Sie suchten nach Süßwasser, um ihre Tanks aufzufüllen. Wie Sie sehen, gibt's hier eine ganze Menge kleiner Inseln, von denen die meisten aus naheliegenden Gründen unbewohnt sind. Ein Mann fand jedenfalls diese Bootsmannsmaatenpfeife dort zwischen zwei Felsbrocken eingeklemmt.« Er sah mit grimmigem Blick hoch. »*Tasmanian Devil* war der Spitzname des australischen Kreuzers *Devonport*.«

Blake starrte auf die Karte. Winzige, unbedeutende Inselchen südlich des 45. Breitengrades und weit ab von allen Schiffahrtswegen. Eine kleine Chance gab es vielleicht.

»Die Sache ist von ganz oben gebilligt«, sagte Quintin. »Sie laufen heute noch aus. Sehen Sie zu, daß Sie Ihre Leute rechtzeitig an Bord kriegen, wenn nicht, muß es auch so gehen. Ich möchte, daß Sie diese Inseln durchsuchen lassen, insbesondere diese eine. Die Bootsmannsmaatenpfeife ist da nicht von allein hingekommen. Aber die Sache muß in der Familie bleiben.« Er klopfte mit dem Finger an seine Nase. »Es ist schon so viel schiefgegangen, daß wir nicht noch dazu beitragen müssen.«

Blake sah auf die Wanduhr. Es war zwei Uhr morgens.

»Das mit Ihrem Vater tut mir leid«, sagte Quintin. »Ein guter Mann. Aber mir scheint, daß sich auch etwas Gutes ereignet hat.« Er sah Claire an. »Machen Sie, daß Sie zur Koje kommen. Ich bin jetzt wieder an Deck und gedenke auch, da zu bleiben, bis wir dieses Problem geknackt haben – und keine Widerrede!«

Sie folgte Blake auf den leeren Flur und sagte: »Ich werde mit meinen Gedanken bei dir sein.«

Ein Schlüsselgast der Nachtwache kam aus der Kryptozentrale und sah hinten im Korridor einen Marineoffizier, der eine Wren-Angehörige umarmte. Genau wie im Film. Einige haben's gut, dachte er.

Am Kartentisch manövrierte Captain Quintin seinen

Rollstuhl zu den Karaffen zurück und schenkte sich noch einen etwas größeren Drink ein. Dann lehnte er sich zurück und dachte über die junge Frau nach, die jetzt einen schönen Ring am Finger trug, und über den nicht sehr viel älteren Captain, der bald ihr Liebhaber sein würde, und was seine eigene Frau wohl sagen würde, wenn sie erfuhr, daß er sich selbst aus dem Krankenhaus entlassen hatte.

Er lehnte, das leere Glas immer noch in der Hand, schlafend im Rollstuhl, als die Reinemachefrauen früh am Morgen hereinkamen.

»So etwas passiert ...«

Als Blake den Niedergang zur oberen Brücke heraufkam, nahmen die Wachgänger unwillkürlich straffere Haltung an, wie immer, wenn der Kommandant zugegen war. Nach der stickigen Feuchtigkeit seiner Brükkenkammer war es eine Erleichterung, wieder draußen auf der Brücke zu sein, selbst wenn er sie erst vor knapp zwei Stunden im ersten Morgengrauen verlassen hatte.

Vor sieben Tagen waren sie aus Williamstown ausgelaufen. Und jetzt lagen die Inseln vor ihnen, weit auseinandergezogen an Steuerbordbug, farblose Schemen in dem seltsamen Licht. Während *Andromeda* stetig ihrem Kurs nach Westen folgte, war das Meer zunehmend unruhiger geworden, und die letzten drei Tage hatten sie sich durch bedrohlichen Seegang kämpfen müssen, während schwere Regenschauer auf sie niederprasselten.

Lieutenant Friar, der australische Torpedooffizier, hatte die Wache. »Alles in Ordnung?« fragte Blake. Er mußte fast schreien, um sich über dem dröhnenden Rauschen des Wassers verständlich zu machen.

»Aye, Sir. Umdrehungen für 21 Knoten. Kurs zwofünnef-zwo.«

Blake stieg auf die vordere Gräting, hievte sich in seinen Stuhl und beobachtete die Inseln. Sie waren noch ein gutes Stück entfernt, öde, naß und unwirklich. Manch ordentliches Schiff hatte hier das Ende seiner Tage erlebt.

Gern hätte er die Seafox zu einer schnellen Erkundung losgeschickt, aber das Meer ging viel zu hoch; es erschien ihm sinnlos, unter diesen Umständen den Verlust des Flugzeugs zu riskieren. Hätte er es Masters vorgeschlagen, wäre dieser ohne zu zögern losgeflogen, das wußte er.

»Gehen Sie mit der Fahrt auf zwölf Knoten runter«, rief er Friar zu, »und legen Sie sie zwei Strich höher an den Wind. Eine Wache frühstückt gerade, und vielleicht retten wir ein paar Teller und Tassen, wenn wir etwas mehr in den Wind drehen.«

Er überließ alles Weitere Friar, der sich schon als kompetenter Offizier erwiesen hatte, und wandte sich wieder den Inseln zu. Wohl waren sie, wenn man von Seevögeln absah, unbewohnt, doch hatte Scovell, der vor Ausbruch des Krieges auf einem Vermessungsschiff in diesen Gewässern gewesen war, ein düsteres Bild von ihnen gezeichnet. Alte Feuerstellen und überall herumliegendes Treibholz gaben Kunde von Schiffbrüchigen, die hier bis zu ihrem elenden Ende auf Rettung gehofft hatten. Davon zeugten auch die in Felsbrocken geritzten Striche, mit denen sie vielleicht die verstrichenen Tage oder die schnell schrumpfenden Lebensmittel gezählt hatten.

Blake hatte während der letzten unruhigen und unbequemen Woche viel Zeit zum Nachdenken gehabt. Er vermißte Fairfax und fragte sich oft, was er wohl machte und ob ihm schon jemand erklärt hatte, wie Stagg den Gegner in die Falle zu locken gedachte. Scovell hatte sich noch tiefer als zuvor hinter seine Arroganz zurückgezogen. Vielleicht dachte er daran, wie kurz sein Dienst als stellvertretender Kommandant sein würde, oder er verfluchte die Zeit, die sie mit der Suche nach dem Handelsstörer verloren, während er längst auf dem Kommandantenlehrgang in England hätte sein können.

Die scharfen Ecken und Kanten zwischen den alten Besatzungsmitgliedern und den »neuen Eigentümern«, wie Moon sie nannte, hatten sich wenigstens schnell abgeschliffen. Palliser, der Artillerieoffizier, hatte zwar gesagt – so laut, daß es viele Leute gut mitbekamen: »Jetzt haben wir nur noch solche an Bord, die über alles Bescheid wissen, und solche, die nur glauben, daß sie über alles Bescheid wissen!«

Aber im allgemeinen kamen alle gut miteinander klar.

Blake fühlte, wie das Schiff jetzt etwas weicher in die anlaufenden Seen einsetzte, und stellte sich die dankbaren Gesichter in den Maschinen- und Kesselräumen vor, als der Maschinentelegraph die Herabsetzung der Geschwindigkeit signalisierte. Hinter sich hörte er, wie der Navigationsoffizier die Segeltuchhaube vom Kartentisch abnahm, als ihn jemand fragte: »Denken Sie, daß wir da noch näher rangehen werden, Sir?«

Dann die schroffe Antwort des Südafrikaners: »Warum nicht? In meinen schlauen Büchern steht, daß es hier in dieser Jahreszeit im Durchschnitt *nur* 68 Wirbelstürme gibt, also kein Grund zur Aufregung.«

Blake wußte, daß Villar aus irgendeinem Grund gereizt war. Schlechte Nachrichten von zu Hause vielleicht; wahrscheinlich machte er sich aber auch nur Sorgen, was jeder gute Navigationsoffizier an seiner Stelle getan hätte, daß sie so nahe an die Inseln heranliefen.

Kein Ankerplatz, praktisch kein Grund, bis man auf eine Meile herangekommen war, und das war auch ohne Wirbelsturm gefährlich genug.

Scovell erschien auf der Brücke und musterte mit kaltem Blick die kargen Landbuckel.

Blake sagte: »Wir machen es wie geplant: eine Insel nach der anderen. Nehmen Sie die beste Barkasse und suchen Sie sich die Leute für Ihr Landungskommando sorgfältig aus. Sorgen Sie dafür, daß alle bewaffnet sind.«

Scovell zuckte die Schultern. »Da drüben gibt's doch nichts, Sir. Ich glaubc, wir klammern uns an einen Strohhalm. Reine Zeitverschwendung.«

»Vielleicht.«

Blake ärgerte sich plötzlich über Scovells Haltung. Seit ihrer Ankunft in Australien war es mit ihm stetig schlimmer geworden. Er wollte nach Hause, wollte auf ein eigenes Kommando hinarbeiten, und dafür konnte Blake ihn nicht tadeln. Andererseits hatte er das Gefühl, daß sie früher oder später mit dem Handelsstörer zusammentreffen und kämpfen würden. Dafür sparte er unbewußt seine Kräfte auf. Im Augenblick standen keine Menschenleben auf dem Spiel, keine Schlacht war in der Schwebe, daher würde *Andromeda*, ebenso wie es ihr Schwesterschiff *Ajax* am Rio de la Plata getan hatte, ihre Kraft erst im entscheidenden Moment einsetzen. Ob es Scovell paßte oder nicht.

Er sagte: »Die See hat sich etwas beruhigt, der Himmel ist klarer. Halten Sie sich bereit, das Boot in einer Stunde auszusetzen.« Er begegnete Scovells ausdruckslosem Blick. »Machen Sie weiter.«

Villar rief: »Die nächstliegende Insel hat einen Landeplatz für das Boot, Sir. Auf den letzten fünfzig Metern ist er vor Brechern geschützt.«

»Gut. Lassen Sie's bitte Nummer Eins melden. Dann gehen Sie noch eine halbe Meile näher an die Küste heran. Wir werden mit dem Landungskommando in Funkverbindung bleiben. Signalmeister, sorgen Sie dafür, daß ein guter Funker im Boot ist.«

Der dicke Buck blähte seine Nüstern. »Schon geschehen, Sir.«

Der Bordkran wurde über das Bootsgestell geschwenkt, in Ölzeug gehüllte Gestalten kletterten über Blöcke und Leinen.

»Beide langsam voraus.« Eine Pause. »Kurs zwo-sieben-eins.«

Blake beobachtete den Horizont, ein verschwommenes Durcheinander von Grün und Blau. Ein Aquarell, das man im Regen hatte liegen lassen oder mit einem großen Schwamm verwischt.

»Beide Maschinen machen langsam Fahrt voraus, Sir. Zwo-sieben-eins Grad liegt an.«

Ein Lautsprecher erwachte krächzend zum Leben: »Sanitätsgast sofort zum Bordkran. Matrose Robbins hat ein Bein gebrochen.«

Ein Ausguck lachte glucksend. »Armer alter Terry. Schade, daß er nicht auf den Kopf gefallen ist. Dann hätt' er's nicht mal gemerkt.«

»Boot klar zum Aussetzen, Sir.«

Blake ließ sich von seinem Stuhl gleiten und beobachtete, wie die Barkasse außenbords geschwungen wurde, während der Kreuzer gegen die schwere See ein Lee machte.

»Maschinen stopp. Fier weg.«

Scovell stand mit umgeschnalltem Revolver an der Spritzkappe. Seine Leute, von denen einige mit Maschinenpistolen ausgerüstet waren, hielten sich am Dollbord fest, als das Boot ins Wasser klatschte und der Propeller schäumend zu arbeiten begann.

Blake folgte dem Boot mit den Augen, während Villar befahl, Kurs zu ändern und wieder Fahrt aufzunehmen.

Lieutenant-Commander Francis Scovell lehnte an einem hohen Fels. Er war müde und schmutzig und spürte, wie sich seine Laune mit jeder Stunde verschlechterte.

Mittag war schon vorüber, und sein Magen knurrte. Er betrachtete das Durcheinander von Steinbrocken, abgestorbenen Büschen und Unkraut mit Abscheu. Das war jetzt schon ihre vierte Insel. Seine Leute wanderten ebenso müde und gereizt in der Gegend herum. Ihr anfängliches Interesse hatte sich nach zwei Stunden erschöpft. Zu Beginn hatten sie noch einige Witze gerissen, besonders weil der Oberbootsmann, der höchste Unteroffiziersdienstgrad des Landungskommandos, wie der berüchtigte Pirat Flint hieß. Mehr als ein Witzbold hatte die Vermutung geäußert, daß sie nur hier seien, um nach seinen verlorenen Schatzkisten zu suchen.

Aber selbst Flints rauher Humor war dahin. Wie die anderen war er vom Herumklettern auf den Inseln und den schwierigen Landemanövern ziemlich genervt. Er sah zu Sub-Lieutenant Walker hinüber und fragte: »Können wir nicht wieder ablegen, Sir? Mir fehlt meine Grogration sehr, und das gilt auch für die anderen.«

Der junge Neuseeländer sah auf die Uhr. »Was meinen Sie, Sir?«

Scovell riß sich zusammen.

»Lieutenant, gehen Sie mit der Hälfte der Leute zum Kamm da oben vor. Ich möchte eine Suchkette quer über die ganze Insel bilden. Wir legen hier nicht eher ab, bis wir zufrieden sind. Bis *ich* zufrieden bin!«

»Also niemals«, murmelte Walker vor sich hin. Er rief Flint zu: »Noch einmal das Ganze, Buffer. Vorwärts, nehmt die Beine in die Hand!«

Jack Musgrave, der bärtige Backsälteste, stapfte mit seiner eigenen kleinen Gruppe in anderer Richtung davon. Musgrave vereinigte in sich zwei recht verschiedene Persönlichkeiten. In seiner verantwortlichen Position als Boß der Back mit ihrem Wirrwarr von Ankerketten, Festmachern und Spills war er zuverlässig und wie ein Fels in der Brandung. An Land hingegen war kaum etwas vor ihm sicher, und er hatte deswegen seinen Dienstgrad mehr als einmal eingebüßt. Er hatte für fast alles, was er herrenlos herumliegen sah, Verwendung, und da ihm nichts zu groß war, um es nicht mitgehen zu lassen, hatte man ihm den Spitznamen »Hydraulik-Jack« verpaßt.

Vor sich bemerkte er Digby, der deprimiert auf einem Stein saß. Fast konnte man glauben, er würde gleich in Tränen ausbrechen. Der arme kleine Digby. Er war ein sogenannter CW-Kandidat, was bedeutete, daß er nur für die Dauer des Krieges bei der Marine diente und nach ein paar Wochen auf See ein zeitweiliges Offizierspatent erhalten würde, so daß er dann seine Klappe aufmachen und kommandieren durfte. Allerdings war Digbys Rückkehr zum Offizierslehrgang durch das

Gefecht mit den verdammten drei Kreuzern gewaltsam verhindert worden.

Musgrave betrachtete ihn bekümmert. Das arme Schwein fürchtete sich vor seinem eigenen Schatten.

Er reichte dem erschöpft aussehenden Matrosen seine Wasserflasche. »Hier, mach dir mal ein bißchen die Gurgel naß, Diggers.« Es war wirklich seltsam, daß ihm so ein »WC-Kandidat«, wie man sie oft spöttisch nannte, leid tat. Musgrave hatte schon fünfzehn Dienstjahre auf dem Buckel und mußte sich jetzt von Milchgesichtern, die gerade die Schule hinter sich hatten, herumkommandieren lassen.

Der junge Matrose sah ihn ängstlich an. »Wasser?«

»Verdammt, was denn sonst, wenn Großkotz Scovell das Sagen hat?« Musgrave sah sich um. Die andere Gruppe war inzwischen außer Sicht. So setzte er sich auf einen Stein und streckte die Beine aus. »Was hast du eigentlich vor dem Krieg gemacht, Diggers?«

Digby sah ihn forschend an, konnte jedoch kein Anzeichen für Sarkasmus entdecken. »Ich – ich habe für ein Museum gearbeitet. Ich hoffte, irgendwann mal einen akademischen Grad zu erreichen.« Er machte eine vage Geste. »Antike Bauten, römische Befestigungen und so.«

Musgrave, der aus den Slums im Osten Londons kam, starrte ihn erstaunt an. »Was, *du*?«

Die anderen beiden Matrosen seiner Gruppe grinsten und kamen näher heran.

»Nun, ja.« Da er zum ersten Mal das Gefühl hatte, daß der große bärtige Maat, der die Mannschaftsmesse mit eiserner Faust regierte und dessen Sprache die Milch sauer werden ließ, wirklich interessiert war, erzählte Digby, was er gemacht hatte, bevor er zur Marine ging.

Er stand auf, ohne das Grinsen seiner Kameraden zu beachten, und zeigte auf die kahle, unfruchtbare Insel.

»Ich könnte euch alles über die Erdschichten und die Substanzen dieser Insel erzählen. Wie sich alles verändert hat, wie die Struktur im Lauf der Jahre beeinflußt wurde.«

Musgrave blickte ihn finster an. »Das ist doch blödes Geschwätz. Hier ist noch nie jemand gewesen.« Er fragte sich, warum er sich überhaupt mit Diggers befaßt hatte.

Als Digby merkte, daß die dünne Leine, an der er sich aus dem Meer der Bedeutungslosigkeit herausgezogen hatte, durch seine Finger glitt, stürmte er an den beiden Matrosen vorbei und ergriff einen Spaten. »Hier! Ich werd's euch beweisen!« Er keuchte, während er wie besessen einen kleinen Damm aus Sand und Steinchen mit dem Spaten attackierte. »Vielleicht kamen vor langer Zeit – ein paar Fischer hierher – und ...« Er taumelte zurück und fiel beinahe Musgrave in die Arme, der gerade auf dem Weg gewesen war, ihn zur Vernunft zu bringen.

»Adams!« bellte Musgrave. »Hier, nimm Diggers! Halt ihn, du pockennarbiger Sauhund!« Überraschend sanft drehte er den Jungen von dem kleinen, jämmerlichen Erdloch weg, das er gegraben hatte. »Nur ruhig, Diggers, ruhig.«

Dann, als der andere Digby gepackt hatte, obwohl er keine Ahnung hatte, was eigentlich los war, kniete Musgrave nieder und begann, während sich seine

Bauchmuskeln schmerzhaft verkrampften, langsam den feuchten Sand von dem fortzuwischen, was Digby so entsetzt hatte: zwei ineinander verkrallte Hände, mit einem Tauende an den Gelenken gefesselt, und darunter das nackte Rückgrat einer Leiche.

»Hol Jimmy Nummer Eins her«, sagte Musgrave ruhig. »Sag ihm, er soll sich beeilen.« Er wandte sich ab, weil der Gestank übermächtig wurde. »Hier liegt mehr als einer, wenn ihr mich fragt.«

Er ging zu dem würgenden, schluchzenden Digby hinüber. »Lauf zum Boot zurück und sag Mr. Walker, ich hätt's dir befohlen.«

Er hob Digbys Kinn mit seiner großen Faust an, auf die er sich eine fliegende Schwalbe hatte tätowieren lassen. »Das hast du gut gemacht. Wenn du nicht gewesen wärst, hätten wir das nie gefunden.«

Scovell kam den Hügel heraufgestampft. Natürlich kannte er Musgrave und seine sonderbare Auffassung von Humor.

»Wenn das nur ein verdammter Schabernack ist …«, knurrte er. Dann blickte er in das Loch und sagte ausdruckslos: »Ich mache sofort Meldung.« Er zwang sich, genauer hinzusehen. »Von diesen Dingen habe ich schon gehört.« Er schwieg abrupt.

Musgrave sagte nachdrücklich: »Es war Diggers, der sie gefunden hat, Sir. Er ganz allein.«

Scovell nickte. Er war nahe daran, sich zu übergeben, wollte es aber nicht vor seinen Leuten tun.

»Verstehe. Gut. Werd's dem Captain melden.« Er winkte dem Signalmaaten, der unter der Last seines Funkgeräts tief gebückt ging.

»Rufen Sie das Schiff. Senden Sie: *Haben eine Lei-*

che entdeckt, vielleicht noch mehr. Erbitten Anweisungen.«

Musgrave gab Digby, der mit kalkweißem Gesicht neben ihm stand, einen leichten Rippenstoß und flüsterte: »Und vergeßt den Rum nicht!«

Digby hatte keine Ahnung, warum er nicht wie befohlen zum Boot und Lieutenant Walker zurückgegangen war. Er wußte auch nicht, wie er es geschafft hatte, hier stehenzubleiben und nicht fortzurennen. Er begriff nur, daß etwas Grauenhaftes alle seine Vorstellungen geändert hatte und daß das Leben nie wieder ganz so schlimm sein würde.

Blake stand etwas von seinen Leuten entfernt im nassen Sand. Es war eine Szene wie aus einem makabren Gemälde: der flache Graben, dessen eine Seite nach dem Regen bereits abgerutscht war, und die Doppellinie der Segeltuchbündel. Dreiunddreißig Leichen.

Das waren alles einmal Männer gewesen wie der mit steinernem Gesicht dastehende Trompeter der Marinesoldaten oder der Bordarzt, der mit seinen Gehilfen den ganzen letzten Nachmittag damit zugebracht hatte, die Toten, so gut es ging, zu untersuchen.

Hinter einem niedrigen Hügel sah er *Andromeda* im Morgenlicht liegen. Es regnete immer noch.

Dreiunddreißig Leichen. Unmöglich zu sagen, wer sie einmal gewesen sein mochten, jede Erkennungsmarke, jedes Kleidungsstück, das einen Hinweis hätte geben können, war ihnen vom Leib gerissen worden.

Das andere, das sie alle gemeinsam hatten, war, wie der Schiffsarzt geduldig erklärte, daß sie alle vor ihrem

Tod Verwundungen erlitten hatten, wahrscheinlich im Kampf gegen den Handelsstörer.

Aber warum dies hier? Die Deutschen verfügten doch sicher über einen Bordarzt oder wenigstens eine Möglichkeit, ihre verwundeten Gefangenen in Sicherheit zu bringen?

Statt dessen hatte man sie auf diese elende kleine Insel geschafft und nackt, mit auf den Rücken gefesselten Händen, einzeln erschossen und verscharrt.

Blake spürte, wie ihn Haß durchströmte. Die meisten Ermordeten kamen von dem australischen Kreuzer *Devonport*. Das ließ sich unschwer an ihrem jugendlichen Alter, ihrem militärischen Haarschnitt und den gelegentlichen Tätowierungen erkennen. Er fragte sich, wem von ihnen es wohl gelungen sein mochte, die Bootsmannsmaatenpfeife so zwischen ein paar Felsbrocken zu klemmen, daß sie gefunden und die Hinrichtung gerächt werden konnte.

Beinahe vermochte er, sich die schleppende Prozession zum Rand des Grabes vorzustellen: gebellte Kommandos, das Knallen einer Maschinenpistole.

So etwas passiert, hieß es immer. Warum erwartete man aber, daß es nur die anderen, nicht die eigenen Leute treffen würde?

Captain Farleigh, von dessen Helm das Wasser troff, machte eine zackige Ehrenbezeugung. »Fertig, Sir.«

Blake nickte und ging langsam durch die Reihen seiner Männer, deren Gesichter Trauer und Haß ausdrückten.

Der Bordpfarrer stand sehr aufrecht am Grab. Sein Chorhemd wehte im Wind, sein dünnes Haar hatte der Regen an die Stirn geklatscht. Was er jetzt wohl dachte, fragte sich Blake. War er noch unerschüttert in seinem Glauben und seiner Hoffnung? Sie hatten eine Menge zusammen durchgemacht und den Tod in allen möglichen Formen und Verkleidungen erlebt. Aber dies hier war etwas anderes: das Werk Satans.

Der größte Teil des Landungskommandos war anwesend, selbst der junge Digby stand mit geröteten Augen, aber seltsam entschlossen da.

Flint sah aufs Meer hinaus, wo das Schiff wieder einmal langsam an der Insel vorbeilief. Dort war sein Zuhause, dort waren seine Bordgenossen, seine Kameraden, Dinge, die er verstand. Er seufzte und sah den Bordpfarrer an, dessen Predigt sich dem Ende zu nähern schien.

»In Deine barmherzigen Hände, gnädigster Vater, legen wir die Seelen dieser unserer Brüder …«

Flint fühlte, wie ihm Regen über die Brust lief. Ob das Gott wirklich berührte? fragte er sich.

Farleigh bellte: »Royal Marines, Achtung! Legt an!«

Die Gewehrläufe hoben sich in den verhangenen Himmel.

Blake bemerkte Flints Gesichtsausdruck und konnte sich gut vorstellen, was in ihm vorging. Er kannte ihn schon geraume Zeit. Hatte seine Beförderungen verfolgt, hatte ihn fröhlich und im Zorn erlebt. Jetzt, beim Anblick der feuerbereiten Marinesoldaten, wünschte er wahrscheinlich, daß sie ein Exekutionskommando für die Männer wären, die diese schändlichen Morde begangen hatten.

»Feuer!«

Die Salve krachte und schreckte Schwärme von Seevögeln auf, die sich in einer Wolke schreiend von ihren

Rastplätzen in die Luft erhoben. Blake legte die Hand an die Mütze und wandte sich ab, als Flints Beerdigungskommando mit den Schaufeln anrückte.

Im Mittelmeer und im Atlantik hatte er immer genau gewußt, wogegen er kämpfte und was ihn erwartete. Bis zu dem Augenblick, als er seinen Fuß auf diese Insel gesetzt hatte, war es ihm schwergefallen zu verstehen, warum der Gedanke an den deutschen Handelsstörer ihn einfach nicht losließ. Jetzt wußte er es.

Er sah die Boote, die sie alle wieder an Bord zurückbringen würden, vor dem kleinen Strand in der Dünung dümpeln und beschleunigte den Schritt. Dabci wäre er auf dem schlüpfrigen Untergrund fast gefallen, wenn ihn der Schiffsarzt nicht festgehalten hätte.

Blake sah ihn an. »Danke, Doc. Das hat mich mitgenommen.«

Der Arzt nickte. »Mit der Zeit werden Sie's vergessen, Sir.«

Blake wandte sich um und sah zum Strand zurück. Eine Reihe Marinesoldaten kam schon zu den Booten herunter, während das Beerdigungskommando das Grab mit den Spaten festklopfte. Der alte Beveridge stand wie ein Geist reglos daneben. Er würde als letzter gehen.

»Nicht diesmal, Doc. Nicht, bis ich dieses Schwein erledigt habe.« Der Ton seiner eigenen Stimme schokkierte ihn.

Die Bewegungen des Schlauchboots wurden immer heftiger, doch es gelang ihm nicht, sosehr er sich auch bemühte, die junge Frau aus ihrer Lethargie aufzurütteln und ihr die nahende Gefahr klarzumachen, obwohl das wahnwitzige Rattern der Maschinengewehre immer näher kam.

Blake wachte, nach Atem ringend und um sich schlagend, in der Dunkelheit seiner Brückenkammer auf – noch ganz in seinem Traum gefangen. Angestrengt versuchte er, sich in der Wirklichkeit zurechtzufinden, und schreckte zusammen, als er jetzt das Telefon über seiner Koje schnarren hörte. Noch während er sich aufrichtete, um den Hörer abzunehmen, wurde ihm klar, daß es schon ein paarmal geläutet haben mußte.

»Kommandant am Apparat!«

»Hier Offizier der Wache, Sir.« Es war Palliser. »Radar meldet ein Schiff recht voraus. Entfernung ungefähr acht Meilen.« Man konnte ihm anhören, daß ihn irgend etwas in der Stimme seines Kommandanten befremdet hatte.

»Ich komme.«

Blake rollte sich von seiner Koje und brauchte einige Sekunden, um sich dem starken Rollen und Stampfen des Schiffes anzupassen. Die Inseln lagen schon zwei Tage hinter ihnen, *Andromeda* war wieder auf Ostkurs gegangen, zurück nach Australien, wobei das sich immer mehr verschlechternde Wetter die Besatzung davon abhielt, allzulange über ihren gräßlichen Fund nachzugrübeln.

Er warf einen Blick auf die Wanduhr. Vier Uhr nachmittags. Bei diesem elenden Wetter würde es schnell dunkel werden. Was machte bloß ein Schiff in dieser gottverlassenen Gegend, so weit von den üblichen Routen entfernt?

Er eilte auf die Brücke und zum Kartentisch. Warm und feucht war es hier oben, und die Bewegungen des

Schiffes erregten Übelkeit; dazu kam der beißende Rauch, den der achterliche Wind vom Schornstein auf die durchnäßten Wachgänger herabdrückte.

Palliser sagte: »Das Radarecho ist nicht besonders gut, Sir. Die Bedingungen sind schlecht und …«

Villar kam unter der Haube des Kartentisches hervor, ebenfalls völlig durchnäßt. »Alles klar zur Kursänderung, Sir.« Er bemerkte Blakes Gesichtsausdruck und setzte hinzu: »Es sei denn, Sie wollen diesem Schiff hinterherjagen.«

»Wer sitzt am Radargerät?«

»Gibbons, Sir«, erwiderte Villar. »Ein guter Mann.«

Blake ging zu den Telefonapparaten hinüber und hob einen Hörer ab. »Gibbons? Hier spricht der Kommandant. Wie sieht's aus?«

»Die Entfernung ist ungefähr gleich geblieben, Sir, aber ich bin fast sicher, daß er Kurs geändert hat. Allerdings haben wir 'ne Menge Störungen.« Das klang so entschuldigend, als hätte er selbst sie verursacht. »Aber ich bin ziemlich sicher, daß es nach Südosten lief. Jetzt liegen wir auf gleichem Kurs.«

»Gut gemacht, Gibbons.« Er legte den Hörer wieder auf. »Lassen Sie bitte die Gefechtsstationen besetzen und sagen Sie dem Maschinenraum, daß wir Umdrehungen für zwanzig Knoten brauchen.«

Villar warf einen Blick auf den hohen Seegang, als wolle er sagen: in diesem Wetter?

Sekunden später schrillten die Alarmglocken, und die Männer rannten, alles stehen- und liegenlassend, auf ihre Gefechtsstationen.

Während Palliser sich zum Feuerleitstand begab, sagte Blake zu Villar: »Trommeln Sie Ihre Plotter zusammen, Pilot. Ich möchte, daß jede kleinste Bewegung aufgezeichnet wird.«

»Alle Gefechtsstationen besetzt, Sir.«

»Gut. Danke.« Blake riß sich die Mütze herunter und hielt das Gesicht in die fliegende Gischt, bis sein Kopf wieder klar war. »Kursänderung. Neuer Kurs: null-acht-null. Radar soll genau auf jede Kursänderung des anderen achten.« Beinahe hätte er »des Feindes« gesagt.

»Aye, aye, Sir.«

Die Brücke begann zu vibrieren, als das Schiff seine Geschwindigkeit erhöhte.

Blake hörte, wie der Artillerielautsprecher eingeschaltet wurde; dann ertönte Pallisers Stimme aus dem Feuerleitstand: »Schiff peilt Grün null-fünnef. Entfernung eins-fünnef-fünnef.«

Das rechte Geschütz von Turm B hob sich ein paar Grad und senkte sich dann wieder, als ob es selbst und nicht das Innere des Turmes zum Leben erwacht sei.

Villar kam zurück, schlug die nassen Hände zusammen und fluchte vor sich hin. »Teufel noch mal, guck dir das an!« Er blickte finster durch die Brückenfenster auf die tiefhängenden, bedrohlichen Wolken. Die hochgehende See schob sich unter das Achterschiff des Kreuzers und brach brodelnd über die Seite.

Sub-Lieutenant Walker kam herangestolpert. »Sollen wir eine Meldung zum Stützpunkt absetzen, Sir?«

Villar grinste durch die fliegende Gischt. »Warum, Sub? Zwischen uns und dem nächsten Land gibt es nichts als diesen verdammten Ozean und das Schiff.«

»Das Schiff behält seinen Kurs bei, Sir.«

Blake marschierte ruhelos auf der Brücke hin und

her. Der andere war nicht mit Radar ausgerüstet, das hätten sie inzwischen gemerkt. Er mußte jedoch einen verdammt guten Ausguck haben, um die Aufbauten der *Andromeda* bei dieser schlechten Sicht auszumachen. Das war ungewöhnlich für ein normales Handelsschiff, besonders in diesen Breiten. Er versuchte, seine Reaktionen leidenschaftslos zu analysieren.

Reagierte er überempfindlich, weil er die schreckliche Entdeckung auf der Insel nicht aus seinen Gedanken verdrängen konnte?

Er sagte: »Signalmeister, schreiben Sie folgende Meldung auf und lassen Sie sie absctzen: *Beabsichtige, fremdes Schiff auf Position soundso zu untersuchen. Berichtigte ETA* folgt.* Die genaue Position bekommen Sie gleich.«

Er ging zum Kartentisch herüber und winkte Villar, ihm zu folgen. Unter der Segeltuchhaube starrten sie auf die fleckige Karte nieder, den dünnen Bleistiftstrich, der ihren eigenen Kurs darstellte, und die säuberliche Folge von Kreuzen, mit denen Villar die Position des anderen Schiffes markiert hatte.

Blake sagte: »Geben Sie dem Signalmeister eine Position ungefähr hier.« Er deutete auf einen Punkt nördlich ihres beabsichtigten Kurses. »Eine nette einfache Position, ungefähr hundert Meilen entfernt. Ist das andere Schiff der Feind, wird er denken, daß wir zu zweit sind und daß unser Begleitschiff weiter nördlich auf ein weiteres Schiff gestoßen ist. Wollen mal sehen, was er dann macht.«

---

* Estimated time of arrival = voraussichtliche Ankunftszeit (Anm. d. Ü.).

Geduckt kamen sie wieder unter der Segeltuchhaube hervor, und Villar gab dem Signalmeister den Zettel, auf den er die fiktiven Längen- und Breitenangaben der Sichtmeldung gekritzelt hatte, bevor er Blake fragte: »Was meinen Sie?«

»Er wird abhauen, so schnell er kann, dankbar, daß wir blöd genug waren, dem falschen Schiff hinterherzujagen. Hat er dagegen nichts zu verbergen, wird er nicht nur unseren Spruch nicht verstehen, sondern auch zufrieden seinen rechtmäßigen Geschäften nachgehen.«

Der Signalmeister meldete: »Der Spruch ist raus, Sir.«

»Kursänderung. Neuer Kurs null Grad. Informieren Sie den Radarraum und den Feuerleitstand über das, was wir vorhaben.«

Die quer zum Schiff anlaufenden, schweren Seen ließen *Andromeda* stark krängen. Ihre Leeseite wurde mehrere Male unter Tonnen grünen Wassers begraben, und Blake bedauerte die Schiffssicherungstrupps, die jetzt überall an Bord zu verhindern suchten, daß sich Gerät und Maschinen losarbeiteten.

Die Minuten vergingen, und Blake spürte schon die Enttäuschung um sich herum. Wieder nichts. Nur Zeitverschwendung, wie Scovell sicher in Kürze anmerken würde.

»Radar an Brücke!«

Villar hatte sofort den Telefonhörer in der Hand. »Brücke!«

»Das Schiff ändert Kurs, Sir. Es dreht nach Steuerbord ab.«

Wie eine Bestätigung kam Pallisers Stimme wieder

durch den Lautsprecher: »Schiff peilt jetzt eins-drei-null. Entfernung eins-sechs-null.«

»Der Bastard haut ab, Sir«, rief Villar. »Er hat's geschluckt, er hat den ganzen verdammten Köder geschluckt!«

Blakes momentane Unsicherheit war wie weggeblasen. »Bringen Sie sie herum, Pilot, und gehen Sie auf Abfangkurs. 25 Knoten Fahrt.«

Wie ein rächendes Ungeheuer schwang *Andromeda* hart nach Steuerbord und nahm Kurs auf die noch unsichtbare Beute.

Unten, in dem hell erleuchteten Gang zwischen den brüllenden Maschinen, blickte Weir seinen Zweiten Ingenieur an und drohte mit der behandschuhten Faust zum Maschinentelegrafen.

Nur mühsam machte er sich in dem Lärm verständlich. »Die drehen da oben noch völlig durch, verdammt!«

Der Zweite nickte und wandte sich wieder seinen Anzeigetafeln zu.

Weir starrte seine Heizer und Maschinisten an, die sich in dem öligen Dunst wie Geister ausnahmen. Bei diesem Wetter brauchte ein Mann hier unten nur eine falsche Bewegung zu machen, um wirklich nicht mehr von dieser Welt zu sein. Hoffentlich dauerte diese Hektik nicht allzu lange. Aber der Skipper würde gewichtige Gründe haben, dachte er.

Der Zweite Ingenieur klopfte ihm auf die Schulter. »Alles in Ordnung, Chief?«

»Klar. Warum auch nicht, Mann?«

Weir wandte sich ab, bevor der Leutnant sein Gesicht sehen konnte. Er wurde oft plötzlich von solchen

Stimmungen überfallen wie eben gerade. Es waren die Momente, in denen er an seine Frau und seine beiden Kinder denken mußte, die nach dem Luftangriff in einem gemeinsamen Grab ihre letzte Ruhe gefunden hatten.

Er dachte auch an die Inseln, die hinter ihnen lagen, und an das, was das Landungskommando erzählt hatte. Er strich mit der Hand über das glattpolierte Holz der Laufbrücke und sagte leise: »Komm, mein Mädchen, zeig, was du kannst, und mach mir keine Sperenzchen!«

Der Zweite Ingenieur sah verwundert zu Weir hinüber. Es schien ihm fast, als spräche der Chief eindringlich mit dem Schiff.

Nur ein Verdacht

Während *Andromeda* die Verfolgung des unbekannten Schiffes aufnahm, wurde die Sicht durch tiefhängende Wolken und heftige Schauer auf weniger als eine Meile herabgesetzt. Nur das alles durchdringende Auge des Radars und gelegentliche Sichtmeldungen des Feuerleitstandes sagten ihnen, daß sie nicht allein auf See waren oder einem Phantom nachjagten.

»Das fremde Schiff geht wieder auf seinen alten Kurs, Sir. Entfernung jetzt nur noch fünf Meilen.«

»Wahrschauen Sie den Artillerieoffizier«, sagte Blake, »er soll sich bereit halten, sofort das Feuer zu eröffnen.«

Er versuchte, sich das andere Schiff vorzustellen. Sie mußten die *Andromeda* inzwischen gesehen haben, hatten vielleicht auch ihr Radar aufgefaßt. Nur ein anderes Kriegsschiff würde sich zum Kampf stellen. Ein Handelsschiff hingegen hätte keine Chance gegen die überlegene Geschwindigkeit des Kreuzers, die im Augenblick fünfundzwanzig Seemeilen pro Stunde betrug und notfalls noch um einige Knoten gesteigert werden konnte.

Blake steckte die leere Pfeife in den Mund und biß hart darauf. Es hatte keinen Sinn, noch länger zu warten. »Leuchtgranate schießen. Signalmeister, geben Sie mit dem großen Scheinwerfer hinüber, daß er beidrehen soll; Sie kennen das ja.«

Als habe er nur auf diesen Befehl gewartet, begann der große Scheinwerfer zu klappern und schickte seinen weißen Lichtstrahl im Morsetakt durch die graue Atmosphäre: *Stoppen Sie sofort. Dies ist ein britisches Kriegsschiff. Versuchen Sie nicht, sich selbst zu versenken.*

Jemand stieß einen kurzen Schrei aus, als das 10-cm-Geschütz feuerte und die niedrigen Wolken Sekunden später vom Schein der Leuchtgranate erhellt wurden.

»Verdammt noch mal«, sagte Villar, »dieser gerissene Hund hat seine Navigationslichter eingeschaltet!«

Weitere Lichtpunkte leuchteten durch den Regen, und Blake sah jetzt die spanischen Farben auf der Schiffsseite und das schnelle Blinken eines Signalscheinwerfers auf der Brücke.

Der Signalmeister knurrte: »Er sagt, sie wären die *Jacinto Verdaguer*, Sir.« Selbst seine unbeholfene Aussprache konnte seine Verachtung und seinen Ärger nicht verbergen. »Sie stoppt nicht, Sir.«

Blake griff zu einem Hörer, hielt den Blick jedoch nach wie vor fest auf die im verglühenden Licht der Leuchtgranate verblassende Silhouette des anderen Schiffes gerichtet.

»Palliser, einen Schuß vor den Bug. So nah, wie Sie wollen.«

Das gewaltige Krachen und der Rückstoß des rechten B-Turm-Geschützes ließen die Brücke erzittern.

Blake sah das verschwommene Aufblitzen der Detonation und die Wassersäule, die unmittelbar danach dicht vor dem Schiff emporwuchs.

Ein Matrose, der angegurtet hinter seinem 20-mm-Flakgeschütz saß, rief triumphierend: »Sie stoppt, Sir.«

Gleichzeitig wiederholte einer von Pallisers Artilleristen im monotonen Singsang: »B-Geschütz nachladen, panzerbrechendes Sprenggeschoß.«

Sub-Lieutenant Walker rief: »Meldung vom Funkraum, Sir! Das Schiff sendet!« Es klang etwas verwirrt. »Sie sagen, sie werden von einem britischen Kriegsschiff unter Feuer genommen und senden SOS, Sir!«

Scovell erschien auf der Brücke und fragte: »Soll ich ein Prisenkommando hinüberschicken, Sir?«

Blake hob sein Glas wieder an die Augen. Nein, er irrte sich nicht. Eines der Rettungsboote wurde zu Wasser gelassen, während das Schiff nahezu ohne Fahrt im Wasser lag und langsam abzutreiben begann.

Er sagte: »Signalisieren Sie noch einmal: *Nicht selbst versenken! Nicht das Schiff verlassen! Erwarten Sie mein Prisenkommando!«*

Wieder hörte er Palliser, ruhig und distanziert, der die beiden vorderen Türme auf das treibende Schiff richten ließ.

Vielleicht war es ja eine Kriegslist, ein letzter Versuch, *Andromeda* nahe genug heranzulocken, um Torpedos zu schießen oder mit verborgenen Geschützen das Feuer zu eröffnen.

Dieser schnelle Umschwung der Ereignisse, der plötzliche Hilferuf des anderen Schiffes schienen so gar nicht zu seinem vorherigen Verhalten zu passen.

Scovell sagte: »Wir müßten noch näher ran, wenn wir ein Boot ausschicken wollen, Sir.«

Blake warf ihm einen Blick zu. »Aber wenn wir nicht Leute an Bord bekommen, ist jedes eventuelle Beweisstück vor Tagesanbruch verschwunden, darauf können Sie sich verlassen.«

»Das war eine Explosion, Sir!« schrie Walker.

Die Druckwelle eines dumpfen, metallischen Schlages traf den Rumpf der *Andromeda*, fast als wäre sie über ein unter Wasser treibendes Wrack gelaufen.

Rauch quoll aus dem Vorschiff der *Jacinto Verdaguer* und wurde sofort vom Wind weggetrieben.

»Verdammter Mist!« fluchte Scovell. »Sie haben eine Sprengladung gezündet!«

Blake sah zum Schiff hinüber und meinte fast schon, eine leichte Schlagseite feststellen zu können.

»Geben Sie noch einmal: *Verlassen Sie nicht das Schiff.*«

Villar kam stolpernd über die Grätings. »Sagen Sie ihnen, daß wir sie alle ersaufen lassen, wenn sie's doch tun!« Er sah Blake hilflos an. »Warum auch nicht, Sir? Mit uns würden sie's genauso machen.«

Der Signalscheinwerfer klapperte erneut, und der Signalmeister sagte nach einer Weile: »Keine Bestätigung, Sir, und außerdem lassen sie noch ein Boot zu Wasser.«

Das Schiff hatte begonnen, sich auf die Seite zu legen. Es war offensichtlich voll beladen, und dieses Gewicht trug zu seinem Untergang bei.

»Beide Maschinen langsame Fahrt voraus. Pilot, ändern Sie den Kurs so, daß wir für die Rettungsboote ein Lee machen.«

Blake konnte die Bitterkeit in seiner Stimme nicht verbergen, als er hinzusetzte: »Vielleicht hätten *sie* es mit uns anders gemacht, Pilot, aber offensichtlich kennen sie uns besser als wir uns selbst.«

Villar ging mit langen Schritten zum Peildeck und knurrte: »Wenn ich zu entscheiden hätte, würde ich …«

»Haben Sie aber nicht«, schnauzte Scovell, »also halten Sie gefälligst den Mund!«

Ein zweiter dumpfer Knall dröhnte über das Wasser, und das Schiff begann langsam zu sinken.

Der Schreibersgast des NO blinzelte durch den Regen.

»Ich hab' sie in der Schiffsliste aufgesucht, Sir. Der Name stimmt jedenfalls. Spanisches Schiff, an eine Reederei in Südamerika verchartert, Sitz Buenos Aires.« Er zog sich eilig zurück, als Villar ihn nur böse anfunkelte.

»Da haben wir den Salat«, sagte Scovell leise.

Der Lautsprecher bellte: »Klarmachen zum Anbordnehmen der Überlebenden. Kletternetze ausbringen!«

Lieutenant Trevett, Villars Assistent, sagte wütend: »Überlebende! Daß ich nicht lache!«

Blake sah ihn an. Trevett war Australier, unter ganz anderen Umständen groß geworden und erst kurze Zeit an Bord. Aber er fühlte schon wie sie, war von der gleichen Bitterkeit erfüllt wie er selbst.

»Nummer Eins, ich wünsche, daß jeder dieser Männer bewacht wird. Niemand darf mit jemandem sprechen oder etwas wegwerfen.«

Scovells Augen lagen im Dunkeln. »Glauben Sie etwa immer noch, daß es ein Feind ...« Er unterbrach sich, als das fremde Schiff ganz auf die Seite rollte und in einem Strudel von Schaum und Dampf wegsackte, »ein feindliches Versorgungsschiff war?«

Ohne auf Antwort zu warten, verließ er die Brücke und befahl einigen bewaffneten Seesoldaten, die Besatzungen der sich mühsam heranarbeitenden Rettungsboote wahrzunehmen.

Blake sagte: »Lassen Sie von Gefechtsstationen wegtreten, Pilot, und setzen Sie einen neuen Kurs zum Stützpunkt ab.«

Villar sah aufs Meer hinaus, wo eben noch das Schiff gewesen war, und sagte: »Na, *ich* jedenfalls glaube, daß mit dem was faul war, Sir.«

Der Lautsprecher ertönte: »Wegtreten von Gefechtsstationen. Backbordwache auf Kriegsmarschstation. Klarmachen zum Abendessen.«

Blake kletterte wieder auf seinen Stuhl und ging die kürzlichen Ereignisse noch einmal im Geist durch. Villar teilte seine Ansicht. Warum hatte das Schiff keine Lichter geführt und nicht zu verstehen gegeben, daß es ein Neutraler war? Wie hatte ein gewöhnliches Handelsschiff es fertiggebracht, die Annäherung der *Andromeda* und ihren plötzlichen Kurswechsel zu entdekken?

Aber angenommen, er irrte sich. Palliser war dann sicherlich der erste, der abstreiten würde, daß eine einzige seiner Granaten das Handelsschiff versenkt haben konnte. Das Beweisstück lag jetzt auf dem Meeresgrund, und für einen Untersuchungsausschuß wären die derzeitig verfügbaren Fakten wahrscheinlich höchst fadenscheinig.

»Neuer Kurs ist null-sieben-null, Sir.«

»Danke. Umdrehungen für 15 Knoten, solange der Chief nichts Gegenteiliges sagt. Anschließend lassen Sie einen Funkspruch mit unserem richtigen Standort verschlüsseln und absetzen.«

Villar sah ihm nach, als Blake nach achtern zum Niedergang ging, der ihn zu seiner Brückenkammer führen würde, seinem Gefängnis.

Zu Lieutenant Trevett sagte er: »Ein eigenes Kommando? Geschenkt, Mann! So wie die großen Tiere die Skipper an die Leine legen, könnte man glauben, wir wären auf der falschen Seite!«

In seiner Brückenkammer, an deren Wände das Kondenswasser trotz der Ventilatoren herunterlief, warf Blake sein Ölzeug ab und legte sich auf seine Koje.

Er war fest überzeugt, daß das spanische Handelsschiff als Versorger für den Handelsstörer fungiert hatte. Keine andere Erklärung wurde den Tatsachen gerecht. Der Kapitän hatte seinen Auftraggebern sehr gut gehorcht. Er hatte kein Beweisstück zurückgelassen, und, mehr noch, er hatte es durch seine Initiative verstanden, sie ins Unrecht zu setzen.

Das deutsche Oberkommando hatte seine Leute sorgfältig ausgesucht. Sie verstanden es ausgezeichnet, eine falsche Fährte zu legen, und wußten, wie man alliierte Kriegsschiffe so verunsicherte, daß diese es sich zweimal überlegten, ob sie ein womöglich neutrales Schiff angreifen und versenken sollten. Eine zweite Chance gab es dann meistens nicht.

Er dachte auch an die kleine Insel und das schnell geschaufelte Massengrab. Dreiunddreißig Tote.

Er rollte sich auf die Seite und hoffte, seinen Traum wiederzufinden. Aber er stellte sich nicht ein, genausowenig wie der Schlaf, den er so dringend brauchte.

Commander (E) Robert Weir, der LI, stand an Blakes mit Papieren übersätem Schreibtisch und sagte bestimmt: »Ich verstehe ja, was Sie tun und was Sie vorhaben. Du lieber Himmel, wir sind doch schon viel zu lange zusammen, als daß ich das nicht wüßte. Aber für die Maschinen bin *ich* verantwortlich, und ich kann nicht mehr dafür bürgen, wenn wir so weitermachen wie in letzter Zeit.«

Blake starrte mit überanstrengten und schmerzenden Augen an ihm vorbei. Durch das offene Bullauge sah er einen Kran und Rauchfahnen, die aus irgendeiner Werftanlage aufstiegen. Williamstown, ihr neuer Zufluchtsort, hatte sie wieder.

Sie hatten früh am Morgen angelegt und waren von einer Abteilung bewaffneter Soldaten empfangen worden, als Begleitkommando für die Besatzung des Handelsschiffs. Außerdem gab es da noch ein paar Offiziere des Nachrichtendienstes mit ausdruckslosen Gesichtern und die übliche Horde von Beamten und Arbeitern.

Blake sagte: »Ich hatte recht. Ich weiß es genau.« Er dachte daran, wie der Kapitän der *Jacinto Verdaguer* zu ihm auf die Brücke gebracht worden war. Aufgebracht, nahezu hysterisch, aber hinter dem ganzen Gefühlsschwall hatte Blake auch einen höhnischen, wilden Triumph gespürt. Als habe er mit der Preisgabe seines Schiffes alles getan, was er nur konnte, um Blake in Schwierigkeiten zu bringen.

Die Befehle, die Blake nach dem Festmachen bekommen hatte, waren knapp gewesen: Treibstoff übernehmen und Vorräte ergänzen. Landgang nur in die nächste Umgebung, aber Mund halten über alles. Nur eine kleine Bemerkung über das, was vorgefallen war, und Landgang würde so rar werden wie eine gute Tasse Kaffee, hatte ein australischer Marineoffizier fröhlich verkündet.

Die *Fremantle* sollte am Nachmittag einlaufen. Ihre

Fahrt war ohne besondere Vorkommnisse verlaufen. Stagg würde ihn sicher zum Teufel jagen, wenn er hörte, was geschehen war. Noch vor nicht allzulanger Zeit hätte es Blake nicht berührt. Aber jetzt machte ihm diese Möglichkeit zu schaffen. Hauptsächlich wegen Claire, aber auch aus vielen anderen Gründen.

Das Telefon klingelte, es war Friar, der Torpedooffizier, der Tagesdienst hatte.

»Entschuldigen Sie die Störung, Sir.« Durch das Telefon klang sein australischer Akzent noch ausgeprägter. »Aber hier ist jemand, der Sie gern sprechen möchte.« Seine Stimme wurde etwas schwächer, als er sich abwandte und fragte: »Wie war doch gleich Ihr Name, Sir?«

Weir brummte: »Wahrscheinlich noch einer von diesen verdammten Experten.«

»Es ist ein Commander Wilfred Livesay, Sir«, setzte Friar hinzu.

Blake starrte gegen die Wand, während sich in seiner Erinnerung langsam ein Gesicht formte: Wilfred Livesay, ein schlanker Bursche mit dunklem, angeklatschtem Haar; ein Gesicht, das zu bereitwillig und oft nur aus Verlegenheit lachte.

Als Kadetten waren sie auf demselben Schulschiff gefahren und sich danach noch ein paarmal begegnet. Livesay schien sich trotz des Krieges kaum zu verändern, und Blake hatte den Eindruck, ihn nie richtig kennengelernt zu haben.

»Bringen Sie ihn bitte zu mir.«

Weir knurrte: »Ich mach' mich davon, bevor diese Ganoven von der Werft uns völlig ausplündern.«

Blake stand auf und betrachtete sich im Wandspiegel. Tiefe Falten um die Mundwinkel, das Haar unordentlich und salzverkrustet. Er sah aus wie ein ungemachtes Bett, dachte er müde. Was Livesay wohl in Australien machte? Vielleicht hatte er ein eigenes Kommando? Er war genauso alt wie er selbst und hatte auch das gleiche Dienstalter, aber die *Andromeda* und das Viktoria-Kreuz hatten Blake eine viel steilere Karriere beschert.

Die Tür öffnete sich, und Livesay kam herein. Genau wie früher, adrett und sorgfältig. Er war tadellos gekleidet, und sein Gesicht glänzte so rosig, als sei er gerade unter der Dusche hervorgekommen. Sie schüttelten einander die Hand, und Livesay sagte: »Sie sehen etwas erschöpft aus, Sir.«

»Wir sind immer noch per du, Wilfred.«

Livesay schien erfreut. »Entschuldige. Es fällt mir ein bißchen schwer, dich einfach Dick zu nennen.« Er setzte sich und warf einen Blick in die Runde. »Das ist schon ein beachtliches Schiff.« Er kämpfte innerlich mit irgend etwas, was bei ihm nichts Neues war. »Man sagt, daß hier bald Winter sein wird. Das ist mir nur recht. Ich sagte gerade zu …«

Blake unterbrach ihn sanft: »Hör mal, Wilfred, du erinnerst dich wohl hoffentlich, mit wem du hier redest? Du brauchst keine Zeit mit höflicher Konversation zu verschwenden. Du bist doch aus einem bestimmten Grund gekommen, oder irre ich mich?«

Livesay lehnte sich zurück und starrte den Ventilator an. So wie er jetzt dasaß, sah er wieder wie der unsichere Fähnrich aus, den Blake noch in Erinnerung hatte.

Er sagte: »Die Sache ist die, äh, Dick, daß ich sozusagen gerade erst hier angekommen bin. Ich bin im Auftrag unserer Hohen Kommission zum hiesigen Marineamt abgeordnet. Irgendeine Tätigkeit beim Stab. Ein paar Vorbereitungen treffen für den Zeitpunkt, wenn unsere Pazifikflotte wieder aufgestellt wird, um gegen die Japaner anzutreten.«

Eine Tätigkeit beim Stab. Das war sicher genau sein Fall.

Blake versuchte es noch einmal: »Hast du schon gefrühstückt? Wir haben erst vor einer Stunde festgemacht.«

»Ja. Hör mal, die Sache ist die, man hat mich geschickt.« Er stand auf, wobei seine Mütze unbeachtet auf den Teppich rollte. »Ich blicke zwar nicht ganz durch, aber ich wurde vor meinem Abflug zu Ihren Lordschaften zitiert.«

Blake wurde plötzlich hellwach. Wenn man Livesay im Flugzeug hergeschickt hatte, mußte es sich um etwas Wichtiges handeln.

Livesay wandte sich um und sah zum Bullauge hinaus. »Ich glaube, man hat mich ausgesucht, weil wir uns schon so lange kennen.« Er machte wieder kehrt und sah Blake gequält an. »Ich hab' immer zu dir aufgesehen, dich wahrscheinlich auch beneidet. Dann gibt's Krieg, und plötzlich ist selbst der kümmerlichste Berufsoffizier jedem armen Schwein, das nach ein paar Wochen Ausbildung sein Patent bekommt, turmhoch überlegen. Die Sache ist die …«

Blake winkte ihn wieder auf den Stuhl zurück. »Wenn du noch ein einziges Mal ›die Sache ist die‹ sagst, Wilfred, bekomme ich wahrscheinlich einen Tobsuchtsanfall. Die letzte Zeit war für uns ziemlich hart, und ich bin zu fertig, um zu raten, warum du hier bist. Also raus mit der Sprache.«

Livesay rutschte unruhig hin und her. »Du kennst doch die Marine, Dick. Sie ist wie eine große Familie. Es wird viel geredet. In England selbst sind alle zu sehr in Spannung wegen der bevorstehenden Invasion, um sich darüber den Kopf zu zerbrechen, was hier vor sich geht, aber innerhalb der Navy, da wissen sie Bescheid.«

»Bescheid über was, verdammt noch mal? Wenn du meinst, daß ich bisher erfolglos versucht habe, den Handelsstörer zu vernichten, dann kann ich nur sagen …«

Livesay schien sich zum ersten Mal zu entspannen. »Ach, *das*! Nein, Dick – es handelt sich um – nun, na ja, um dein Privatleben.«

»Ich verstehe.« Er suchte nach seiner Pfeife, merkte aber, daß er sie in der Brückenkammer liegengelassen hatte. »Diana hat sich mit dir in Verbindung gesetzt, nicht wahr?«

»Nun, ja und nein. Du erinnerst dich an Vize-Admiral Tasker? Er sitzt im Marineministerium, und ich war in seinem Stab, bevor ich hierhergeschickt wurde. Er ist jetzt schon eine ziemlich große Nummer, und nach dem Krieg wird er ohne Zweifel der Mann sein, den man damit beauftragt, die neuen Richtlinien für die Einstellungen und Kommandierungen zu planen. Das hat er mir selbst gesagt.«

»Ich denke, ich sollte dich auffordern zu gehen, Wilfred, alter Freund, bevor ich wirklich ärgerlich werde.«

Livesay starrte ihn an wie hypnotisiert: »Tu das bitte

nicht! Es ist ja gerade wegen unserer Freundschaft und weil sie wissen, daß du mit einem Vorgesetzten nicht über deine Privatangelegenheiten sprechen würdest.« Er sah aus, als wolle er jeden Moment in Tränen ausbrechen. »Ob dir's nun gefällt oder nicht, Dick, als sie dir das Viktoria-Kreuz verliehen, haben sie mehr für dich getan, als du dir vorstellen konntest. Nach dem Krieg wirst du einer derjenigen sein, die man für höhere Posten vorgesehen hat. Du weißt ja, wie's zu Zeiten deines Vaters war. Gute Leute mußten die Uniform ausziehen, waren gezwungen, ihre Orden zu verhökern und um Arbeit zu betteln. Ich hätte nicht gern, daß uns das passiert.«

Morgen, nächste Woche oder nächsten Monat konnte es sie alle erwischen. Aber ein Admiral in Whitehall, der gute alte Wilfred und Gott weiß wie viele andere noch machten sich Sorgen um ihn und seine Nachkriegskarriere. Blake wußte nicht, ob er lachen oder weinen sollte.

Livesay sagte gepreßt: »Deine Frau will zu dir zurück.« Er zuckte zusammen, als Blake aufstand, als erwarte er, mit Gewalt hinausgeworfen zu werden. »Der Bursche, mit dem sie zuletzt lebte, ist ein ziemlich hohes Tier und so eine Art Freund von Admiral Tasker.« Er holte tief Luft. »Ich finde es schrecklich, daß ich mit so einer Geschichte zu dir kommen muß.«

Blake sah ihn ernst an. »Ich finde es schrecklich, daß sie so etwas von dir verlangen.«

Das war es also. Es spielte keine Rolle, wer wen zuerst satt gehabt hatte. Vielleicht war der Mann, mit dem Diana zusammenlebte, ebenfalls verheiratet und wollte seine außerehelichen Verpflichtungen los sein. Vielleicht hatte aber auch der Glanz des Viktoria-Kreuzes auf sie gewirkt.

Blake betrachtete Livesay und fühlte plötzlich Mitleid mit ihm. Er taugte eigentlich nicht besonders für die Marine. Er bemühte sich zu krampfhaft und strebte so sehr nach Erfolg, daß andere ihn oft als Kriecher empfanden. Dabei war er völlig unsicher, und die leiseste Drohung, ihn nach dem Krieg aus der Marineliste zu streichen, hatte gewiß schon genügt, daß er diesen miesen Auftrag übernahm.

»Es ist also eine Warnung«, sagte Blake. »Entweder bin ich ein guter Junge, ein Held, den die Leute beklatschen können, oder ich bekomme gewaltige Scherereien, was? Hauptsache, nach außenhin sieht alles ordentlich und sauber aus, und die Disziplin ist wiederhergestellt.« Nach einer kleinen Pause fügte er hinzu: »Na ja, danke, Wilfred. Du hast dein möglichstes getan.«

Livesay stand langsam auf und bückte sich nach seiner Mütze. Recht kleinlaut sagte er: »Ich hab' hier einen Brief für dich. Du sollst dich in unserer Dienststelle in Sydney melden, während das Schiff drei Tage zur Überholung hier liegt. Die Aufgaben der *Andromeda* werden teilweise von einem Hilfskreuzer wahrgenommen, der aus Bombay kommt.« Er versuchte ein Lächeln, brachte es aber nicht zustande. »Wir tun alles, was wir können.«

»Was soll ich in Sydney?« Blake sah zur Anrichte hinüber und verspürte plötzlich das Verlangen nach einem kräftigen Schluck.

»Nun, unsere Leute in Sydney wollen natürlich die Sache mit dem Spanier mit dir durchgehen. Der spanische Konsul hat einen Riesenwirbel gemacht, die argentinischen Behörden ebenfalls. Aber das hast du sicherlich vorausgesehen?«

Er blickte zur Tür und platzte schließlich heraus: »Die Sache ist die, Dick – deine Frau ist auch hier. Sie kam mit demselben Flugzeug.« Er schreckte zurück, als Blake ihm gegenübertrat, und sagte schnell: »Ich hatte nichts damit zu tun, ich schwör's dir!«

Blake sah den versiegelten Brief auf dem Schreibtisch an, konnte jedoch an nichts anderes denken als an Diana. Sie war in Australien. Das Problem war plötzlich nicht mehr vage und unscharf, Tausende von Meilen entfernt, etwas, das man ignorieren konnte.

Livesay sagte: »Du sollst dich in Marsch setzen, sobald du deinen Ersten eingewiesen hast.«

Damit ging er zur Tür, blieb jedoch abrupt stehen, als Blake ihm nachrief: »Ein Wort, bevor du gehst, Wilfred. Du und ich haben viel gemeinsam erlebt – vor langer Zeit. Aber das war eine andere Welt, eine andere Marine. Einige von uns haben Glück gehabt und sind lange genug am Leben geblieben, um zu erkennen, daß viele im Frieden vertretene Überzeugungen den Kriegsbedingungen nicht standhalten. Ich hab' mal ähnlich wie du über diese schnell gebackenen Kriegsoffiziere gedacht, wie es ja die meisten an Bord sind, jetzt weiß ich's allerdings besser. Sie denken weiß Gott nicht daran, welche Aussichten sie nach Kriegsende haben werden, sie wollen einfach nur gewinnen und heil nach Hause kommen. Und mir geht's genauso. Es ist mir scheißegal, wer später einmal dies oder das bekommt. Ich möchte, daß wir *gewinnen,* aber auf unsere Weise und nicht in der Art, die du mir gerade demonstriert hast!« Er lächelte grimmig. »Entschuldige den Sermon, Wilfred, aber das nächste Mal, wenn dir ein sogenannter Gentleman eine Belohnung anbietet für etwas, das du innerlich verabscheust, dann sag ihm, er soll sich zum Teufel scheren! Und jetzt laß mich bitte allein, ich muß mich um mein Schiff kümmern.«

Als er sich umwandte, war die Kajüte leer.

Der Reigen der dienstlichen Besucher wurde von Scovell eröffnet. Er kam herein, gerade als Blake den Telefonhörer auflegte. Sie hatten immer noch keine Landverbindung, angeblich weil andere Verbindungen höhere Dringlichkeitsstufe besaßen. Wahrscheinlicher war jedoch, daß jemand befohlen hatte, *Andromeda* und ihren Kommandanten soweit wie möglich von der Außenwelt abzuschirmen.

»Was gibt's, Nummer Eins?«

»Ich habe einige Leute zum Rapport zu melden, Sir.«

»Was? Können Sie nicht allein mit ihnen klarkommen?«

Scovell sah ihn gelassen an. »Drei unserer Matrosen haben einen Hafenarbeiter von der Pier ins Wasser geworfen, Sir. Anscheinend hat er ihnen etwas zugerufen, was ihnen nicht gefallen hat.«

Blake runzelte die Stirn. Er konnte sich gut vorstellen, was das gewesen war: daß der Kreuzer einen hilflosen Neutralen versenkt hatte. Zu schnell dabei, den Finger krumm zu machen. Übereifrig.

Er läutete nach seinem Steward und sagte, als Moon erschien: »Packen Sie eine Tasche für mich, Moon. Ich muß für zwei Tage nach Sydney.« Er sah Scovell an, den diese Mitteilung offensichtlich aufgeschreckt hatte. »Also werden *Sie* sich um die armen Sünder kümmern, Nummer Eins. Überhaupt werden Sie sich um alles kümmern, bis ich wieder zurück bin.« Er blickte sich langsam in der Kajüte um. Wenn sie mich zurücklassen.

Das Telefon klingelte, und die Vermittlung meldete: »Die Landleitung ist angeschlossen, Sir.«

Blake nickte. »Danke, aber ich brauch' sie jetzt nicht.« Er legte auf. Was konnte er Claire schon erzählen? Mach dir keine Sorgen, ich muß mich jetzt mit meiner Frau treffen. Aber wir können trotzdem gute Freunde bleiben, nicht wahr?

Er spürte die Zornwellen durch seinen Körper fluten wie Fieber.

Aber ich liebe dich, Claire. Ich brauche dich so sehr. Ich brauche dich wirklich.

Scovell entschuldigte sich und ging hinaus. Moon stand unruhig in der offenen Tür herum und machte ein noch sorgenvolleres Gesicht als sonst. Er fragte: »Der Laden in Melbourne, Sir, war der in Ordnung? Sie hatten so viel um die Ohren, daß ich Sie noch nicht danach fragen mochte.«

»Ja«, sagte Blake. Er dachte an Claires trotzige Haltung, als sie den Ring angesteckt hatte, und was sie das jetzt vielleicht kosten würde. »Der Laden war schon richtig.«

Moon betrachtete ihn zweifelnd. »Die Jungs stehen alle hinter Ihnen, Sir. Haben für die verdammten Spanier sowieso nichts übrig. *Andromeda* läßt sich eben nichts gefallen, ob's nun Deutsche, Italiener oder Spanier sind!«

Er schlurfte hinaus, und Blake starrte hinter ihm her.

Moon glaubte also, er hätte einen Fehler begangen und ein neutrales Schiff auf dem Gewissen. Aber für Moon, genauso wie für die drei Matrosen, die den Hafenarbeiter ins Wasser geworfen hatten, spielte das kaum eine Rolle. Ihnen ging es zuerst einmal um ihr Schiff, und das schloß selbstverständlich seinen Kommandanten mit ein.

Blake wartete, bis der Boy seine Reisetasche neben dem Bett abgestellt und das Zimmer verlassen hatte, bevor er sich zu einer Bewegung aufraffte.

Er ging zum Fenster, öffnete es und ließ den vertrauten Geruch der See und den Verkehrslärm herein.

Sydney: die große Brücke, der »Kleiderbügel«, wie sie genannt wurde, die hellen Gebäude und vor dem Hafen die endlose Verheißung der Tasmanischen See.

Ohne die niedrige Wolkendecke wäre die See vielleicht blau gewesen. Aber jetzt war sie von einem stumpfen Grau wie Zinn. Sie sieht so aus, wie ich mich fühle, dachte er.

Vom Flughafen hatte man ihn geradewegs nach Garden Island gebracht, wo er sich einer eindrucksvollen Tafelrunde höherer Offiziere und einiger Zivilisten, die alles mögliche sein konnten, gegenübergesehen hatte.

Livesay war ihm nicht mehr begegnet. Möglicherweise wollte er nicht riskieren, mit ihm zusammen gesehen zu werden, falls Blake einen offiziellen Verweis oder eine noch strengere Disziplinarstrafe bekam.

Blake fühlte wieder Wut in sich aufsteigen und ging zu seiner Reisetasche. Während er die Riemen aufriß und nach der Flasche tastete, die Moon eingepackt hatte, sah er die Runde verbindlich-nichtssagender Gesichter noch einmal vor sich, spürte wieder ihre unterschwellige Neugierde und den mühsam verborgenen Zweifel.

Ein britischer Konteradmiral, der den Vorsitz führte, hatte ihn von Anfang an so hart in die Zange genommen, als wolle er seinen australischen Kollegen demonstrieren, daß es hier keine Günstlingswirtschaft geben würde.

»Sie sagen, daß die *Jacinto Verdaguer* nach dem ersten Radarkontakt Kurs geändert habe. Sie geben aber auch zu, daß die Bedingungen ungünstig waren und selbst Ihr erfahrener Radarbeobachter Zweifel hatte. Sie haben ausgesagt, daß das Schiff nicht durch einen Treffer Ihrer schweren Artillerie versenkt wurde. Aber dafür gibt es keinen Beweis. Genausowenig wie es einen Beweis dafür gibt, daß es sich um ein Versorgungsschiff des Feindes gehandelt hat oder daß das Schiff mit einem supermodernen Ortungsgerät ausgerüstet war. Der spanische Kapitän hat zugegeben, daß er ohne Lichter gefahren ist. Aber das geschah auf sein eigenes Risiko. Die einzige Tatsache, die Sie uns präsentiert haben, ist die Entdeckung von dreiunddreißig Ermordeten. Männer, die bereits verwundet waren und getötet wurden, bevor sie allzu lästig fielen.«

Blake hatte gesagt: »Spanien und Argentinien haben den Deutschen oft genug geholfen, Sir. Der spanische Kapitän hatte genaue Instruktionen. Er wußte, daß er mir nicht entkommen konnte, war jedoch entschlossen, das Beste aus dem Verlust seines Schiffes herauszuholen, indem er in alle Welt posaunte, wir griffen ihn an.«

»Das mag sein, wie es will, Captain Blake, ich habe

jedenfalls angeordnet, die Besatzung der *Jacinto Verdaguer* sofort zu entlassen. Ich zweifle nicht daran, daß man der Regierung Seiner Majestät als Folge dieser, äh, Eskapade zu gegebener Zeit eine gewaltige Rechnung präsentieren wird.«

Das war jedoch noch nicht alles gewesen. Bei weitem nicht. Blake knöpfte seine Jacke auf und ließ sich schwer in einen Sessel fallen, die Flasche immer noch ungeöffnet in der Hand.

Der Konteradmiral hatte sich nicht genau darüber ausgelassen, welche Konsequenzen das Ganze haben würde, aber Blake zweifelte keinen Augenblick daran, daß er so schnell wie möglich abgelöst und nach Hause geschickt werden würde, auf einen Posten, wie ihn Livesay beschrieben hatte. Ohne einen Fleck auf seiner Weste: der Held, der sich nie die Hände schmutzig gemacht hatte.

Er öffnete die Flasche und goß sich einen doppelten Whisky ein.

Das Telefon neben seinem Bett ließ ihn hochschrekken. Wahrscheinlich war er dabeigewesen einzunikken.

»Hallo?«

»Sind Sie das, Blake?« Die Stimme war so laut, daß er den Hörer vom Ohr weghalten mußte.

»Ja.«

»Herrgott noch mal. Sie sind aber verdammt schwer zu finden! Diese Halbidioten im Stützpunkt wissen so viel über die von ihnen requirierten Hotelzimmer wie mein Hintern vom Schachspiel!«

Blake entspannte sich langsam. Es war Stagg. Heftig, wütend und auf dem Kriegspfad.

»Was kann ich für Sie tun, Sir?«

Er hörte ein schlürfendes Geräusch und vermutete, daß Stagg ebenfalls ein Glas in der Hand hatte.

»Ich hab' die ganze Geschichte gehört. Dieses feige, schlappe Gewäsch, das Sie sich da anhören mußten. Mann, wenn ich dort gewesen wäre, hätte ich diesen Arschgeigen einen Schuß vor den Bug gegeben! Was, zum Teufel, wissen die überhaupt? Verstehen die denn nicht, daß man ein Viktoriakreuz nicht einfach nachgeschmissen bekommt?« Er schrie jetzt, seine rauhe Stimme schien den Raum zu füllen. »Ich habe gerade mit dem Kommandierenden Admiral gesprochen und ihm meine Meinung klar und deutlich gesagt: Wenn Sie einen meiner Kommandanten zur Rechenschaft ziehen wollen, *dann nur über mich*!«

Blake schluckte ein paarmal. Er wußte nicht recht, was er sagen sollte. »Danke, Sir.«

Stagg lachte. »Danken Sie mir, wenn wir diese Krauts endlich gefaßt haben.« Etwas beherrschter setzte er hinzu: »Ich hab' auch diesen alten Narren Jack Quintin aufgesucht. Wahrscheinlich meint er's nur gut.« Ganz gegen seine Gewohnheit zog er das Gespräch in die Länge, fand es offensichtlich schwer, über das, was ihn bewegte, zu sprechen. Schließlich sagte er: »Er hat mir von der *Patricia* erzählt. Ich hatte schon ein ungutes Gefühl, als ich das Schiff ohne genaue Untersuchung zum Konvoi stoßen ließ. Wenn man sich vorstellt, daß es wahrscheinlich dieser durchtriebene Fuchs Rietz war … Ich wette, er hat sich halb totgelacht. Dieser Konvoi geht mir nicht aus dem Kopf. An seiner Vernichtung bin ich allein schuld.«

Blake dachte an den glatt dahinredenden Konteradmiral. *Dafür gibt es keinen Beweis.*

»Wie dem auch sei, ich wollte Ihnen danken. Für das, was Sie Jack Quintin gesagt haben. Viele Armleuchter, die nur an ihre Karriere denken, hätten die Sache benutzt, um mich in die Pfanne zu hauen. Mehr kann ich jetzt nicht sagen. Vielleicht hört jemand mit.«

Obwohl ihm nicht danach zumute war, mußte Blake lächeln. Stagg hatte jetzt schon genug Material für eine Titelseite geliefert.

»Ich werde Sie aufsuchen, sobald Sie zurück sind«, fuhr Stagg fort. »Dann will ich Ihnen auch verraten, wie wir diesen kaltblütigen Piraten trotz, und beileibe nicht aufgrund, der ›Hilfe‹ unserer Vorgesetzten in London und Sydney fangen werden!« Er lachte schallend; der alte Stagg kam langsam wieder zum Vorschein. »Ich hab' Sie falsch eingeschätzt. Genaugenommen hab' ich eine Menge falsch eingeschätzt.« Er gluckste. »Aber verlassen Sie sich nicht darauf. Wenn's nötig ist, behalte ich immer noch meinen Dickschädel!« Damit legte er auf.

Plötzlich hatte Blake das Bedürfnis, das Zimmer zu verlassen, ein bißchen herumzulaufen und normale Leute zu sehen, die ein normales Leben führten.

Claire hatte jetzt bestimmt noch Dienst. Er wollte sie später in ihrer Wohnung anrufen, mußte sie unbedingt sehen, bevor er wieder an Bord ging.

Gerade als er seinen Schlüssel an der Rezeption abgeben wollte, hörte er Fairfax' Stimme.

»Hallo, Sir! Hab' schon gehört, daß Sie in Sydney sind.«

Blake wandte sich um und sah ihn an. »Ja. Wir haben auf diese und jene Weise ziemlich viel Aufsehen erregt.«

Fairfax lächelte nicht und wirkte für seine Verhältnisse ungewöhnlich gehemmt. Er sagte, als habe er keine Zeit zu verlieren: »Ich hab' herausgefunden, wo Sie wohnen. Sarah ist auch mitgekommen.«

Blake wartete. Sicherlich wollten sie ihn nur aufheitern.

Fairfax senkte die Stimme. »Ihre Frau ist bei uns, Sir.« Er sah den Ausdruck in Blakes Augen und fügte schnell hinzu: »Ich habe nichts damit zu tun. Das wollte ich Ihnen nur sagen, bevor Sie sie sehen. *Ich habe ihr nichts erzählt.*«

»Vielleicht will ich sie ja gar nicht sehen«, erwiderte Blake.

»Ich meine, Sie sollten es doch tun, Sir«, beschwor ihn Fairfax. »Um Ihrer selbst willen und auch Claire Grenfell zuliebe.«

Blake dachte nach. Er kannte Fairfax inzwischen recht gut, und was er von ihm wußte, gefiel ihm. Das war keiner, der in Panik verfiel oder sich vor einer Verantwortung drückte wie Livesay.

»Wenn Sie meinen, Victor? Obgleich ich nicht einsehe, warum Sie und Sarah in diese erbärmliche Geschichte hineingezogen werden sollten.«

Fairfax ging mit ihm durch die Halle auf eine Klubcouch zu. »An Bord sind *Sie* verantwortlich, Sir, aber ich möchte Ihnen nur sagen, daß Ihnen hier zumindest zwei gute Freunde zur Seite stehen.«

Ein Kellner mit einem vollen Tablett trat zur Seite, und da sah er sie vor sich: Diana.

Sie sah ihm in die Augen und lächelte ihn mit feuchten Lippen an, so wie er es nur allzu deutlich in Erinnerung hatte.

»Ah, da bist du ja, Richard. Endlich.«

Geheimnisse

Es war spät am Nachmittag, und obgleich der Wind momentan abgeflaut war und der Regen aufgehört hatte, lag schon die Andeutung eines neuen Unwetters in der Luft.

Die flache dunkle Linie der winzigen Insel schien von den langen, donnernden Sturzwellen gelegentlich fast überrollt zu werden, aber sie reichte aus, um die Wellen zu brechen und den drei Schiffen auf ihrer Leeseite Schutz zu bieten. Diese versuchten, mit ihren Maschinen gerade so viele Umdrehungen zu machen, daß sie ihre Positionen halten konnten.

Die beiden Handelsstörer glichen sich so sehr, daß es nicht verwunderlich war, wenn sie auch einen geschulten Beobachter zu täuschen vermochten. Das dritte Schiff war ein plumper Frachter, die *Waipawa*, der als einziger den Angriff der *Salamander* auf den Geleitzug überlebt hatte. Er lag am dichtesten unter der Insel, wo es ihm trotz der großen Wassertiefe gelungen war, sich vor Anker zu legen, während Rietz' Prisenkommando seine Ladung durchsuchte.

Rietz selbst stand barhäuptig auf der Brücke der *Salamander*, sein Gesicht glänzte in der salzhaltigen, feuchtwarmen Brise.

Es lag ein Sturm in der Luft. Er fühlte die ungleichmäßigen Bewegungen der *Salamander* und machte sich Sorgen.

Aus dem Schatten des anderen Handelsstörers löste sich ein Motorboot. Der Kommandant der *Wölfchen* kam zu ihm an Bord, wie Rietz es verlangt hatte. Im Grunde seines Herzens spürte Rietz, daß ihre Zeit nahezu abgelaufen war. Bald würde der Moment kommen, da sie, jeder für sich, versuchen mußten, sich nach Deutschland durchzuschlagen oder sich irgendwo internieren zu lassen. Im Gegensatz zum Großadmiral war er sich über die meisten Risiken völlig klar gewesen. Aber dieser Einsatz wurde weitgehend vom Zufall bestimmt, und die Verwundeten und Kranken im Bauch der *Salamander* wurden allmählich zu einem Problem. Ohne Arzt und die notwendigsten Einrichtungen zur Versorgung der immer zahlreicheren Gefangenen ging es so nicht weiter, das wußte Rietz. Wenn er sie irgendwo freiließ, würde nur die Hetzjagd erst richtig losgehen. Das Geheimnis ihrer Kriegslist war dann gelüftet.

Rietz hob den Kopf und warf einen kurzen Blick auf ein Wasserflugzeug der *Wölfchen*, das wie ein Insekt unter den silberbäuchigen Wolken kreiste. Sie verfügten zusammen über vier Arados. Obwohl sie knapp an Kraftstoff waren, mußten sie eine Maschine zur Sicherung in der Luft halten, solange sie hier zu ihrem ersten Treffen seit Monaten beisammenblieben.

Er hörte das Boot längsseits kommen und vernahm das heisere Kommando eines Unteroffiziers, der offensichtlich bemüht war, das Zeremoniell der Kriegsmarine aufrechtzuerhalten.

Ich sollte hingehen und ihn begrüßen, dachte er. Warum verabscheute er Vogel nur so? Eigentlich kannte er ihn ja kaum, und das wenige war weitgehend durch die Berichte der Propagandakompanie gefärbt.

Er bemerkte den Navigationsoffizier, der ihm vom Ruderhaus zuwinkte.

»Ja, Schoningen, was gibt es?«

Der Leutnant trug eine bleibeschwerte Signalmappe unter dem Arm, die er über Bord werfen würde, wenn Gefahr bestand, daß sie in Feindeshand fallen könnte.

»Unser Tagesbefehl, Herr Kapitän.« Er sah aus, als wäre ihm übel. »Aus Berlin.«

Rietz sah ihn ruhig an. »Die Tommies sind in Frankreich gelandet, stimmt's?«

Schoningen schüttelte den Kopf und übergab Rietz den Geheimordner, ohne ein weiteres Wort zu sagen.

Rietz versuchte, die entschlüsselte Nachricht hinzunehmen wie etwas, das ihn nicht betraf, das sich in einem anderen Land zu einer anderen Zeit abgespielt hatte.

Storch kam den Niedergang heraufgeeilt, öffnete schon den Mund, um etwas zu sagen, bemerkte aber Schoningens Gesichtsausdruck und blieb stumm.

Nach einer langen Pause sagte Rietz: »Es scheint, daß ich mir ganz umsonst den Kopf zerbrochen habe, Rudi. Unser überaus ritterlicher und mutiger Kamerad hat das Problem der seiner Obhut anvertrauten Verwundeten glänzend gelöst.« Mit einer heftigen Bewegung streckte er seinen Untergebenen den Ordner entgegen. »Lies das, Rudi. Lies diese Meldung über dreiunddreißig Männer, die im Namen Deutschlands ermordet wurden.«

Eine ganze Weile herrschte Schweigen auf der offenen Brücke. Über das Wasser kam das gelegentliche Rattern einer Winde von dem gekaperten Frachter, aber alle anderen Geräusche waren gedämpft.

Leutnant Busch, der Artillerieoffizier, kam den Niedergang herauf und grüßte schwungvoll. »Der Kommandant der *Wölfchen* ist an Bord, Herr Kapitän.«

Rietz ergriff den Ordner und gab ihn dem Navigationsoffizier zurück. »Bewahren Sie Schweigen über diese Geschichte.« Vogel war sicher schon unterwegs gewesen, als dieser Bericht auch bei ihm an Bord entschlüsselt wurde. Er setzte hinzu: »Ich bin in meiner Kajüte. Geleiten Sie den Kapitän bitte dorthin.«

Fregattenkapitän Konrad Vogel kam mit dem elastischen Schritt des Siegers herein. Irgend etwas Theatralisches haftete ihm an: die etwas zu schräg getragene Mütze, der aggressiv vorstehende Kinnbart, den die Fotografen so schätzten – ganz der Tiger.

Rietz wartete, bis sich sein Besucher gesetzt hatte, und läutete dann seinem Aufklarer.

Tiger? Für ihn sah er mehr wie ein Schakal aus.

»Ich habe dieses etwas ungewöhnliche Zusammentreffen arrangiert, damit wir die notwendigen Maßnahmen für die Zukunft vorbereiten können.« Er nickte, als sein Aufklarer, der ursprünglich als Steward für die Hapag ausgebildet worden war, mit einem Tablett hereinkam. »Einen Schnaps?«

Vogel lehnte sich zurück und sah seinen Vorgesetzten ironisch an. »Mein Schiff ist besser in Schuß als Ihres. Da wir in Japan ausgerüstet wurden, hatten wir natürlich auch einen kürzeren Anmarsch. Ich werde daher mit meinem Brennstoff länger auskommen, und auch meine Maschinen werden länger durchhalten. Die Narben, die Ihr Schiff trägt, lassen darauf schließen, daß Sie bei der Versenkung des Konvois einige Treffer einstecken mußten. Nichts Ernstliches passiert, hoffe ich?«

Rietz kippte gegen seine Gewohnheit den Schnaps in einem Zug hinunter. Wenn er auf See war, trank er nur selten. Aber er wußte auch, daß er ohne die leichte Entspannung durch den Alkohol aufgesprungen wäre und diesem fischäugigen Bastard seine Verachtung entgegengeschrien hätte, ihn verflucht hätte für seine Schandtat und die Entehrung ihrer Flagge.

»Noch einen!« Er zwang sich, langsam zu sprechen. »Ich habe einige Verwundete, und mein Arzt ist gefallen. Mein Schiff ist bis oben hin voll mit Gefangenen und neutralen Seeleuten. Mit der Brennstoffsituation bin ich nicht so recht zufrieden. Nach dem Verlust der *Bremen* und der Selbstversenkung unseres spanischen Versorgers stehen die Dinge nicht zum besten, obwohl es noch nicht kritisch ist. *Noch nicht.* Aber Berlin hat uns dahin gehend informiert, daß ein weiterer Versorger im Atlantik abgefangen und versenkt wurde.«

Rietz zählte die einzelnen Punkte an den Fingern ab, als könnte er damit das Bild der hilflosen ermordeten Seeleute aus seiner Vorstellung verdrängen. Was Vogel auch getan hatte, es würde seine eigene Verantwortung nicht schmälern, und vor der hatte er sich nie gescheut. Aber im selben Licht wie Vogel gesehen zu werden, als Mörder und Feigling, dieser Gedanke brachte ihn fast um.

Er sagte: »Nahrungsmittel und Munition haben wir noch genug. Brennstoff und Ersatzteile für die Maschinen werden jedoch knapp. Minen habe ich nur noch drei, die neuen sind mit der *Bremen* verlorengegangen. Die Herren vom Oberkommando haben uns leider völlig ungeeignete Minen geschickt; die Chancen, daß ein Schiff in diesem riesigen Ozean zufällig auf eine läuft, sind so gering, daß man an ihrem Verstand zweifeln muß, wenn sie ernstlich Erfolge erwartet haben.«

Vogel erstarrte. »Was? Wollen Sie unser Oberkommando kritisieren? Ich persönlich bin der Ansicht, daß wir gut beraten worden sind und daß unser Nachrichtendienst sein Bestes getan hat.«

Rietz zuckte die Schultern. »Das sagen *Sie*. Aber es geht dem Ende zu. Es wird Zeit, den Angriff einzustellen und nach Hause zurückzukehren.«

Vogel starrte ihn verblüfft an. »Sie haben natürlich gut reden! Neun Handelsschiffe versenkt, eins gekapert und zwei Kriegsschiffe vernichtet! Das wird sich gut machen, wenn Sie mit all den erbeuteten Flaggen im Topp in Kiel einlaufen!«

Rietz entgegnete: »Sie haben einen schweren Kreuzer vernichtet und außerdem noch zwei Handelsschiffe. Das ist doch sicher genug? Zusammen haben wir hier wirklich allerhand ausgerichtet, haben die Nachschubwege und Konvois lahmgelegt. Wenn wir noch länger bleiben, fordern wir nur unsere Vernichtung selbst heraus.« Er merkte, daß ihm der Alkohol zu Kopf stieg, und riß sich zusammen. »Aber die Entscheidung darüber werde *ich* treffen, und wenn ich mich entschieden habe, werde ich Sie benachrichtigen.«

Dann erhob sich Rietz und ging zu einem Bullauge hinüber.

»Wenn Sie auf Ihr Schiff zurückkommen, Vogel, werden Sie dort einen Bericht vorfinden, der auf feindlichen Zeitungs- und Rundfunkmeldungen beruht. Über die Männer, die Sie wie Vieh hingemetzelt und verscharrt haben. Sie, ein Offizier, ein Held des Reiches, der sich nicht scheut, so gemeine Schändlichkeiten zu begehen – Vogel, Sie erregen in mir Übelkeit und Abscheu!«

Vogel war mit verzerrtem Gesicht aufgesprungen. »Ich habe gehandelt, wie ich es für richtig hielt, meine Schuldigkeit meinen eigenen Leuten gegenüber erfüllt!« Als Rietz dazu nichts sagte, wurde seine Stimme lauter und trotziger. »Im Krieg darf es keine halbherzigen Maßnahmen geben. Die alten Wertvorstellungen haben uns 1914/18 den Sieg gekostet, und die Haltung, die Sie vertreten, kann auch unseren jetzigen Kampf gefährden! Ich bin stolz auf das, was ich ...«

Rietz wandte sich abrupt um und fiel ihm schroff ins Wort: »*Stolz?* Was Sie für Stolz halten, Vogel, ist nichts weiter als eitle Selbstüberschätzung. Durch Ihre verwerfliche, niederträchtige Tat – und sie wird vermutlich nicht Ihre einzige sein – haben Sie uns zu Verbrechern gemacht, die man jagen wird wie tollwütige Hunde! Sie haben den Namen Deutschlands besudelt und gleichzeitig unsere Ehre. Sie werden sich jetzt wieder auf Ihr Schiff begeben und einen genauen Bericht für mich aufsetzen. Mit den Namen aller umgebrachten Männer und dem Namen des Offiziers, der Ihren Befehl ausführte.

Ich werde diesen Bericht dem Großadmiral vorlegen, wenn wir wieder nach Hause kommen sollten. Und jetzt verschwinden Sie aus meinen Augen! Falls Sie nur noch ein einziges Mal zu derartigen Mitteln greifen, werde ich dafür sorgen, daß Sie nicht mehr als Lebender nach Deutschland zurückkehren!«

Vogel reckte sich zu seiner vollen Größe auf. »Das alles werde ich mir gut merken. Nach dem Krieg wird sich vieles ändern. Dann werden wir schon sehen, wer recht gehabt hat, Herr Kapitän.«

Als er sich zum Gehen wandte, rief Rietz ihm

nach: »Lassen Sie sofort Boote aussetzen und die Gefangenen, die Sie noch an Bord haben, auf die *Salamander* bringen. Auch Ihren Bordarzt schicken Sie mir mit.«

Nachdem Vogel gegangen war, kam Storch herein und sah seinen Kommandanten mit aufgestütztem Kopf am Tisch sitzen.

»Kann ich irgend etwas für Sie tun, Herr Kapitän?«

Rietz sah nicht auf. »Mein Vater diente in der Hochseeflotte, Rudi. Er starb mittellos, untröstlich darüber, was aus seinem Deutschland geworden war. Aber er behielt seinen Stolz.« Rietz stand abrupt auf und wischte Vogels leeres Glas mit einer heftigen Bewegung gegen die Wand, wo es zersplitterte. »Wie kann dieses verdammte Schwein es wagen, mir gegenüber das Wort *Stolz* in den Mund zu nehmen!«

Storch sah ihn an, beunruhigt und seltsam bewegt. Es schien ihm, als habe er teil an etwas Besonderem.

Rietz ging zu ihm hinüber und legte ihm die Hand auf die Schulter. »An die Arbeit, Rudi. Lassen Sie die Boote aussetzen und helfen Sie, die Gefangenen und Verwundeten von *Wölfchen* herüberzuschaffen. Ihren Arzt auch. Ich muß nachdenken.« Er tippte ihm auf die Schulter. »Sie sind ein feiner Kerl. Ich hoffe zu Gott, daß von Ihrer Sorte noch mehr da sein werden, wenn wir sie brauchen.«

Storch ging hinaus auf das Bootsdeck und betrachtete die langsame Prozession der Wolken.

Wenn wir sie brauchen. Meinte der Kommandant damit »wenn wir auf die Kreuzer stoßen« oder einen späteren Zeitpunkt, nach dem Krieg vielleicht?

Fairfax stand auf und sagte: »Wir machen uns jetzt besser auf den Weg, wenn wir die anderen rechtzeitig treffen wollen.« Er warf Sarah, die nach einigen Drinks keine Anzeichen machte, Blake mit seiner Frau allein zu lassen, einen vielsagenden Blick zu. »Komm schon, Sarah!«

Blake sagte: »Ich rufe Sie später an. Hab' sowieso noch was mit Ihnen zu bereden.« Er zwang sich zu lächeln, obwohl ihm hundeelend zumute war.

»Gehen Sie sich amüsieren, vielleicht kommen Sie so bald nicht mehr dazu.«

Erst als sie weg waren, sagte er: »Nun, Diana, verrate mir, warum du hergekommen bist.«

Sie lehnte sich in den tiefen Sessel zurück, schlug die Beine übereinander und sah ihn belustigt an.

»Gott sei Dank, daß sie weg sind. Was für ein Pärchen.« Sie beugte sich vor und legte ihm die Hand aufs Knie. »Kannst du nicht mal was Nettes sagen? Wir haben uns doch so lange nicht gesehen.«

Blake betrachtete sie. Sie trug ein elegantes, bronzefarbenes Kostüm, das sicherlich nicht auf Marken gekauft war. Ihr dunkles Haar war frisch gewaschen und gelegt, und sie zeigte weder Spuren von Ermüdung nach dem langen Flug noch ließ sie auch nur den Anflug von Unsicherheit oder Schuldgefühl erkennen.

Sie war ohne Zweifel sehr schön, begehrenswert, leidenschaftlich – er fühlte, wie ihm der Mund trocken wurde bei dem Gedanken, wie viele andere diese Erfahrung ebenfalls gemacht hatten.

Er sagte: »Du hättest nicht kommen sollen. Wie du das geschafft hast, werde ich nie begreifen. Ich vermute, dein Vater hatte die Hand im Spiel, wie üblich.«

»Rede nicht so von ihm. Wenn man dich hört, könnte man ihn für einen Tyrannen halten.« Ungeduldig hob sie das Kinn. »Laß uns nicht streiten. Du kannst mir an dem, was geschehen ist, die Schuld geben, aber du warst so ganz mit deinem Dienst beschäftigt, daß es mich überrascht, daß dir überhaupt etwas aufgefallen ist.«

Zwei junge amerikanische Offiziere verharrten im Vorübergehen und starrten Diana mit unverhohlener Bewunderung an.

Blake sah, wie ihr Blick sich auf die beiden richtete, ohne Wärme oder Ermutigung. Wenn überhaupt etwas darin lag, dann Verachtung. Die beiden jungen Männer eilten verwirrt davon.

Er versuchte es noch einmal. »Es geht nicht mehr, Diana. Zwischen uns ist alles vorbei, zu Ende. Du mußt jetzt mit deinem Liebhaber klarkommen, wer's auch sein mag.«

»Verstehe.«

»Du verstehst gar nichts. Das hast du nie getan. Für dich ist alles nur Spiel. Aber mir reicht es. Scheidung ist die einzige Lösung.«

»Wirklich?« Sie lehnte sich wieder zurück, völlig entspannt. »Du überraschst mich.«

Blake war hierauf nicht vorbereitet. Er hatte Wut erwartet, einen Schwall verletzender Worte, die einen Mann um die Beherrschung bringen konnten.

Er sagte: »Dein Vater wird das schon regeln. Du scheinst ja eine Menge einflußreicher Leute auf deiner Seite zu haben.«

Sie lächelte. »Sei bloß nicht so verbittert, das hört sich gar zu kleinlich an. Ich bin hergekommen, um alles wiedergutzumachen, die Vergangenheit zu vergessen und noch mal von vorn anzufangen.« Sie ergriff seine Hand und zog sie sachte unter ihre Brust, wobei sie murmelte: »Du weißt doch, daß du mich begehrst. Ich kann dich alles vergessen machen. Kann uns enger zusammenbringen, als wir je waren.« Sie warf einen Blick zur Tür. »Laß uns auf dein Zimmer gehen. Ich bin es leid, dauernd angestarrt zu werden.«

Blake zog seine Hand zurück und wunderte sich, daß es ihm so leicht fiel.

»Du hast doch hoffentlich nicht geglaubt, daß ich scherze?« fragte er. »Wir trennen uns so schnell wie möglich. Die Lage ist momentan auch ohne dich schlimm genug.«

Sie stand auf und strich ihren Rock glatt. »Also Scheidung. Aber so, wie ich will.« Sie funkelte ihn an. »Wenn der Name deiner kleinen Marinehelferin erst durch die Gerichte geschleift wird und ihr Vater, ein Geistlicher, wenn ich recht unterrichtet bin, von seinen Bauerntölpeln hämisch angestarrt wird, dann komm aber nicht zu mir gekrochen!«

Blake preßte die geballten Fäuste gegen seine Schenkel. Das Ganze kam ihm wie ein Alptraum vor.

»Es ist keineswegs so, wie du andeutest, und das weißt du auch!«

»Vielleicht weiß ich das, aber frag dich mal, wem man letztlich glauben würde?«

Mehrere Leute in der Hotelhalle hatten inzwischen gemerkt, daß da irgend etwas vor sich ging, und starrten mit unverhüllter Neugierde herüber.

»Ich will dir nur das eine sagen, Richard«, fuhr Diana fort. »Du wirst die Scheidung nicht kampflos bekommen. Und wenn ich mit deiner kleinen Madam fertig bin, wird sie nicht mal mehr ein Stück Brot von dir nehmen!«

»Du Miststück!«

Blake fühlte die Wände auf sich zukommen. Diana verspottete ihn und genoß seine Qual und seine Verzweiflung. Und sie würde Ernst machen, davon war er überzeugt.

Sie ergriff ihre Handtasche. »Ich bin im Hilton abgestiegen. Ruf mich an, wenn du es dir anders überlegst. Wenn nicht, weißt du ja, was dich erwartet.«

Noch Sekunden nachdem sie gegangen war, starrte Blake die Stelle an, wo sie gestanden hatte.

Schließlich drehte er sich um und verließ die Hotelhalle, während hinter ihm das Stimmengewirr schlagartig lauter wurde, was ihn nicht überraschte.

Es hatte keinen Sinn, sich zu fragen, wie sie das mit Claire und ihrem Vater herausgefunden hatte. Aber sie kannte ihre Waffen und die eigene Stärke nur zu gut. Nach dem Verlust ihres Sohnes auf der *Paradox* waren Claires Eltern nicht mehr fähig, einen weiteren Schicksalsschlag hinzunehmen. In einer kleinen Stadt wie der ihren war der Pfarrer eine wichtige Persönlichkeit. Wie konnte er sich die Achtung seiner Gemeinde erhalten, wenn er sich vor seine in einen sensationellen Scheidungsprozeß verwickelte Tochter stellte?

Sein Zimmer wirkte auf Blake jetzt noch kleiner als vorher. Er setzte sich auf das Bett und starrte Whiskyflasche und Telefon an. Es hatte kaum Sinn, den Anruf noch länger hinauszuschieben. Claire würde jetzt in ihrer Wohnung sein.

Er griff nach dem Telefon und schreckte zusammen, als es gerade da zu klingeln begann. Es war Quintin.

»Bin heilfroh, daß ich Sie gefunden habe«, bellte er. »Nachdem ich mich jetzt mit Commodore Stagg, dem Marineamt, Ihrer Admiralität und dem spanischen Konsul herumgeschlagen habe, bin ich ziemlich geschafft!«

Blake dachte daran, daß er Quintin zuletzt im Rollstuhl gesehen hatte.

»Sie sollten sich nicht so engagieren, Sir.«

»Reden Sie kein dummes Zeug und hören Sie auf, mich ›Sir‹ zu nennen. Wir haben beide den gleichen Rang, selbst wenn ich fast alt genug bin, um Ihr Vater zu sein.« Nach einem kurzen Hustenanfall fuhr er etwas gemäßigter fort: »Ich kann über Telefon nicht allzuviel sagen, aber hier sind eine Menge Dinge in Bewegung geraten. Über einen Untersuchungsausschuß und die Rückkehr nach England brauchen Sie sich keine Sorgen mehr zu machen. Sie werden hier an Ort und Stelle gebraucht, und bald, wenn ich recht unterrichtet bin. Aber genug davon. Die Wände haben Ohren.«

Quintin räusperte sich und fuhr fort: »Ich glaube, daß wir uns durch diesen verdammten Flugzeugabsturz recht nahe gekommen sind. Ich habe auch Claire sehr gern, aber das wissen Sie ja.«

Blake saß jetzt ganz still und merkte, wie sein Herz hart gegen seine Rippen schlug.

Quintin sagte: »Sie hat eine Menge durchgemacht, und als ich sah, was sich zwischen Ihnen beiden entwickelte, dachte ich mir, daß ich mich darum kümmern sollte. Es sind hier einige Leute aufgetaucht, die eine Menge Fragen gestellt und rumgeschnüffelt haben, aber meine Stellung als Chef des hiesigen Nachrichtendienstes verschafft mir gewisse Vorteile. Ich habe gehört, daß Ihre Frau in Sydney angekommen ist, und was ich nicht selber erraten konnte, habe ich diesem Schlappschwanz Livesay abgepreßt. Ihre Frau hat versucht, Sie beide wieder zusammenzubringen, nicht wahr?«

»Ja, aber ich verstehe nicht ...«

»Warten Sie nur, Dick, Sie werden's verstehen.« Quintin senkte die Stimme. »Der Mann, mit dem sie in London zusammengelebt hat und der, nebenbei gesagt, einen wesentlich höheren Dienstrang bekleidet als wir beide, möchte, daß sie sich von Ihnen scheiden läßt, damit er sie anschließend selber heiraten kann. Soweit ist alles hübsch proper. Er ist ehrgeizig und wünscht keinen Skandal. Es sähe nicht gut aus, wenn er dem Träger eines Viktoriakreuzes die Frau ausspannte, nicht wahr? Also muß sie die Scheidung einreichen, nachdem sie sich erst mit Ihnen versöhnt und dann die Schuld fein säuberlich Claire zugeschoben hat, natürlich mit allen Konsequenzen. Sie wissen ja, wie so was aufgezäumt wird: Mann nach Übersee abkommandiert, Verhältnis mit einem weiblichen Marineoffizier – Verleumdungen nach allen Seiten.«

Blakes Gemütsverfassung verdüsterte sich. Er wußte zwar nicht, was er eigentlich erwartet hatte, hatte jedoch gehofft, daß sich die Dinge durch Quintins Einmischung zum Guten wenden könnten.

»Ich weiß. Aber Diana sagte nichts von einem anderen Mann oder daß sie *ihn* heiraten wolle.«

Quintin sprach jetzt bewußt langsam, damit Blake auch kein Wort entging. »Sie hat nur eine Kleinigkeit nicht berücksichtigt: daß sie schwanger werden könnte. Ob es nun unser Flaggoffizier war oder jemand anderer, spielt keine große Rolle. Der Mann, den sie heiraten möchte, wird nur auf eines sinnen: sich so schnell wie möglich abzusetzen, damit er nicht in einen saftigen Skandal verwickelt wird.«

Blake sagte: »Und ihr Vater würde ihr dann nicht mehr helfen. Das ist so ungefähr die einzige Sache, die er bei ihr nicht goutieren würde. Also brauchte Diana mich nur für eine einzige Nacht. Als Alibi, sozusagen.«

Quintin hörte sich plötzlich ganz vergnügt an. »Genau das! Denken Sie nur, was Sie für einen Eindruck gemacht hätten: Ihrer Frau ein Kind anzuhängen, obwohl Sie ein Verhältnis mit Claire haben! Diana wäre blütenweiß aus der Geschichte hervorgegangen, während Sie und Claire bis zur Halskrause dringesteckt hätten!«

»Wie haben Sie das alles nur aus Livesay rausbekommen?« fragte Blake.

Quintin lachte leise. »Ich drohte ihm, ich würde dem Admiral erzählen, daß wir solche Pfeifen wie ihn hier nicht gebrauchen könnten, und würde ihn mit einer schlechten Beurteilung nach England zurückschikken.«

»Ich danke Ihnen, daß Sie mir das alles erzählt haben. Vor ein paar Minuten wäre ich noch am liebsten aus dem Fenster gesprungen. Aber ich hätte es besser wissen sollen. Die Menschen ändern sich nicht, und das gilt besonders für Diana.«

»Ich muß jetzt los. Hab's meiner Frau versprochen«, sagte Quintin munter. »Ich fühl' mich jetzt auch viel, viel besser!« Dann knallte er den Hörer auf.

Blake saß lange da, ohne sich zu rühren. Beinahe hätte alles geklappt. Vielleicht wäre er mit Diana ins Bett gegangen, nur um sie sich vom Halse zu schaffen. Um zu warten, bis sie sich in eine Situation manövriert hatte, in der sie die Schwächere war. Er ließ den Blick durchs Zimmer wandern. Und Claire saß irgendwo da draußen und wartete auf seinen Anruf. Es sei denn, Livesay hatte ihr erzählt, was vorgefallen war.

Das Telefon klingelte von neuem, und Blake griff hastig nach dem Hörer. Er rechnete mit Diana oder vielleicht mit Stagg und einem verrückten Plan, wie man den deutschen Handelsstörer fangen konnte.

Ihre Stimme hörte sich an, als wäre sie ganz in der Nähe.

»Ich hatte gehofft, daß ich dich erreichen würde.« Das klang unsicher, etwas atemlos.

»Claire! Ich wollte dich gerade anrufen. Wollte versuchen zu erklären…«

»Sag nichts, bitte. Ich möchte dir etwas sagen. Woran ich gedacht habe. Alles.« Sie atmete heftig ein, fast schluchzend. »Du mußt mir gar nichts erklären, denn ich liebe dich, Richard. Das läßt sich so einfacher sagen, wenn du mein Gesicht dabei nicht sehen kannst. Ich weiß über deine Frau Bescheid …«

»Ja, aber du weißt nicht, was vorgefallen ist.«

»Bitte, sag noch nichts. Ich weiß es doch. Sie hat mich hier aufgesucht. Zuerst war es schrecklich. Für Situationen dieser Art tauge ich wohl nicht besonders. Aber dann dachte ich an dich. An uns in diesem schrecklichen Schlauchboot. In dem Moment fing ich an zurückzuschlagen. Als sie mir und meiner Familie drohte, sagte ich ihr, sie möge sich zum Teufel scheren.« Sie versuchte zu lachen. »Eigentlich gar nicht meine Art.«

»Claire, ich liebe dich.«

»Ich weiß. Ich glaube, ich wußte es von Anfang an. Captain Quintin hat mir dann den Rest erzählt. Er muß wohl gemerkt haben, daß ich mir Sorgen mache. Er war wirklich wundervoll.«

»Ich muß dich unbedingt sehen«, sagte Blake. »Tut mir so leid, daß du da mit reingezogen worden bist. Aber ich werde es wiedergutmachen. Niemand wird dich noch einmal verletzen, das verspreche ich dir.«

Halb lachend, halb weinend fragte sie: »Wie ist es denn eigentlich in Sydney?«

Blake sah zum Fenster hinaus. Es hatte begonnen, in Strömen zu regnen, dicke Tropfen spritzten als kleine Fontänen von den Dächern auf.

»Hier ist es plötzlich wunderschön! Kannst du nicht herkommen, Claire? Ich weiß nicht, wieviel Zeit mir noch bleibt, bevor ich wieder ...« Mühsam unterdrückte er den Gedanken. »Ich sehne mich so sehr danach, dich zu sehen.«

»Morgen komme ich«, antwortete sie unter Tränen. »Captain Quintin wird es irgendwie arrangieren. Ich liebe dich.«

Blake ließ sich aufs Bett zurückfallen und verschränkte die Hände unter dem Kopf. Er lag immer noch so da und hing seinen Gedanken nach, als sich die Dunkelheit über die Stadt senkte.

In Williamstown blieb zu diesem Zeitpunkt ein kleiner, harmlos wirkender Mann einen Augenblick stehen und sah einigen betrunkenen Seeleuten nach, die auf das schwerbewachte Werfttor zuschwankten. Er lächelte ihnen zu, ein sanftes, amüsiertes Lächeln, aber die Seeleute waren schon zu sehr hinüber, um ihn überhaupt zu bemerken. Der Mann, zu schwächlich für den Militärdienst, arbeitete als Büroangestellter auf der Werft und war im Umgang mit Hauptbüchern und Anforderungslisten für die im Ausrüstungsbecken liegenden Schiffe außerordentlich tüchtig.

Er befand sich, genau zu seiner gewohnten Zeit, auf dem Weg nach Hause und unterbrach seinen Heimweg nur kurz, um in dem einzigen kleinen Laden Zigaretten und die Abendzeitung zu kaufen. Anschließend würde er dann mit seinem Hund spazierengehen und mit seiner Frau und der Schwiegermutter zu Abend essen. Alles wie immer.

Der Mann hinter dem Ladentisch nickte ihm zu und schob ihm ein Päckchen Zigaretten hinüber. Der Angestellte gab ihm dafür einen kleinen Briefumschlag. Dann ging er seines Weges. Der Ladenbesitzer verriegelte die Tür und ging ins Hinterzimmer, wo er, leise vor sich hin pfeifend, den Briefumschlag geruhsam öffnete.

Innerhalb der nächsten Stunde würden die im Umschlag enthaltenen Informationen eintausend Meilen oder mehr über den Ozean gefunkt werden: eine weitere Meldung für die deutschen Handelsstörer.

Letzte Chance

Commodore Rodney Stagg nahm ein schweres Feuerzeug vom Schreibtisch und zündete mit großer Konzentration seine Zigarre an.

Hinter dem Schreibtisch saß Captain Quintin, das Gesicht von Müdigkeit und Schmerzen gezeichnet, und sah ihn argwöhnisch an. Trotz der Vorhaltungen seiner Frau hatte er den größten Teil der Nacht im Büro zugebracht, und Staggs dröhnende gute Laune ging ihm allmählich auf die Nerven.

Durch das Fenster drangen die ersten Morgenlaute des erwachenden Melbourne. Aber auch in den angrenzenden Büros wurde schon gearbeitet; in den letzten beiden Tagen war das Rattern der Fernschreiber, das Schrillen der Telefone und das gelegentliche Klirren von Kaffeetassen rund um die Uhr zu hören gewesen.

»Wann kommt Fairfax?« fragte Stagg. Er blickte vielsagend auf die Wanduhr. »Zu meiner Zeit ...«

Quintin stöhnte. »Das *ist* jetzt Ihre Zeit, Sir. Zumindest steht sie unmittelbar bevor.«

Stagg grinste. »Stimmt. Es läuft alles wie geplant, und ich muß zugeben, daß wir ohne die Hilfe Ihrer Abteilung, nicht zu vergessen Ihren persönlichen Einsatz, absolut aufgeschmissen gewesen wären.«

Quintin gab auf. »Da haben Sie allerdings recht.«

Der mächtige Schatten des Commodore fiel über die Wandkarte des Indischen Ozeans mit den letzten, von Quintins Mitarbeitern angebrachten Markierungen.

»Keine weiteren Versenkungen, soweit wir wissen.

Jedenfalls keine durch den Handelsstörer. Das leuchtet ein. Der Bastard wird kaum noch Brennstoff und Lebensmittel haben. Ich verwette meine Pension, daß Blake recht hatte, was den Spanier betrifft. Damit wären zwei Versorger versenkt und einer unterwegs abgefangen.«

Quintin grinste ironisch. Es war schon ungewohnt, daß Stagg überhaupt etwas zugab.

»Haben Sie alles selber geprüft?« fragte Stagg.

Quintin, dem der Zigarrenrauch zuwider war, seufzte leise. »Ja. Ich erhielt eine Funkmeldung vom Hafenkommandanten in Aden. Ein Flottentanker, die *Empire Prince*, ist klar zum Auslaufen. Sie ist bis oben hin voll Brennstoff. Wenn wir nun noch ein übriges tun wollten und die Ladung durch Wasserballast ersetzen, würden das zu viele Leute mitbekommen. Aus Sicherheitsgründen sollen aber so wenige wie möglich Bescheid wissen.«

Stagg nickte. »Das klingt vernünftig.«

»Der Admiral allerdings«, fuhr Quintin fort, »hat sofort darauf hingewiesen, was passieren würde, wenn wir einen Fehler machen. Der Handelsstörer würde so viel Brennstoff erbeuten, daß er für Monate genug hat. Wir stünden da wie die Narren.«

»Na, damit allein wäre es wohl nicht getan, wie ich ihn kenne.« Stagg ging wieder zur Karte hinüber. »Eine kleine, handverlesene Besatzung von Freiwilligen unter Fairfax' Kommando. Bei ihm bin ich mir allerdings nicht so ganz sicher.«

»Doch, Sir, er ist wirklich ein guter Mann. Sein Kommandant ist davon überzeugt, und ich stimme ihm bei.«

»Wir werden ja sehen. Was hört man über den Geheimagenten der Deutschen?«

Quintin grinste. »Wahrscheinlich führt er gerade seinen Hund spazieren, bevor er wieder zur Arbeit geht.«

»Dieser verdammte Schurke. Ich könnte ihn eigenhändig erwürgen!«

»Wenn wir's anders gemacht hätten«, sagte Quintin, »wäre es viel riskanter gewesen. Eine falsche Fährte zu einem wertlosen Köder wäre sofort aufgefallen. So wissen die Deutschen wenigstens, daß alles seine Ordnung hat und daß da eine Menge zu holen ist.«

Eine Marinehelferin steckte den Kopf durch die Tür. »Commodore Fairfax, Sir.«

Stagg brummte: »Wird auch verdammt Zeit.«

Quintin brauchte fünfzehn Minuten, um den Einsatzauftrag zu beschreiben und Fairfax einzuweisen. Anschließend meinte er: »Wenn Sie irgendwas dazu zu sagen haben, würde ich es gerne hören.«

Fairfax sah Stagg an, aber der zeigte keine Reaktion.

»Die Idee ist gut, Sir. Es könnte klappen.«

»Könnte?« warf Stagg ein. »Verdammt, das muß klappen.«

Quintin sagte: »Meine Leute sind durch das Büro in der Werft darauf gekommen. An keiner anderen Stelle laufen so viele Informationen über die von den Schiffen benötigten Vorräte und Ausrüstungsgegenstände oder die erforderlichen Liegeplätze zusammen. Die *Empire Prince* wird auf halbem Weg nach Williamstown einen Spruch absetzen, mit dem sie meldet, daß sie einen Schaden erlitten hat und sofort nach Ankunft ins Dock muß. So kann sie dann auch wie selbstverständlich darauf hinweisen, daß sie sofort ihre Ladung

Brennstoff löschen muß. Ich kann mir vorstellen, daß unser kleiner Spion diese Information nur allzugern weitergeben wird.«

Fairfax fragte: »Sie sagten, daß er schon einen Spruch abgesetzt hat, Sir?«

»Ja. Ich habe durchsickern lassen, daß ich eine U-Boot-Falle klarmachen lasse, die heute in zwei Tagen von Perth aus in See gehen soll. Ich habe sogar einen Funkspruch darüber aufgesetzt, der zum entsprechenden Zeitpunkt an *Fremantle* und *Andromeda* gehen wird.«

Stagg hatte Fairfax indessen leicht gereizt gemustert. »Na, was ist nun?«

»Wenn ich der deutsche Kapitän wäre, Sir, würde ich jubilieren. Die beiden Kreuzer sind zusammen mit dem Lockschiff in andere Richtung abgedampft, während mir eine echte, fette Beute unerwartet aus Aden in die Arme läuft. Die *Empire Prince* wird ihm außerdem nicht unbekannt sein. Sie wurde bei Kriegsbeginn von den Deutschen in Holland aufgebracht und später als Versorger für die *Bismarck* verwendet. Die Briten eroberten sie zurück und haben aus dem Gerät, das die Deutschen eingebaut hatten, eine ganze Menge gelernt. Da sie keine Stützpunkte haben, hatten sie das Schiff für eine Versorgung auf See eingerichtet.«

Stagg warf Quintin einen Blick zu und brummte widerwillig: »Seine Hausaufgaben hat er gemacht.«

»Wir hatten unsere Differenzen, Sir«, sagte Fairfax. »Aber ich weiß auch heute noch, daß ich damals richtig gehandelt habe. Ich hätte Ihre Leute nicht retten können, ohne das Leben aller Flüchtlinge, die ich an Bord hatte, zu riskieren.«

Stagg rollte seine Zigarre zwischen Daumen und Fingerspitzen hin und her. »Vielleicht. Aber wenn Sie hätten zusehen müssen, wie man Ihre Jungs einen nach dem anderen hinmetzelt, und die kleinen Bastarde Sie dann mit ihren Messern und Bambussplittern bearbeiten, dann wären auch Sie darüber etwas sauer gewesen, schätze ich.«

Das war wohl der größte Schritt zur Verständigung, den sie beide je machen würden, dachte Fairfax.

Stagg sagte langsam: »Ich habe meinen beiden Schiffen Befehl gegeben, morgen nachmittag seeklar zu sein. Diesmal muß es hinhauen. Ein großer Geleitzug mit Truppentransportern wird in Kürze in Kapstadt erwartet. Die Soldaten werden im Pazifik gebraucht. Wenn wir uns den Handelsstörer durch die Lappen gehen lassen, wird sich die Abfahrt des Konvois verzögern: die gute alte Kettenreaktion.«

Er wandte sich zur Tür. »Ich bleibe mit Ihnen in Verbindung. Und Blake?« Er hob fragend die Augenbrauen.

»Wird von mir benachrichtigt«, antwortete Quintin kühl. Als sich die Tür schloß, sah er Fairfax an und fügte lächelnd hinzu: »Später.«

Fairfax schien kein bißchen aufgeregt. Was war er? Ein möglicher Held oder ein wahrscheinliches Opfer?

»Sie werden nur eine kleine Besatzung mitbekommen«, sagte Quintin. »Gerade genug Leute, um alles in Gang zu halten. Die Kreuzer werden mit Ihnen in Fühlung bleiben, und das erste, was Sie vermutlich vom Feind zu sehen bekommen, wird das Bordflugzeug sein. Wenn Sie von ihnen Anweisung erhalten, nicht zu funken, dann tun Sie das. Sie sitzen auf einer vollen

Ladung Brennstoff, und ich möchte nicht, daß Sie hochgehen, nur um etwas zu beweisen. Außerdem wäre Ihre reizende Frau damit keineswegs einverstanden.«

»Apropos Captain Blake, Sir.« Fairfax wartete, wie der Ältere reagieren würde. »Ich habe seine Frau in Sydney getroffen. Wenn ich irgendwie helfen kann …«

Quintin mußte lächeln. Wenn Fairfax sich um Blake und sein Privatleben Sorgen machen konnte, obwohl er einen Einsatz vor sich hatte, der außerordentlich gefährlich war, dann war er wirklich ein guter Mann.

»Die Sache kommt schon in Ordnung. Alles, was ich dazu tun kann, geschieht. Trotzdem vielen Dank für Ihr Angebot.«

Die Tür zum Operationsraum ging auf, und ein müde aussehender Lieutenant sagte: »Das Fahrzeug für Commander Fairfax ist da, Sir.«

Fairfax ging um den Schreibtisch herum, um Quintin das mühsame Aufstehen zu ersparen. »Also bis dann, Sir.« Er zögerte einen Moment. »Falls mir irgend etwas passiert, irgend etwas schiefgeht, könnten Sie dann vielleicht selbst mit Sarah sprechen?«

»Natürlich.« Quintin schüttelte ihm die Hand. »Tun Sie das gleiche für mich, wenn ich von diesem verdammten Stuhl runterfalle.« Er zwang sich zu einem Lächeln. »Guten Flug.«

Quintin war wieder allein und ging zum x-ten Male seinen Plan durch. Wenn irgendwo eine schwache Stelle war, würde Rietz sie finden. Wenn sich die Umstände in den nächsten Tagen änderten, konnten eine Menge Leute umsonst sterben.

Er dachte wieder an Blake und die Grausamkeit des Lebens, das ihm jetzt noch das Glück entreißen konnte, das er fast schon in der Hand hatte.

Das Telefon auf seinem Schreibtisch läutete. Er griff nach dem Hörer, wobei sich seine Gedanken wieder automatisch auf den Tagesdienst einstellten.

»Stabsoffizier Nachrichtendienst am Apparat.«

Der Regen prasselte auf den am Straßenrand abgestellten Wagen. Claire saß am Steuer, genauso wie Blake sie in Erinnerung hatte. Nur daß sie diesmal keine Uniform trug. Blake hatte sie noch nie in einem Kleid gesehen; als er sie am Flughafen erwartet hatte, war er fast krank gewesen vor Enttäuschung, als er sie unter den herausströmenden Passagieren nicht gleich erkannte.

Dann sah er sie. In dem schlichten gelben Kleid, das sie auch jetzt trug, kam sie durch die belebte Flughafenhalle und blickte ihm mit freudiger Erwartung und doch irgendwie unsicher entgegen.

Sie hatten ihre Reisetasche ins Hotel gebracht, und dabei hatte sie ihm von diesem kleinen Restaurant am Stadtrand von Sydney erzählt, vor dem sie jetzt standen.

Er legte einen Arm um ihre Schultern und berührte leicht ihr Haar.

Sie sagte: »Ewig können wir hier nicht sitzen bleiben. Wollen wir einfach losrennen?« Doch dann wandte sie sich ihm zu, legte die Hände um seinen Nacken, zog ihn an sich und flüsterte, so daß er ihren warmen Atem auf seinen Lippen spürte: »Plötzlich hab' ich gar keinen Hunger mehr, wie ist es mit dir?«

»Mir geht es genauso. Ich liebe dich, Claire.«

Sie küßte ihn zunächst zart, dann jedoch, als er sie an sich drückte, hingebungsvoll mit geöffneten Lippen.

Blake registrierte kaum, daß der Regen aufgehört hatte und die Wagenscheiben zu beschlagen begannen. Zwei Männer waren neben ihnen stehengeblieben und starrten durch das Glas. Der eine reckte anerkennend den Daumen in die Höhe und rief: »Nur weiter so, Kumpel!«

Sie rückte etwas von ihm ab, aber von der scheuen Abwehrhaltung, der Unsicherheit, war nicht mehr viel zu spüren, als sie sagte: »Wir sollten sehen, daß wir hier wegkommen. Wenn du sicher bist, daß du nicht doch lieber essen möchtest?«

Er nickte. »Ich bin ganz sicher.«

Im Hotel gingen sie gleich auf Blakes Zimmer. Er wußte, daß er ihr eigentlich ein Zimmer hätte mieten sollen, daß er sich hätte vergewissern müssen, ob seine Frau Sydney schon verlassen hatte, aber der Gedanke an Claire verdrängte alles andere.

Eine Flasche Champagner stand glitzernd in einem Eimer voll Eis.

»Ich fühle mich richtig verworfen«, sagte Claire etwas atemlos und lehnte sich an ihn. »Wieviel Zeit haben wir?«

Blake fühlte, wie sich ihr Körper spannte, als er den einen Träger des Kleides über ihre gebräunte Schulter streifte. »Nur heute nacht, mein Liebling.« Sie kuschelte sich an ihn, ihr kurzer Widerstand war verflogen, bevor er sich verletzt fühlen konnte. »Aber nächstes Mal wird es so sein, wie *wir* es wollen.«

Sanft schob sie ihn von sich und sagte ruhig: »Laß mich das machen.«

Sie streifte ihr Kleid ab und warf es auf einen Stuhl.

Dann sagte sie: »Den Rest mußt du übernehmen. Ich bin plötzlich so zittrig, daß ich …«

Von der Bettkante aus beobachtete sie dann, wie er sich auszog und den Champagner öffnete.

Nackt nebeneinandersitzend, tranken sie sich zu, als wäre es die normalste, die unschuldigste Sache der Welt. Dann ließ sich Claire zurücksinken, verschränkte die Arme unter dem Kopf und sagte: »Ganz gleich, was passiert, mein Liebling. Das ist jetzt endgültig und für immer.«

Noch einmal zeigte sich der fast kindliche Zweifel in ihrem Gesicht. »Das stimmt doch, nicht wahr?«

Er beugte sich zärtlich über sie und streichelte ihre Brüste. »Ja, für immer.«

Sie schloß die Augen, als er auf sie niedersank, umklammerte ihn mit ihren kräftigen Beinen und machte ihn gleichzeitig zum Gefangenen und zum Sieger.

Blake lag ganz still und hielt Claire im Arm, die ruhig atmend neben ihm schlief, den Kopf an seiner Brust, ein Bein über ihn gelegt. Er fühlte sich völlig erschöpft und wurde gleichzeitig von einem Hochgefühl des Glücks getragen. Sie hatten sich zu Anfang mit großer Zärtlichkeit und dann mit einer fast verzweifelten Hingabe geliebt, wie sie sie beide noch nicht erlebt hatten.

Blake fuhr sachte mit der Hand ihr Rückgrat hinunter, wobei sie erwachte und schläfrig murmelte: »Ist es schon Zeit?«

»Bald.«

Sie ließ die Hand über seine Brust wandern. »Jetzt hab' ich dir doch nicht Cooks Haus in Melbourne gezeigt.« Ihre Hand bewegte sich jetzt langsamer, als spüre sie sein zurückkehrendes Verlangen. »Nächstes Mal.«

»Ja.«

Er drehte sie sanft auf den Rücken und küßte sie lange auf den Mund. In steigender Erregung begann sie sich zu winden, als er ihre Brüste, ihren Bauch und ihren ganzen Körper mit Küssen bedeckte, bis sie schließlich leidenschaftlich ineinander versanken.

Zuletzt lösten sie sich voneinander und lagen schwer atmend Seite an Seite, zu erfüllt, um sprechen zu können.

Sie lagen immer noch so da, als das Telefon neben dem Bett klingelte. Es war Quintin. Wie typisch für diesen Mann, so etwas persönlich zu erledigen, dachte Blake.

»Zeit, sich in Marsch zu setzen, Dick.«

Blake sah ihn vor sich, wie er da in seinem Rollstuhl saß, im Durcheinander der Seekarten und Aktenschränke. Eigentlich sollten Männer wie er das Viktoriakreuz bekommen, dachte er.

»Bin schon unterwegs.«

»Gut. Die Transportfrage ist geregelt.« Er zögerte. »Sagen Sie Claire, daß ihr Schreibtisch auf sie wartet.«

Blake stützte sich auf den Ellenbogen und sah auf ihr Gesicht nieder. »Hast du's gehört, Claire?«

»Ja, ich komme.«

Er küßte sie noch einmal, stand dann auf und begann sich in größter Eile anzuziehen. Selbst auf das Rasieren verzichtete er, weil er fürchtete, daß jede Verlängerung des Abschieds sie den Tränen näher bringen würde.

Als könne sie seine Gedanken lesen, sagte sie leise: »Mach dir keine Sorgen, mir geht's gut. Wirklich.«

Er versuchte zu lächeln. »Ich weiß. Genau wie mir.«

Als er sich über das Bett beugte, richtete sie sich schnell auf, warf einen Arm um seinen Nacken und streichelte mit der anderen Hand sein unrasiertes Gesicht, sein Haar, seinen Körper.

»Paß gut auf dich auf, mein Liebling.«

»Das verspreche ich.« Er gab ihr einen leichten Kuß. »Ich muß los.«

Als sich die Tür hinter ihm schloß, vermeinte er, sie rufen zu hören, drehte sich aber nicht mehr um.

In der Halle wartete schon sein Fahrer. »Wird heut' sicher ein schöner Tag, Sir.« Der Mann ergriff seine Reisetasche und ging mit ihm hinaus.

Blake blieb einen Moment auf dem Bürgersteig stehen und warf einen Blick auf die Hotelfassade, war jedoch nicht sicher, hinter welchem Fenster sich Claire befand.

Der Fahrer rutschte hinters Steuer und fuhr mit finsterer Miene los. Auch so ein eingebildeter Engländer, dachte er. Nimmt überhaupt keine Notiz von mir, obwohl ich doch nur freundlich sein wollte.

Lieutenant-Commander Scovell verfolgte jeden Schritt Blakes in der Kajüte der *Andromeda* wie ein Luchs.

»Ich hab' mich die ganze Zeit gefragt, Sir, was all die Aufregung wohl soll. Wir machen also jetzt wirklich Ernst, und das Schiff, das wir ihm als Köder präsentieren, soll ihn nur von dem wahren Köder ablenken?«

Blake war seit zwei Stunden wieder an Bord, von denen jede Minute mit dienstlichen Belangen und Entscheidungen ausgefüllt war.

Er sagte: »Richtig, Nummer Eins. Wenn wir die Sache verpatzen, haben wir bestenfalls eine lange Jagd vor uns. Schlimmstenfalls löst sich der Feind in Luft auf, und wir haben endgültig das Nachsehen.«

Scovell zuckte die Schultern. »Es wird mir nicht besonders leid tun, wenn ich von hier fort muß.«

Blake betrachtete ihn gedankenvoll. Alles, was Scovell im Kopf hatte, war sein eigenes Kommando, eine weitere Sprosse die Leiter hinauf.

So wie Scovell zu sein vereinfachte sicherlich das Leben, dachte er. »Ich spreche später zur Besatzung«, sagte er. »Die Unterrichtung der Offiziere überlasse ich Ihnen.« Er sah ihn ernst an. »Aber nur die reinen Tatsachen, Nummer Eins. Ich möchte nicht, daß sie das für eine weitere nutzlose Patrouille halten, klar?«

Scovell antwortete nur mit einem schmalen Lächeln. Dann fragte er: »Schlimmen Flug gehabt, Sir?«

»Na ja, es ging. Warum?«

»Mir fiel auf, daß Sie offenbar keine Möglichkeit hatten, sich zu rasieren, Sir?« Seine Augen waren ausdruckslos wie die eines Hais.

»Später. Das Wichtigste zuerst.«

Scovell war mit ein paar gleitenden Schritten an der Tür. »Fast wie Francis Drake, Sir. Um den Feind zu schlagen, ist hinterher immer noch Zeit genug, was?«

Blake starrte hinter ihm her. Eine Bemerkung, die näher an einen Witz herankam, hatte sein I. O. noch nie von sich gegeben.

»Signal von der *Bouncer*, Sir. Sind Sie klar?«

Die *Bouncer* war der Heckschlepper, der jetzt Dampf machte und sich, so aggressiv aussehend wie sein Name – »Rausschmeißer« – besagte, von Backbord achteraus heranschob.

Sub-Lieutenant Walker hielt einen Handapparat an den Mund und rief: »Alle Leinen sind los, bis auf Bug- und Heckleine und die Vorspring, Sir.«

»Danke.«

Eine Handvoll Werftarbeiter waren auf die Pier herausgekommen, um das Ablegemanöver zu beobachten, und Blake fragte sich, ob wohl auch der Spion aus seinem Büro irgendwo am Ende der Werft ihr Auslaufen beobachtete.

Was war das nur für ein Mensch, der so etwas tun konnte? Quintin, den er noch kurz gesprochen hatte, bevor er an Bord ging, hatte nur lakonisch bemerkt: »Ich werde Sie unterrichten. Sobald Sie den Handelsstörer erledigt haben.«

Blake konnte wohl einen Mann verstehen, der für sein eigenes Land spionierte, aber Informationen an den Feind zu liefern, der darauf aus war, die eigenen Leute zu vernichten, dafür fehlte ihm jegliches Verständnis.

»Maschinen klar zum Manöver.«

Die *Andromeda* würde über den Achtersteven ablegen. Sobald sie klar von der Pier und den anderen Schiffen war, mußte sie einen prächtigen Anblick bieten, dachte er. Diesen Anblick würde er allerdings selbst erst dann zu Gesicht bekommen, wenn er endgültig von Bord gegangen war.

Er stieg auf die Backbordgrätings. »Achtern loswerfen. *Bouncer* soll die Schleppleine steifholen.«

Er sah den Signalmeister zu den Flaggen hinüberwatscheln, die er für die seltenen Gelegenheiten bereithielt, bei denen sie Schlepperhilfe brauchten.

»Alles los achtern, Sir.« Walkers Stimme klang angespannt.

Das Heck bewegte sich schon langsam von der Pier weg, und die triefenden Fender wurden eilig weiter vorn ausgebracht, wo die schon arg strapazierten Pfähle der Außenhaut bedenklich nahe kamen.

»Backbordmaschine langsam Fahrt voraus.« Blake gab Scovell ein Zeichen. Mit Hilfe des Schleppers und der Hebelwirkung der Spring kam der Kreuzer langsam mit dem Heck von der Pier frei.

»Backbordmaschine stopp. Vorne los.«

Blake hob das Glas an die Augen und warf einen Blick in die Runde. Einige seiner Leute tauchten dabei plötzlich in seinem Blickfeld auf. Ein ernsthaft aussehender Signalgast, der die Unionsflagge zusammenfaltete, welche beim Ablegen niedergeholt worden war. Scovell, der seine Leute mit Argusaugen beobachtete und ungeduldig mit einer Fußspitze auf und ab wippte. Und der Backsälteste Musgrave, »Hydraulik-Jack«, der einen noch unerfahrenen Matrosen beiseite stieß, als die Bugleine wie eine stählerne Schlange über die Back schnellte.

»Alles los vorn, Sir.«

Blake wandte sich um und musterte kurz die Reede. Nur ein paar Schiffe, und keins gefährlich nahe.

»Beide langsam zurück. Der andere Schlepper soll noch in der Nähe bleiben.«

»Beide Maschinen stopp.« Blake registrierte Walkers jugendlichen Eifer. »Jetzt sind wir gleich unterwegs, Sub.«

Das Land schwang langsam an ihnen vorbei, als der Kreuzer mit seiner Restfahrt und der Strömung weitertrieb, bis die lange Außenpier genau quer vor ihrem Bug lag. Nur eine kleine Lücke zwischen einem Zerstörer und einem halbwegs wieder instand gesetzten Minensucher zeigte an, wo sie gelegen hatten, obwohl es kaum möglich schien, daß *Andromeda* so wenig Raum beansprucht haben sollte.

»Alles klar, Sir«, sagte Villar.

Blake sah ihn an. Sie hatten ein gutes Team gebildet. Jetzt war alles bald vorbei.

»Steuerbord zwanzig. Backbord langsam voraus. Steuerbordmaschine langsam zurück.«

Schaumiges Wasser wuchs an der Bordwand empor.

»Steuerbord stopp.«

Blake warf einen Blick auf eine vorbeifahrende Hafenbarkasse, aber die hielt sich gut frei. »Ruder mittschiffs. Beide langsam voraus. Signalisieren Sie den Schleppern: danke.«

Die *Bouncer* drehte mit einem schrillen Sirenenton ab, während ihre Besatzung die Schlepptrosse einholte.

»Übernehmen Sie, Pilot.«

Als sich Blake auf seinen Stuhl schwang, kamen ihm plötzlich Claires Worte in den Sinn: »Wenn ich doch nur bei dir an Bord sein könnte.«

»Vorn und achtern alles seefest gezurrt, Sir.«

»Gut. In zehn Minuten können Sie die Leute von Hafenstationen wegtreten lassen …« Er wurde durch die laute Stimme eines Matrosen unterbrochen, der erstaunt ausrief: »Herrgott, Sir, sehen Sie sich *das* an!«

Während Lieutenant Trevett den Mann wegen seiner unmilitärischen Meldung rügte, sah Blake, um was es sich bei diesem »das« handelte.

Ein Walrus-Flugboot donnerte dicht an einem langsam fahrenden Frachter vorbei und war nahe daran, mit zwei Korvetten zu kollidieren, die gerade ausliefen.

Das Flugboot klatschte aufs Wasser und prallte unter dem ärgerlichen Aufheulen des Druckpropellers wieder hoch, bevor es endgültig dicht neben dem Frachter wasserte.

Scovell erschien auf der Brücke und brüllte, seine gewohnte Gelassenheit vergessend: »Was macht dieser verdammte Idiot?«

Der Signalmeister setzte sein langes Teleskop ab und saugte an einer Zahnlücke. Dann sagte er: »Ich glaube, es ist der Commodore, Sir.« Er räusperte sich zurückhaltend. »Ich vermute, daß er an Bord kommen will.«

»Lassen Sie sofort das Rettungsboot zu Wasser bringen!« Blakes Stimme brachte wieder Bewegung in die erstaunte Brückenwache. »Aber Beeilung! Und sagen Sie dem Chief, Sub, er soll mit den Umdrehungen auf die geringstmögliche Fahrt zurückgehen. Wir wollen ihn nicht auch noch auf die Hörner nehmen.«

Das Chaos war schon groß genug. Die beiden Korvetten überlappten sich, während sie sich bemühten, ihre richtige Station wieder einzunehmen; von der hohen Brücke des Frachters scholl ein Strom obszöner Flüche herunter, durch das Megaphon noch verstärkt.

Blake beobachtete den Bug der *Andromeda*, um sicher zu sein, daß sie im Strom keine Fahrt verlor. Er brauchte kein Glas, um Staggs hochgewachsene Gestalt zu erkennen. Warum war er hier? Vielleicht war der Einsatz abgeblasen, oder die Deutschen hatten woanders angegriffen?

Er brauchte nicht lange zu warten. Jedermann mit einem strahlenden Lächeln bedenkend, erschien Stagg auf der Brücke, noch während das Boot wieder in die Davits gehievt wurde. Was mit der Walrus geschehen sollte, interessierte offensichtlich niemanden.

Stagg schüttelte ihm die Hand und dröhnte: »Lassen Sie ruhig wieder Fahrt aufnehmen, Captain Blake. Ich bleibe an Bord.«

Nachdem sich die Dinge wieder normalisiert hatten, fügte Stagg hinzu: »Wie dieser Narr Livesay sagen würde: Die Sache ist die, wir hatten ein wenig Ärger.«

Blake entging nicht, daß es Stagg große Anstrengung kostete, sich so unbeschwert und ruhig zu geben.

»Wir waren gerade aus der Bucht raus, als wir mit einem einlaufenden Zerstörer zusammentrafen. Natürlich einem Amerikaner.«

»*Zusammentrafen*, Sir?«

Stagg sah ihn an. »Ja, er lief geradewegs in die *Fremantle* hinein. Hat das Vorschiff übel zugerichtet. Sie werden es ja in Kürze sehen. Ich habe Schlepper angefordert. Der Zerstörer hat am meisten abbekommen. Ich werde seinen verdammten Skipper in Eisen legen lassen, wenn wir vors Kriegsgericht gehen.«

Stagg betrachtete seine Hände. »Haben Sie was dagegen, wenn ich mich in Ihrer Kajüte einrichte? Gut. Auf keinen Fall wollte ich zurückbleiben, jetzt schon gar nicht, bei Gott. Ich hätte den Piloten der Walrus erwürgt, wenn er Sie nicht gefunden hätte.«

Damit verließ er die Brücke, nach allen Seiten grüßend, als sei das Ganze ein einziger großer Witz.

Blake blieb noch eine ganze Weile in seinem hohen Stuhl sitzen. Seitdem dieser Einsatz begonnen hatte, war er das seltsam entnervende Gefühl nicht losgeworden, daß er gar keine Wahl, keine Kontrolle über das Geschehen habe. Das Schicksal hatte bereits entschieden. Die kurze Zeit mit Claire war seine einzige Belohnung, sein einziger Moment wahren Glücks gewesen. Jetzt wurde ihm dafür die Rechnung präsentiert.

»*Fremantle* an Steuerbord voraus, Sir.«

»Herrgott, was für ein Schrotthaufen«, sagte eine andere Stimme. »Die ist wirklich reif für die Werft!«

Der amerikanische Zerstörer lag mit dem Bug so tief im Wasser, daß er vielleicht sogar auf Strand gesetzt werden mußte. Diese Dinge kümmerten Stagg jedoch nicht, das würde der Kommandant erledigen. *Er* hatte Wichtigeres zu tun.

Villar sagte zum Rudergänger: »Gehen Sie auf Kurs zwo-drei-null.«

Blake rutschte von seinem Stuhl herunter und legte die Mütze hinter das Brückenkleid. Hatte er sie wirklich erst heute morgen verlassen? Diese andere Welt, die durch die vier Wände eines kleinen Hotelzimmers begrenzt wurde?

Er sah auf seine Uhr. Claire würde jetzt an ihrem Schreibtisch sitzen, adrett in ihrer Uniform. Die anderen Marinehelferinnen würden den Ring an ihrem Finger sehen und sich wahrscheinlich ihre Gedanken machen.

Blake wandte sich um und sah, daß Villar ihn beobachtete. So wie sich meine Leute ihre Gedanken machen, dachte er.

Überraschenderweise gab ihm diese Vorstellung einen gewissen Halt, und er sagte zu Scovell: »Ich gehe durchs Schiff, Nummer Eins. Gegen Abend setzen wir dann Gefechtsdienst an, damit wir wieder ein bißchen in Schwung kommen.«

Als sich die Dunkelheit herabsenkte, lag das Land schon weit hinter ihnen, und *Andromeda* hatte den Ozean für sich allein.

Schlechtes Wetter

Nach ihrem Rendezvous mit dem ursprünglichen Lockschiff westlich von Perth nahm die *Andromeda* wieder Kurs auf den Indischen Ozean. Die fünf Tage, die sie zu ihrer Reise nach Perth gebraucht hatte, waren fast gemütlich gewesen. Trotz regelmäßiger Übungen an den schweren und leichten Geschützen, trotz Schiffssicherungs- und Brandbekämpfungsübungen schien die Besatzung bei ihrer einsamen Fahrt Entspannung zu finden, doch das war, wie Moon düster prophezeite, nichts anderes als die Ruhe vor dem Sturm.

Das Wetter benahm sich seltsam. Zwar hatten sie viele Stunden Sonnenschein, doch ließ die Sonne schon die Wärme vermissen, mit der sie *Andromeda* bei ihrer Ankunft aus dem Mittelmeer empfangen hatte. Der Himmel war hell und konnte von den Ausgucks ohne getönte Gläser kaum abgesucht werden. Manchmal, wenn Blake auf die obere Brücke kam, war ihm so, als teile er sie mit Blinden.

Die von Stagg und Quintin vereinbarten Funksprüche gingen in Abständen ein. Fairfax' *Empire Prince* war aus Aden ausgelaufen und befand sich auf südöstlichem Kurs. Genau wie *Andromeda* würde sie jeden Spruch auffangen, selbst jedoch völlige Funkstille wahren.

Blake hatte die Sache mehrere Male mit Stagg im Kartenraum besprochen, wo Villars Plotter alle Schiffsbewegungen stündlich mitkoppelten.

Man konnte fast verzagen, wenn man die unendliche Weite des Ozeans mit den eigenen spärlichen Mitteln verglich. Letztere waren auch noch auf die Hälfte geschrumpft, als *Fremantle* durch die Kollision ausfiel.

Acht Tage nach ihrem Auslaufen aus Williamstown, als sie auf dem 30. Breitengrad nach Westen liefen, kam Villar in die Offiziersmesse, wo die meisten noch beim Frühstück saßen.

Die Angewohnheiten der Engländer belustigten Villar ungemein, zum Beispiel ihr Bedürfnis, beim Frühstück unbedingt Zeitung zu lesen. Jede auf einem kleinen Gestell vor einem kauenden Offizier. So als läsen sie eine Partitur. Daß die meisten Zeitungen schon Wochen alt waren, schien überhaupt keine Rolle zu spielen.

Er setzte sich ergeben hin und wartete, bis ein Steward ihn bemerkte. Dann bestellte er das übliche Frühstück: Rührei aus Trockeneipulver, krosse Speckstreifen und Toast. Dazu natürlich Tee.

»Kaffee«, sagte er plötzlich laut. Er hatte schon immer gern gegen den Stachel gelöckt.

Palliser sah ihn über den Rand seiner Zeitung hinweg an und lächelte. »Alles ruhig auf der Brücke, Pilot?«

Villar schlürfte seinen Kaffee. Auf das, was jetzt kam, freute er sich. »So wie es aussieht, Palliser, haben wir ziemlich übles Wetter zu erwarten. Möglicherweise einen Wirbelsturm.«

Nach diesen Worten wurde es ganz ruhig in der Messe; alle Gesichter wandten sich ihm zu.

Surgeon Lieutenant Reynard, der immer noch leicht

seekrank wurde, rief aus: »Aber ändert das nicht die Lage? Werden wir vielleicht wieder in den Hafen zurückkehren ...« Seine Stimme wurde leiser, als einige Offiziere auflachten. »Oder so?«

Villar biß voller Genuß in seinen Toast. »Fragen Sie *ihn* doch mal.« Damit deutete er nach achtern. »Commodore Stagg wird es Ihnen sicher mit größtem Vergnügen erklären.«

Captain Farleigh von den Royal Marines sagte ruhig: »Das hat doch bestimmt Auswirkungen auf unser Rendezvous?«

Villar sah ihn an. »Möglich. Wir sollen ungefähr zweihundertfünfzig Meilen vor der *Empire Prince* auf Position gehen. Keinesfalls dürfen wir zu irgendeiner Zeit weiter entfernt stehen. Denn auch bei voller Geschwindigkeit brauchen wir dann ungefähr acht Stunden, um zu ihr aufzuschließen.«

Er sah zum gegenüberliegenden Bullauge hinaus. Die Wasserfläche schien sich langsam zu heben, bis sie nahezu die ganze Glasscheibe ausfüllte, verharrte einen Augenblick und fiel dann wieder zurück: ein nettes, ruhiges Rollen bei wirtschaftlicher Marschfahrt. Aber Villar wußte aus bitterer Erfahrung, wie schnell sich die See ändern konnte. Seltsam, dachte er, daß nur der Hauptmann der Seesoldaten die Gefahr erkannt hatte.

Auf der oberen Brücke machte sich die Wetteränderung schon bemerkbar. Innerhalb weniger Minuten hatte die See ihre Farbe geändert, und der Horizont wirkte verschwommen; das über die Back gischtende Wasser wurde trüb wie ein vergilbter Spitzenvorhang.

Blake wanderte auf der Brücke auf und ab, einen Becher mit Kaffee in der Hand. Er fühlte, wie sich das Schiff in ein Wellental hineinschob, und hörte das Blindschlagen der Propeller, als sich das Heck aus dem Wasser hob.

Stagg tauchte am Kopf der Leiter auf, das Hemd von Spritzwasser durchnäßt und eine feuchte Zigarre im Mund.

»Morgen.« Er nickte der Wache zu und kam zu Blake herüber. »Sieht nicht gut aus. Was halten Sie davon?«

Blake warf einen Blick auf die langen Seen, deren Kämme noch nicht brachen.

»Ich glaube, daß wir nur den Rand des Sturmtiefs streifen, Sir. Wenn wir erst einmal auf Station sind, wird's nicht mehr so schlimm sein. Beim ersten Anzeichen, daß der Feind in der Nähe ist, können wir heranschließen und unsere überlegene Geschwindigkeit vorteilhaft einsetzen.«

Stagg rieb sich das Kinn. »Fairfax könnte kalte Füße bekommen.«

»Das halte ich für sehr unwahrscheinlich, Sir.«

Die alte Feindschaft war also immer noch da.

»Wir werden ja sehen.« Stagg kniff die Augen zusammen, als die Gischt über die Brücke flog und gegen den Feuerleitstand klatschte. »Sauwetter. Schon schlimm, daß wir auf die beiden Flugzeuge der *Fremantle* verzichten müssen. Ihr kleiner Vogel käme unter diesen Schietbedingungen wahrscheinlich nicht mal hoch.«

Blake wandte sich ab. Masters würde ganz gewiß starten, wenn er ihn fragte. Er würde aber auch ganz gewiß nicht heil an Bord zurückkommen. Bei so starkem Seegang wie jetzt mußte seine Seafox in wenigen Sekunden auseinanderbrechen.

Blake wünschte, Stagg würde wieder in seine Kajüte hinuntergehen und ihn mit seinen Gedanken allein lassen. Die Tatsache, daß der Commodore offensichtlich nervös war, verbesserte die Situation keineswegs.

Scovell stapfte mürrisch auf den Grätings umher und bedachte Palliser mit einem unfreundlichen Blick, als dieser auf der Brücke erschien.

»Sollten Sie mich ablösen, Mr. Palliser, oder haben Sie die Wache *nach* dieser?«

Palliser grinste. »Tut mir leid, Nummer Eins. Ich wurde aufgehalten.«

Gereizt verließ Scovell die Brücke, ohne nach rechts oder links zu sehen.

Palliser warf einen Blick auf die Karte und sprach kurz mit dem Rudergänger. Dann ging er nach vorn und sah auf die beiden Geschütztürme hinunter.

Blake wandte seine Aufmerksamkeit wieder der See zu. Ganz gleich, wie sie reagieren mochten, alle wußten, daß sich irgendwo hinter dem Horizont ein Handelsstörer herumtrieb. Irgendwo.

Rietz öffnete die Augen und starrte den vor ihm Stehenden mehrere Sekunden lang wie einen Fremden an. Er hatte versucht, in der winzigen Kammer hinter dem Kartenhaus zu schlafen, aber wegen der dumpfigen Luft und seiner eigenen Ruhelosigkeit war nicht viel daraus geworden.

»Tut mir leid, Sie zu wecken, Herr Kapitän.« Storch

wartete, während Rietz die Beine über den Rand der Koje schwang. »Aber wir haben einen Funkspruch bekommen.«

Rietz bemühte sich, Klarheit in seine Gedanken zu bringen. Er war immer wieder aus seinem Halbschlaf hochgeschreckt und hatte dann an zu Hause und seine Frau gedacht. Ob sie die Luftangriffe heil überstand?

»Etwas über das Lockschiff, Rudi?«

Storch schüttelte den Kopf. »Nein, Herr Kapitän. Das ist programmgemäß ausgelaufen, genau wie es unsere V-Männer gemeldet haben. Es geht um ein anderes Schiff, einen Flottentanker, der von Aden nach Australien unterwegs ist. Er ist voll beladen. Aufgrund irgendwelcher technischer Probleme an Bord muß das Schiff sofort nach Ankunft in Williamstown abgefertigt werden. Unser V-Mann dort hat gute Arbeit geleistet.«

Rietz stand auf und fragte: »Liegt die *Waipawa* noch vor Anker?«

»Jawohl, Herr Kapitän. Aber Leutnant Rüsch bittet um Erlaubnis, ankerauf zu gehen und sich zu verholen. Sein Anker schliert. Wenn der Seegang stärker wird, müssen wir sowieso hier weg.«

Rietz fühlte das schwere Stampfen des Schiffes. Selbst seine achttausend Tonnen reichten bei den fast leeren Bunkern nicht aus, um *Salamander* ruhig zu halten.

Er betrachtete sich mit vagem Abscheu im Wandspiegel, haßte den Zustand, in dem er sich befand, den Dunst feuchter, ungewaschener Kleider. Er hatte die Rationierung aller Vorräte befohlen, vom Frischwasser bis zur Seife.

Geschützfeuer, die zermürbenden Ängste, wenn feindliche Kriegsschiffe sie jagten, all dies hatten sie ertragen können. Aber im Krieg zeigte sich die Niederlage auch in anderen Verkleidungen. Zum Beispiel in dem, was sie an Bord der aufgebrachten Schiffe fanden. Nach viereinhalb Jahren Krieg hatte der Feind noch beste Wollstoffe und warme Kleidungsstücke für die Wachgänger. Gute Seife und richtigen Kaffee. Virginia-Zigaretten und nahrhafte Fleischkonserven. Dinge, die Rietz' Leute schon lange nicht mehr kannten.

»Gut, Rudi. Wir werden also nach Norden laufen, die Absichten des Feindes zu ergründen suchen und die genaue Position dieses Tankers feststellen –«, er lächelte, »– den uns der Himmel geschickt hat.«

In dem hell erleuchteten Karten- und Auswertungsraum prüfte Rietz sorgfältig die Berechnungen seines Navigationsoffiziers und studierte lange die Karte.

Trotz Storchs jugendlicher Zuversicht und der bisherigen Zuverlässigkeit der Geheimagenten in Australien war er immer noch nicht ganz sicher. Zwar konnte ihr spezieller V-Mann kaum an einer besseren Stelle sitzen, und seine kurzen Funksprüche fielen in der Masse des Funkverkehrs praktisch überhaupt nicht auf, aber sie waren schon zu lange in dieser Gegend. Stagg, das wußte er, würde alles darum geben, ihn zu stellen. Er warf einen Blick auf den Zeitungsausschnitt mit Blakes Bild, den er an die Wand geheftet hatte. Das war auch jemand, der nur schwer zu schlagen sein würde. Er war jung, nicht viel älter als Storch, aber kampferprobt und zäh.

Es ging das Gerede von einem weiteren Geleitzug

aus Truppentransportern, der sich auf dem Weg in den Pazifik befinden sollte. Wenn es ihm gelang, diesen Geleitzug auseinanderzusprengen, vielleicht sogar einige der vollbesetzten Schiffe zu vernichten, dann war das der richtige Moment, um danach aus dieser Gegend zu verschwinden. Aber dafür brauchte er Brennstoff und mußte sicher sein, daß die Kreuzer weitab vom Schuß waren.

Er betrachtete noch einmal Blakes Gesicht. Angenommen, bei dem ausgelaufenen Lockschiff handelte es sich um eine bewußte Falschmeldung, die den Handelsstörern signalisieren sollte, daß sie jetzt in völliger Sicherheit operieren könnten? So eine Idee sähe Stagg ähnlich. Vielleicht unternahmen die Kreuzer gerade eine erneute Aufklärungsfahrt in der Hoffnung, daß er sich an die Truppentransporter heranmachte?

Während Rietz das Problem noch von allen Seiten erwog, kam Bootsmaat Fackler mit Schwung durch die Tür zur Brücke.

»Herr Kapitän!« Er konnte ein breites Grinsen nur mühsam verbergen. »Noch ein Funkspruch: Der australische Kreuzer *Fremantle* ist mit eingedrücktem Vorschiff in Williamstown eingelaufen!«

»Sind Sie sicher, Mann?« rief Storch aus.

Fackler nickte aufgeregt. »Er hat einen amerikanischen Zerstörer gerammt!«

Rietz wandte sich wieder der Karte zu. Damit war die Entscheidung gefallen. Im Innersten wußte er, daß er sich andernfalls von dem Tanker ferngehalten hätte. Er hätte nie sein Schiff oder seine Männer ohne konkrete Erfolgsaussicht aufs Spiel gesetzt.

»Sagen Sie Schoningen, er soll einen Kurs absetzen,

um diese Gabe des Himmels abzufangen. Informieren Sie *Wölfchen* und lassen Sie die Arados klarmachen.«

Er rieb sich nachdenklich das Kinn. »Finden Sie alles über diesen Tanker heraus, was Sie nur können, und treffen Sie entsprechende Vorbereitungen. Vielleicht müssen wir trotz des starken Seegangs bei ihm längsseits gehen. Lassen Sie deshalb alle Hängematten, Fender, überzähliges Tauwerk und Segeltuch klar zum Ausbringen an Deck bereitlegen.«

Storch ging los, um den Navigationsoffizier zu holen, froh über die zurückgekehrte Zuversicht seines Kommandanten. Noch vor wenigen Minuten hatten ihn Zweifel und Befürchtungen geplagt, aber die eben eingegangene Nachricht hatte das alles geändert. Selbst das Problem, den havarierten Tanker aufzuspüren und bei dem immer schlechter werdenden Wetter unbeschädigt zu kapern, schien er als Bagatelle abzutun.

Zusammen mit dem aufgebrachten Frachter *Waipawa*, der in einigem Abstand folgte, verließen die beiden Handelsstörer ihre kleine Insel, die inzwischen im zunehmenden Seegang fast verschwunden war.

Rietz kam aus dem Kartenhaus und ging auf die Laufbrücke. Es war stickig und feucht; doch lag noch mehr Regen in der Luft.

Wenn sie ihre Bunker füllen, selbst nur zur Hälfte füllen konnten, hatten sie eine gute Überlebenschance. Sie hatten erreicht, was sie sich vorgenommen hatten, und seine Leute verdienten weiß Gott mehr als das Elend eines Gefangenenlagers, wo sie mit dem zusätzlichen Makel von Vogels Unmenschlichkeit behaftet sein würden.

Er hob sein Glas an die Augen und suchte nach dem aufgebrachten Frachter. Es war zwar noch früh am Abend, aber die Sicht war so schlecht, daß es schon Nacht hätte sein können.

Trotzdem durfte er nichts riskieren. Ein wildes Tier ging gewöhnlich nur deshalb in die Falle, weil es hungrig war und die übliche Vorsicht vergaß.

Es ging auf Mitternacht. In ihrem Büro in Melbourne saß Claire Grenfill am Schreibtisch, das Kinn in die Hand gestützt, und las die letzten Meldungen durch.

Buchstaben und Zahlen schienen vor ihren Augen zu verschwimmen. Daran war nicht nur ihre Übermüdung, sondern auch ihre Gemütsbewegung schuld. Sie hatte sich mit Vehemenz in die Arbeit gestürzt, seit *Andromeda* ausgelaufen und *Fremantle* schimpflich unter Schlepperhilfe in den Hafen zurückgekehrt war.

Das Gebäude war so ruhig, als hielte es den Atem an. Claire wußte, daß sie eigentlich in ihre Unterkunft gehen sollte, brachte es jedoch nicht über sich.

Plötzlich schlug die Tür krachend auf, und Quintin stand mit triumphierendem Gesicht im Rahmen.

»Tra-ra! Siehe, die Mächtigen sind wiedererstanden!« Er hielt sich noch etwas unsicher an zwei Stökken aufrecht. »Ich hab's geschafft – die ganze Strecke vom Wagen zu Fuß!«

Sie lief ihm entgegen und half ihm in einen Stuhl. »Sie sind ganz schön erschöpft.«

Quintin grinste sie an. »Damit haben Sie, weiß Gott, recht. Aber was soll's? Gibt's hier Kaffee?«

Er betrachtete sie, während sie zum Tisch hinüberging. Wirklich ein ganz reizendes Mädchen. Seltsam, anfangs hatte er sie nur als zuverlässige, hochqualifizierte Mitarbeiterin gesehen. Aber sie war doch eine junge Frau. Die adrette Uniform konnte diese Tatsache nicht länger verbergen.

Quintin sagte: »Die Wetterfrösche meinen, daß ein Wirbelsturm über den Indischen Ozean hinwegzieht.« Er bemerkte, wie sie in ihrer Bewegung erstarrte.

»Ich hab's gehört«, sagte sie. »Aber vielleicht nicht auf ihrem Kurs.«

»Vielleicht.« Quintin überlegte kurz und entschloß sich dann, ohne Umschweife zur Sache zu kommen. »Sie lieben ihn, nicht wahr?«

Sie wandte sich um, auf der Hut wie eine Katze.

Quintin schüttelte den Kopf. »Ich will mich nicht einmischen. Ich will nur helfen.«

Sie setzte den Kaffee sorgfältig neben ihm ab, und Quintin sah, wie sie ihr Kinn reckte, als sie erwiderte: »Ja, ich liebe ihn. Ich würde alles, *alles* für ihn tun. Er hat mir eine Menge über sich, seinen Vater, ihr Haus in England erzählt. Ich hätte seine Frau umbringen können für das, was sie ihm angetan hat.« Sie blickte Quintin direkt in die Augen. »Diese Frau wird vielleicht versuchen, uns Ärger zu machen. Aber wir sind darauf vorbereitet.«

Quintin lächelte. »Ich glaube nicht, daß sie Sie noch einmal behelligen wird. Sie ist mit ihren eigenen Waffen geschlagen worden. Bestimmt läßt sich jetzt alles durch einen netten, zuverlässigen Anwalt schnell und gütlich regeln. Aber darum geht es Ihnen gar nicht.«

»Nein. Bevor er ging«, sie suchte tastend in ihrem Jackett, das über einem Stuhl hing, »gab er mir das hier.

Ich wußte nicht, um was es sich handelte, bis er weg war. Ich sollte es für ihn aufheben.«

Quintin sah, wie ihre Hand zitterte, als sie es ihm zeigte: das Kreuz mit dem blutroten Rand.

»Verstehen Sie nicht? Er glaubt, daß er nicht mehr lebend zurückkehren wird, und dies ist alles, was er mir geben konnte.«

Sie schien zu spüren, daß er versuchte, auf die Beine zu kommen, und sagte mit gebrochener Stimme: »Es geht schon wieder. Schicken Sie mich bitte nicht weg. Ich möchte hierbleiben.«

Sie setzte sich hinter ihren Schreibtisch. Das Kreuz in ihrer Hand glänzte matt im Licht der Bürolampen.

Blake legte ein angebissenes Sandwich aus der Hand und sah den in die Brückenkammer tretenden Villar erwartungsvoll an.

Die Schiffsbewegungen waren immer noch recht unbehaglich, wenn auch weniger heftig als zuvor, aber Blake kannte die Anzeichen; die letzten Meldungen sprachen von einem Wirbelsturm unbekannter Stärke, der aus Südwest heranrückte. Wenn sie Glück hatten, bekamen sie nur die Ausläufer zu spüren, wenn nicht, würden sie die *Empire Prince* vielleicht nie finden.

Villar grinste ihn an. »Vorausgesetzt, die *Empire Prince* befindet sich jetzt da, wo sie sein soll, Sir, werden wir sie morgen früh auffassen können. Allzu optimistisch sind sie im Radarraum allerdings nicht. Dieser hohe Seegang macht sich nicht gerade hilfreich bemerkbar.«

Das Wetter war der eine Feind, den sie nicht berücksichtigt hatten. Fairfax sollte einen kurzen Funkspruch absetzen, wenn er Sichtkontakt mit dem Handelsstörer hatte. Einen Routinespruch, der seine ursprüngliche Schadensmeldung ergänzte. Daraufhin würde die *Andromeda* sofort benachrichtigt werden, und alles übrige hinge dann weitgehend davon ab, wie schnell sie herankommen konnten. Aber sie mußten genau wissen, wo Fairfax sich befand. Ein Hilfstanker war nicht gerade das handigste aller Schiffe und konnte in dieser rauhen See Meilen vom Kurs abgetrieben worden sein.

Villar sagte ruhig: »Sie könnten Masters losschikken, Sir, sobald es hell wird.«

Blake sah plötzlich die Seafox vor sich, wie sie auf das kleine gelbe Schlauchboot herunterstieß und sie umkreiste, erinnerte sich an das Gefühl der Dankbarkeit und des Stolzes, das er für den Piloten empfunden hatte. Aber Villar hatte recht. Vielleicht beruhigte sich die See bis morgen.

Er wußte schon, daß er dabei war, eine Entschuldigung dafür zu finden, zwei Leuten etwas nahezu Unmögliches abzuverlangen.

»Ich denke darüber nach, Pilot.«

Das Vorschiff der *Andromeda* stieg hoch und grub sich dann wie ein gigantischer Pflug mit solcher Wucht durch eine heranrollende Sturzsee, daß die Brücke erzitterte und die Geschütze in ihren Lafetten bebten.

Vorn in der Mannschaftsmesse, wo die Freiwache noch um die hölzernen Tische saß, erhob sich ein Chor wütender Ausrufe und Flüche.

Einige Teller und Becher rutschten von der Back und landeten zersplittert in einem Haufen von Seestiefeln und Ölzeug.

Der Bordlautsprecher räusperte sich. »Die Katapultmannschaft für das Bordflugzeug wird morgen früh um sechs Uhr dreißig gebraucht.«

Ein Matrose sagte: »Sieht so aus, als will's der Skipper wissen. Mir ginge, offen gestanden, der Arsch mit Grundeis, wenn ich bei diesem Wetter in die Luft müßte!«

Commander Victor Fairfax preßte sein Gesicht gegen das Brückenfenster und starrte auf das gedrungene Vorschiff des Tankers. Die Sturzseen waren in eine lange hohe Dünung mit großen Schaumstreifen übergegangen, die wie riesige Schlangen den Weg des Schiffes kreuzten. Eigentlich war es noch Tag, aber das Vorschiff war von der hohen Brücke aus kaum noch zu erkennen. Schon seit einigen Stunden war der Himmel von einem seltsamen Pfirsichrosa, das an eine künstlerische Impression erinnerte und ganz unwirklich anmutete.

Er ging in den achteren Teil der Brücke, die gemessen an der eines Kriegsschiffes sehr geräumig war. Der Rudergänger stand auf der Gräting hinter dem polierten Steuerrad und beobachtete den Tochterkompaß. Auf jeder Seite des Ruderhauses befand sich ein Ausguck, und ein Maat machte Eintragungen in das Brückenbuch.

Die *Empire Prince* war so voll beladen, daß die stürmische See sie nur wenig zu beeindrucken schien.

Eine reiche Beute für jeden Handelsstörer.

Er betrachtete der Reihe nach die Gesichter der Männer auf der Brücke und versuchte sich die anderen Besatzungsmitglieder ins Gedächtnis zu rufen. Es war seltsam, mit Männern zu fahren, die er nicht kannte. Auch untereinander kannten sich nur wenige, und er vermutete, daß dies bei einem Sondereinsatz – oder bei einem Selbstmordkommando, wie es sein derzeitiger Erster Offizier Lieutenant Williams nannte – üblich war. Williams, ein Reserveoffizier der Royal Navy, war der einzige Experte, da er die meiste Zeit seines Berufslebens auf Öltankern verbracht hatte: ein lakonischer Waliser aus Cardiff, der kaum noch Illusionen über die Zuverlässigkeit der höheren Chargen hegte.

Williams kam auf die Brücke, wobei er seine durchnäßte Mütze gegen den Schenkel klatschte. Mit einem schnellen Blick erfaßte er den anliegenden Kurs und die Haltung der Wachgänger.

Er nickte Fairfax zu. »Ich empfehle Ihnen, eine Mütze voll Schlaf zu nehmen, Sir. Am Morgen werden Sie sicher alle Hände voll zu tun haben.«

»Ich bin nicht besonders müde«, sagte Fairfax.

»Kann schon sein.« Williams stülpte sich die zerknautschte Mütze wieder auf und kramte Tabaksbeutel und Pfeife heraus. »Aber Sie wissen auch, daß ich trotzdem recht habe.« Er blickte auf die geflochtene Goldborte an seinem Ärmel. »Ich verstehe was von Schiffen, Sir, aber ich bin kein großer Krieger. Ich bin mehr ein Überlebenstyp, wenn Sie so wollen.«

Fairfax betrachtete ihn, während er seine Pfeife entzündete und die blauen Schwaden von den Lüftern aufgesogen wurden. »Na, ich bin jedenfalls froh, daß Sie an Bord sind.« Er sah nach achtern auf den gedrungenen Schornstein und die übrigen Aufbauten. Dazwischen befanden sich die Masten und Ladebäume mit ihrer komplizierten Anordnung von Schlauchleitungen, die wie ein obszönes Schlinggewächs aussahen. »Ich bin eigentlich mehr daran gewöhnt, zurückschießen zu können.«

Williams lächelte. Fairfax schien in Ordnung zu sein. Keiner von diesen halbverrückten Draufgängern, die gewöhnlich als erste die Nerven verloren, wenn es wirklich darauf ankam.

Er fragte: »Wie stehen unsere Chancen, Sir?«

Fairfax ging zum Kartentisch hinüber. *»Andromeda* wird jetzt ungefähr hier sein.« Er deutete auf die dünne Bleistiftlinie. »Ein Jammer, daß das mit *Fremantle* passieren mußte. Ein bißchen mehr Feuerkraft hätte uns sicher nicht geschadet.«

Williams zuckte die Schultern, als berühre ihn diese Frage gar nicht. »Was soll's, wir haben unsere Befehle. Keinesfalls den Helden spielen, was auch geschieht. Ein Kreuzer kann's doch sicher mit einem verdammten bewaffneten Handelsschiff aufnehmen, Sir, oder?«

Fairfax sah ihn grimmig an. Was wäre erreicht, wenn er ihm sagte, daß sie es nach Blakes Meinung mit zwei Handelsstörern zu tun hatten? Sie können jetzt nicht mehr zurück, und jedes Grübeln war fruchtlos.

Er sagte: »Ich denke, *Andromeda* wird's schon schaffen.« Er sah zum Feldbett neben dem Kartentisch hinüber. »Ich werde Ihren Vorschlag befolgen. Wecken Sie mich, wenn …«

Williams nickte. »Ich weiß, Sir. *Wenn.*«

Fairfax legte sich hin und drehte sich auf die Seite, den Rücken zum Kartenhaus. Er lauschte dem gedämpften Stampfen der Maschinen, dem gelegentlichen Prasseln, mit dem überkommendes Wasser gegen die Brückenfenster schlug.

Morgen. Vielleicht passierte ja überhaupt nichts. Er dachte an Sarah und spürte sie fast körperlich neben sich.

Fairfax hatte eine ganze Menge Mädchen gehabt, bevor er Sarah kennengelernt hatte. Selbst nach ihrer Heirat hatte er noch ein oder zwei flüchtige Abenteuer gesucht, als er in fremden Häfen lag. Fest schloß er die Augen. Das würde jedoch nicht mehr passieren. Soviel wußten sie jetzt beide.

Von einem Augenblick zum anderen war er in tiefen Schlaf gesunken.

Stunden später war Lieutenant Williams dabei, sich eine neue Pfeife zu stopfen, und dachte daran, seine Ablösung wahrschauen zu lassen. Die See war ruhiger, und Regen hatte eingesetzt. Er trommelte geschäftig auf das Ruderhaus, eindringlich und irgendwie bedrohlich.

Williams war nicht beunruhigt. Er hatte die Sturmwarnung gehört und wußte aus Erfahrung, daß der Regen ihm oft voranging. Das Wetter würde sich dann über kurz oder lang verschlechtern und die See noch rauher werden. Aber die *Empire Prince* war ein seetüchtiges Schiff und konnte das ohne Schwierigkeiten überstehen.

Die Tür an Steuerbord schlug krachend auf, und eine Gestalt in Ölzeug stolperte ins Ruderhaus, vom Regen und Spritzwasser triefend, als käme sie direkt aus der See.

Ein Maat brüllte: »Mach das Schott dicht, du Blödmann! Willst du den ganzen verdammten Ozean beleuchten?«

Williams bedachte den Eindringling mit einem kalten Blick. Es war einer der Ausgucks, die auf den Brükkennocks standen.

»Was gibt's?«

Der Matrose schluckte und rieb sich das Wasser aus dem rot gewordenen Gesicht. »Ich – ich bin mir nicht ganz sicher, Sir.«

Fairfax kam mit wirr in die Stirn hängenden Haaren über die Brücke geeilt.

»Was ist passiert?«

Der Matrose sah jetzt so aus, als bedauerte er seine spontane Regung. »Ich dachte, ich hätte ein Flugzeug gehört, Sir.«

Das Ruderhaus wirkte plötzlich stockfinster, abgesehen von der Beleuchtung des Kreiselkompasses, in der die Augen des Rudergängers wie zwei weiße Murmeln leuchteten.

»Alle Lichter aus!« befahl Fairfax schneidend. »Machen Sie die Tür auf.« Er tastete sich auf die schlüpfrige Beplattung hinaus, momentan wie betäubt vom Brüllen der See.

Williams fragte trocken: »Flugzeug? Wir sind doch weit weg von jeglicher Luftsicherung und außer Reichweite von allen außer den verdammten Seevögeln!«

Fairfax packte seinen Arm. »Hören Sie! *Da.*«

Jetzt hörten sie es: ein schwaches Brummen, das unmittelbar darauf wieder in der Geräuschsymphonie des Ozeans unterging.

Williams starrte ihn in der Dunkelheit an. »Mein Gott, sie haben uns entdeckt!«

Sie lauschten wieder, aber vergeblich.

Schweigend gingen sie ins Ruderhaus zurück und schalteten das Licht wieder ein.

Fairfax sagte langsam: »Ich denke, jetzt ist für uns alle ein Drink angebracht, und ein Extraschluck für den Ausguck!«

»Ich greife an!«

Lieutenant Jeremy Masters tastete sich vorsichtig über die obere Brücke und lockerte den Griff der einen Hand erst, wenn er mit der anderen festen Halt gefunden hatte. Alles war von Wasser überspült; es gurgelte geräuschvoll durch die Speigatten und spritzte über die zusammengekauerten Fla-Geschützführer auf den Brückennocken.

Der Tag war schon angebrochen, aber als er einen Blick über das Brückenkleid warf, sah er nur Wasserschaum, der gelegentlich hochstieg und über die Reling brandete. Hinter diesem Gischtvorhang war die See schwarz wie die Nacht.

Er entdeckte Blakes Silhouette wie gewohnt auf seinem Brückenstuhl. Der prasselnde Regen und das Spritzwasser ließen sein Ölzeug schwach schimmern. Masters schätzte kurz die Entfernung ab, holte noch einmal tief Luft und stürmte auf die vorderen Grätings.

Der Signalmeister, der wie eine massige schwarze Tonne dastand, rief ihm ungewöhnlich vergnügt zu: »So ist's recht, Sir, eine Hand für den König, eine für sich selbst!«

Blake wandte sich halb um und sagte: »Sehen Sie sich das an. Unter diesen Umständen können Sie unmöglich starten.«

Masters fühlte Blakes Besorgnis, seine Frustration, als das Schiff in die Wellentäler hineinstieß und sich dann wieder über dem dunklen Wasser aufzubäumen schien.

»Ich könnte es versuchen, Sir.«

»Nein.«

Was nützt es, darüber zu reden? Die Reichweite der Seafox, die nur wenig mehr als vierhundert Meilen betrug, erlaubte keinen Fehler. Masters und sein Beobachter konnten fliegen, bis ihnen der Sprit ausging, und nicht das geringste entdecken.

Eine schmächtige Gestalt schob sich vorsichtig an den Stuhl heran, wobei sie sich bemühte, eine dampfende Kanne vor dem Regen zu schützen.

»Kakao, Sir?«

Blake nickte. Er war so gespannt wie eine Saite kurz vor dem Zerreißen. Der Teufel sollte das Wetter holen. Wo war jetzt die kleine Glückssträhne, die sie so dringend brauchten?

Er bemerkte, daß es sich bei dem schmächtigen Matrosen um Digby handelte, den Mann, der die schreckliche Entdeckung auf der Insel gemacht hatte.

Blake trank den Kakao in kleinen Schlucken. Er war trotz des bei diesem Wetter langen und beschwerlichen Weges noch so heiß, daß er sich fast verbrühte, und schien seine Magenwand wie mit einer Extrahaut auszukleiden.

»Alles in Ordnung, Digby?« fragte er.

Der junge Bursche starrte ihn an, überrascht, daß sich jemand an seinen Namen erinnerte, insbesondere der Kommandant. »Ja. Ich meine, jawohl, Sir.«

Villar hangelte sich über die Brücke zu Blake. »Funkspruch, Sir! Vom Führungsstab, dringend!«

Die *Empire Prince* hatte die verabredete Meldung gemacht. Villars Leute plotteten gerade ihre genaue Position. »Aber soweit ich's jetzt schon sagen kann, steht sie ungefähr 275 Meilen südsüdwestlich von uns.«

Masters murmelte: »Nur gut, daß ich nicht aufgestiegen bin.«

Blake stürzte an ihm vorbei und verschwand unter der Haube des Kartentisches. »Gehen Sie auf Abfangkurs, Pilot, und wahrschauen Sie den Maschinenraum.«

Villar verschwand, und Blake war allein mit der flekkigen Seekarte und der kleinen Lampe darüber.

Fairfax konnte unmöglich schon etwas gesehen haben, denn die Bedingungen würden dort nicht anders sein als hier. Die Deutschen waren sicherlich zum Äußersten entschlossen, aber einen Tanker in völliger Dunkelheit zu kapern hieß, einen Mißerfolg geradezu herauszufordern. Blake dachte plötzlich an Masters. Ja, so war es: Rietz mußte ein Bordflugzeug losgeschickt haben. Eine Arado war größer und viel leistungsfähiger als Masters Seafox. Und die deutschen Flugzeugführer waren sicherlich ausgesuchte Leute, die sich darauf verstanden, ein Schiff auch unter widrigen Bedingungen zu verfolgen und aufzuspüren.

Sie waren also da. Ihre Vorsicht hatte dem Köder nicht standgehalten.

Blake erhob sich und wartete, bis sich seine Augen wieder an die Dunkelheit gewöhnt hatten. Was würde er an Rietz' Stelle tun, wenn seine einzige Chance darin bestand, sich dieser verführerischen Ladung zu bemächtigen? Die Antwort lag auf der Hand.

Er fühlte, wie sich das Zittern der Brücke verstärkte, als Weir mit den Umdrehungen raufging.

»Kurs zwo-eins-null. Umdrehungen für fünfundzwanzig Knoten.«

Scovell erschien und meldete, daß er den befohlenen Rundgang durchs Schiff beendet hatte. Es hätte wenig Sinn gehabt, gleich die ganze Besatzung herauszupurren. Möglicherweise gab es jetzt ein langes Warten, und die nervliche Belastung konnte bei vielen zu groß werden.

Scovell sagte: »Alles kontrolliert, Sir.«

Das klang etwas atemlos. Ob mangelndes körperliches Training oder Angst, was der Grund war, ließ sich schwer sagen.

»Gut, Nummer Eins. Schade, daß wir nicht wissen, wo der Feind steht oder aus welcher Richtung wir ihn erwarten können.«

Dabei fielen ihm Villars säuberliche Standortberechnungen ein, die Ansätze für Strömung und Abdrift. Rietz beschattete den Tanker wahrscheinlich aus südwestlicher Richtung und aus geringer Entfernung, bis er die Zeit für gekommen hielt. Der Kapitän eines vollbeladenen Tankers würde und konnte keinen bewaffneten Zusammenstoß riskieren. Fairfax mußte vorsichtig agieren, alles andere hätte den Feind mißtrauisch gemacht und eine Katastrophe herausgefordert.

Scovell musterte die Wachgänger, ob auch keiner wagte, in seiner Konzentration nachzulassen.

»Der Regen wird stärker. Nun dauert's nicht mehr lange, bis er nachläßt. Dann bricht der Sturm los.«

Blake wandte sich ab. Scovells Pessimismus konnte er jetzt nicht brauchen. Im Sturm war ein Seegefecht sehr viel schwieriger durchzustehen und ließ einem nur geringe Möglichkeiten zu manövrieren.

Er sagte: »Lassen Sie die Mannschaft eine halbe Stunde früher wecken, Nummer Eins. Ich möchte, daß sie ein gutes Frühstück in den Bauch kriegen und auf Gefechtsstation gehen, sobald es hell wird. Sorgen Sie auch dafür, daß der Commodore geweckt wird.«

Im Schiffslazarett bürstete Surgeon Lieutenant-Commander Bruce seine Hände ab und versuchte, das grünliche Gesicht seines Assistenten zu ignorieren. Die Schiffsbewegungen waren hier unten schrecklich, die Arzneifläschchen und Tiegel ratterten in Schränken und Regalen wie eine Schar tanzender Skelette. Er warf einen Blick auf die Sanitätsgasten im angrenzenden Raum, die dabei waren, Instrumente klarzulegen und Tragbahren zu überprüfen. Er seufzte. Allmählich wurde er zu alt für dieses Geschäft.

Die Besatzung war jetzt wach. Viele hatten sowieso nicht richtig schlafen können. Einige ließen ihr Frühstück unberührt stehen, andere aßen mit so verzweifeltem Heißhunger, als wäre es ihr letztes Mahl auf Erden. Köche und Backschafter bereiteten Berge von Sandwiches vor, während die Männer des Schiffssicherungstrupps durch das Schiff gingen und die Rettungsflöße, die Balken zum Abstützen der Schotten und alle anderen Dinge überprüften, die zum Überleben nötig waren.

In den jetzt voll bemannten Kesselräumen und im Maschinenraum turnten Gestalten im Overall durch die Dampfschwaden und bemühten sich, das heftige Schwanken des Decks auszugleichen und auf den Füßen zu bleiben. Vom Laufgang aus beobachtete Weir sein Reich mit grimmigem Gesicht.

Die Vorreiber der dicken wasserdichten Schotten wurden frisch gefettet, damit es im Notfall keine Verzögerung gab. Wenn es zum Kampf kam, würden die Männer diese Schotten bewußter wahrnehmen als vorher. Sie bedeuteten Sicherheit für einige, Tod durch Verbrennen oder Ertrinken für andere.

In dem langen Mannschaftsdeck im Vorschiff der *Andromeda* vergewisserte sich Leading Seaman Musgrave mit einem schnellen Blick, daß alle persönlichen Habseligkeiten verstaut waren. Er klopfte mit seiner Lampe auf die Back vor ihm. »Hier alles klar, Sir.« Er sah den jungen Offiziersanwärter an, der den Auftrag bekommen hatte, die Mannschaftsdecks mit ihm zu kontrollieren. Höchstwahrscheinlich will man ihn auf diese Weise davon abhalten, sich die Seele aus dem Leib zu kotzen, dachte er.

Midshipman Steven Thorne nickte steif. Er war so in Angst, daß ihm schien, seine Augen müßten ihm jeden Moment aus dem Kopf quellen. Er wollte etwas sagen, sich irgendwie behaupten, die innere Stärke in sich entdecken, die der Matrosenobergefreite wie selbstverständlich in ihm zu vermuten schien.

Er fragte heiser: »Sie waren bei dem Gefecht mit den drei Kreuzern dabei, Musgrave?«

»Stimmt.« Thornes Elend rief in Musgrave gleichzeitig Mitleid und eine gewisse Gereiztheit hervor. Wenn er hier heil rauskam, würde es gar nicht lange dauern, bis Thorne anfing, den dicken Wilhelm zu markieren. Man wußte nie genau, was aus so einem Burschen mal rausbriet. Er fügte hinzu: »Gibt's 'nen besonderen Grund für Ihre Frage?« Ganz bewußt ließ er diesmal das übliche »Sir« weg. Das war Musgraves spezielle Methode, um herauszufinden, wieviel er sich herausnehmen konnte.

Thorne griff nach einem Feuerlöschschlauch an der Wand, als sich das Schiff plötzlich überlegte.

»Ich – ich wollte eigentlich nur wissen, wie es war.«

Es klang so jammervoll, daß er selbst Musgrave leid tat. Er ließ den Blick durch das breite Mannschaftsdeck wandern und dachte an die fürchterlichen Wunden, die die feindlichen Granaten in die Außenhaut gerissen hatten und durch die sie die See vorbeirauschen sahen, als sich *Andromeda* dem Feind entgegenwarf. Viele gute Kameraden hatte es an dem Tag erwischt. Er sah sie noch vor sich, auf Wache, beim Rapport, beim Landgang in Alexandria oder Gibraltar, bei Zechtouren und Schlägereien mit der Polizei und den Zivilisten. Jetzt waren sie für immer gegangen.

Er sagte: »Es war ziemlich haarig. Aber das hier wird uns keine besonderen Schwierigkeiten machen. Ich glaub', dem Skipper stehen die Krauts bis Oberkante Unterlippe. Große Chancen würde ich denen nicht geben.«

Ein metallisches Quietschen ließ den jungen Fähnrich vor Schreck zusammenfahren. Musgrave folgte seinem Blick zu der mächtigen Stahlsäule, die durch das Deck führte und sich nach unten bis zu den Munitionskammern fortsetzte. Sie trug nicht nur das gewaltige Gewicht des Geschützturmes auf der Back, sondern beherbergte auch den Munitionsaufzug.

Thorne flüsterte: »O Gott. Ich glaube, mir wird schlecht.«

»Da, nehmen Sie die Pütz.« Musgrave hielt ihm einen mit Sand gefüllten Feuerlöscheimer unter die Nase. Aber Thorne wurde nicht schlecht. Er stammelte: »Danke, Musgrave. Gerade noch mal gutgegangen.«

Über der Tür zum Mannschaftsdeck hing ein rot angestrichener Lautsprecher. »Hören Sie zu«, sagte Musgrave leise, »es wird nicht mehr lange dauern, bis das verdammte Ding da oben anfängt, einen Höllenlärm zu machen.«

»Ich weiß«, sagte Thorne. »Alle Mann auf Gefechtsstation.«

»Stimmt. Und wenn wir im Gefecht sind, können Sie den ganzen Quatsch, den man Ihnen auf der Offiziersschule eingetrichtert hat, vergessen.«

»Ich – ich verstehe nicht ganz.«

»Das werden Sie schon noch.« Musgrave reckte sein bärtiges Kinn vor. »Da oben an Deck sind eine ganze Menge Leute, Gott steh' denen bei, die sich an Sie halten, wenn's losgeht. Weil Sie praktisch ein Offizier sind. Die Tatsache, daß Sie gerade erst Mutters Rockzipfel losgelassen haben und nie in Ihrem Leben in einem Kampf gewesen sind, wie wir ihn jetzt vor uns haben, spielt dabei überhaupt keine Rolle. Wenn's also dick kommt und die Fetzen fliegen, *Sir,* dann denken Sie nur daran, daß Sie Ihre Leute nicht im Stich lassen dürfen.«

Thorne preßte die geballten Fäuste an die Oberschenkel und nickte. »Ja, ich verstehe.«

Der Regen hatte inzwischen etwas nachgelassen, und auch die Schiffsbewegungen waren ruhiger geworden.

»Ich danke Ihnen«, setzte Thorne hinzu. Er rückte seine Mütze zurecht. »Sehen wir zu, daß wir fertig werden.«

Musgrave grinste. Ich wette, daß niemand mit ihm so geredet hat, seit er beim Äpfelklauen erwischt worden ist, dachte er.

Genau in diesem Augenblick begannen die Alarmglocken ihr wahnwitziges Getöse: *Auf Gefechtsstation! Auf Gefechtsstation!*

Musgrave blickte den Fähnrich an und rannte zum nächsten Niedergang. Kurz bevor er durch das Luk zum darüberliegenden Deck kletterte, hielt er inne und warf einen Blick zurück. In dem Moment wußte er plötzlich mit absoluter Gewißheit, daß er das Mannschaftsdeck nie wiedersehen würde.

Scovell hob die Hand an die Mütze und meldete: »Schiff klar zum Gefecht, Sir.«

Blake betrachtete prüfend den Himmel. Die Wolkendecke war dabei aufzureißen, und das durch die stahlblau schimmernden Wolkenlöcher dringende Morgenlicht beleuchtete die starren Gesichter in seiner Nähe und verlieh der See Substanz.

Mit halbem Ohr hörte er auf die routinemäßig eingehenden Klarmeldungen. Er mußte wissen, was los war. Unbedingt.

»Was meinen Sie, Pilot?«

Villar antwortete prompt: »Noch sechs Stunden, Sir. Ich schätze, die Deutschen haben die *Empire Prince* jetzt gestoppt und sind dabei, Brennstoff zu übernehmen. Commander Fairfax' letzter Spruch an den Stützpunkt hätte sie vielleicht mißtrauisch machen können, aber ich bezweifle das.«

Blake sah auf die Uhr. Sechs Stunden. Das dauerte einfach zu lange. Er betrachtete wieder den Himmel, haßte den Anblick der vorbeiwandernden Wolkenbänke und machte sich größte Sorgen um Fairfax und seine Leute.

Er wandte sich um, als Sub-Lieutenant Walker sagte: »Da kommt noch mehr Regen!«

Regen? Was sich da auf *Andromeda* zubewegte, sah eher wie eine wandernde Wasserwand aus. Dann brach er plötzlich über das Schiff herein und verscheuchte mit seiner prasselnden Intensität jeden anderen Gedanken.

Ein Matrose hielt Blake ein Telefon entgegen und rief: »Maschinenraum, Sir!«

Blake preßte den Hörer ans Ohr. »Kommandant!«

Weirs ruhige Stimme erklang: »Ich könnte Ihnen jetzt zwei Knoten mehr geben, Sir.«

Blake starrte den Telefonhörer an, während der Regen über die Brücke fegte und auf sein Ölzeug eindrosch. Das alles konnte das ruhige Selbstvertrauen in Weirs Stimme nicht übertönen, und diese moralische Stütze brauchte Blake jetzt nötiger, als Weir ahnen konnte. »Ja, tun Sie das«, antwortete er.

»Hier ist anscheinend jeder geschäftig wie ein Biber.«

Commodore Staggs volltönende Stimme riß Blake aus seinen Gedanken. Den Wolkenbruch nicht beachtend, kam er auf ihn zu. »Hab's achtern nicht mehr ausgehalten.« Er warf Blake einen fragenden Blick zu. »Sie sehen aus, als beunruhige Sie etwas.«

Blake antwortete: »Es wird länger dauern als geplant.«

Stagg knurrte: »Auch Rietz wird mehr Zeit brauchen, um bei diesem Wetter Brennstoff zu übernehmen. Der Teufel soll ihn holen!« Er rieb seine nassen Hände. »Er hat jetzt seinen Sicherheitsvorsprung verringert. *Andromeda* wird ihn am Schlafittchen packen, lange bevor dieser Spielraum ausgeschöpft ist.«

Blake zog seine Pfeife aus der Tasche und schob sie zwischen die Zähne. Jetzt blieb ihm nichts weiter zu tun. Sobald sie näher heran waren, konnte er die Seafox aufsteigen lassen, und sei es nur, um Fairfax zu zeigen, daß Hilfe nahte.

Stagg rief ihm durch das Trommeln des Regens zu: »Sie machen sich zu viele Gedanken! Wir haben ihn ja praktisch schon zu fassen!«

Sie drehten sich beide um, als der Artillerielautsprecher losbellte: »Schiff in Peilung Grün zwo-null, Entfernung eins-vier-null!«

Stagg warf Villar einen vorwurfsvollen Blick zu und schrie: »Sie haben doch ›sechs Stunden‹ gesagt!«

Dann grinste er plötzlich. »Rietz, dieser verdammte Hund, hat also doch Lunte gerochen! Und Fairfax hat wohl Schiß gekriegt. Aber das spielt jetzt keine Rolle.« Er packte Blakes Handgelenk. »Gehen Sie ran und erledigen Sie ihn!«

Die metallische Stimme des Lautsprechers durchdrang das Geräusch des Regens wie eine Lanze: »Zwei Schiffe – ich wiederhole: *zwei* Schiffe – in Grün zwo-null, Entfernung eins-vier-null.«

Blake nahm das Glas herunter und behielt doch das verschwommene Bild vor seinem inneren Auge: die Regenwand, dahinter die langen, entgegenkommenden Sturzseen und dann, an Steuerbord voraus, zwei verschwommene, sich nähernde Schatten.

Er rief: »Ich hatte recht! Es sind zwei!«

Stagg starrte ihn offenen Mundes an.

Wieder kam eine Meldung über Lautsprecher: »Schiffe ändern Kurs. Steuern jetzt null-vier-null. Annäherungsgeschwindigkeit zwohundert.«

Blake sah Villar an. »Lassen Sie einen Spruch absetzen: *Habe Feindberührung mit zwei deutschen Handelsstörern. Ich greife an!*«

Scovell fragte: »Soll ich hierbleiben oder nach achtern zur Schiffssicherung gehen, Sir?«

»Gehen Sie nur, Nummer Eins. Sagen Sie Masters, daß er sich zum Start klarhalten und dafür sorgen soll, daß seine Mühle gut bewaffnet ist. Er wird schon verstehen.«

Scovell zögerte, seine Augen wanderten von Blake zu Stagg und wieder zurück. »Viel Glück, Sir.«

Blake nickte und wandte sich an den Signalmeister: »Na denn, Yeo, Gefechtsflaggen vorheißen.«

»Alle Geschütze mit panzerbrechender Munition laden, laden, laden! Nach Anweisung Feuerleitstand richten!«

Blake wischte sein Glas mit dem Taschentuch ab. Er schwitzte unter dem Ölzeug, und seine Hände schienen ihm zu zittern, obwohl sie in Wirklichkeit ganz ruhig waren. Ein leichter Schatten huschte über die Brücke, und als er den Blick hob, sah er eine der großen Gefechtsflaggen zur Rah emporsteigen, ihr Weiß wirkte wie Schnee vor den grauen Wolken, das rote Kreuz darin wie frisches Blut.

»Feuer auf das führende Schiff eröffnen!«

Unterhalb der Brücke rasselte der Gong los, und die beiden vorderen Türme begannen gleichzeitig zu feuern.

Blake klemmte sich in eine Ecke der Brücke und bemühte sich, das Krachen und den Rückstoß der Geschütze, die Erschütterung beim harten Einsetzen des Vorschiffs zu ignorieren. Er verfolgte die Aufschläge im Glas. Es war, als feuerten sie in einen dampfgefüllten Raum, aber er sah doch das leuchtende rote Mündungsfeuer und die blassen Wasserfontänen, die die Lage der Detonationen präzise markierten.

»Zweihundert vor. Feuer!« Blake sah zu Villar hinüber. »Ändern Sie den Kurs zwei Strich nach Backbord. Das gibt unseren Artilleristen eine bessere Chance.«

Der Feuerschein weiterer Detonationen blitzte durch den Vorhang aus Regen und Gischt, als öffnete jemand riesige Ofentüren: alles weit entfernt und kaum mit einer Gefahr in Verbindung zu bringen.

Er fühlte, wie sich das Deck neigte, als der Druck des Ruders wirksam wurde; Villar meldete kurz darauf: »Kurs eins-neun-null, Sir.«

»Feuer!«

Gedämpfte Stimmen kamen über den Lautsprecher: »Ein Treffer! Wir haben den verdammten Hund getroffen.«

Blake konnte züngelnde Flammen erkennen, die ihre Gestalt änderten und sich ausbreiteten. Das führende Schiff war getroffen, wahrscheinlich schwer. Schon eine einzige 100-Pfund-Granate von *Andromeda* mußte in einem ungepanzerten Schiffskörper fürchterliche Verheerungen anrichten.

»Der macht uns nicht mehr viel Ärger«, brüllte Stagg. Er stand hochgereckt auf den Zehenspitzen, das Gesicht naß von der überkommenden Gischt, den Mützenbezug von Pulverdampf verschmiert. »Verpaßt ihm noch eins, Jungs!«

»Captain, Sir!« Sub-Lieutenant Walker wartete, bis Blake ihn ansah. »Der Funkraum meldet, daß das führende Schiff mit uns Funkkontakt aufgenommen hat. Es ist die *Waipawa* aus dem vernichteten Geleitzug.«

Blake griff nach einem Handapparat, ein Gefühl höchster Gefahr preßte seinen Magen mit Eisfingern zusammen. Rietz hatte sie also trotz allem hinters Licht geführt. Er hatte das Handelsschiff nur aus dem Grunde bei sich behalten, damit es ihr Feuer auf sich zog, während er selbst eine optimale Angriffsposition einnahm, in der er nicht durch extreme Entfernung gehandikapt wurde.

»Alle Geschütze! Zielwechsel auf …«

Plötzlich schien sich die Brücke unter seinen Füßen zu heben. Der Stoß war so hart, daß der Schmerz von seinen Fersen bis in den Nacken schoß. Er hörte keine Explosion, war aber durch den schrecklichen Ruck, der die Leute wie Puppen durcheinanderwarf, einen Augenblick lang unfähig, ein Wort herauszubringen.

Dann hörte er schwach Pallisers Stimme und merkte, daß ihm der Handapparat aus den Händen gefallen war und jetzt an seinem Kabel pendelte.

»Captain! Volltreffer!« Irgend jemand schrie im Hintergrund. Es war kaum glaublich, daß eine menschliche Kehle derartige Töne hervorbringen konnte. »Ich schaff's nicht mehr …« Pallisers Stimme wurde noch schwächer und undeutlicher. »Alle tot hier oben …«

Blake blickte nach achtern und spürte den Rauch und den beißenden Geruch brennender Farbe. Er sah den Feuerleitstand, der wie ein Ritterhelm aus den Rauchschwaden ragte. Ein Ritter, der im Kampf niedergestreckt worden war. Blut rann an seinen Seiten herunter, und die Stahlplatten waren an mehreren Stellen durchlöchert. Durch diese Löcher quoll jetzt der Rauch. Acht Mann hatten dort ihre Station gehabt.

Blake ging zum Kompaß zurück. »Ruder hart Backbord.«

»Ruder liegt dreißig Grad Backbord, Sir.«

»Was haben Sie vor?« brüllte Stagg.

Blake starrte mit vom Rauch brennenden Augen an ihm vorbei. »Er hat uns jetzt genau im Visier. Wir müssen näher ran.« Er wartete und versuchte, sich innerlich gegen das schreckliche Schreien abzuschirmen, war jedoch nicht sicher, ob es nicht schon aufgehört hatte und nur noch in seinem Kopf existierte.

»Ruder mittschiffs. Recht so.«

Irgend jemand rief nach einem Sanitäter, und eine Stimme brüllte aus dem Bordlautsprecher: »Schiffssicherungstrupp sofort nach Backbord vorn!«

Walker rief: »Der Erste, Sir!«

Blake nahm ihm den Telefonhörer aus der Hand. »Ja?«

»Die Granate hat das Signaldeck an Steuerbord durchschlagen und ist dann an Backbordseite detoniert. Zwei Boote sind weg, und auch ein Fla-Geschütz ist über Bord gegangen.«

»Ausfälle?«

»Der Feuerleitstand ist zerstört, Sir. Der Artillerieoffizier ist tot. Insgesamt sind zehn Leute gefallen. Einige Verletzte sind achtern beim Doktor.« Er legte auf.

Blake befahl: »Kursänderung. Ruder hart Steuerbord.«

Ohne den Feuerleitstand und das große E-Meßgerät mußte jeder Turm jetzt allein klarkommen. Blake erinnerte sich an Pallisers Kommentar über die neuen Leute in den vorderen Türmen. Jetzt war er tot, und sein Untergebener hatte das Kommando über Turm B.

»Ruder mittschiffs. Recht so!«

Blake hob das Glas an die Augen. Wenn es nur aufklaren wollte! Jetzt war es so, als kämpften sie gegen Schatten.

Rums! Eine Detonation direkt neben der Bordwand ließ den Schiffskörper in seiner ganzen Länge so stark erzittern, daß ein Matrose von den Füßen gerissen wurde.

Blake rannte an die Seite, und als der zischende Wasserdampf, der die Einschlagstelle markierte, achteraus verschwand, sah er das Signaldeck direkt unter sich. Es hing wie ein Stück zerknitterter Karton schräg über dem Wasser und hatte die Signalgasten und die Mannschaft des Fla-Geschützes wie eine große Schleuder ins Meer katapultiert. Sie trieben sicher schon weit achteraus und waren, selbst wenn sie heil vom Schiff freigekommen waren, so oder so verloren.

»Feuer!«

Das war Lieutenant Blair in Turm B, dessen Stimme so kühl aus dem Lautsprecher kam, als handle es sich um ein Übungsschießen.

»Zu weit. Einhundert zurück. Im Ziel. Feuer!«

Das Krachen der vorderen Geschütze ließ Blakes Ohren dröhnen.

Stagg saß auf dem Brückenstuhl und starrte konzentriert durchs Glas.

»Ziel ändert seinen Kurs, Sir. Steuert jetzt genau null Grad.«

Stagg rief mit heiserer Stimme: »Wahrscheinlich

will er seine Torpedos auf uns abfeuern! Wenig Chancen in dieser See!«

Blake, der ebenfalls sein Glas hochgenommen hatte, sagte nach einer Weile: »Befehl an Masters: Klarhalten zum Start, sobald ich mit der Geschwindigkeit runtergehe.« Zu Stagg gewandt, fügte er hinzu: »Der Deutsche dreht in den Wind, um seine Flugzeuge in die Luft zu bringen.« Er sah Staggs ungläubiges Gesicht. »Er hat doch nichts zu verlieren, oder?«

»Alles klar achtern, Sir!«

»Maschinen stopp!«

Die *Andromeda* schien sich zu verbeugen, als die Fahrt aus dem Schiff genommen wurde. Kurz darauf detonierten zwei Granaten direkt vor ihrem Bug – dort, wo sie sich befunden hätte, wenn sie Masters nicht hätten starten lassen.

Bedrückt sah Blake die kleine Seafox vom Katapult abschnellen und sich taumelnd gegen Wind und Wetter in die Luft erheben.

Dann befahl er: »Beide Maschinen volle Kraft voraus.«

Der Frachter, der vorgeschickt worden war, um das Feuer *Andromedas* auf sich zu ziehen, stand jetzt schon näher dran. Er war stark buglastig, und eine Ankerkette hing ins Wasser. Mehrere Brände wüteten an Bord, winzige Gestalten rasten mit Schläuchen und anderen Löschgeräten wie wahnsinnig an Deck herum. Irgend jemand hatte eine weiße Flagge gehißt, und Blake bemerkte, daß einige Leute kurz verharrten und zum Kreuzer hinüberstarrten, der mit wehenden Gefechtsflaggen durch den Rauch zum Angriff vorpreschte.

Die *Waipawa* mit ihrer deutschen Prisenbesatzung

mußte mit ihren Problemen allein fertig werden. Es war wie ein Wettrennen: Wer würde zuerst bei ihr sein, der Sturm oder der Sieger in diesem Gefecht?

»Flugzeuge im Anflug aus Grün vier-fünnef! Sichtwinkel drei-null!«

Wie eine Meute wütender Hunde reckten die kleinkalibrigen Waffen ihre Schnauzen in die angegebene Richtung.

Blake sah die beiden Maschinen vier Strich an Steuerbord herankommen, die zweite etwas tiefer liegend.

Eine Erinnerung wurde in ihm wach: das Wasserflugzeug, das über die besiegte *Catalina* hinwegbrauste, die Überlebenden zusammenschoß und dann noch einmal zurückkehrte, um auch ja ganz sicherzugehen. Wahrscheinlich war es einer dieser beiden Piloten gewesen.

»Sperrfeuer!«

Leuchtspurgeschosse stiegen von den Brückennokken auf und vereinigten sich mit den kleinen, bösartigen Detonationswölkchen der Fla-Geschütze. Der Lärm, gelegentlich noch übertönt durch die schwere Artillerie, war ohrenbetäubend.

Das erste Flugzeug kam direkt auf das Schiff zu und drehte erst im letzten Moment ab, nachdem es die Brücke mit seiner Bordkanone beharkt hatte.

Eine Bombe fiel auf die Back der *Andromeda* und rutschte harmlos über die Seite. Splitter einer zweiten, die im Wasser detonierte, prasselten gegen die Stahlplatten.

»Treffer!« brüllte jemand gellend. »Wir haben ihn erwischt.«

Blake konnte gerade noch den Einschlag auf dem

anderen Schiff registrieren, als er auch schon vor dem zweiten Flugzeug, das mit ratternden Bordkanonen auf sie herabstieß, in Deckung gehen mußte.

Kurz danach detonierte die Bombe, die es abgeworfen hatte, und schüttelte das Deck unter seinen Füßen. Metallsplitter jaulten an ihm vorbei, hämmerten gegen Stahlplatten und drangen mit einem schrecklichen Klatschen in menschliches Fleisch. Zwei Männer lagen reglos am Boden, ein dritter versuchte, von der Brücke herunterzukriechen, als suche er in seinem Todeskampf noch die dunkle Geborgenheit unter Deck. Aber die andere Dunkelheit fand ihn zuerst.

»Sanitäter auf die Brücke!«

Das zweite Flugzeug drehte ab und versuchte, Höhe zu gewinnen, unbarmherzig verfolgt von der Leuchtspurmunition der Fla-Waffen. Plötzlich erschienen kleine Feuerzungen an seinem Rumpf und liefen in Wellen über die Tragflächen. Dann explodierte es mit solcher Gewalt, daß Trümmer bis zum Schiff geschleudert wurden.

Die erste Arado hielt sich in geziemendem Abstand und wartete auf ihre Chance, den Rauchvorhang zu durchstoßen und erneut die offene Brücke zu beharken, wie einst Scharfschützen in den Marsen die Offiziere eines feindlichen Linienschiffs aufs Korn genommen hatten.

Lieutenant Masters studierte das schreckliche Panorama tief unter sich. Die See wirkte heller von hier oben, so daß das feindliche Schiff mit seiner Bugwelle und dem Kielwasser im Zickzack deutlich zu sehen war. Große, auf dem Wasser treibende Schaumflecken in seiner Nähe markierten die Stellen, wo Granaten detoniert waren, während von der *Andromeda*, deren Beschädigungen durch den Abstand verkleinert wurden, das regelmäßige Mündungsfeuer der schweren Geschütze zu sehen war.

Wenn *Andromeda* keinen Treffer in eine Munitionskammer abbekam, würde der ganze Spuk bald vorüber sein, dachte Masters.

Der mit Schlagseite im Wasser liegende Frachter machte jetzt keine Fahrt mehr und war in einer recht verzweifelten Lage. Sein Rumpf rutschte hilflos in jedes Wellental hinein und kam von Mal zu Mal schwerer wieder nach oben.

Masters warf einen Blick auf den Feind. Der Handelsstörer war ebenfalls schwer getroffen und zog eine Schleppe aus Feuer und Rauch hinter sich her, während er weiter aus seinen verborgenen Geschützen feuerte.

Masters Kopfhörer knackte, und er hörte die ruhige Stimme seines Beobachters: »Darf ich mal kurz stören, Skipper?«

Als Masters sich umwandte, grinste Duncan wirklich. »Da unter uns kommt nämlich gerade ein verdammt großer Vogel angeflogen!«

Die Seafox war im Vergleich zu einer Arado ein Zwerg, und da sie eigentlich als reiner Aufklärer konzipiert war, verfügte sie nur über ein einziges Maschinengewehr. Aber die beiden Deutschen in der Arado hatten jetzt andere Sorgen und bemerkten die zweihundert Fuß über ihnen fliegende Seafox nicht einmal, als sie unter ihr durchzogen.

Masters sagte ruhig: »Wenn sie uns entdecken, Jim, sind wir geliefert. Also, was meinst du?«

Duncan grinste noch immer. »Ich bin soweit, wenn du's bist!« Er spannte das altmodische Lewis-Maschinengewehr und hob es über den Rand des Cockpits, als habe er im Leben nie etwas anderes getan.

Masters legte die Maschine etwas auf die Seite und sah die Arado genau unter sich. Eine Ahnung drohender Gefahr ließ die beiden Deutschen im Cockpit gleichzeitig nach oben sehen. Sie starrten noch immer ungläubig herauf, als die ersten Leuchtspurgeschosse in ihr Cockpit einschlugen und die Maschine in eine brennende Fackel verwandelten.

Masters beobachtete, wie sie in einer engen Spirale nach unten trudelte, bis sie sich in die Flanke eines langen Brechers bohrte und mit einer für ihn lautlosen Explosion im Ozean verschwand.

Es war beinahe vorüber. Zwei deutsche Schiffe gestellt und so gut wie kampfunfähig. Gerade als ihm dieser Gedanke durch den Kopf schoß, sah er einen großen Feuerpilz durch das Deck des Handelsstörers brechen.

Duncan sagte: »*Andromeda* hat das Feuer eingestellt! Du lieber Himmel, sie sieht wirklich sehr mitgenommen aus, Skipper!«

Masters erwiderte: »Ich meine, sie sieht prächtig aus, du Miesmacher! Guck dir nur den Kraut an! Geht mit der Fahrt runter und hat etwas Schlagseite, wenn ich mich nicht irre!« Plötzlich überkam ihn ein Gefühl großer Erleichterung und Unbekümmertheit. »Wollen mal näher rangehen und nachsehen.«

Duncan nickte, von seiner Stimmung angesteckt. »Lieber nicht allzu nahe!«

Von den Turbulenzen hin und her geworfen, flog die kleine Seafox auf das feindliche Schiff zu. Mehrere

Explosionen schleuderten Wrackteile in die Luft, es gab eine Menge Rauch. Durchs Glas konnte Masters das Ausmaß des Schadens genau erkennen und wußte, daß dies kein Bluff sein konnte, kein letzter verzweifelter Versuch, den Kreuzer vor die Geschütze zu locken.

»Er hat gestoppt. Lieber Gott, ich glaube, sie versuchen, Boote auszusetzen!«

Er stieß einen Fluch aus und ließ das Glas fallen, während er das bockende Flugzeug wieder unter Kontrolle brachte. Als er das Glas von neuem ansetzte, war der Handelsstörer weit deutlicher zu sehen, weil der Regen aufgehört hatte und die Wolkendecke bis zum Horizont aufgerissen war.

Er hielt den Atem an und preßte das Glas an die Augen, bis sie tränten.

Weit entfernt am immer lichter werdenden Horizont befand sich ein einzelnes Schiff. Es kam direkt auf sie zu. Selbst aus dieser Entfernung konnte Masters die schäumende Bugwelle erkennen, die keine Zeit für irgendwelche Zweifel, keinen Raum für Vermutungen ließ.

»Jim, mein Alter, der Kommandant hatte recht. Wir haben uns zu früh gefreut.« Er legte die Seafox in eine steile Kurve. »Wir kriegen Gesellschaft!«

Nur ein Mann

Im Seegang rollend, drehten *Salamander* und *Empire Prince* schwerfällig in den Wind und begannen, langsam nebeneinanderlaufend, mit der Brennstoffübernahme.

Von der Backbord-Brückennock aus beobachtete Rietz das Manöver mit großer Aufmerksamkeit, bereit, mit Ruder oder Maschinen gegenzusteuern, falls die beiden Fahrzeuge zu nahe aneinandergerieten oder sich zu weit voneinander entfernten, bevor die Schlauchleitung entsprechend nachgesteckt werden konnte.

Es lief alles bemerkenswert gut, trotz des schweren Seegangs. Die Mannschaft des Tankers hatte kaum Widerstand geleistet, und nachdem die *Salamander* ihrem Signal beizudrehen mit einem Schuß vor den Bug Nachdruck verliehen hatte, war alles glattgegangen. Rietz hatte sechzig seiner eigenen Leute hinübergeschickt, um das Übergabegeschirr für die Schlauchleitungen klarmachen und bedienen zu helfen.

Er war etwas überrascht gewesen, als ihm gemeldet wurde, daß es sich beim Kapitän des Tankers um einen Marineoffizier im Rang eines Fregattenkapitäns handelte, aber die *Empire Prince* war schließlich als Troßschiff wichtig. Der Offizier hatte auch als einziger etwas abbekommen, denn er war von einem Matrosen des Prisenkommandos niedergeschlagen worden, als er versuchte, den Funkraum zu erreichen.

Rietz sah, wie sich die See langsam beruhigte. Vielleicht würden sie die volle Wucht des Sturms gar nicht zu spüren bekommen. Allzusehr berührte ihn das Problem nicht mehr, denn die vollen Treibstoffbunker machten ihn wieder unabhängig und frei, sich nach Belieben hier- oder dorthin zu begeben.

Er dachte kurz an Vogel in *Wölfchen*, die in genügender Entfernung nach Nordosten sicherte, damit *Salamander* ihre leeren Bunker füllen konnte, ohne gestört zu werden. Vogel sann wahrscheinlich über eine Möglichkeit nach, den Folgen von Rietz' Bericht zu entgehen, wenn sie wieder nach Deutschland zurückkehrten.

Das hieß, wenn das jemand überhaupt noch kümmerte, so wie der Krieg jetzt stand. Wie man hörte, waren schon eine Million Soldaten in Rußland gefallen, von denen in Nordafrika und Italien ganz zu schweigen. Kein Wunder, daß der Großadmiral die Wichtigkeit seiner Handelsstörer so betont hatte. Deutschland mußte mit einer Invasion über den Ärmelkanal rechnen. Wenn es soweit war, gab es keine Chance mehr, das wußten beide Seiten genau. Zu sehr war Deutschland durch den Krieg erschöpft, durch die Verluste an Menschen, die Summe der Leiden.

Er hörte eine Tür im Ruderhaus aufschlagen und wappnete sich innerlich.

Es war Schoningen, der Navigationsoffizier. »Herr Kapitän, wir haben eben einen Spruch von *Wölfchen* aufgenommen!«

Rietz sah ihn kalt an. »Werden Sie es mir sagen, Herr Leutnant, oder muß ich raten?«

Der Leutnant riß sich zusammen. »*Wölfchen* befindet sich im Kampf mit einem britischen Kreuzer, Herr Kapitän. Die Prise hat viele Treffer abbekommen, aber

Kapitän Vogel meldet, daß der Feind ebenfalls schwer beschädigt ist. Er zweifelt nicht an seinem Sieg.«

Rietz blickte angewidert zur Seite. Vogel hatte die ungeschriebenen Regeln um seines eigenen Nutzens willen verletzt. Der Sieg über ein Kriegsschiff würde seinen Namen reinwaschen und alle Beschuldigungen gegen ihn entkräften.

Er sagte knapp: »Leutnant Storch auf die Brücke! Wir beenden sofort die Brennstoffübernahme. Sorgen Sie dafür, daß alle Gefangenen und neutralen Seeleute sofort auf die *Empire Prince* gebracht werden.«

Er stand noch immer in der Brückennock, als Storch die Leiter heraufgeeilt kam.

»Ist das wahr, Herr Kapitän?«

Rietz sah, wie der erste Gefangene etwas verwirrt an Deck erschien und zu dem großen Tanker hinüberstarrte.

»Ja, Rudi. Vogel hat den Kreuzer in eine Falle gelockt und macht sich das jetzt zunutze.«

Storch starrte erst ihn an und dann die wachsende Zahl von Gefangenen, die an Deck gebracht wurden.

»Was haben Sie vor, Herr Kapitän?« Sein Gesicht spiegelte Verzweiflung, als er fragte: »Wollen Sie ihm zu Hilfe kommen?« Als Rietz nicht antwortete, drängte Storch: »Überlassen Sie ihn sich selbst, Herr Kapitän. Er hat Sie verraten, so wie er den Namen Deutschlands verraten hat. Überlassen Sie ihn seinem Schicksal, so wie er es mit uns tun würde!«

Rietz lächelte düster. »Sie wissen, daß das unmöglich ist. Es ist nicht nur eine Frage der Ehre, sondern auch eine gute Gelegenheit, mein junger Freund. Bei dem Kreuzer muß es sich um *Andromeda* handeln, kein anderer operiert in diesen Gewässern. Ich habe mir fast gedacht, daß es so kommen würde.« Plötzlich wurde er lebhaft. »Sehen Sie zu, daß Sie all diese Leute schleunigst auf den Tanker befördern, lassen Sie alle Leinen loswerfen und die Schlauchleitung abschlagen. Haben Sie sein Funkgerät zerstört?«

Storch nickte. »Jawohl. Der Kapitän versuchte, meine Männer daran zu hindern, aber er hatte keine Chance.«

Einige Gefangene starrten zur Brücke hinauf, als fürchteten sie eine böse Falle.

Einer plötzlichen Regung folgend, sagte Rietz: »Lassen Sie den Kapitän des Tankers zu mir bringen.«

Als man Fairfax in einem heftig stampfenden Motorboot herübergebracht hatte, waren die meisten Gefangenen schon übergesetzt worden. Rietz beobachtete den jungen Marineoffizier, als er auf die Brücke geleitet wurde, und fragte sich, ob wohl jemand später Anteil daran nehmen würde, wie das alles abgelaufen war.

Auf der Brücke registrierte Fairfax die geschäftig hin und her eilenden Seeleute in ihren Ledermänteln und abgetragenen Seestiefeln. Die Gefangenen wurden nur übergesetzt, damit die *Empire Prince* mit dem letzten Rest Beweismaterials auf den Meeresgrund geschickt werden konnte, dachte er. Aber vor diesem schrecklichen Massenmord war er selbst dran. Er war sich des Bewachers an seiner Seite bewußt, der ungeduldig mit seiner Maschinenpistole spielte.

Fairfax fühlte sich seltsam ruhig, ohne jede Gemütsbewegung. Alles, was er in Gedanken vor sich sah, war Sarah.

Rietz kam auf ihn zu und sagte schroff: »Sie sind Commander Fairfax von der Königlich-Australischen Marine, nicht wahr?« Er deutete auf den im Seegang rollenden Tanker. »In einigen Minuten werde ich Sie wieder freilassen. Ich bedaure, daß Ihr Funkgerät zerstört werden mußte, aber das ist ein geringer Preis.«

Fairfax starrte ihn an. Er hatte nie zuvor dem Feind von Angesicht zu Angesicht gegenübergestanden, ihn noch nie als menschliches Wesen gesehen. In gewisser Hinsicht war es ein fast genauso großer Schock wie die Worte des Deutschen.

Rietz sagte: »Sie werden bald genug erfahren, daß hier zwei Hilfskreuzer operieren. Ich vermute, daß einige Ihrer Leute immer dieser Meinung waren, aber das ist jetzt nicht mehr wichtig. Wichtig ist mir etwas anderes: Sie sollten wissen, daß mein Schiff in keiner Weise für die Ermordung hilfloser Gefangener verantwortlich war. Im Krieg werden uns viele grausame Dinge abverlangt, aber das gehört nicht dazu.«

Fairfax sagte langsam: »Dafür habe ich nur Ihr Wort, Captain.«

Storch sprang auf ihn zu, das Gesicht vor Zorn gerötet. »Wie können Sie es wagen, so zu reden! Wegen der Gefangenen haben wir schon wertvolle Zeit verloren, obwohl wir längst viele Meilen entfernt sein und Sie der See überlassen könnten!«

»Das genügt, Leutnant«, sagte Rietz barsch. Er musterte Fairfax' Gesicht und fragte ruhig: »Die *Andromeda* ist doch Ihr Schiff, nicht wahr? In diesem Moment befindet sie sich im Kampf mit unserem Schwesterschiff. Es ist meine Pflicht, ihm zu helfen, so wie es Ihre war, uns hierherzulocken.«

Er machte auf dem Hacken kehrt. »Lassen Sie ihn auf den Tanker zurückbringen.«

Ein Matrose packte Fairfax' Arm, aber der machte sich mit einem Ruck frei.

»Captain Rietz.« Er wartete, bis der Deutsche sich zu ihm umdrehte. »Ich danke Ihnen für Ihre Worte und dafür, daß Sie Ihre Gefangenen verschonten.«

Er machte eine Ehrenbezeugung und folgte dem bewaffneten Matrosen.

Storch sagte verbittert: »Arroganter Hund!«

Rietz klopfte ihm auf den Arm. »Wie schön, daß wir so ganz anders sind, was, Rudi?«

Der Leutnant lächelte matt. »Tut mir leid.«

Rietz verfolgte mit Ungeduld, wie das letzte Boot eingeholt wurde, und befahl dann: »Auf volle Fahrt gehen. Kurs Nordost.« Er richtete sein Glas auf den Tanker und warf einen letzten Blick auf die vielen Männer, die an Deck standen und zusahen, wie *Salamander* Fahrt aufnahm und sich immer schneller entfernte.

Mehr zu sich selbst sagte er: »Es wird ein sauberes Gefühl sein, Rudi, wieder unter unserer eigenen Flagge zu kämpfen.«

Aber als er sich umsah, war der Leutnant schon gegangen.

Commodore Rodney Stagg saß im Brückenstuhl, rauchte eine dicke Zigarre und verfolgte interessiert, was um ihn herum geschah. Die Toten und Verwundeten waren inzwischen weggebracht worden, und nur einige blutige und zerfetzte Kleidungsstücke erinnerten an das Gefecht und den Preis, den sie hatten zahlen müssen.

Blake hielt einen Telefonhörer am Ohr, und Villar kontrollierte den Kompaß auf etwaige Beschädigungen.

Andromeda war auf halbe Fahrt gegangen; Stagg wußte, daß der Grund dafür ihre leichte Schlagseite nach Steuerbord war. Aber der Schiffssicherungstrupp hatte inzwischen gemeldet, daß der Unterwasserschaden unter Kontrolle wäre, und Weir hatte es geschafft, alle Pumpen in Gang zu halten.

Sub-Lieutenant Walker holte tief Luft und hob das Glas an die Augen, um den brennenden Handelsstörer zu betrachten. Seine Artillerie schwieg jetzt, aber *Andromedas* Geschütze blieben weiterhin auf ihn gerichtet, bereit, die geringste Provokation zu ahnden.

Blake legte den Hörer auf. »Ich bekam gerade vom Funkraum die letzte Meldung über den Sturm, Sir. Er zieht vielleicht an uns vorbei. Sobald ich sicher bin, daß der Handelsstörer wirklich erledigt ist, werden wir ihnen signalisieren, das Schiff zu verlassen und in die Boote zu gehen. Aber seine Schlagseite ist inzwischen schlimmer geworden.«

Er strich sich langsam über das Gesicht, als wolle er damit die Eindrücke des Gefechts wegwischen.

»Das wäre beinahe ins Auge gegangen.«

Stagg dröhnte: »Unfug! Ein Mann wie Sie sollte mehr Zuversicht haben, verdammt!«

»Die Seafox ist in Sicht, Sir. Vier Strich Backbord voraus.«

»Verständigen Sie die Bedienungsmannschaft.«

»Die Seafox signalisiert, Sir.« Das Messingteleskop des Signalmeisters schwenkte wie eine Kanone auf die winzige Silhouette des Bordflugzeugs.

Es flog so dicht über der Wasseroberfläche, daß die aufblitzenden Morseimpulse von jedem langen Wellenrücken reflektiert wurden.

»Deutscher Hilfskreuzer nähert sich aus Südwest.« Jedes Wort, das der Signalmeister mitlas, traf sie wie ein Keulenschlag.

Stagg sagte heiser: »Das kann nicht sein! Der verdammte Narr irrt sich!«

Blake starrte zum brennenden Handelsstörer hinüber. Nun hatte er also doch recht behalten, aber zu spät. Er betrachtete sein Schiff, die furchtbaren Beschädigungen und rauchgeschwärzten Einschüsse. Es war unvorstellbar grausam, daß es noch einmal losgehen sollte.

Er hörte sich sagen: »Geben Sie die Meldung durch, Pilot, und wahrschauen Sie vor allem den Chief.«

Stagg schluckte ein paarmal und warf dann seine Zigarre über Bord. »Wir kämpfen, was?«

»Natürlich«, antwortete Blake.

Sub-Lieutenant Walker meldete: »Der Funkraum hat Verbindung mit der Seafox, Sir. Ihr Bordfunkgerät arbeitet jetzt.«

Blake nickte. »Übermitteln Sie Lieutenant Masters, daß er weiter für uns den Artilleriebeobachter machen soll.«

Villar sah ihn von der Kompaßplattform herab an. »Wie steht's mit seinem Kraftstoff?«

Blake antwortete nicht. Was sollte er auch sagen? Masters würde schon verstehen.

Stagg kam taumelnd auf die Füße. »Geben Sie mir das Mikrophon. Ich sollte wohl ein paar Worte an die Besatzung richten.« Er bemerkte Blakes Gesichtsausdruck und sagte ruhig: »Nein. Das ist Ihre Aufgabe. Das Schiff kennt Sie.«

Blake nahm das Mikrophon in die Hand und starrte auf die seltsam gezackten Wolken. Er drückte den Sprechknopf, wie er es schon unzählige Male getan hatte.

»Hier spricht der Kommandant. In Kürze werden wir einen zweiten deutschen Handelsstörer angreifen. Einige von uns haben sicher gedacht, wir hätten unsere Arbeit für heute schon erledigt.«

Er sah, wie der Signalmeister einen Bootsmannsmaaten anstieß und ihm zugrinste.

»Danach werden die meisten von uns nach Hause fahren.« Er hielt das Mikrophon so fest, daß seine Hand schmerzte. »Ich möchte euch allen nur noch sagen, wie stolz ich auf euch bin.«

Er drückte Walker das Gerät in die Hand, unfähig zu jedem weiteren Wort.

»Gut gemacht«, brummte Stagg.

Blake beobachtete, wie die kleine Seafox abdrehte und langsam zu den Wolken hochzog.

Er legte die schwere Öljacke ab. »Sagt Moon, er soll mir ein sauberes Hemd bringen.« Prüfend betrachtete er die vertrauten Gesichter in seiner Nähe. »Alles klar, Jungs?«

Einige nickten, ein paar versuchten zu grinsen.

Blake sah einen nach dem anderen an. Ganz gewöhnliche, alltägliche Gesichter, in einer belebten Straße würde sich niemand nach ihnen umdrehen. Aber hier, in der Mitte des Ozeans, waren sie etwas Besonderes.

Moon erschien mit einem sorgfältig gefalteten

Hemd, dessen Schulterstücke in dieser düsteren Atmosphäre seltsam fremd wirkten.

Er sagte sanft: »Ich hole Ihnen nachher ein paar Sandwiches, Sir.«

Blake wußte nicht, ob er lachen oder weinen sollte. Er packte Moons Schulter und schüttelte ihn sacht. »Ja, machen Sie das, Moon. Danke.«

»Meldung von der Seafox, Sir: Feind in Sicht!«

Lieutenant Trevett, der Villar einige Notizen brachte, sagte rasch: »Eins muß man diesem Burschen lassen. Er ist verdammt pünktlich!«

Stagg sah Blake an und spreizte seine großen Hände. »Sind Sie soweit?«

Blake nickte und befahl dem Mann am Maschinentelegrafen: »Volle Geschwindigkeit. Klar zum Angriff!«

Stagg wanderte ruhelos auf und ab, während *Andromeda* mit schäumender Bugwelle durchs Wasser pflügte.

»Was wird er Ihrer Ansicht nach tun?«

Blake hob das Glas an die Augen und suchte den Horizont ab. Es war leicht dunstig geworden, und das von der Wasseroberfläche reflektierte grelle Sonnenlicht tat den Augen weh.

»Er wird einen diagonalen Angriff fahren, Sir. Diese zu Hilfskreuzern umgebauten Handelsschiffe haben ihre Artillerie gewöhnlich gleichmäßig auf beide Seiten verteilt. Natürlich auch Torpedos, aber er wird nicht extra mit der Geschwindigkeit heruntergehen, um sie abzufeuern.«

Der Handelsstörer verfügte sicherlich über einen

modernen Entfernungsmesser, während *Andromeda* in dieser Hinsicht jetzt nahezu blind war. Blake rieb sich die schmerzenden Augen und war sich darüber klar, daß ihre einzige Chance darin bestand, so nahe wie möglich heranzukommen und die Feuerkraft des Gegners auszuschalten. Wenn sich das Gefecht bis zum Einbruch der Dunkelheit hinzog, konnte der Deutsche sie nach Belieben erledigen.

Walker meldete unterdrückt: »Maschinenraum, Sir.«

Blake versuchte, ein ausdrucksloses Gesicht zu machen, als er sich zum Telefon begab.

»Chief? Hier ist der Kommandant.«

Weir sagte: »Ich muß die Geschwindigkeit drosseln, Sir. Die äußere Steuerbordwelle macht mir Kummer, hat wohl einen Schlag abbekommen. Wenn wir auch mit den Umdrehungen des Backbordpropellers zurückgehen, haben Sie eine bessere Chance.«

Blake starrte am Telefon vorbei auf einen der Splittereinschläge, bei dem ein Mann sein Leben gelassen hatte. Weir wußte, was er tat. *Andromeda* würde ihre ganze Manövrierfähigkeit brauchen. Mit dem Ruder allein war das nicht zu machen, und bei unterschiedlichem Propellerschub dauerte jede Kursänderung länger, verlor er wertvolle Sekunden, in denen er sich den ersten vernichtenden Salven vielleicht noch entziehen konnte.

»Wie lange, Chief?«

Weir antwortete nicht direkt. Er sagte: »Wir verlieren auch Brennstoff.«

»Ich weiß.« Blake hatte den langen, silberblauen Streifen, den sie achteraus ließen, auch ohne hinzusehen vor Augen. »Tun Sie Ihr Bestes.«

Weir lachte kurz auf. »Aye, Sir. Ich habe nicht das Bedürfnis, nach Hause zu schwimmen.«

»Feind eröffnet das Feuer!« bellte Villar.

Sie hörten ein kurzes, dünnes Pfeifen, und Sekunden später wuchs eine Wassersäule kaum eine halbe Kabellänge Backbord querab empor.

Die beiden vorderen Türme schwenkten herum, wobei die Rohre ihrer Geschütze auf die maximale Erhöhung von sechzig Grad gebracht wurden.

Die Geschützführer in den achteren Türmen würden es bei der verringerten Geschwindigkeit schwerer haben, dachte Blake. Der Seegang war deutlich stärker, und das Schiff bohrte sich mit korkenzieherartigen Bewegungen durchs Wasser.

»Feuer frei!«

Der Gong unterhalb der Brücke ließ sein blechernes Warnsignal ertönen, und die beiden vorderen Türme feuerten kurz hintereinander.

Über Lautsprecher hörte Blake die Stimme des australischen Leutnants Blair: »Entfernung eins-null-null. Neigung eins-eins-null, gut!«

Blake zwinkerte ein paarmal, um die Schleier vor Augen loszuwerden, und hob erneut das Glas. Dann, als der Dunst vor dem Horizont einen Augenblick aufriß, sah er den Feind zum erstenmal: ein massiger, dunkler Schiffskörper, aus dessen Seite Mündungsfeuer aufblitzte, gerade als er das Glas schärfer einstellte.

Die Rohre der vier 15-cm-Geschütze bewegten sich jetzt nur noch ganz wenig, wobei der Rauch ihrer Eröffnungslage wie ein heißer Atemstoß seitlich wegtrieb.

»Richtwerte wandern durch, Sir! Richtwerte fest!«

Da rauschte es auch schon heran. Die Granaten des Handelsstörers detonierten wie ein doppelter Donnerschlag direkt neben ihrer Bordwand. Der Rumpf bebte und schwankte, Splitter hämmerten gegen Stahlplatten oder schwirrten mit pfeifendem Heulen über See davon. Zwei weitere schwere Granaten orgelten Sekunden später heran, gabelten den Kreuzer mit zwei Wasserfontänen ein und füllten die Luft mit dem schrillen Bersten und Reißen weißglühenden Metalls,

Blairs Stimme durchdrang das Getöse: »Feuer!«

Die Einschläge lagen rechts vom Ziel, wie Blake beobachtete, und die Wasserfontänen türmten sich wie Säulen, bis sie schließlich in sich zusammenfielen.

Walker schrie: »Der achtere Turm läßt sich nicht mehr schwenken, Sir! Sieben Marines sind verwundet!«

Ein Bootsmannsmaat trat einen Schritt von seinem Sprachrohr zurück und meldete mit mühsam unterdrückter Erregung: »Zwei Pumpen sind ausgefallen, Sir! Schiffssicherung braucht dringend mehr Leute achtern!«

Blake griff nach einem Handapparat, vergeblich bemüht, seine Ohren vor dem Krachen der Geschütze zu verschließen, während die beiden Schiffe unerbittlich aufeinander zurauschten. *Andromeda* war erneut schwer getroffen worden, und dabei hatte sie sich eigentlich noch nicht von den schrecklichen Schlägen erholt, die sie im Mittelmeer hatte einstecken müssen.

Eine verängstigte Stimme meldete sich: »Schiffssicherungsgefechtsstand, Sir!«

»Geben Sie mir den Ersten, aber schnell!«

Die Stimme am anderen Ende schluchzte beinahe. »Er ist tot, Sir! Er liegt hier und sieht mich an! Überall ist Blut!« Der Mann war nahe daran durchzudrehen.

Blake fragte: »Wer spricht?«

»Thorne, Sir.«

Ein Gesicht formte sich vor seinem inneren Auge. Ein Fähnrich, direkt von der Marineschule, fast noch ein Knabe.

»Hören Sie zu, Mr. Thorne. Schicken Sie einen Unteroffizier und paar Mann nach achtern. Die Leute dort kommen allein nicht klar. Können Sie das tun?«

Eine ganze Weile hörte er nichts, konnte sich aber die Situation genau vorstellen: die von Granatsplittern durchlöcherten Wände, das Blut auf den Schalttafeln. Scovell, der so sehr nach einem eigenen Kommando gehungert hatte, war zusammen mit seinen Leuten gefallen, die offenen Augen auf einen zu Tode erschrokkenen Fähnrich gerichtet.

Schließlich sagte Thorne heiser: »Jawohl, Sir. Ich erledige das sofort.«

Blake duckte sich, als die Brücke von einer gewaltigen Explosion erschüttert wurde, so stark, daß sich Stahlplatten verbogen und zerbrochenes Glas und Fittings wie Geschosse zwischen die Deckung Suchenden prasselten.

Zwei Mann fielen. Commodore Stagg griff sich an die Schulter und starrte auf einen rasch größer werdenden Blutfleck unter seiner Hand.

Blake brüllte: »Steuerbord zwanzig!« Er ging mit langen Schritten an den Toten und einem Signalgasten vorbei, der seine Gesichtswunde mit einer blutigen Flagge zu stillen suchte.

»Mittschiffs! Recht so!« Weitere Einschläge hämmerten in das Schiff, und einen Moment fürchtete Blake, daß sie schon am Sinken waren. Aber *Andromeda* hatte sich nur in eine Sturzsee hineingebohrt; das Wasser brandete über die Back nach achtern, bevor es seitlich abfloß und der Bug sich wieder zu heben begann.

»Feuer!«

Die vier vorderen Geschütze, deren Mündungen vom Pulverschmauch inzwischen schwarz gefärbt waren, stießen beinahe synchron zurück, aber der Handelsstörer kam durch die Dunstbank unbeirrt näher. Anscheinend hatte er noch keinen Treffer abbekommen.

Die Wolkenfetzen, die unbeteiligt über das grausame Gemetzel hinwegrasten, wurden plötzlich von unten angeleuchtet, als die Fla-Waffen des Hilfskreuzers zu feuern begannen und die Leuchtspurgeschosse wie feurige Perlschnüre in den Himmel stiegen. Ein einzelner Lichtball schien sich von den anderen zu lösen und trudelte langsam nach unten. Kurz bevor er das Wasser erreichte, explodierte er und verschwand in den Wellen. Nur eine kleine Wolke stand noch als schmutziger Fleck am Himmel, wurde jedoch schnell vom Wind auseinandergerissen.

Masters hatte sich zu nahe herangewagt und dafür mit seinem Leben bezahlt.

Verschiedene Besatzungsmitglieder, die auf den exponierten oberen Decks arbeiteten, sahen die Seafox wie einen Kometen ins Meer fallen.

Einer von ihnen war Matrose Digby, der mit ein paar Kameraden dabei war, den brennenden Segeltuchbezug von einem Suchscheinwerfer zu zerren und über Bord zu werfen, bevor sich das Feuer ausbreiten konnte.

Ein Maat brüllte: »Hierher, Jungs! Beeilt euch, hier sind zwei eingeklemmt!«

Während ein Matrose die Brechstange ansetzte, packte ein anderer einen verbogenen Metallträger und begann, ihn hochzuwuchten.

Digby sah das Ganze wie ein Stilleben oder die Szene auf einer alten Fotografie. Dann detonierte eine Granate irgendwo unter ihnen, wahrscheinlich in einem der Wohndecks, und die Welt schien sich in Rauch und fliegende Metallteile aufzulösen.

Die Matrosen wurden als blutige Fleischklumpen an Deck geschleudert. Der Maat, der gerade den Eingeklemmten unter dem zusammengebrochenen Signaldeck Mut zugesprochen hatte, fiel auf die Knie und rührte sich nicht mehr.

Der schreckliche Anblick überwältigte Digby so, daß er sich heftig übergeben mußte. Dennoch konnte er die Augen nicht abwenden. Der Maat, der immer noch an Deck kniete, hatte keinen Kopf mehr.

Eine Stimme drang rauh durch den Qualm: »Hier, hilf mir mal!«

Es war Musgrave, dessen Gesicht von Splittern übel zerschnitten war. Auch unter seiner Schwimmweste quoll Blut hervor.

Sein Anblick riß Digby aus seiner Erstarrung: keuchend wie ein alter Mann packte er seinen Arm und zog ihn in den relativen Schutz des Schornsteins.

Musgrave ergriff dankbar seine Hand und fragte: »Wer isses denn?« Er bewegte den Kopf suchend hin und her, und da merkte Digby, daß Musgrave nicht mehr sehen konnte.

»Ich bin's, Hookey! Diggers!«

Er konnte kaum die Tränen zurückhalten. Vielleicht berührte ihn am meisten, daß er den Mann, den er so sehr bewundern gelernt hatte, jetzt so hilflos niedergestreckt und völlig von ihm abhängig sah.

»Diggers?« Musgrave verzog das Gesicht, als die Schmerzen schlimmer wurden. »Tüchtiger Bursche. Wie schlimm isses?«

Digby hörte Männer rufen und sah so viel Rauch aus einem klaffenden Loch bei den Booten dringen, daß man denken konnte, das ganze Schiff stünde in Flammen.

Digby sagte: »Ich hole Hilfe. Du kommst schon durch.«

Musgrave packte sein Handgelenk, aber er war schon so schwach, daß Digby den Griff leicht hätte lösen können. »Nein, Diggers. Bleib du man längsseits. Nur einen Augenblick. Mir geht's ziemlich scheußlich. Wirklich beschissen.«

Digby setzte sich neben ihn. Ihm war klargeworden, daß er einen Sterbenden vor sich hatte.

»Bin schon da.«

Musgrave versuchte, sich die Augen zu reiben, aber er war schon zu schwach. »Du wirst mal 'n guter Offizier, Diggers«, sagte er heiser. »Denk nur immer dran, was ich dir gesagt hab' ...«

Sein Kopf sank nach vorn, und er hörte auf zu atmen.

Einige Sanitäter kamen vorbeigerannt, hielten kurz

an und warfen einen Blick auf den verloren dasitzenden Matrosen.

»Alles in Ordnung, Kumpel?«

Digby stand langsam auf. »Ja, danke.«

Einer der Sanitäter sagte: »Gut. Sieh zu, daß du auf die Brücke kommst. Beeil dich!«

Digby ging hinter ihnen her und duckte sich nicht einmal, als ein Splitter durch den Schornstein fetzte und als Querschläger dicht über seinem Kopf davonjaulte.

Vielleicht wurde er verrückt. Aber er spürte keine Angst mehr. Es war, als wäre die Stärke jenes rauhen, gewalttätigen Seemanns irgendwie auf ihn übergegangen.

Blake fühlte, wie ihn jemand am Arm zog. Es war Sub-Lieutenant Walker, barhäuptig und einige Blutspritzer auf der Stirn, der sich bemühte, Blake einen provisorischen Verband anzulegen.

»Besser so, Sir?«

Blake starrte an ihm vorbei in den Rauch. Die Verletzung an seinem Arm hatte er nicht einmal wahrgenommen.

Stagg brüllte auf wie ein Stier, und Blake drehte sich zu ihm um.

»Dieser verdammte Kerl dreht ab!« schrie er. »Er will uns eine volle Breitseite verpassen!«

Im Glas sah Blake den Hilfskreuzer an Steuerbord genau vor sich. Er wandte ihnen jetzt die Seite zu, und obwohl inzwischen auch er einige Treffer erhalten hatte, schien das seiner Manövrierfähigkeit keineswegs geschadet zu haben.

Blake sah die rechteckigen Öffnungen in der Bordwand, von denen man die schweren Verschlußklappen entfernt hatte und aus denen jetzt wieder Mündungsfeuer blitzte.

Zwei weitere Granaten detonierten dichtbei an Backbord voraus, und Blake vermutete, daß der deutsche Artillerieoffizier sich anschickte, eine letzte dekkende Salve zu schießen, bevor er einen Anlauf fuhr, um seine Torpedos abzufeuern.

Dann würde es nicht mehr lange dauern. Blake blickte in die aufgewühlte See und wußte, daß nur wenige – wenn überhaupt welche – später von ihrem Kampf und ihrem Opfer würden berichten können.

Vor der Brücke, in Turm B, saß Lieutenant Blair auf seinem kleinen Stahlsitz, starrte mit höchster Konzentration durch das Zielgerät und beobachtete fast verzweifelt das verschwommene Ziel.

Er wußte, daß die beiden anderen Geschütze vor seinem Turm ausgefallen waren, die Bedienungen durch einen Volltreffer getötet. Turm X achtern war nach wie vor verklemmt, und Turm Y konnte nicht auf den Gegner gerichtet werden.

Blair hörte das Zischen, mit dem die Granaten in das rauchende Verschlußstück eingeführt wurden, die heiser gebrüllten Befehle und dann das harte, metallische Einrasten der Verriegelung.

»Beide Geschütze geladen, Sir!«

Blair stellte das Zielgerät mit äußerster Genauigkeit ein. Der Feind lag jetzt in einem anderen Winkel als vorher, viel interessanter war jedoch, daß er gewaltig überholte, wenn sein Heck aus dem Wasser kam.

Schweiß rann ihm über die Stirn, als er das vergrößerte Bild der Hilfskreuzerbrücke betrachtete, die sich ihm jetzt wieder zuzuneigen begann.

»Werte wandern durch! Werte fest!« Er hielt den Atem an. »Feuer!«

Blake sah nur ein kurzes, orangefarbenes Aufblitzen direkt auf der Brücke des Hilfskreuzers. Aber das panzerbrechende Geschoß, begünstigt durch die Krängung des gegnerischen Schiffes, durchschlug mehrere Decks und detonierte an einer Munitionskammer.

Zwei weitere helle Blitze zuckten durch die treibende Gischt. Dann schien der Himmel in einer gewaltigen Explosion aufzureißen.

Stagg schrie heiser: »Was ist denn *das*, um Gottes willen?«

Blut lief an ihm herunter, aber er hatte schon zweimal einen Sanitäter weggeboxt, der versucht hatte, ihm einen Verband anzulegen.

Blake starrte wie gebannt die blasse Linie an, die sich jetzt vom Horizont her auf den von immer weiteren Explosionen geschüttelten Hilfskreuzer zubewegte. Diese Linie war eine Wand von Sturzseen oder Rollern, die sich über Hunderte von Meilen freien Ozeans aufgebaut hatte und jetzt auf den brennenden Handelsstörer zuraste.

»Der Rand des Sturms!« rief Blake. Er riß sich von dem Anblick los und brüllte in ein Sprachrohr: »Beide langsam voraus! Ruder mittschiffs!«

Er wandte sich um und versuchte, nicht daran zu denken, daß er Rietz und dessen Schiff vernichtet hatte. Jetzt mußte er sich erst einmal um die Sicherheit seines eigenen kümmern.

»Lassen Sie es auspfeifen, Pilot!« Er sah Villar am

Fuß der Kompaßplattform liegen. Ein Splitter hatte ihm den Brustkorb zerfetzt.

Lieutenant Trevett sagte: »Ich habe die Schiffsführung übernommen, Sir.« Er warf einen Blick auf den toten Südafrikaner. »Schätze, ich hatte einen guten Lehrer.«

Blake nickte. »Warnen Sie die Besatzung.«

Die endlose Wasserwand schien fast so gemächlich gegen die *Salamander* zu rollen, als wäre ihre Kraft schon erschöpft.

Als sich das Schiff langsam auf die Seite legte, nahm jedoch der Druck auf seinen Schlingerkiel zu und ließ es wie ein Spielzeugboot kentern.

Eine letzte große Explosion riß den Rumpf der *Salamander* weit auf; als die See über ihre geborstenen Platten brach, wurde sie durch das Feuer von innen her erleuchtet, so daß sie wie blutiges Glas aussah.

Blake hörte, wie der Hilfskreuzer auseinanderbrach und die Maschinen sich losrissen. Einige kleinere Explosionen folgten noch und schließlich, als sie endgültig unterging, das dröhnende Brüllen der Kessel. Dann nichts mehr.

Vielleicht hatte sich die Sturmsee jetzt wirklich erschöpft, denn als sie das Vorschiff der *Andromeda* erreichte, hob sie sie nur leicht wie eine Feder dem Himmel entgegen und war unter dem Rumpf durchgelaufen, bevor irgend jemand begreifen konnte, daß jetzt alles vorüber war.

Sub-Lieutenant Walker hatte einen Hörer in der Hand und sagte mit rauher Stimme: »Der Chief, Sir.«

Weir schien erschöpft. »Ich wollte Ihnen nur sagen, Sir, daß wir jetzt wieder ein paar Umdrehungen zulegen können.« Blake meinte, ein leises Lachen zu hören. »Es war doch nichts Ernsthaftes, das alte Mädchen hat sich nur ein bißchen geziert.«

»Ich danke Ihnen, Chief.«

Blake gab Walker den Hörer zurück und sagte: »Lassen Sie von Gefechtsstationen wegtreten und stellen Sie zusätzliche Ausguckposten ab, falls noch Überlebende im Wasser schwimmen.«

Stagg starrte auf die See, wo wenige Augenblicke zuvor noch sein Feind gewesen war. Er sagte mit schwerer Zunge: »Ich dachte, es würde mir etwas bedeuten.« Er seufzte und ließ sich jetzt vom Signalmeister einen Schulterverband anlegen. »Aber Rietz war im Grunde nichts Besonderes. Nur ein Mann.« Er sah Blake an. »Wie wir.«

Er zog eine silberne Taschenflasche hervor und nahm einen langen Schluck. Dann reichte er sie Blake hinüber. Blake trank, ohne zu merken, was es war.

Viele gute Männer waren gefallen, und es gab eine Menge am Schiff zu tun, damit sie wieder nach Hause kamen.

Aber er brauchte diesen Moment für sich allein. Damit er die Tatsache akzeptieren konnte, daß er wieder einmal überlebt hatte.

Stagg sah ihn nachdenklich an. »Wenn alles vorbei ist, werde ich in Melbourne einen Assistenten brauchen. Würde Ihnen das zusagen?« Er grinste plötzlich. »Ich sehe schon, es würde!«

Blake dachte daran, was er Claire sagen sollte. Mit welchen Worten er ihr klarmachen konnte, wie sehr er sie brauchte.

»Der neue Kommandant wird *Andromeda* natürlich

in Kürze übernehmen, von daher gibt es also kein Problem.«

»Wissen Sie schon, wer es sein wird, Sir?«

»Fairfax natürlich. Vorausgesetzt, er hat noch alle Knochen beisammen.«

Blake starrte ihn an. »Ich dachte, Sie hätten gesagt ...«

Stagg grunzte. »Vergessen Sie, was ich gesagt habe. Es tut nie gut, allzuviel zu erzählen.« Er schien sich in seiner neuen versöhnlichen Stimmung noch nicht so recht wohl zu fühlen. »Sie lassen besser einen Funkspruch absetzen, damit die Leute in Melbourne wissen, daß wir's geschafft haben.«

Der Signalmeister hatte seinen Bleistift schon gezückt. »Ich bringe ihn selbst zum Funkschapp, Sir.«

Blake betrachtete Villars Gesicht, das sich im Tode entspannt hatte. Er dachte an die anderen, die er nicht sehen konnte: den hochmütigen Scovell, einen verängstigten jungen Burschen namens Thorne, den Matrosen Digby.

Andromeda hatte in den Monaten und Jahren des Kampfes so viele zurücklassen müssen. Und jetzt würde er sie verlassen.

Blake dachte an Fairfax und freute sich plötzlich für ihn und für das Schiff. Er sagte ruhig: »Setzen Sie folgenden Spruch an das Marineamt ab, zur Weiterleitung an die Admiralität: *Zwei deutsche Handelsstörer vernichtet.* HMS Andromeda *kehrt – mit Hilfe von oben – in den Hafen zurück.*«

Quintin würde den Spruch zu Gesicht bekommen und Claire unterrichten. Dann erfuhr sie jedenfalls, daß er alles heil überstanden hatte.

Es gab keine Überlebenden des deutschen Hilfskreuzers. *Andromeda* drehte langsam ab und nahm Kurs auf den östlichen Horizont. Sie hatte den Ozean wieder für sich allein.

»Schon kurz nach dem Ankeraufgehen heulte ein frühherbstlicher Schneesturm los, der den seit Wochen nicht mehr satt gewordenen Ausguckposten auf den Scheinwerferpodesten und auf der Back durch die Rippen schnitt. Sozusagen meterweise schlich der Kreuzer vorwärts, mit eben so viel Fahrt, daß er seine Steuermacht behielt.«

Der Kleine Kreuzer *Dresden* steht für ein brisantes Kapitel der Marinegeschichte um 1914. Krisenherde zwangen zu Einsätzen, die vornehmlich der Rettung von Zivilisten im mexikanischen Bürgerkrieg dienten. Doch dem Kriegsausbruch von 1914 folgte die Odyssee der längsten Einsatzfahrt, die je ein »aktives« Kriegsschiff der Marine vollbringen mußte.

Die *Dresden* erlitt wohl das ungewöhnlichste Schicksal der deutschen Marine. Ehemalige Besatzungsmitglieder vermitteln einmalige authentische Einblicke und ergänzen das akribisch vorgestellte Quellenmaterial.

Maria Teresa Parker de Bassi

Kreuzer Dresden

Odyssee ohne Wiederkehr

ISBN 3-548-24732-6

Econ | ULLSTEIN | List